rororo

Steffen Kopetzky, geboren 1971, ist Autor von Romanen, Erzählungen, Hörspielen und Theaterstücken. Sein Roman «Monschau» (2021) stand monatelang auf der «Spiegel»-Bestsellerliste, ebenso wie «Risiko» (2015, Longlist Deutscher Buchpreis). «Propaganda» (2019) war für den Bayerischen Buchpreis nominiert. Von 2002 bis 2008 war Kopetzky künstlerischer Leiter der Theater-Biennale Bonn. Er lebt mit seiner Familie in seiner Heimatstadt Pfaffenhofen an der Ilm.

Steffen Kopetzky

DAMENOPFER

Roman

Rowohlt Taschenbuch Verlag

1. Auflage
Veröffentlicht im Rowohlt Taschenbuch Verlag, Kirchenallee 19,
20099 Hamburg, November 2025

Zitate folgen Übersetzungen von Ralph Dutli (S. 93), Taisia Vichnevskaia (S. 112), Kay Borowsky (S. 189), Dorothea Trottenberg (S. 269), Christine Fischer (S. 280), Kerstin Hensel (S. 440). Kapitel 10 zitiert Ossip Mandelstam, *Nguyen Ai Quoc*, aus: «Über den Gesprächspartner», hg. und übersetzt von Ralph Dutli

Covergestaltung any.way, Walter Hellmann, nach einem Entwurf von Anzinger und Rasp, München
Coverabbildung «Der blaue Schal», Gemälde von Tamara de Lempicka, 1930, Privatsammlung. © Tamara de Lempicka Estate, LLC / VG Bild-Kunst, Bonn 2025 (akg-images)
Satz Crimson Pro bei Dörlemann Satz, Lemförde
Druck und Bindung CPI books GmbH, Leck
ISBN 978-3-499-00906-8

Den Frauen meiner Familie

Es ist eine große Schachpartie, die hier gespielt wird –
über die ganze Welt – na, falls das die Welt ist.
Oh, was für ein Spaß! Wie ich wünschte, dass ich dazugehörte!
Ich würde auch ein Bauer sein, wenn ich nur mitspielen könnte –
obwohl ich natürlich am liebsten die Dame wäre.

Lewis Carroll, «Alice hinter den Spiegeln»

Eins

ES WAR EINMAL IN AFGHANISTAN

Kabul, Emirat Afghanistan,
August 1922–Mai 1923

«Wie viele Generationen von Arbeitern werden noch in den Wülsten englischen Fetts lebendig verwesen müssen, bis dieser Fettklumpen seinerseits als Düngemittel seine Bestimmung erfüllen wird?»

Mit ihrer jüngsten afghanischen Reportage in der «Prawda» hat sich Larissa Reissner den Zorn des britischen Establishments in Kabul zugezogen. «Das Haus der Maschinen» hat scheinbar ins imperialistische Schwarze getroffen.

Besonders dieses in der Tat eindrückliche Bild hatte den Botschaftssekretär in seinem empfindlichen britischen Herzen gekränkt. Larissa schilderte auch aufs Eindrücklichste den aus Sheffield stammenden Direktor der einzigen Textilfabrik Afghanistans, «der unwahrscheinlich, unanständig dick und so falten- und fettreich ist, dass in den Wülsten seines Bauches einmal beim Baden ein Frosch stecken geblieben und erstickt ist, was sich erst einige Tage später durch den unangenehmen Geruch bemerkbar machte».

Sie fand es damals bemerkenswert, dass die britische Botschaft, kaum dass der Text erschienen war, offiziell Beschwerde eingelegt hatte. Die Veröffentlichung eines solchen von feindlich-herablassenden Formulierungen strotzenden Textes gezieme sich nicht für die Frau des russischen Repräsentanten, auch wenn Russland neuerdings sozialistisch genannt werde. Obgleich man die Bolschewiki nicht anerkenne, gebe es doch gewisse Gepflogenheiten zwischen anständigen Vertretern von Staaten, sofern diese mehr sein wollten als Räuberbanden. Da sprachen die Richtigen, deren Politik seit Jahrhunderten nur aus Raub und Trug bestand.

«Afghanistan, dieses großartige, arme, in weiten Teilen buchstäblich im Mittelalter stecken gebliebene Land», hatte Larissa deshalb geschrieben, «dessen Natur und Gesellschaft uns gleichermaßen ergreifen wie auslaugen, ist so etwas wie das wichtigste Land der Welt – denn es ist der schwache Punkt von England, diesem Kopf des weltbeherrschenden Kraken, wo Arbeit und Kapital auf Tod und Leben miteinander ringen. Wenn man das begriffen hat, dann versteht man, warum man geradezu überall in Afghanistan die korrekten Engländer trifft, die das korrekteste Lächeln bereithalten, jenes Lächeln, das die Gesichter wie die Spitzen von Gewehrgeschossen durchschneidet.»

Die Beschwerdenote hatte sich förmlich überschlagen – von «barbarisch schlechtem Stil» gesprochen und eine Entschuldigung gefordert, die Larissa natürlich nicht geleistet hatte. Gut, das mit dem Fettklumpen und seiner Bestimmung war ein starkes Bild – aber was war schon dabei? Sterben mussten doch alle Menschen einmal, und dann düngten sie den Planeten, ob sie wollten oder nicht.

Ganz jenseits dieses formvollendeten diplomatischen Geplänkels war die Botschaft aber eindeutig: Es gibt im anglo-indischen Nachrichtendienst mindestens eine Person, die die in Afghanistan nicht und auch in Indien nur schwer zu bekommende «Prawda» liest und weiß, dass sich hinter dem

Autorinnennamen Larissa Reissner die hier in Kabul nur als L. M. Raskolnikowa firmierende Gattin des Vertreters der russischen sozialistischen Sowjetrepublik verbirgt. Abgesehen davon beschwerte man sich ja schon häufig über die antibritischen Statements des Botschafters selbst – ohne zu ahnen, wer die meisten davon verfasst hatte.

Das permanente Ärgernis, das die stolz über einem stattlichen Palast am Südufer des Kabul-Flusses wehende Rote Fahne mit Hammer und Sichel für den indischen Raj darstellt, ist aber vermutlich noch nichts im Vergleich zu dem, was Larissa jetzt gerade unternimmt.

«Hier bitte … Madame …» Der junge Arbeiter hat den Blick gesenkt, zögert, bevor er die hochgewachsene Frau dann doch anzublicken wagt: «Genossin Larissa.»

Der Mann aus der Maschinenfabrik, der sie hergeführt hat, Kopf und Gesicht mit einem Schal nach Paschtunenart umwickelt, zeigt ihr die beinahe zugewucherte, rostige Tür zwischen Kletterrosen und an der Mauer wachsenden Feigenbäumen, durch die sie in den hinteren Teil des Gartens gelangen können, ohne dass es irgendjemand mitbekommt. Ein Schleichweg, den der junge Mann seit seiner Kindheit kennt. Nach kurzer Zeit erreichen sie den einfachen Bau aus Lehmziegeln.

Das Nachmittagslicht sticht durch das nur mit einem Gitter versehene Fenster und legt sechs Schattenkreuze über den Boden und die kargen Wände. Die Rufe eines Falken dringen herein. Larissa, in blütenweiße englische Bluse, Jodhpurs und Reitstiefel gekleidet, kniet auf dem Boden, wickelt das sorgfältig mit starken Leintüchern verschnürte Bündel auf, das sie aus seinem Mauerversteck geholt hat, und legt es vor sich auf ein hölzernes Schemelchen. Sie streicht sich eine Locke ihres kastanienbraunen Haars hinters Ohr und betrachtet ihren Fund: Es sind Notizbücher unterschiedlichen Formats, nicht nummeriert und auch nicht anders in eine Reihenfolge gebracht. Sie schlägt sie auf, blättert: Es sind, soweit sie sehen kann, allesamt Aufzeichnungen auf Deutsch, manche tagebuchartig, andere mehr in Aufsatzform. Themen sind das Leben in Kabul und Umgebung, das Angebot auf den Märkten, Maß- und Längeneinheiten, Straßenverbindungen, aber auch Notizen über Personen von Rang, die der Verfasser kennengelernt hat, überraschend tiefgehende Analysen über den Hof und die politischen Verhältnisse. Alles aus der Zeit des früheren Emirs Habibullah. Man kann aus jeder Zeile ersehen, dass der Verfasser ein Militär war, den ein großes geografisches Interesse an den Gegebenheiten Afghanistans geleitet haben muss. Seine Schrift ist gestochen, sauber wie die eines Kanzlisten.

«WENN KONTINENTE ERWACHEN», liest Larissa schließlich einen mit Großbuchstaben geschriebenen und unterstrichenen Satz, «WERDEN INSELWELTREICHE ZERSTÖRT!» – dem leider keine nähere Erläuterung folgt. Aber an sich ist die Sache klar, um die es hier geht: Asien und Europa gegen England.

Doch der dringende Wunsch, den Verfasser dieses gigantischen Konvoluts wirklich kennenzulernen, entbrennt endgültig in Larissa, als sie eine großformatige Mappe aufschlägt und darin auf Dutzenden losen Seiten die bis ins letzte Detail skizzierte Schilderung eines denkbaren, von Afghanistan ausgehenden erfolgreichen Feldzuges gegen Britisch-Indien findet. Das militärische Ziel besteht scheinbar darin, die englische Herrschaft über den Subkontinent zu beenden und das Kronjuwel des Britischen Empires zu befreien.

Für Larissa, die nun beinahe zwei Jahre durchgehend in

Afghanistan verbracht hat, sind die Engländer nichts anderes als gnadenlose Imperialisten, die es für sich genommen schon verdient hätten, aus Indien vertrieben zu werden. Der erste Besuch in der britischen Botschaft, die etwas außerhalb Kabuls liegt, unterhalb des Bagh-e-Bala-Palastes, hat sie aufgeweckt: Es ist die größte und prächtigste Niederlassung, die die Briten unterhalten, größer als die in Paris, Berlin oder Washington – und der Pomp, den der englische Botschafter Francis Humphrey und seine Frau Gertrude dort zelebrieren, hat sie zunächst beinahe eingeschüchtert.

In den letzten Monaten allerdings hat sie mehr und mehr begriffen, warum die Engländer gerade hier in Afghanistan so besorgt darum sind, auch nur den geringsten Eindruck, Indien könnte jemals frei oder von jemand anderem regiert (und ausgebeutet) werden als von ihnen, zu zerstreuen – die uneingeschränkte Kontrolle über den Subkontinent spielt die entscheidende Rolle: Würde England Indien verlieren, wäre dies mit Sicherheit der Anfang vom Ende seines Empires. Vom Matt in sieben Zügen auf dem Schachbrett der Geopolitik der erste. Bei diesem Fund, diesen Notaten und Darstellungen geht es also um nichts anderes als die Weltherrschaft – und damit wäre der in den Aufzeichnungen, die sie seit gut einer Stunde durchgeblättert hat, fast generalstabsmäßig genau skizzierte Angriff über den Khyber-Pass auf die Durand-Line, durchgeführt mit einem kleinen Korps regulärer Truppen und präzise wie Eliteeinheiten vorgehenden paschtunischen Stammeskriegern, die sich mit ihren Bruder-Stämmen auf der indischen Seite der Linie verbündeten, der größte Dienst, den man der kommunistischen Weltrevolution zu diesem Zeitpunkt hätte tun können.

Larissa packt die Aufzeichnungen wieder ein, verschnürt sie sorgfältig und steckt sie in ihre aus vielen Lederstückchen kunstvoll zusammengenähte Umhängetasche. Sie ruft nach dem jungen Mann, der sorgenvoll darauf gewartet hat, dass sie endlich fertig würde. Sie hat ihn bei der Besichtigung der Maschinenfabrik kennengelernt und sich ein wenig mit ihm angefreundet. Sein verstorbener Vater war eine Art Hilfshausmeister der Villa gewesen und hat ihm erzählt, dass hier während des Großen Europäischen Krieges deutsche Soldaten gelebt hätten. Sie hätten sich die ganze Zeit mit einer großen Karte beschäftigt und auf dieser Holzfiguren hin- und hergeschoben. Wie eine Art von Schach, auch wenn sein Vater die Regeln nicht verstanden habe. So wenig wie das schrecklich kratzende und polternde Deutsch, in dem sie ganze Nächte hindurch miteinander diskutiert und gestritten hätten. Dann habe sich die Gruppe aufgelöst, einer von ihnen sei verschwunden und wurde sogar mit einem gescheiterten Anschlag auf den Emir Habibullah in Nuristan in Verbindung gebracht. Der Anführer der Almanis habe vor seinem Aufbruch diese Aufzeichnungen in der Hütte versteckt, die seinem Vater als Gärtner- und Werkzeugschuppen gedient habe.

Nun, da Larissa sie eingesehen hat, versteht sie auch, was das Konvolut so wertvoll machte: Es ist ein perfekter Kriegsplan.

Die Ledertasche mit den Aufzeichnungen hängt sie sich um den Hals, und dann schlüpft sie unter ihren Tschador, der für alle Frauen in der Öffentlichkeit vorgeschrieben ist. Sie hat ihren von der Mutter des Emirs persönlich bekommen, unmittelbar nach ihrer Ankunft. Zunächst hielt sie diesen Ganzkörperschleier für einen Witz, aber es war tatsächlich unmöglich, auch nur einen Schritt außerhalb ihrer Residenz ohne ihn zu unternehmen. Als sie nun nach draußen tritt, in die drückende Hitze dieses späten Augusttages, die schwer über allem liegt, ist sie das erste Mal zufrieden mit dem Tschador, der ihren Körper verhüllt, sodass niemand, der ihr womöglich gefolgt ist, würde sehen können, dass sie etwas Wertvolles bei sich trägt.

Sie will dem jungen Mann ein wenig Geld geben, aber der lehnt ab.

«Nein, das habe ich für Sie getan und für – die Revolution der Arbeiter!» Dann nickt er Larissa einmal zu und läuft, so schnell er kann, den Hügel hinab, in eine andere Richtung als die, aus der sie gekommen sind.

Vor der aus riesigen Steinen erbauten Mauer des Anwesens, ein wenig im Gebüsch verborgen, warten drei der Ostsee-Matrosen samt Pferden, die Raskolnikow und Larissa nach Afghanistan begleitet haben. Sie waren auch damals mit Pferden hierhergekommen, die meisten von ihnen, treueste Gefährten seit den Tagen des Bürgerkriegs, hatten auf der von Sowjetisch-Taschkent ausgehenden Reise überhaupt erst Reiten gelernt. Sie hatten auf der Tour, die über einen Monat dauerte, Sonnenbrände und Sonnenstiche, schwere Durchfälle, Obstipation und sämtliche andere Beschwerlichkeiten durchlitten, die das heiße und schroffe Zentralasien für den unerfahrenen Reisenden bereithält. Sie sind nun allesamt tiefbraun gebrannt, bärtig, wie gegerbt, haben gelernt, sich wie Einheimische zu kleiden und zu benehmen, nicht wenige von ihnen sprechen passabel Dari. Der Dienst auf dem ersten regulären Botschafterposten der Bolschewiken hat sie vollständig von ihrer einstigen maritimen Existenz getrennt und sie doch als Mannschaft wiedererstehen lassen. Die Roten Matrosen von Kabul halten zusammen wie früher in Kronstadt, wie auf der Wolga und am Kaspischen Meer, erledigen ihre Aufgaben klaglos, nur ihre Gespräche drehen sich darum, wann es endlich Zeit wäre, ins Baltikum zurückzukehren. Doch würden sie alle für Larissa jederzeit durchs Feuer gehen – sie ist die revolutionäre Seele ihrer seltsamen Besatzung am Hindukusch, die den so wichtigen Vertretungsdienst beim ersten Staat, der die ansonsten diplomatisch isolierten Bolschewiki anerkennt, auf sich zu nehmen hat.

Während sie nun langsam nach Kabul traben, Larissa unter ihrem Tschador in der Mitte, kann sie an nichts anderes denken als daran, den Kriegsplan gegen Indien wieder aufzuschlagen und sich in seine Details zu versenken. Sollte er eines baldigen Tages in die Tat umgesetzt werden, so wären die Jahre voller Entbehrungen und Demütigungen durch die unfassliche britische Skrupellosigkeit wie auch Geschicklichkeit im Kampfe um Einfluss doch tatsächlich zu etwas gut gewesen, und sie hätten das nervenaufreibende diplomatische Wechselspiel des – wie jeder andere afghanische Herrscher vor ihm – zwischen Abscheu vor den Engländern und dem Verlangen nach den Wohltaten ihrer Bestechungsgelder hin und her schwankenden Emirs Amanullahs am Ende doch mit Sinn ertragen. Gerade liegt eine beinahe absurde Zeit hinter ihnen, da der frühere jungtürkische Kriegsminister des Osmanischen Reichs, Enver Pascha, mit ein paar Tausend Mann einen muslimischen Aufstand gegen die Bolschewiki in Buchara losbrach, der im Emir Amanullah die alte Hoffnung auf eine zentralasiatisch-muslimische Union jenseits von Russland und Großbritannien weckte und das schon beinahe unterschriftsreife Abkommen zwischen Afghanistan und den Russen wieder in weite Ferne rücken ließ. Zur Freude der Briten, die zur gleichen Zeit indische Truppen an der Grenze der Stammesgebiete aufmarschieren ließen, drohend, jederzeit zuzuschlagen, die paschtunischen Dörfer zu überfallen und vielleicht sogar auf Kabul selbst vorzurücken. Erst der Tod Enver Paschas und der Sieg der Roten Armee brachte den Emir dazu, den Sowjets wieder seine Gunst zu erweisen. Dieser diplomatische Nervenkrieg, durch die zeitweise Beschlagnahmung ihres Funkgerätes verschärft, was ein wochenlanges Abgeschnittensein von den Nachrichten aus Moskau mit sich brachte, hat ihre Stimmung angegriffen wie Karies einen Zahn. Ihre Moral ist am Boden, ihr Kampfgeist erschöpft. Doch nun hat Larissa diesen unerklärlichen Fund gemacht – eine neue Perspektive.

Sie durchqueren die herrliche Gartenlandschaft entlang des Wegs hinab zum Kabul-Fluss, durch Aprikosen- und Maisgärten, und erreichen bald schon das von Händlern und Einkäufern, von Garküchen und Tieren wuselnde Zentrum von Kabul, in dem beinahe keine einzige Straße davon zeugt, dass sie sich am Anfang des zwanzigsten Jahrhunderts an diesem Ort befinden und nicht in der namenlosen Zeit eines universalen Mittelalters.

Über den aus Ziegel und Lehm kunstvoll angelegten Straßen und gepflasterten Gassen hört man die Signalrufe der Falken, während die Jungs, die ihren Tag damit verbracht haben, zu schleppen, zu klopfen oder etwas zu schieben, darauf warten, dass es endlich das bisschen Abendessen gibt, das ihnen ihre Mütter kochen können, und bis es so weit ist, lassen sie mit ernsten, ja ehrwürdigen Gesichtern Drachen steigen. Gerüche gebratenen Hammelfleischs, Fliegengesirre und der verlockende, manchmal überparfümierte Duft süßer Früchte dringen durch das zarte Textil von Larissas Sichtfensterchen, und im leichten Schwanken ihres Pferdes und in der brutalen Hitze des Nachmittags mischt sich das Stimmengewirr zu einer beinahe unwirklichen Klangtextur. Chub hasti, wie geht's, hört sie und Salam alaikum und die hundertfache Erwiderung wa alaikum salam ...

Sie erreichen die russische Residenz. Ihr von unzähligen feingliedrigen Sprossenfenstern und einer schönen Balustrade geschmücktes Haus gehörte dem früheren Finanzminister Mustaufi ul-Mamalel, der als einer der korruptesten seiner Zunft in ganz Asien gelten konnte. Beim Herabsteigen vom Pferd spürt Larissa eine ungute, knochentief gehende Erschöpfung; für einen Moment muss sie sich noch am Sattelknauf festhalten, bevor sie es wagt, sich herabzulassen.

Dann schleudert sie den Tschador noch in derselben Bewegung von sich, mit der sie absteigt. Gleich kümmert sich Bootsmann Golnikow um die Pferde.

«Wo ist der Botschafter?»

Der Matrose am Eingang, das Gewehr zwar bequem, aber absolut korrekt haltend, wackelt mit dem Kopf. Er kennt die Raskolnikows seit deren Einsatz am Kaspischen Meer – dort, wo sich ein entscheidender, verhängnisvoller Moskito an Larissa gesättigt und der Admiral seine letzte Gefechtsleistung erbracht hatte. Die Kaspische Operation hatte sie beide ruiniert.

Raskolnikow ist seit seinem bald darauf folgenden Zusammenbruch mit akuter Lungenentzündung im Dezember 1921 und trotz des besten staatlichen Sanatoriums auf der Krim nicht mehr wirklich auf die Beine und leider schon gar nicht vom Alkohol losgekommen. Als Larissa sein Arbeitszimmer betritt: das übliche Bild. Durch die nachlässig zugezogenen Vorhänge ist der Raum in ein Clair-obscur geschnitten, das für Momente an ein Schachbrett erinnern könnte – auf dem großzügigen Sofa ihr Mann, einen Band Dostojewski auf der Brust, eingeschlafen, am Boden unterhalb seines herabhängenden Arms auf dem kostbaren blauen Teppich die leere Flasche Wodka.

Sie nimmt das Buch von seiner mächtigen Seemannsbrust, «Schuld und Sühne». Das Exemplar, das er während seiner

Gefängnisjahre bei sich hatte. Sein Schatz. An den Seitenrändern Notizen aus dem Gefängnis, die Untergrundnamen seiner Mithäftlinge, seiner revolutionären Genossen. Tagebucheintragungen. Dieser Roman ist sein Schild, der Ursprung seiner Parteizugehörigkeit, eine Bibel aus der kostbaren und unwiederbringlichen Zeit der Illegalität, als er einer kleinen revolutionären Zelle um einen Studenten mit dem Pseudonym «Molotow» angehörte und sich aus Bewunderung für Dostojewski nach dessen berühmtester Romanfigur nannte, dem «Schädelspalter» Raskolnikow.

So viele seiner alten Genossen sind gestorben, ihre ikonischen, niemals wieder zu vergebenden Kampfnamen sind sein Heiligenkalender. Viele andere Genossen wandten sich anderen Fraktionen zu, machten Karriere und wurden ihm, dem Romanliebhaber, der es doch bis zum Admiral gebracht hat, fremd. Doch in den Notizen und Aufzeichnungen in seinem Exemplar von «Schuld und Sühne» ist die Welt, aus der er kommt, noch immer lebendig. Es wird niemals die seiner drei Jahre jüngeren Frau sein.

Nun liegt er leise schnarchend auf dem Sofa. Sein nur mit einem prall gespannten weißen Hemd bedeckter Bauch wölbt sich wie der eines Wals. Eines gestrandeten, versteht sich.

Auch ihn hat sie vor Augen gehabt, in der farcehaften Reportage über das «Haus der Maschinen», wo sie den überaus fetten Direktor vorführte – über den schrieb sie für die Leser der «Iswestija» genauso wie über ihn, ihren Mann. Aber Raskolnikow hat ihre Reportage, von der sie ihm einen Durchschlag hingelegt hatte, natürlich noch gar nicht gelesen, genauso wenig wie die Post des heutigen Tages. Die liegt ungeöffnet auf dem Schreibtisch, einem riesigen Möbelstück aus indischer Produktion (da die Afghanen selber keine Möbel in ihren Häusern haben), mit zahllosen Schnitzereien verziert, die den Tisch wirken lassen, als sei das ursprüngliche, das Holz umrankende Laubwerk auf magische Weise verwandelt. Die Vertiefungen der Schnitzereien hat der Künstler mit Lapislazuli-Staub ausgerieben, was ihnen ein besonderes Farbspiel verleiht.

Sie wirft den Tschador auf einen der Besuchersessel vor dem Schreibtisch, ruft durch die offen stehende Tür auf den Flur hinaus, dass sie einen Samowar wünscht, räumt die Botschaftspost, um die sie sich später kümmern wird, zur Seite, holt stattdessen die deutschen Aufzeichnungen aus ihrer Tasche und legt sie auf den Tisch. Verschwenderisch, wie sie angesichts dieses Fundes ist, zündet sie erst die beiden großen Petroleumlampen auf dem Schreibtisch an und dann eine Zigarette – eine englische Dunhill, die sie den sowjetischen vorzieht, neben ihrem gleichfalls aus London beschafften Parfüm Rose France, das sie über alles liebt: ihre beiden größten Schwächen. Genuss – und Geschmack.

Als der Botschafter Raskolnikow, ihr Ehemann, der Admiral und frühere Kommandeur der heldenhaften Wolgaflotte, nach einer Stunde mit einem lang gezogenen Seufzer aus seinem Rausch erwacht, hat sie sich einen Überblick über die Aufzeichnungen verschafft und diese grob geordnet. Sie hat den Kriegsplan genau studiert, ihn auf alten Karten aus der Zarenzeit nachvollzogen, mit denen sie vom Moskauer Außenminister Cicerin vor ihrer Abreise ausgestattet wurden. Manche der Anmerkungen bleiben ihr allerdings rätselhaft, es sind wiederkehrende Notationen, die eher zu einer Schachpartie passen würden. Dann wieder Zahlenkombinationen, als habe jemand die Ergebnisse eines eigenartigen Roulettespiels aufgeschrieben. Patterns.

«Lyalya, Liebste», lässt sich nun Raskolnikow vernehmen,

steht mit einem Ächzen vom Sofa auf. Schiebt sein Hemd unter die Hosenträger, fährt sich über den Bart und geht barfuß zu ihr hinüber, um sich eine Tasse Tee zu nehmen. Er hinkt leicht.

«Gut geschlafen?» Sie blickt nicht einmal auf, hält ihm die Wange hin, als er sich, den Tee ungeschickt balancierend, zu ihr hinüberbeugt, um ihr einen Kuss zu geben. Sein Atem ist ein Abgrund aus schlechten Angewohnheiten, sein Dreitagebart kratzt auf ihrer milchzarten Haut, er muss sich am Schreibtisch festhalten, weil ihm offenbar noch ein wenig schwindlig ist.

«Bin kurz eingenickt, Liebste, die Hitze», sagt der Mann mit dem bekannten alten Kämpfernamen, schlüpft in das zweireihige Jackett, das über seinem Stuhl hängt, auf dem jetzt Larissa sitzt.

«Was haben Sie da?»

«Das sind Aufzeichnungen deutscher Offiziere, die während des Großen Krieges hier in Kabul stationiert waren. Sie haben sich mit einem Kriegszug gegen Britisch-Indien beschäftigt. Sehen Sie her ...»

Mit ihrem Bleistift zeigt sie auf einzelne Positionen und Abschnitte und erklärt ihrem Mann, der kaum Deutsch liest, was sie hinter den Aufzeichnungen vermutet.

«Kann schon sein, dass es bald wieder zu einem Krieg zwischen den Engländern und Afghanistan kommt. Die Spannungen wachsen täglich ...», murmelt er.

«Ich glaube, Sie haben mich nicht ganz verstanden», sagt sie, «ich spreche von einem Plan, Indien von der britischen Herrschaft zu befreien. Afghanistan ist dabei der Ausgangspunkt, nicht das eigentliche Ziel.»

«Gewiss ...», murmelt Raskolnikow, streichelt ihr die Wange und geht aus dem Zimmer, den Gefängnis-Dostojewski unter dem Arm. In seinen Augen und seinen Bewegungen macht Larissa jene schlenkernde Ungeduld aus, die den alten Kämpfer überkommt, wenn es ihn nach einem Schluck Wodka gelüstet. Sie hingegen hat Dunhill-Zigaretten und trinkt unendliche Tassen Tee, die sie nun bis an die zarten Spitzen der Morgenröte tragen.

Wieder und wieder geht sie die deutschen Aufzeichnungen durch, sieht den Weg nach Indien frei und imaginiert den Hebel, um die britische Herrschaft aus den Angeln zu heben und die Welt zu einer anderen zu machen – doch vieles versteht sie auch nicht, manches bleibt ihr dunkel. Dann, in den frühen Morgenstunden, entdeckt sie endlich einen Namen, es liest sich wie eine Art Unterschrift, vielleicht die des Verfassers:

Oskar Niedermayer, Königlich Bayerischer Oberleutnant.

Mit einem Mal vollkommen erschöpft, eine letzte Zigarette rauchend, steht sie vom Schreibtisch auf, sagt sich den Namen noch ein paar Mal vor: Niedermayer. Sehr deutsch, fast banal. Und dann auch noch bayerisch ...

Beim Aufstehen spürt sie schon, dass ihr leicht schwindlig ist, was keineswegs von der Zigarette herrührt. Ihr Kopf pocht, ihre Augen brennen so sehr, dass sie mit einem Mal nur noch verschwommen sieht. Eine beunruhigende Hitze steigt in ihrem Inneren auf und legt sich wie ein neuer Tschador um sie, ein Glutgewand, mit dem angetan sie sich auf das Bett in ihrem Schlafzimmer wirft, plötzlich sogar zu schwach, um sich ihre Reitstiefel auszuziehen, die sie seit ihrer Heimkehr immer noch trägt. Ihr Kopf ruht erschöpft auf dem Kissen, aber ihr Körper findet keine Erholung. Der Schweiß tritt ihr auf die Stirn, das Gewand aus Hitze schnürt sich enger um sie, bedrückt sie, und hätte Larissa die Kraft, würde sie es sich vom Leib reißen, aber das kann sie nicht, die Bedrückung und der Schwindel gehören zusammen, werden mit einem Mal groß und schwer wie ein Teppich: Bald schon verliert sie das Bewusstsein. Es ist die Malaria, die sich nach Monaten, in denen sie ohne Beschwerden war, ihrer bemächtigt.

Irgendwann in den frühen Morgenstunden findet sie einer der Matrosen auf ihrem Bett, holt Raskolnikow dazu, der verständigt den alten Schiffsarzt, der der Botschafts-Besatzung mitgegeben wurde und der nicht viel anderes zu tun vermag, als ihr Chinin zu verabreichen und dafür zu sorgen, dass sie genügend Flüssigkeit bekommt.

In den ersten Tagen ist sie kaum bei sich, tief eingesunken in die zermürbende Präsenz des Fiebers, doch der deutsche Name, Niedermayer, bleibt bei ihr, wird zur Manie, zu einem Phantom, das ihr in mannigfaltigen Verkleidungen und Gewändern erscheint und sie durch Kataklysmen führt, in denen ganze Welten untergehen. Fiebernd träumt sie von Aufmarschräumen und Kanonen, den Pässen des Hindukusch; den Staub peitschende Pferde der Stammeskrieger ziehen an ihr vorbei, und sie beginnt endlich zu verstehen, wie der Krieg gegen die Imperialisten gewonnen werden kann – sie sieht die Schlacht. Doch immer, wenn sich ihr leidender Geist darum bemüht, etwas davon festzuhalten, entwischen die Gestalten, die Truppen der Weltrevolution, die sie befehligt, zerfallen wie Windteufel in der Mittagsglut. Nur eines bleibt von ihren Visionen, der Name Oskar Niedermayer.

Der bisher heftigste Malaria-Anfall, seit sie sich 1920 am Kaspischen Meer infiziert hat, wirft sie für zwei Wochen aufs Krankenlager, doch auch danach spürt sie noch Nachwirkungen des Schubs. Die Malaria ist wie ein Gespenst, das sich in den Knochen, den Muskeln und Sehnen ihres Körpers eingenistet hat und sich nach jeder Niederschlagung beständig von ihrer Lebensenergie nährt, bis es wieder stark genug geworden ist, um sich in voller Gestalt zu erheben. Doch Larissa ist nach den beiden Wochen heiter, sogar fröhlich, durchgekocht gleichsam, und sieht die Welt mit geschärften Sinnen. Aber ihr Körper, das fühlt sie, ist eindeutig schwächer als vor dem Anfall.

Als sie einigermaßen die Kraft dazu hat, nimmt sie ihre Arbeit wieder auf, richtet Empfänge aus, trifft sich weiterhin mit der Mutter und den Frauen des Emirs, unter denen sie viele Freundinnen hat, die sie bewundern. Schreibt Briefe. Studiert spätabends, alleine für sich die Aufzeichnungen des deutschen Offiziers, Niedermayer, aus denen sie viel lernt. Es ist nebenbei wie ein Seminar in einem neuartigen Fach namens «Geopolitik».

Auf dieser Grundlage versucht sie die kargen Nachrichten, die sie in Kabul über ihre umkämpfte Telefunkenanlage hereinbekommen, zu deuten.

Mit Obermaat Struchov, ihrem Funker auf dem Kanonenboot WANJA KOMMUNIST, der an der Kasan-Front von großer Bedeutung gewesen war, verbringt sie ganze Nächte am Funkgerät, manchmal auch Arm in Arm. Zuweilen bekommen sie den britischen Funkverkehr zwischen Indien und Ägypten herein – den beiden wichtigsten Besitztümern des Welt-Inselreichs Großbritannien. Sie belauschen ferne Frachtschiffe. Einmal die Woche treffen Zeitungen ein. Das für sie wichtigste Ereignis ist natürlich die Gründung der Sowjetunion, die im Dezember stattfindet, den russischen Bürgerkrieg endgültig beendet und das Russische Reich beerbt. Die vier unabhängigen Länder Russland, Weißrussland, Ukraine und die Transkaukasische Sowjetrepublik, ein Zusammenschluss von Georgien, Aserbaidschan und Armenien, gründen die UdSSR, das größte Land der Erde. Mit diesem bedeutenden Ereignis, das sie nicht wenig stolz macht, gewinnt Larissa aus ihrer afghanischen Perspektive folgendes Bild der Weltlage zu Anfang des Jahres 1923:

In Lausanne findet eine von den Briten dominierte Konferenz statt, die einen Friedensvertrag mit der durch ihre enormen Kriegserfolge möglich gewordenen, neu gegründeten türkischen Republik Kemal Atatürks vorlegt. Sie diskutieren eifrig über Atatürks Erfolg, denn unter ihm ist die Türkei ein riesiges Vorbild geworden, nicht nur für Amanullah, sondern auch für die Bolschewiken, die mit Staunen sehen, wie er sich gegen die westlichen Siegermächte des Großen Kriegs durchsetzen konnte. So bekommt die türkische Republik die Kontrolle über die Meerengen zurück. Weder Deutschland noch das unmittelbare Nachbarland, die junge Sowjetunion, sind formell nach Lausanne eingeladen – Moskau aber hatte immerhin den Vorschlag einbringen dürfen, die Dardanellen ganz für fremde Kriegsschiffe zu sperren, eine Idee, auf die sich keine der alten Großmächte einlassen will.

Larissa begreift schnell, warum: Es stehen genügend Weiße, Monarchisten und Reaktionäre, immer noch bewaffnet und kampflustig, im bislang osmanischen Gallipoli. Es wäre ein Leichtes, aus ihnen eine Invasionsarmee zu formieren und sie auf der Krim abzusetzen. Man braucht nur die Durchfahrt ins Schwarze Meer.

Im Frühjahr dann beklagt der britische Außenminister Curzon «sharply worded», welche Schandtaten die Bolschewiken im ehemaligen Russischen Reich begehen: Bedrängung britischer Staatsbürger; Behinderung des britischen Schiffsverkehrs in internationalen Gewässern; religiöse Verfolgung. Und dazu noch die zunehmende anti-britische Propaganda in Persien, Indien und Afghanistan. Lord Curzon – man höre und staune – stellt den Regierungen dieser drei Länder ein Ultimatum, die sowjetischen Botschafter hinauszuwerfen.

«Die Briten wünschen unsere Regierung ohne Verbindung zum Rest der Welt. Keine andere Sichtweise, kein anderer Standpunkt als der britische soll gelten», schäumt Emir Amanullah kurz danach. Der britische Botschafter war persönlich zu ihm gekommen und hatte ihm die Note des britischen Außenministers überreicht.

«Wollen mir vorschreiben, mit wem ich mich bespreche und austausche – und bombardieren auf der anderen Seite unsere Dörfer an der Grenze zu Indien!»

Am gleichen Abend noch erhalten Raskolnikow und Larissa die Einladung zur Verleihung eines hohen Ordens an den sowjetischen Botschafter. Es ist das übliche Spiel – das schwankende Gunstpendel eines eigentlich gutartigen Herrschers eines kleinen Landes, der zugleich versucht, dem britischen Prinzip aus ein wenig Zuckerbrot und viel Peitsche zu widerstehen. Jetzt will er ein Zeichen für seine Unabhängigkeit setzen und bauchpinselt deshalb den Admiral auf dem Botschafterposten. Aber ändern, gar revolutionieren wird das alles nichts, da ist sich Larissa sicher.

Mit den nur äußerst spärlichen Agentur-Nachrichten aus dem Ausland und den innerafghanischen Botenberichten von der Ost-Grenze, wo die britischen Truppen dabei sind, paschtunische Dörfer auf afghanischer Seite zu zerstören und sogar mit Giftgas anzugreifen, versucht sie sich ein Bild der Lage zu machen.

Mit einer befriedeten und abgefundenen Türkei, die vorerst neutral bleiben wird, sind die Optionen der West-Alliierten im Schwarzen Meer wieder gestiegen – warum nicht doch noch auf der Krim landen?

Ein französischer Wunschtraum seit Langem. Gleichzeitig geht man gegen die paschtunischen Stämme mit genauer Detailkenntnis vor – die Angriffe sind kein Zufall, sondern erfolgen mit militär-anthropologischer Logik: Jetzt im Winter können die Stämme nirgendwohin ausweichen. Sie müssten ihre Herden zurücklassen, was sie niemals tun würden. So sind sie leichte Opfer in ihren zusammengedrängten Dörfern.

Wenn London es will, sterben achttausend Kilometer weiter östlich Kinder und alte Leute, die von ihren Schafen leben, denkt sie. Das ist die Weltmacht. Gegen dieses Weltsystem, diese nachrichtendienstlichen Verbindungen und diese Logik präziser Waffengewalt muss man vorgehen. Mit dem Niedermayer-Plan – oder was immer das ist, wofür die von ihr entdeckten Aufzeichnungen stehen.

Das eheliche Leben zwischen ihr und Raskolnikow verläuft, wie bei so vielen, nicht ohne üble Ausbrüche seinerseits, bolschewistisch, sentimental. Er kommt ihr manchmal ein wenig vor wie ein altes Haustier, dem sie seine Gewohnheiten nicht rauben will. Doch in ihrem Inneren reift der Entschluss, Afghanistan so bald wie möglich zu verlassen. Alleine. Und ihre beiden Geheimnisse mit sich zu nehmen.

Im Mai 1923 schließlich sieht sie zu, wie die Matrosen der Roten Botschaft ihr Gepäck zum Kofferraum eines der wenigen Autos tragen, die es im Land gibt, und noch in den letzten Stunden ihres Aufenthaltes, bevor sie Afghanistan in einer mühsamen, zweiwöchigen Reise über Bamian und schließlich die turkmenisch-sowjetische Grenze verlässt, schreibt sie ihren Eltern einen Brief, der ihr nach Moskau vorauseilen soll:

«Wenn es jetzt so weit gekommen ist, dass Afghanistan sich im Kriegszustand mit Großbritannien befindet, wenn seine Grenzen ins Blut der Stämme getaucht werden und der Emir sich auf niemand anderen stützen kann als uns: Wenn das alles auf dem Spielfeld ausgebreitet ist und das werktätige Russland nicht anders kann, als den Stammesleuten zu helfen, seit hundert Jahren vernichtet, seit hundert Jahren belagert – wenn wir diesen Moment verstreichen lassen, dann gibt es für uns in Zentralasien nichts anderes mehr zu tun, als den Laden dichtzumachen. Denn wie nützlich und erfreulich wäre es gerade jetzt, nach Lausanne, das Britische Empire an seine schwache Stelle im Osten zu erinnern.»

Zwei

DIE TOTENGRÄBER

Wagankowoer Friedhof, Moskau, *Februar 1926*

Wie am Ende einer Gasse eine einzige einsame Laterne das Wappen eines Tuchgeschäfts oder Modisten in die Nacht schneidet und dem Spaziergänger aus einem anderen Rayon sogleich die Idee eingibt, dass es vielleicht Zeit wäre, sich ein neues Gewand zuzulegen, sei es einer neuen Liebe oder einer begangenen Schandtat wegen, so hatte sich ganz Moskau, die schmutzige, unendliche, unbegreifliche Stadt, einen weißen Pelz umgelegt. Es tat sich leicht damit – zumal dieses schöne frische Gewand nicht lange halten und bald schon, in den ersten Stunden geschäftigen Lebens, zum Bettlerlumpen werden würde.

Arkadi Tandorinowitsch atmete das, was man schnöde auch nur eine Moskauer Schneeluft hätte nennen können, mit Dankbarkeit ein. Davor hatte er ein paar abgemagerte Stunden Schlaf genossen, hatte sich einmal kurz gestreckt, von seiner Bettstatt erhoben, gleichfalls dankbar für alles Zwicken, Stechen und Ziehen, da ihm jedes einzelne Zipperlein mitteilte, dass er noch am Leben war. Mit einem Mal juckte es ihn ganz unvorteilhaft an einer Stelle, wo ihn gerade eine Wanze biss, die sich doch die Zeiten seiner Bewusstlosigkeit hätte zunutze machen und sich währenddessen satt saugen können, anstatt noch diesen Nachschlag aus dem bereits erwachten Körper einzufordern.

«Kannst wohl nicht genug bekommen, Freundchen», ließ er seinen beinahe zahnlosen Mund murmeln, schnappte das lästige Tier und warf es mit einem Kichern in hohem Bogen auf die Straße hinaus, von wo es den Weg in seine aus Lumpen gebaute Bettstatt gewiss nicht so schnell zurückfinden würde. Er kratzte sich an der juckenden Stelle und spürte einen winzigen Tropfen Blut auf seiner Fingerkuppe. Und wieder freute er sich daran, dass es noch immer warm und anscheinend nahrhaft durch seine Äderchen floss. Auch das war keineswegs selbstverständlich.

Er nahm seine dicke Loskuts-Jacke, zusammengenäht aus Dutzenden von Stofffetzen unterschiedlichster Webart, die er auf dem Loskutnaja-Markt, dem Handelsplatz für Stoffreste, gekauft hatte, zunächst um die alte Jacke immer wieder zu flicken, doch im Lauf der Jahre hatten die Fetzen das ursprüngliche Gewebe vollständig ersetzt. Er warf den schweren, seiner Körperform perfekt angepassten Flickenfrack über und trat aus der Tür seiner kleinen Hütte.

Er atmete tief ein. Diese Luft in den frühesten Morgenstunden, bevor in den Fabriken die ersten Schichten begannen und die Öfen in den Wohnungen angefeuert wurden, diese Luft war einfach reine Medizin. Um nichts in der Welt hätte er auf diese Momente frischer Moskauer Schneeluft verzichten mögen, sie war die eigentliche Ursache seiner nun schon über siebzig Jahre währenden Gesundheit. Schläge hatte er genügend abbekommen, hatte einige pariert, andere hatte er einstecken müssen, und Narben waren auch zurückgeblieben. In seiner Schreinerlehre in Jaroslawl, die er zu einer Zeit angetreten hatte, als Fjodor Dostojewski sein Geld in Wiesbaden verprasste, hatte ihn sein Lehrmeister, der Meister Walpuchin, mit dem Rundholz und immer wieder auch mit dem Eisenhämmerchen geschlagen, manchmal auf den Rücken und einmal auch ins Genick, woraufhin Arkadi ohnmächtig geworden war – aber meistens hatte der Meister auf die Hände gezielt. Hunderte kleiner und großer Brüche und Risse in seinen Knochen, die ihn zwischen seinem vierzehnten und siebzehnten Lebensjahr ereilten und die alle wieder verheilt waren, hatten seine Hände gehärtet, sodass es jedem, der ihm die Hand gab, das Gefühl einflößte, er greife eine mechanische Eisenprothese anstelle einer natürlichen Hand, oder noch mehr, als sei Arkadi in ganzer Person ein Mann aus Stahl.

Schnell war der Mann mit der Eisenhand jetzt dabei, sich mit dem Beilchen an seinem Holzvorrat zu schaffen zu machen, den er in einem in die bloße Erde gegrabenen Unterstand knochentrocken aufbewahrte. Das Holz stammte von einem abgerissenen Gebäude, irgendwo nahe der Hauptstadt. In Moskau selbst war in den Jahren seit der Revolution schon beinahe alles, was man hatte demontieren können, abgerissen worden, viele leere, nur noch von Resten bedeckte Abbruchgrundstücke in den Gassen zeugten davon, wo einst gemütliche Holzhäuser alter russischer Bauart gestanden hatten.

Das Holz, das Arkadi nun zu spalten begann, bekam er aus dem Geschäft eines Gewinners der Neuen Ökonomischen Politik, eines sogenannten NÖPlers, der den systematischen Abbau alter Adelssitze betrieb, in denen auf traditionelle Weise sehr viel bestes Holz verbaut war – uralte Lärche aus dem Ural, und das in rauen Mengen. Fassadenverkleidungen, Fensterrahmen, Schindeldächer und natürlich auch: Dachstühle. Für die zuverlässige Lieferung dieses vorzüglichen Brennholzes leistete Arkadi dem NÖPler die eine oder andere Gefälligkeit. Ein Totengräber bekommt mehr vom Leben mit, als man glauben würde. Ähnlich wie der Schaffner eines gut funktionierenden Verkehrsmittels, einer Trambahn, in der man schön gereiht saß, sorgte er dafür, dass jeder an seinen Platz kam.

Vor ein paar Monaten zum Beispiel, da hatten sie den Auftrag bekommen, ein Grab für den General Frunse, den glorreichen Anführer der Roten Armee, auszuheben, aber kaum dass sie fertig waren, wurde beschlossen, dem großen General seine letzte Ruhestätte in der Kremlmauer zu bereiten, was innerhalb der jungen Welt des sowjetischen Friedhofswesens eine absolute Besonderheit war.

Seltsam war das ja schon, dachte Arkadi und musste einen staunenden Zungenschnalzer von sich geben – wirklich seltsam, wenn man den Auftrag für das Grab bekommt, bevor der Tod des Kunden erfolgt ist, des braven Bürgers, der braven Bürgerin, der es zugedacht war, des Genossen oder der Genossin oder gar des strahlenden Kriegshelden und Generalissimus, des Stolzes der Partei, die natürlich auch die Bestattungen organisierte. Als Arkadi – nach der Revolution und eher zufällig – ins Bestattungswesen eingetreten war, hatte die Partei das Monopol dafür gerade an sich gerissen. Wie im Rest des Landes waren auch hier Hyperinflation und ein organisatorischer Zusammenbruch gefolgt. Man musste ein Vermögen ausgeben, um bestattet zu werden, aber selbst wenn man das Geld hatte, konnte es dauern. Unaufhörlich kamen die Toten von den Schlachtfeldern, aus den Krankenhäusern und Lazaretten und sammelten sich vor den Friedhöfen der großen Städte, von Hunden angenagt. Viele begannen bald zu riechen. Eine entsetzliche Zeit, damals. Arkadi war Totengräber geworden, weil er es angesichts dieser Missstände als seine mitmenschliche Pflicht angesehen hatte. Und er war dabei geblieben. Denn was man ansonsten von nichts anderem im Russland dieser Jahre behaupten konnte: An Leichnamen war kein Mangel. Er hatte sich dreingefunden, hatte sich allerdings stets geweigert, Massengräber auszuheben, das kam für ihn nicht infrage.

Als Arkadi mit seinem Beil genügend Anzündholz abgespalten, mit dem Lederriemen umschnürt und auf seinen Schlitten gelegt hatte, nahm er einige Balkenteile und dickere Scheite, und schließlich fasste er mit altgewohntem Griff und nicht geringer Freude, dass sie immer noch heile war, seine Spitzhacke, legte sie auf den Schlitten und dazu seinen Spaten, der im Lauf der Jahre tatsächlich schon einiges von seinem eckigen Blatt verloren hatte. Er hatte im Großen Krieg Gräben ausgehoben damit, erst gegen die Österreicher, dann gegen die Deutschen. Aber genutzt hatten sie nicht viel, die Gräben. Keiner von beiden Seiten übrigens. Da war die jetzige Nutzung schon bei Weitem besser, zielgerichteter. Galt stets nur einer einzelnen Person. Einem Individuum. Als er sodann alles verladen hatte, bekreuzigte er sich dreimal und zog den Schlitten an.

Der frisch gefallene Schnee hatte alles gesäubert, geglättet und verschönt. Die lehmige Straße ein unberührtes Damasttuch, das sich durch den dunklen Dienstbotenflur der Stadt zog, bis dahin, wo sich das Gräberfeld befand. Auf dem Weg dahin würde Arkadi noch einmal einkehren.

Es war kurz nach halb drei Uhr morgens, als das variantenreich knirschende Geräusch, das sein Schlitten verursachte, sich langsam von seiner Hütte fortbewegte, breite Fußabdrücke und schmale, beinahe elegante Fahrspuren auf der dünnen Schicht jungfräulichen Schnees hinterlassend.

Dieser Aufbruch Arkadis geschah etwas früher als sonst, und Hundehund, der es sich unter einem halb verfallenen Bretterhaufen an einem Mäuerchen bequem gemacht hatte, spitzte seine Ohren, schnupperte in die eiskalte Luft, und als er zu der sich langsam nähernden, wohlvertraut knirschenden Melodie des Schlittens nun auch den Geruch Arkadis wahrnahm, da tat sein Herz einen Sprung, und dann trabte er auch schon vorsichtig los. Dabei war er vorfreudig und glücklich, und gleichzeitig schämte er sich dieser Gefühle, ja mehr noch, er war deshalb fast wütend auf sich selbst, wie jedes Mal, wenn die Begegnung mit Arkadi anstand. Aber in dieser frühmorgendlichen Moskauer Einsamkeitsnacht im bitterkalten Februar, hier zu dieser Stunde und ganz erfüllt von dem Lebensstrom, der immer noch in ihm pulste, war seine Freude einfach zu groß.

Hundehund hatte einen verkrüppelten linken Hinterfuß, den im Lauf zu nutzen ihm nicht mehr möglich war, doch er war ein geschickter Hinkender. Das verdankte er seinem früheren Herrn, welcher im Jahre 1922 einen jämmerlichen Tod erlitten hatte, verursacht vom Zusammenspiel einer jahrzehntealten Syphilis und einer Leberzirrhose, die ihn am Ende in ein gelbhäutig-stinkendes Monstrum verwandelt hatte. Bis dahin freilich hatte er Hundehund im Fuselrausch zu verprügeln gepflegt – mit dem Schürhaken oder dem Ochsenziemer und was ihm sonst in die Hände kam. Erst die Revolution der Bolschewiken war es gewesen, die Hundehund Erleichterung verschafft hatte, da sein seine Liebe schlecht vergeltender Herr danach so verarmt war, dass er all diese Haushaltsgegenstände verkaufen musste, bis schließlich nicht einmal mehr Holzscheite da waren, mit denen er nach ihm hätte werfen können. Als sein Herr starb, buchstäblich im letzten Hemd, zusammengekrümmt in einer der winkligen Gassen nahe dem chinesischen Viertel, saß Hundehund immer noch bei ihm, aufmerksam und trotz allem auch ein wenig traurig, da der bis dahin abscheuliche Geruch des zirrhotischen Mannes langsam von Botenstoffen des bevorstehenden Endes durchsetzt wurde. Als die Agonie endete, näherte Hundehund sich noch einmal vorsichtig und schaudernd dem Korpus, und als er sich überzeugt hatte, dass sein Herr nicht mehr war, verließ er dessen sterbliche Überreste, im Bewusstsein der Befreiung und erfüllt von der Entscheidung, sich nie wieder einem Menschen anzuschließen und jene unerschütterlich sehnsuchtsvolle, bittere Fähigkeit zur Liebe und zur Gefolgschaft, die in ihm steckte, lieber ungestillt zu lassen.

Er war auch schon zu Lebzeiten seines undankbaren Herrchens oft durch Moskau gestreunt, kannte die Wege und Gassen, fürchtete sich vor der harten Geschäftigkeit gewisser Ecken und hungerte lieber, als sich unter zu viele Menschen zu begeben, und hatte doch nicht gewusst, wohin er sich nun hätte wenden können. Die ersten Tage waren hart, und das nicht ganz kleine, schlanke Tier, dem ein Barsoi-Windhund Spuren seiner edlen Gestalt hinterlassen hatte, was man auch an der lang gezogenen schmalen Schnauze erkennen konnte, war immer wieder, unbewusst und beinahe gegen seinen Willen, in die Nähe seines toten Herrn zurückgekehrt und hatte auf diese Weise auch mitbekommen, wie der Leichnam eines Abends eingesammelt und in einem typischen Armengrab bestattet worden war. Von Weitem hatte er dem Mann zugesehen, der die Schaufel führte. Kein anderer als Arkadi. Und auch wenn Hundehund an seinem Entschluss festhielt, sich niemals mehr einem Menschen in aller hündlich-treuen Konsequenz anzuschließen, so kam es doch schon an diesem Tag zu einer ersten Kontaktaufnahme. Der zum Erbarmen abgemagerte Barsoi-Bastard folgte Arkadi in weitem Abstand, von diesem längst bemerkt und schließlich, nachdem der Totengräber in seiner Behausung angekommen war, sogar mit einem Suppenknochen und einem harten Brotstück bedacht. Seitdem waren Arkadi und Hundehund, nun ja, was waren sie geworden? Eine freundschaftliche Assoziation mit Vorteilen für beide Seiten.

Das Erste, was Arkadi an diesem frühen Morgen von Hundehund sah, war sein in der Eisnacht stehender Atem, der hinter dem Stamm einer gewaltigen Ulme hervortrat. Dann ein zartes Näschen.

Komm doch ran,
Armer Hund,
Küssen wir uns zum Gruß …

«Da bist du ja, mein Hundelchen», sagte Arkadi zufrieden und begutachtete dann, wie der Angesprochene zunächst zögerlich, wie es nun einmal seine Straßenhundeart war, hinter dem Baum hervorhumpelte, näher kam, sein wedeliges Hinterteil nicht mehr im Zaum haltend, schließlich an der von Arkadi hingestreckten Hand schnupperte und aus dieser dankbar ein Brotkügelchen entgegennahm, das Arkadi für ihn gerollt hatte. Von den einstmals auch von den Zaren geschätzten Barsois sagt man, es seien die einzigen Hunde, die lachen könnten wie Menschen, und dieses Erbe zeigte sich nun auch in Hundehunds Antlitz. Das schmale Maul öffnete sich, und ein dann doch nicht anders als treu zu nennender lieber Blick suchte Arkadis Augen.

«Na, dann wollen wir mal sehen, ob unsere faulpelzigen Kameraden schon wach sind», murmelte der, nahm die Deichsel des holzbefüllten Schlittens wieder auf und setzte, nun begleitet von dem glücklichen Tier, seinen Weg fort, machte mit seinen Filzstiefeln tiefe Stapfen in den zart knirschenden Neuschnee, und eine dreibeinige Pfotenfigur trat ab dieser Stelle dazu, die Spur von Holzgefährt und Mann umschlängelnd.

Nicht lange und sie erreichten – erbost gegen einen Windstoß ankämpfend, der ihnen ordentlich Schneeflocken servierte – das halb verfallene, windschiefe Bauwerk, hinter dessen aus Fundbrettern gezimmerter Tür und den wie im russischen Winter üblich verkitteten Fenstern er den Rest seiner Mannschaft wusste. Hundehund verbarg sich. Arkadi schlug mit der von praktischen Lappen umhüllten Hand an die schlosslose Tür, drückte sie dann auf, trat in den funzellichtigen Raum, in welchem ihm sich jene Geruchskomposition aus Männerschlaf, stehender Luft und halb erkaltetem Kohleofen darbot, auf der aber auch schon der spritige Oberton des Primus-Kochers tänzelte, jenes schwedischen Patents, das es millionenfach in der Sowjetunion gab, den gleichfalls Millionen von Entwurzelten, Versprengten und Neustadtbewohnern Herd und Samowar ersetzend.

Den bläulichen Flammenkranz des Primus betrachtete Alexej Maximowitsch Duchow und auch das Töpfchen, mit dem er Schneewasser schmolz, um auf diese Weise Tee zu kochen. Acht gab er aber nicht nur auf den Kochvorgang, sondern auch darauf, dass sein langer, struppiger Bart nicht wieder angesengt wurde, was schon einige Male vorgekommen war.

«Früh dran seid ihr, Genosse», konstatierte der Teezubereiter.

«Der Boden ist so hart gefroren, da werden wir ordentlich dreinschlagen müssen.»

«Tee trinken wir aber noch.»

«Einverstanden. Wo ist Timofei Jakowitsch?»

«Geht einem menschlichen Bedürfnis nach. Einem allzu menschlichen.»

Arkadi seufzte, denn er ahnte es bereits, dass «menschlich, allzu menschlich» genau das Stichwort war, an welches der bärtige Teekocher sich nun krallen würde, um ein wenig in die frühmorgendlichen Höhen der Spekulation hinaufzusteigen – denn Duchow war einer der radikalen Biokosmisten, deren gemeinsames Ziel es war, «den Menschen» und dessen allzu unerfreuliche Lebensumstände auf der alten Erde zu überwinden. Sein Meister war der Philosoph Fedorow, der vor gut zwanzig Jahren beinahe unbekannt in Moskau gestorben war, ein Bibliothekar des Rumjanzew-Museums, in dessen Lesesaal er der diensthabende Beamte gewesen war. Leo Tolstoi, in den Achtziger- und Neunzigerjahren ein häufiger Besucher der Rumjanzew-Bibliothek, diskutierte eifrig mit ihm, aber die Eitelkeit des weltberühmten Romanciers und Moralisten stieß Fedorow ab. Äußerlich das kratzige Hemd des Bauern tragen, ja, aber darunter die seidene Unterwäsche aus Frankreich – das war der Graf Tolstoi für ihn. Ein verlogener Heiliger, mochte sein Erfolg in den Gazetten Europas auch noch so gewaltig sein.

Ganz anders hingegen Fedorow, welcher asketisch und besitzlos gelebt hatte, darin ein Vorbild für seine wenigen existierenden Schüler, zu denen Duchow gehörte, und die alles daransetzten, die Lehren ihres Meisters allgemein bekannt zu machen.

«Hunger, Krankheit und Tod beherrschen das Dasein des Menschen. Nichts besitzt unsereins von sich aus, und das wenige, was er hat, seine physische Existenz, kann er jederzeit verlieren – die blinde, bewusstlose Natur ist ein Moloch, blind gebiert sie neues Leben, und blind reißt sie wieder alles in den Abgrund, was sie geschaffen hat. Lässt erblühen, um dann doch nur die Geschwüre und Spasmen, die Tumore und Zirrhosen gedeihen zu lassen, die das Leben wieder vernichten.»

So pflegte Duchow gerne auszuführen, und bei seinen Schilderungen spürte jeder seiner Zuhörer bald, wie es ihn selbst zu zwicken und zu zwacken begann, wie es in ihm wuchs und die todbringenden Kräfte der blinden Natur ihn in den Abgrund rissen. Der Mann war ein Prediger.

Die von Fedorow skizzierte kosmotellurische Wissenschaft und Kunst verfolge deshalb, so erklärte er, das einzige Ziel, das Elend des Menschen mit wissenschaftlich-technischen Mitteln zu überwinden. Erlösung und Gerechtigkeit könnten hier aber nicht allein durch die szientifische Neuschaffung des Menschen geschehen, sondern nur durch die vollständige Wiederherstellung aller jemals auf der Erde lebenden Menschen erreicht werden. Durch Sammeln, Aufspüren und Synthetisieren aller Teilchen, aus denen die Körper der einstmals Lebenden neu hergestellt würden.

«Was soll das schon für ein Sozialismus sein», pflegte Duchow zu sagen, «welcher sich erst in der Zukunft verwirklicht und den künftigen Generationen das Paradies auf Erden errichtet und endlich soziale Gerechtigkeit gewährt – während all die früher Lebenden leer ausgehen sollen? Eine schreiende Ungerechtigkeit! Der zukünftige Sozialismus darf nicht als eine Ausbeutung der Toten durch die Lebenden funktionieren.»

Diesem historischen Ungleichgewicht – das schon Dostojewski zu denken gegeben habe – würden die Fedorow-Anhänger durch die vollständige Wiederauferstehung aller jemals Lebenden begegnen. Schließlich sei jeder Mensch ausnahmslos Sohn oder Tochter, schon immer, weshalb alle Menschen die Verpflichtung hätten, sich geschwisterlich zusammenzuschließen, um die Verstorbenen wissenschaftlich wiedererstehen zu lassen – das nannte er das «Väterschaffen», das *Otcetvorenie*. Anstatt durch Geschlechtlichkeit immer neue Menschen zu zeugen, die dann wieder stürben, solle die Menschheit lernen, sich endlich sexuell zu enthalten, was ja schon die Heiligen empfohlen hätten, und dafür eben lieber mit den wissenschaftlichen Methoden der Neuzeit all die Generationen von Vätern und Müttern aus ihren Gräbern zu holen und damit nicht nur für ausreichende Bevölkerung der Erde, sondern auch für soziale Gerechtigkeit in einem umfassenden historischen Sinn zu sorgen.

Duchows blaues Primus-Flämmchen hatte nun endlich das Schmelzwasser zum Kochen gebracht, einige Blättchen Tee waren hineingesegelt, und über dem Blechgefäß dampften schwache Aromen in die eiskalte Luft der Behausung. Die aus Brettern gezimmerte Tür schwang auf, und Duchows Mitbewohner erschien, der nicht sehr groß gewachsene Timofei Jakowitsch Boluchin, schmal in den Schultern, Militärmantel, Matrosenmütze auf dem Kopf und die feingliedrigen Hände in löchrigen Handschuhen, die sogleich ein Tässchen Tee zu halten bekamen.

«Kalt draußen, was?», begrüßte ihn der Anführer in seiner majestätischen Flickenjacke.

«Och, Arkadi Tandorinowitsch», erwiderte der schmale Boluchin und zeigte ein entschlossenes, seemännisch-wettergegerbtes Grinsen, «das ist ja noch gar nichts dagegen, wenn die Sonne erst einmal erloschen sein wird. Dann wird es erst wahrhaft schattig werden. Dagegen ist es heute Morgen geradezu lind.»

«Glaubt ihm nicht, Arkadi», spottete Duchow, und sein zauseliger Bart machte eine schmatzende Bewegung, «dafür gibt es keinerlei Beweise.»

«Natürlich gibt es die – man nennt es EN-TRO-PIE. Und wir sind mitten darin. Zwanzig Millionen Jahre, so schätzt man, mehr nicht, und dann ist es vorbei mit unserer Sonne. Aus und für immer.»

In den Worten des nun wieder teeschlürfenden Boluchin hörte sich das an wie zwanzig Monate, zwanzig Wochen oder sogar zwanzig Tage – wie ein Zeitraum jedenfalls, den sie alle miteinander, wie sie hier zusammenstanden und ihren Tee ohne Marmelade schlürften, noch erleben würden. Bald schon. Ihr werdet sehen.

«Nichts im Universum kann verloren gehen, kein Teilchen ...»

«Was denn für Teilchen?», reizte ihn Boluchin, der die Schwäche seines schon älteren Mitbewohners bezüglich physikalischer Begrifflichkeit genau kannte.

«Teilchenlein», erwiderte der Ex-Pope unbeirrt, strich sich stolz über das filzige Tau seines Bartes und funkelte dem maximal-futuristischen Dichter zu. Der schrieb am Logbuch des dreiundzwanzigsten Jahrhunderts, hatte eine eigene Lautsprache für die künftige interstellare Kommunikation entwickelt und liebte es über die Maßen, alle, die ihm in die Falle gingen, mit Begrifflichkeiten und ihren Untiefen und Unschärfen zu quälen. Aber nicht ihn, Duchow.

«Die Wissenschaft kennt jedes von ihnen mit Namen. Eine Sonne, die erkaltet, schafft dabei ... gleichzeitig auch eine neue. Die ... Grundteilchen müssen einfach nur wieder zusammengeholt und in der ursprünglichen Zusammensetzung synthetisiert werden.»

«Ach, Brüderchen», seufzte nun der Matrose Boluchin und legte seinem Obdachteiler die magere Hand auf den Rücken, «das mag zwar sein – irgendwo entsteht vielleicht wirklich eine neue Sonne. Das wird uns aber nichts nützen, wenn wir hier auf diesem zum Kältetod verdammten Planeten bleiben müssen. Begreif doch, dass wir Gestrandete sind. Wir sind Reisende, und nun halten wir eine kurze Einkehr auf dem Planeten des Kampfes, dem Planeten der Zerstörung – dem Planeten des Krieges. Zeit, dass wir uns davonmachen.»

In vertrautem und auch bestätigtem Einklang mit wichtigen Denkern des radikalen futuristischen Biokosmos, wie etwa Sweriatov, war Boluchin der Meinung, dass die Erde ein Schreckensort sei, zu dem schwerwiegenden Schicksal verdammt, zu dem zu werden, was Dante in der «Göttlichen Komödie» vorausgeahnt hatte: ein Planet aus Feuer und Eis, gefährlich, ungerecht und tödlich. Ein Ort, den es schleunigst zu verlassen gelte.

«Wenn wir es nicht schaffen, Raumschiffe zu bauen, werden wir hier zugrunde gehen. Du willst auf chemisch-synthetische Weise die Toten auferstehen lassen? Ein frommer Wunsch. Ich aber sage dir, was wir brauchen, das sind funktionierende Raketenantriebe.»

Das Gespräch zwischen den beiden so unterschiedlich denkenden Zusammenwohnern ging noch eine ganze Weile hin und her, streifte die diversesten Aspekte der mannigfaltigen Ungerechtigkeiten des Lebens auf dem Planeten und die verschiedenen Auswege, die ihnen offenzustehen schienen. Etwa: die Neuerschaffung passender Organe, mit denen man nicht nur Vorgänge in der Natur, sondern auch solche im atomaren Bereich würde wahrnehmen können. Die heilsame Wirkung systematischer Bluttransfusionen, von jungen Menschen auf alte und umgekehrt, wodurch sich für beide ein erheblicher, lebensverlängernder Gesundheitsvorteil ergäbe; und Boluchin wusste zu berichten, dass ein gewisser Doktor Voronow Affenhoden transplantiert und dadurch beeindruckende Ergebnisse der Verjüngung und Steigerung der Lebenskraft erzielt habe. Überhaupt – im

Transplantieren liege vielleicht ohnedies das Geheimnis ewigen Lebens, unabhängig von der Wiederherstellung der bereits Gestorbenen.

«Wie man es auch nimmt, Genossen, da wir unseren Tee nun getrunken haben …», erwiderte Arkadi jetzt nachdenklich, stellte seinen Blechnapf auf die als Tisch fungierende löchrige Kiste und richtete sich auf. Gegen diesen unwiderstehlichen Drang, unter allen Umständen die Arbeit, die getan werden musste, zu verdrängen und beiseitezuschieben, um zuvor ein paar philosophische Probleme zu besprechen, hegte er einen tief sitzenden Widerwillen, der sich unterschiedlich bemerkbar machte. Manchmal als Wut, mal als depressive Resignation – heute Morgen aber eher als eine Art von Müdigkeit, der zugleich eine gewisse Heiterkeit innewohnte … eine milde Erschöpfung vielleicht, die das Erlebte abmilderte, wie ein Gläschen Wodka am frühen Morgen.

«Genossen, wenn wir nicht langsam loslegen, dann wird da heute zu annehmbarer Zeit kein Grab ausgehoben sein. Der Boden ist hart wie Stein, und das hinunter bis auf einen halben Arschin. Brechen wir auf.»

Auch Hundehund hatte, verborgen hinter einem Baum, den der Winter aller Blätter beraubt hatte, zunehmend ungeduldig auf die drei Totengräber gewartet, und als sie nun heraustraten, hüpfte er vor Freude. Sein lachender Windhund-Blick galt Arkadi, doch der maximal-futuristische Dichter Boluchin entdeckte ihn sogleich und zog eine eiskalte Kartoffel aus seinem Militärmantel, die Hundehund trotz seines Misstrauens nicht zu verschmähen vermochte. Boluchin kraulte ihn zudem auch noch hinter den Ohren.

«Armes Biest», kommentierte der zottelbärtige Duchow, der genau wie Fedorow ein strenger Vegetarier war, und warf einen mitleidigen Blick auf den hinkenden Köter, der die Kartoffel längst in seinen mageren Bauch geschlungen hatte.

«Wie viel Unglück und Schmerz herrschen nicht unter den Tieren ... ein jedes quält das andere, sie fressen sich gegenseitig. Ein einziges Elend. Es wäre besser, wenn es keine Tiere mehr gäbe, überhaupt keine. Dann wäre auch ihr Leid zu Ende. Müsste unser Hündchen nicht mehr frieren und hinken.» Er seufzte.

«Dann los», sagte Arkadi, «vom Rumstehen wird das Elend der Welt auch nicht weniger.»

Also zogen die beiden Zusammenwohner den Schlitten mit dem Holz und dem Werkzeug an, der sich knirschend über den gefrorenen Grund in Bewegung setzte. Den Barsoi-Spross dazugerechnet, waren sie nun vier. Der Wind pfiff, Schneeflocken trieben ihnen ins Gesicht. Sie duckten sich, gingen, ohne anzuhalten, voran. Ein jeder hing seinen Gedanken nach. Arkadi, mit dem kindlichen Charakter seiner Genossen wohlvertraut, lief hinter den beiden, Hundehund trippelnd-hinkend neben ihm. Vier Totengräber.

Schon Alexander Sergejewitsch Puschkin hatte angemerkt, und zwar in seiner Erzählung «Der Sargmacher», dass es literarischen Autoren häufig eingefallen sei, Angehörige ebenjener Berufsstände entgegen ihrer eigentlichen Umstände, die ja nun immer mit Tod und Trauer zu tun hätten, als fröhliche und sogar witzige Charaktere zu schildern – um den Erwartungen des Publikums gerade in diesen heiklen Situationen eine unerwartete Wendung und einen anderen Ton zu geben. Denn, und darin stimmte Arkadi ganz mit dem legendären Dichter überein, es war schon wirklich komisch, zumindest fragwürdig, dass man überhaupt diesen abwertenden Namen tragen musste: Totengräber.

Denn für jeden, der die Wahrheit gehört hatte und sie auch glauben konnte, war das Grab ja doch eine Gebärmutter – denn würde man nicht zur Stunde daraus hervorgehen, um vor das Angesicht des Schöpfers zu treten, der auch der Richter war? Also war Totengräber mit Sicherheit der falsche Name – man war doch vielmehr Geburtshelfer. Hatte es nicht immer geheißen, in den alten Zeiten, die Arkadis Wissen nach Jahrhunderte gedauert hatten, dass der Sarg ein Wägelchen war, in dem es sich bequem fuhr?

Wie hatten sie einst als Kinder gesungen, während ein Mitglied des Dorfes in der Prozession bestattet worden war:

«Fahre hin, blasser Körper,
blasser Körper vieler Sünden.
Während du in der feuchten Erde liegen wirst,
rufen sie mich zum Gericht,
rufen mich zum Gericht vor Gott.»

Und wie leichthin hatte ihr Kinderchor von dieser Wehklage der Seele gesungen, die auf ihren alten, toten, irdischen Körper hinabblickt wie auf einen in den Graben gefahrenen Karren. Wie leicht war es als Kind, vom Tod zu singen ...

Den naiven Glauben seiner Väter besaß Arkadi schon lange nicht mehr, dazu hatte er zu viel gesehen. Hatte wohl mitbekommen, wie die Revolution und ihre Herren, die Mehrheitssozialdemokraten, die sogenannten Bolschewiki, die alten, unverweslichen Heiligen der Orthodoxie ausgegraben und auf den Müllhaufen der Geschichte geworfen und stattdessen Lenin inthronisiert hatten, die unverwesliche Leiche im gebügelten Anzug. Mysterien, Religion, Politik, Ideologie. Alles Trug. Eines Tages aber käme Lenin wieder als weiser Richter aus der Welt der Toten, um die Schurken und Verräter zu bestrafen. Denn an die Auferstehung glaubte Arkadi.

Eines fernen Tages, davon war er überzeugt – genauso, wie der von wissenschaftlicher, auf Teilchensynthese setzender Auferstehungssehnsucht durchdrungene ehemalige Pope Duchow oder der kosmonautische Neu-Dichter Boluchin, der von den Raumschiffen träumte, mit denen sich eine neue, planetarische Menschheit absetzen würde, um dem unausweichlichen Kältetod auf der alten Erde zu entgehen –, eines Tages also würden auch sie vier wiederkommen, würden auferstehen, aus dem Staub des Todes neu zusammengefügt, um vor den Augen der Welt wieder unbeirrt gegen den Moskauer Schneewind anzugehen. Und würde es auch noch ein wenig dauern: Sie kämen zurück. Würden eines fernen Tages wieder an diesem frostigen Morgen angelangt sein, den Schlitten mit Holz beladen daherziehen aus der Nacht ihrer Bewusstlosigkeit, würden wiederkommen, einer wie der andere, und sogar das Hündelchen würde erneut – von welcher Stimme, welchen Augen auch immer herbeigerufen und zum Leben ersehen – humpelnd um sie herumwuseln.

Dann waren sie da. In der Ferne schimmerten nächtlich matt die Kuppeln der Kirche des Gedenktags der Auferstehung. Eine Mauer und zwei lichtlose kleine Häuser, um deren Ecke sie noch biegen mussten. Kahl standen die Bäume, und vor ihnen lag das vom Schnee bedeckte Gräberfeld. Der Wagankowoer Friedhof.

Grab neben Grab, von zierlichen Metallzäunen umsäumt, Kreuze und selten mal eine Figur.

«Wohin, Kapitän?», fragte Boluchin, die Deichsel des Schlittens haltend. Mit dem löchrigen Handschuh seiner linken Hand wischte er sich einige beinahe schon gefrierende Tropfen von der Nase. Duchow hinter ihm schnaufte durch. Hundehund trat von einer seiner drei schmalen Pfoten auf die andere, da die Kälte beißend in sie hineinzog. Jedes Mal, wenn sie den Friedhof erreichten, packte den Hund ein kraftvoller Schauder. Die beinerne Welt, die schlummernden, vom Frost eingemauerten Knochenberge reizten ihn. Weckten zugleich seine Vorsicht. Kein einfacher Ort für den alten Köter. Hatte er hier einstmals ja schon geschmaust ...

Arkadi holte das Schreiben der Verwaltung heraus, ein getipptes Formular, auf dem der Ort des auszuhebenden Grabes, dann der Auftraggeber – in diesem Falle, keineswegs ungewöhnlich, ein Komitee – sowie der Name der zu bestattenden Person angegeben war.

«Reissner, Larissa Michailowna, Abteilung 20 a)», las Arkadi laut und vernehmlich vor. Duchow wollte den Schlitten sogleich anziehen, aber der vorausgehende Kosmonaut und Dichter stand erstarrt. Der Schrecken war ihm durchs Rückgrat gefahren.

«Kann das sein, Kapitän», murmelte er und machte einen Schritt auf Arkadi zu, «kann's wirklich sein, dass du gerade Larissa Michailowna Reissner gesagt hast?»

«Genauso ist es», erwiderte Arkadi. Er reichte Boluchin das Dokument, der holte seine Nickelbrille heraus, hielt das Formular nah an sein Gesicht und las für sich, was dort geschrieben stand. War wie gebannt. Damit es weiterging, übernahm Arkadi nun Boluchins Platz an der Deichsel und zog an.

«Hier gleich rein, und dann ein paar Reihen weiter vorne. Kanntest du diese Madame Reissner etwa?», fragte der zahnlose Anführer.

Boluchin nickte versonnen, murmelte Unverständliches vor sich hin, trottete hinter dem Leiterwagen her, von Hundehund beäugt, dem gleich auffiel, wie sonderbar der Kosmonaut sich benahm. Aber der brauchte noch ein wenig Zeit, seine Erinnerungen zu ordnen.

Dann standen die vier vor der zugewiesenen Parzelle. Geschickt schichtete Arkadi den großen Scheiterhaufen darauf auf, die Spänchen unten, dann die zuvor fein gespaltenen Scheite und große Balkenteile aneinandergelehnt darüber, und entzündete das kunstvolle Flechtwerk mit einem spiritusgetränkten Lappen. Knisternd und knackend ging es los, und was einst der Dachstuhl eines moskowitischen Herrenhauses auf dem Lande gewesen war, brannte bald lichterloh. Die Flammen schlugen amazonenhoch in die frostige Nacht, tauten den beinhart gefrorenen Boden der zukünftigen Grabstelle auf, und die Totengräber und ihr vorsichtiger Begleiter drängten sich mit wohligen Seufzern und aufatmend an die Flammen, da dies, zumindest in der Winterzeit, der angenehmste Teil ihrer Arbeit war. Das Auftaufeuer.

Arkadi hatte es sich auf dem Schlitten bequem gemacht, Hundehund, dem die Wärme des prasselnden Scheiterhaufens wohltat, überwand seine Furcht, saß nun zu seinen Füßen und legte den Kopf auf die verfrorenen Pfoten, die sich herrlich erwärmten. Der ehemalige Pope Duchow stützte sich, die Hände übereinandergefaltet und sich dabei die Gichtknötchen massierend, auf den Spaten. Der Kosmonaut und Lautdichter aber, die Spitzhacke neben sich, das ihm zugedachte Werkzeug, blickte in die aufragende Flamme, die hoch hinaufschlug in den eiskalten Kosmos und damit in die Zukunft. Seine Erzählung aber ging in die Vergangenheit hinab, neun Jahre, um genau zu sein – ins Jahr 1917.

Aus früheren Gesprächen wussten sie ja schon, dass Boluchin zu dieser Zeit noch ein Angehöriger der zarischen Marine gewesen war, ein Matrose der Baltischen Flotte. Ihre Garnison hatten sie in Kronstadt, der Festungsinsel im Finnischen Meerbusen. Vor dem Hafen von St. Petersburg. Ein eigenartiges Gemeinwesen, das sich ein paar Tausend gewöhnliche Bewohner mit über zwanzigtausend Matrosen teilten. Boluchin, ein Bauerssohn, war nicht gefragt worden, ob er zur Marine wollte oder nicht, ein Wehrpflichtiger unter Hunderttausenden, der sich inmitten der gnadenlos mahlenden Kriegsmaschinerie des Russischen Reichs wiederfand.

In jeglicher Kriegsmarine dieser Epoche – geprägt von in drückender Enge zusammengepferchten Männern, die im schwül-heißen Maschinenraum unter größter Anstrengung schuften und an Deck in Sekundenschnelle Manöver zwischen Stahl und Pulverdampf ausführen müssen, die der Einzelne nicht überblickt – herrschte der raueste Ton, und strengste Hierarchie trennte die einfachen Seeleute von den Offizieren. Das war schon immer und bei allen seefahrenden Mächten so gewesen, doch nahm die Kaiserlich russische Marine die Sonderstellung des ganz besonderen Elends ein. Prügel gab es bei jeder Gelegenheit, permanenter Hunger und unsäglich schlechte Unterbringung in den Quartieren kamen dazu, aber die ungeheure Inkompetenz der Offiziere, allgegenwärtig, weil selten nach Begabung, sondern nach Ansehen und Rang der Familie befördert wurde, schuf ein einzigartig miserables Klima. Hier konnte die Idee des Aufstands wie nirgendwo sonst gedeihen. Denn die Marine (aber auch die Armee) bildete aufs Genaueste die gesellschaftlichen Verhältnisse ab – die Reichen wurden Offiziere, die Armen mussten bluten. Und gehorchen.

«An einen hochnäsigen Leutnant kann ich mich erinnern, aus bester Familie», erzählte Boluchin, «Palais in Piter und großes Landgut irgendwo in Weißrussland. Mit der Reitpeitsche in der Hand lief er herum, das war sein Spielzeug. Wenn ihm deine Nase nicht gefiel, bekamst du Schläge. Wenn du am Schleppen warst, und es ging ihm zu langsam, bekamst du Schläge. Er prügelte dich. Und lachte sich eines. Hier, die Narbe hat er mir verpasst. Am liebsten hätte ich ihn umgebracht. Aber da war ja der Krieg. Im Gefecht wirst du ganz kleinlaut und gehorchst, weil du ja Angst hast, denkst, du musst funktionieren, alles runterschlucken, damit es weitergeht. Der Krieg. Wären wir mit unseren Feinden so grausam umgegangen wie mit unseren eigenen Leuten, hätten wir vielleicht gewonnen. Aber ihr wisst selber, wie es war unter dem Zaren. Dann kam das Jahr 17, der Februar und die Aufstände der Frauen in Petersburg. Die Frauen fingen ja an, der Hunger und der Krieg hatten sie weichgekocht und aufgewühlt, kein Pardon mehr, sie rissen alle anderen mit sich, und alle skandierten die Losung der Bolschewiken, *Frieden, Brot und Land*, der Zar trat ab, und wir auf den Schiffen und in Kronstadt bekamen unsere eigenen Sowjets. Wie die anderen Kommunen auch. Aber wir bekamen auch noch etwas anderes – wie die Offiziere in ihren Messen hatten wir jetzt unsere Klubs, ganz offene Matrosenklubs. Vorher waren die verboten gewesen, aber jetzt konnte sie uns niemand mehr verbieten. Da debattierten wir also, saßen zusammen, stritten über Politik. Ganze Nächte lang. Aber mir fehlte etwas – ich hatte noch von anderen Dingen geträumt.»

«Ach so, von was denn nun?», fragte Arkadi interessiert und zog die Schultern unter seinem schweren Patchwork-Mantel hoch.

«Dichtung. Hatte das Schreiben auf dem Schiff angefangen, aber nun ... im Mai war's, da sah ich ein Flugblatt: Im Matrosenklub würde eine Schreibwerkstatt stattfinden. Jeder könne daran teilnehmen – und geleitet würde die von der Chefredakteurin der Zeitschrift ‹Rudin›. Zeitschriften gab's ja viele,

‹Rudin› sagte mir nichts. Redakteurin, na, ich stellte mir eben so eine literarische Matrone vor, wie es sie in Petersburg gab. Aber da hatte ich mich getäuscht. Chefredakteurin mochte sie wohl sein, aber ‹Rudin› war wohl eine Studentenzeitung gewesen. Larissa Michailowna war jünger als die meisten von uns selber, aber sie hatte mehr Autorität als jeder von den verdammten Offizieren, und sie hatte noch etwas ganz anderes. Der Offizier schickte uns in den Krieg. Sie, Larissa Michailowna, hatte nur eine Botschaft – was immer wir schrieben, es musste gegen den Krieg sein! Gegen den Krieg! Mit aller Leidenschaft. *Nehmt euren Verstand zusammen, der Bleistift ist eine Waffe! Stärker als Luger!* – Ihre grünen Augen blitzten unter ihrem Haar, das sie halblang trug. Eine englische Bluse, und eine Hose – sie war gekleidet wie ein junger Mann –, in den ersten Stunden war einigen unter uns nicht wohl, weil sie gar nicht aufhören konnten, sie anzuschauen. Aber das war kein Problem, sie war wohl gewohnt, angeschaut zu werden. Sie trug eines ihrer eigenen Gedichte vor, in dem so viele Wörter waren, die ich noch nie gehört hatte und dennoch auf Anhieb verstand. Dann rief sie uns auf, unsere eigenen Gedichte vorzulesen. Und so begann dieser literarische Kurs. Das war ja hölzernes Zeug, was wir schrieben, plump und klumpig – aber sie ermutigte uns, ließ nicht zu, dass wir uns schämten. Zu mir sagte sie, ich solle das Stampfen der Maschine, das Wummern der Geschosse, das Tosen der Technik, wie ich es erlebte, hineinbringen. Von Larissa Reissner habe ich gelernt, zu sein, was ich wollte: ein Dichter des Futurismus. Das verdanke ich ihr. Sie kannte die ganzen Futuristen, hatte sie vortragen gehört, las uns aus den Zeitschriften vor, die sie mit in den Kurs brachte. Majakowski. Sie lehrte mich, nicht nur auf die Revolution zu hoffen, sondern selbst Revolution zu sein. Im Gedicht, das knirscht, um sich schlägt – mit den eisernen Flügeln flattert, um in den Himmel zu steigen, und uns endlich mit fortzunehmen. Das war sie. Und jetzt steh ich hier und werde ...»

Der große Scheiterhaufen, an dem sich die vier gewärmt hatten, war in sich zusammengebrochen, brannte aber noch ein Weilchen, einzelne Flämmchen loderten auf. In die Glut starrend, erfuhren seine Zuhörer von Boluchin, dass Larissa Reissner während ihrer Zeit im literarischen Matrosenklub den stellvertretenden Vorsitzenden des Kronstädter Sowjets kennengelernt habe, einen Bolschewiken, der sich nach der Dostojewski-Figur Raskolnikow nannte. Der sei später im Bürgerkrieg bald Admiral der Baltischen Flotte geworden, und sie habe ihn begleitet, als Politkommissarin.

«Also war sie eine richtige Bolschewikin?», fragte Arkadi.

«Ja, das war sie wohl. Allerdings.»

«War sie denn dann auch dabei, als die Bolschewiken euch in Kronstadt niedergeschossen haben, 1921?»

«Glaub nicht, da waren sie und ihr Mann schon woanders. Weiß aber nicht genau.»

Als sich damals die Matrosen von Kronstadt, die bis zu diesem Zeitpunkt die treuesten Verbündeten des als Oktoberrevolution bekannten bolschewistischen Staatsstreiches waren, im Frühjahr 1921 erhoben und ein Ende der Einparteiendiktatur forderten, als sie sich auf ihre revolutionären Erfolge verständigten und ankündigten, sich fürderhin selbst regieren zu wollen, hatten die Führer der Bolschewiken die Rote Armee mobilisiert, die ihnen stets treuen Kronstädter Matrosen angegriffen und zu Tausenden niedergemetzelt. Das war das blutige Werk des von Lenin selbst geschickten Marschalls Tuchatschewski gewesen, des «Roten Napoleon», wie Tuchatschewskis Bewunderer ihn ehrfürchtig nannten.

Boluchin selbst war davongekommen, und danach – so hatte er es den anderen schon einige Male berichtet – hatte er, der einst so treue Revolutionär und Matrose des Bürgerkriegs, mit den Bolschewiken gebrochen, Kronstadt und Petersburg verlassen und war nach Jahren unsteter Wanderschaft in Moskau angekommen, wo nach dem Ende des Bürgerkriegs und der diesem folgenden Hungersnot alles von der gerade eingeführten Neuen Ökonomischen Politik aufgemischt worden war. Er schloss sich einer Splittergruppe des Nördlichen Maximalistisch-Futuristischen Kreises an, veröffentlichte Gedichte in diversen, stets am Rande ihrer Existenz stehenden Zeitschriften mit minimaler Auflage und hatte schließlich bei Arkadi Unterschlupf und Heimat gefunden.

Dann war das Feuer ganz abgebrannt, die Glut fast erloschen und der tief hinab ins Erdreich gefrorene Boden angetaut. Die Totengräber begannen mit ihrer Arbeit. Boluchin rückte sich die Matrosenmütze zurecht, ließ die Spitzhacke krachen, das Gedicht vom Leben und Sterben Larissa Reissners, welche ihm einst die Furcht vor dem Schreiben genommen hatte, führte ihm die Hand. Jetzt wurde das Grab gegraben, der Reigen konnte beginnen. Der Lautdichter und Raumfahrer Boluchin verdrückte ein paar zu Eis gefrorene Tränen. Die Steine und Kiesel klackerten wie Murmeln über den halb schon gelockerten Grund. So arbeiteten sie schnaufend und ächzend dahin, bis sich kurz vor Sonnenaufgang die Nacht aus dem Gräberfeld zu heben begann und bereits ein gewaltiger Haufen Erdreich aufgeschüttet war.

Wie ein Feuerchen an irgendeinem kleinen Span beginnen muss, wo sich ein winziger Fitzel entzündet und tatsächlich bald der Span, dann das Scheit und schließlich der ganze Holzstoß brennt, erhob sich die erste Sirene. Die Fabriken schlossen ihre Tore auf, die Arbeiter strömten zusammen, das Leben in der eiskalten Metropole begann, und aus einer Tanne flogen zwei Raben auf, ließen ein paar kristallene Schneeflocken auf den ansonsten gleichmäßig frisch beschneiten Friedhof rieseln, Grab neben Grab, wie ein Schachbrett, das sich nun in den ersten fahlen Strahlen der schwächlichen Sonne zeigte.

Drei

ASJA LĀCIS, THEATERREGISSEURIN

Autobiografischer Bericht

Dass der Kapitalismus nichts tauge, darüber brauchten Walter Benjamin und ich nicht zu diskutieren. Er war gegen den Kapitalismus, sah auch in der Tolstoi'schen moralischen Selbstvollendung nicht die Rettung, er war für eine gewaltsame Änderung des kapitalistischen Staates. Ich traf in Deutschland viele Intellektuelle, die so dachten wie Benjamin. Oft spielte sich zwischen uns so oder ähnlich folgender Dialog ab:

«Du bist gebildet, hast einen klugen Kopf, hast ein Spezialgebiet und hast keine materielle Existenzgrundlage.»

Benjamin schwieg.

«Mir ging es früher materiell auch nicht gut: Warum? Weil ich gegen den bürgerlichen Staat kämpfte, sonst hätte ich viel Geld verdienen können. Aber wo stehst du, Meister der Kultur? Dein Bruder ist in der Kommunistischen Partei! Warum du nicht?»

«Nun ja, du hast es ja sehr leicht, liebe Asja», sagte er, «mit dir ist es wie mit einem Pferd, das Scheuklappen trägt. Es sieht nur geradeaus, und der Weg erscheint ihm gerade. Für mich ist das schwerer, komplizierter, ich muss noch an viele andere Sachen denken.»

Für Benjamin war sehr wichtig, welche Gegenstände ihn

umgaben. Besondere Leidenschaft hatte er für Bücher. Er sammelte sie unermüdlich, hatte seltene Exemplare und war stolz auf sie. Er gewöhnte sich an Sachen. In seiner Wohnung stellte ich einen Korb mit ein paar Dingen ab. Ihm gefielen darin ein turkmenischer Teppich und ein Sofakissen in einer modernen Farbkomposition, ein Modell der sowjetischen Künstlerin Alexandra Exter. Vor meiner Abreise holte ich meine Sachen. Walter wollte sich aber von dem Teppich und dem Kissen nicht trennen. Ich ließ sie ihm – er war glücklich. Als er mich in Riga besuchte, sagte er mir, dass die Sachen sich bei ihm eingelebt hätten. Dinge, mit denen er zusammenstieß, waren ihm Wesen – störende oder helfende. Er sprach oft darüber, dass für den Ausgang einer geschäftlichen Besprechung die Position der Möbel Bedeutung habe.

Das war, als wir uns in Riga wiedersahen. Ich hatte einen sehr guten Vertrag bei einem Theater, das der linken Gewerkschaft gehörte, meine kleine Tochter Daga war dabei, und ich arbeitete sehr viel. Mit Kindern.

Ich inszenierte Einakter von Leons Paegle, von Laizens, von Mirabeau, Szenen aus Tollers Stücken «Masse Mensch», «Die Maschinenstürmer», «Hinkemann». Toller war für mich das große Genie unter den zeitgenössischen Dramatikern. Es war erstaunlich zu sehen, wie gut seine Szenen von den Kindern verstanden und wiedergegeben wurden.

Erfinderisch mussten wir sein in unserer Repertoirewahl, um uns die lettische Polizei vom Leibe zu halten. So kamen wir zu den Scharaden, den Rätselspielen. Wir stellten die Silben von Wörtern szenisch dar, die zusammengesetzt dann die Lösung ergaben. So zum Beispiel bedeutet die Silbe ber- (von Berlin) lettisch «Schütteln». Wir zeigten Getreideschütteln, eine schwere Arbeit, die in unseren Dörfern den Knechten abverlangt wird. Wir zeigten, wie die Knechte von den Großbauern abhängig sind, und wir zeigten die Kleinbauern. So informierten wir das Publikum auch über die Kämpfe in Deutschland, wie den Aufstand von Max Hoelz in Thüringen.

Aus diesem Spielen entstand die erste kleine Pioniergruppe in Riga. Die Kinder wurden zu Konspiratoren. Sie erkannten die Polizei, vor allem, wenn sie in Zivil kam, besser als wir.

Es war der Tag vor einer Premiere. Ich ging zur Probe, den Kopf voller Sorgen, vor mir stand: Walter Benjamin. Er liebte es, zu überraschen, aber diesmal gefiel mir seine Überraschung nicht.

Er kam von einem anderen Planeten – ich hatte keine Zeit für ihn. Er aber hatte viel Zeit, Riga kennenzulernen. In der «Einbahnstraße» und in «Waffen und Munition» beschrieb er die Begegnung, und die Beschreibung Rigas findet sich im «Stereoskop». Die Arbeiter Rigas wussten, dass in der bevorstehenden Aufführung die bürgerliche lettische Regierung frontal angegriffen wird, und sie kamen zur Premiere in Scharen. Der Klub war überfüllt, die Zuschauer saßen auf den Fensterbrettern, standen in den Gängen, um die Eingänge in den Saal. Benjamin wollte natürlich eine Aufführung von mir sehen und geriet in ein fürchterliches Gedränge. Als ich ihn nach der Vorstellung traf, sah er erbarmungswürdig aus: Der weiche Hut war zerknüllt, Rock und Hemdkragen hatten sich verschoben, er war wie durchgedreht. Er erzählte, die Menge drückte ihn an einen Türpfosten, schleuderte ihn in den Saal. Um nicht zerquetscht zu werden, musste er auf ein Fensterbrett klettern. Was auf der Bühne vorging, konnte er da nicht verstehen. Ihm hatte nichts gefallen, mit Ausnahme einer Szene: Ein Herr im Zylinder unterhält sich unter einer Laterne mit einem Arbeiter.

Die Inszenierung war ein großer Erfolg, das Publikum liebte die Arbeit, die Kinder waren hinreißend. Man warnte mich danach, die lettische Regierung wolle mich verhaften. Aufgrund des Kerenski-Gesetzes müsste ich vier Jahre Zentralgefängnis bekommen. Der sowjetische Konsul empfahl mir, schleunigst in die Sowjetunion zu fahren. Ich beantragte ein Visum und bekam es. Im Februar 1926 war ich mit Daga in Moskau, wir wurden vorerst im Hotel Liverpool einlogiert. Zu derselben Zeit wohnten im Liverpool der «rasende Reporter» Egon Erwin Kisch und niemand anderes als Ernst Toller, mit denen wir uns befreundeten. So bildete sich dort zufällig ein Inselchen deutscher Kultur. Ich bewunderte Toller sehr. Bei einem Besuch von Daga und mir auf seinem Zimmer warf ich zufällig einen Blick in seinen Koffer, der offen stand, und sah ein gerolltes Hanfseil darin, das auf einem Hemd lag. Mich schauderte. Toller bemerkte meinen Blick und nickte mir ganz freundlich zu. Seit er die vielen Jahre in Bayern im Gefängnis zugebracht habe, eingesperrt an einem Ort namens Landsberg, habe er es immer bei sich. Noch einmal einsperren werde er sich nicht lassen, deshalb.

Wir waren erst ein paar Tage in Moskau, als ich am Morgen in der «Iswestija» die Nachricht vom Tode Larissa Reissners entdeckte. Eine Fotografie von ihr war auch dabei. Die Todesanzeige war veröffentlicht von einem zur Organisation ihrer Beerdigung gebildeten Komitee. Die Zeitung hatte ich im Restaurant des Hotels gelesen, und sie in der einen Hand und Daga an der anderen, rannte ich zu Kisch.

«Was haben Sie, Frau Lācis?», fragte er, ganz betroffen, da mir die Tränen über das Gesicht liefen. Auch die kleine Daga, die mich noch nie so aufgelöst gesehen hatte und sich fürchtete, weinte.

«Eine alte Freundin von mir ist gestorben.»

«Larissa Reissner», murmelte Kisch, «ist das nicht die

Autorin des sehr erfolgreichen Buches über den Hamburger Aufstand, wie hieß das: ‹Hamburg auf den Barrikaden›?»

«Ja», sagte ich, «das ist sie. Sie hat einige Bücher geschrieben.»

«Und war noch so jung», murmelte Kisch, ihre Lebensdaten lesend, «grade mal dreißig Jahre alt.»

Am nächsten Tag um elf Uhr war die Beerdigung. Toller, der zu dieser Zeit große Sorgen wegen einer Verleumdungskampagne gegen ihn in der «Roten Fahne» hatte und sich schlecht fühlte, blieb im Hotel und kümmerte sich um Daga, die ihn sehr mochte. Kisch und ich gingen auf die Beerdigung. Auf dem Weg erzählte ich ihm fast mein ganzes Leben und wie ich Larissa einst kennengelernt hatte.

Meine ersten Kinderjahre verbrachte ich in Lettland auf dem Lande in einem Haus, das der deutsche Baron Wolf Handwerkern vermietete. Mein Vater war Sattler und Schneider. Wir hatten ein sehr kleines Zimmer, dessen größten Teil ein Webstuhl einnahm. Meine Mutter webte Decken und Laken für den Eigenbedarf. Meine Welt war eine kleine Fläche hinter dem Webstuhl. Spielsachen hatte ich nicht, nicht einmal eine schäbige Stoffpuppe. Ich hatte keinen Wintermantel und keine Lederschuhe, deshalb saß ich den ganzen Winter in meiner Ecke. Wenn aber an den Scheiben des kleinen Fensters die Eisblumen blühten, war das mein Glück. Ich kniete auf einem Schemel und schaute hypnotisiert auf den Eisbildschirm, wo ich meine Märchenfiguren auftauchen sah. Am häufigsten sah ich das hässliche Entlein, Rotkäppchen und manchmal Schneewittchen.

Mein Vater wollte in einer Fabrik arbeiten. Wir übersiedelten in die große Stadt Riga. Meine ersten Eindrücke waren mehr akustischer Art: Wenn der Zug im Rigaer Bahnhof stehen blieb, begrüßten uns schrilles Pfeifen und Keuchen der Lokomotive, und Dampf nebelte uns ein. In unsere kleine Wohnung, direkt gegenüber der Waggonfabrik, in der mein Vater arbeitete, drangen die Sirene und das Klingeln der Pferdebahn. Mein Vater war ein fortschrittlicher Arbeiter, hatte an der Revolution 1905 teilgenommen und mir damals Flugblätter zum Austragen gegeben. Er wollte, dass ich Bildung bekam, um frei und selbstständig leben zu können. Er brachte mich in einem Privatgymnasium unter, der Direktor war Schriftsteller. Mit diesem Gymnasium waren die besten lettischen Dichter, Musiker und Maler verbunden. Sie kämpften für die nationale lettische Kultur und Kunst. Dort bekam ich aber auch die soziale Ungleichheit und Ungerechtigkeit zu spüren. Das Gymnasium besuchten Töchter von Fabrikanten, hohen Beamten und «grauen Baronen» (so nannte man die Großbauern). Ich war das einzige Arbeiterkind. Ihre Schulkleider waren aus teuren Stoffen, mein Kleidchen aus dem billigsten. Sie lachten mich aus und beleidigten mich, aber die Lehrer unterstützten mich, weil sie meine Liebe zu Literatur und Kunst sahen. Ich lebte im Dunstkreis der Literatur. Ich verschlang Byron, Lermontow, Dostojewski. Einige Lehrer gehörten der dekadenten und symbolistischen Schule an. Sie beeinflussten mich, und ich begeisterte mich für Andrejew und Maeterlinck. Ich hasste die Kleinbürgerlichkeit, die das Leben verzäunte, mit ihren bornierten Regeln und Konventionen.

Ich wollte unter allen Umständen Hochschulbildung erwerben. Die erste Hochschule für Frauen waren die «Bestuschew-Kurse» in St. Petersburg. Dort hat die Krupskaja studiert. Ich erfuhr, dass beim Psychoneurologischen Institut ein zweijähriger Studiengang für allgemeine Bildung besteht, der für alle Fakultäten (Medizin, Jura, Chemie usw.) obligatorisch ist. In diesem Institut wurden auch Frauen aufgenommen. Ich fuhr nach St. Petersburg mit einem Bündel und einem Rubel in der Tasche. Professor Bechterew, der Leiter des Instituts, sammelte fortschrittliche Gelehrte um sich, zum Teil Marxisten, die aus den staatlichen Universitäten entfernt worden waren.

Der Vater von Larissa war so ein Bolschewik – Professor Michail Reissner. Er las Kriminalpsychologie. In seinen Seminaren veranstaltete er Dispute. Einmal behandelte er den Dialog zwischen Iwan und dem Teufel aus «Die Brüder Karamasow». Der Teufel entwickelt die Zukunftskonzeption, man müsse die Idee von Gott in der Menschheit zerstören und mithilfe der Wissenschaft und des eigenen Willens die Natur beherrschen, ein Mensch-Gott werden. Und da er dann erkennt, dass das Leben nur ein Augenblick ist, wird er seinen Nachbarn selbstlos lieben. Aber zu einer solchen Entwicklung braucht es unendlich lange Zeit. Um diese Thesen entbrannten wilde Diskussionen, denn unter den Studenten gab es viele politische Gruppierungen: In den Zirkeln unserer lettischen Landsmannschaft studierten Sozialdemokraten Marx und Plechanow, und sie stritten mit Anarchisten und Nationalisten verschiedener Schattierungen.

Professor Reissner führte den Disput so klug, dass er das politische Bewusstsein der Studenten auf den richtigen Weg leitete. Über ihn lernte ich Larissa kennen, denn manchmal begleitete sie ihn zu seiner Vorlesung, obwohl sie noch Gymnasiastin war. Sie war extravagant – trug einen grellen indischen Schal, auf ihrer Schulter hockte ein Chamäleon, und wenn man es anrührte, wechselte es die Farbe. Lyalya, so nannte sie ihre Familie, hatte eine symbiotische Verbindung mit diesem Tier, das sich von ihr vollkommen ungerührt überallhin mitnehmen ließ. Ein wenig schien es mir manchmal, wenn ich über sie nachdachte, als ob das Chamäleon und sie selbst zwei Erscheinungen derselben Persönlichkeit seien.

Larissas Eltern waren sehr vornehm, hatten Dienstboten, aber zugleich waren sie überzeugte Bolschewiken – damals noch eine kleine Partei, deren Führer alle im Ausland im Exil lebten. Sie war vier Jahre jünger als ich, wirkte aber viel erwachsener. Sie kannte sich bestens aus in St. Petersburg und nahm mich mit ins Theater, zu Vorträgen und Lesungen. Mit ihr zusammen bekam man überall gute Plätze. Sie war wie eine Prinzessin aus einem meiner Filme auf dem Eisbildschirm.

Die Theater Petersburgs erstickten damals in einer Atmosphäre von Bürokratie und Akademismus. Doch einige Genies waren nicht umzubringen, zum Beispiel der dämonische Sänger und Schauspieler Fjodor Schaljapin. In den kaiserlichen Theatern war Wsewolod Meyerhold als Regisseur tätig. Seine Aufführungen sprengten den Akademismus und verjagten den Geist des Würdenträgertums. Das Publikum vor den Kopf zu stoßen und die Kritik zu verärgern, das verstand Meyerhold.

Ungewöhnlich verlief das Gastspiel des ersten «Futuristischen Theaters der Welt», wie es sich selbst ankündigte. Der Schlager war die zweiaktige Tragödie «Wladimir Majakowski»: Autor, Regisseur und Hauptdarsteller war – in gelber Jacke – Majakowski in eigener Person. Vorhänge bildeten die Bühne, zwischen ihnen große Plakate. Auf einem war eine Stadt abgebildet, Equipagen, Straßenbahnen und rennende Menschen. Kreuz und quer, eins über dem anderen, wie der Turm zu Babel – das sollte Aufregung und Verwirrung auslösen, wie es die Futuristen immer bezweckten. Ich erinnere mich an folgende Szene: Auf einem Felsen im Nördlichen Polarmeer sitzt Majakowski, auf dem Kopf einen Lorbeerkranz. Er trägt die gelbe Jacke. Es treten zwei geschminkte Frauen auf. Sie tragen in jeder Hand eine Kanonenkugel, die Tränen bedeuten, die auf den Poeten fallen. Er nimmt die Kugeln, wickelt sie sorgfältig in Zeitungspapier und verpackt sie in seinem Koffer. Dann steht er auf, setzt den Hut auf und sagt ins Publikum:

«Gut denn!
Den Weg gebt frei!
Ich wähnte
dass hier alles mir eitel Freude sei;
mit Glanz im Auge
würd ich den Thron besteigen,
ein Grieche, verzärtelten Körpers»

Das Publikum pfiff und brüllte wie toll: «Majakowski ist ein Idiot und ein Verrückter, haltet diesen Schwindler fest! Gebt unser Geld zurück!» Von der Bühne kam in ausgezeichneter Diktion Majakowskis Antwort: «Selbst seid ihr Deppen!» Larissa und ich brüllten vor Begeisterung. Oft gingen wir spät nachts auch in ein stets überfülltes Kellerlokal, «Der Streunende Hund», das damals sehr berühmt war – die wichtigsten Dichter der Futuristen und vor allem auch der Akmeisten trugen dort ihre neuesten Gedichte vor. Larissa kannte sie alle, sie liebte besonders Ossip Mandelstam und Anna Achmatowa. Einmal erlebten wir auch zusammen eine Lesung des berühmten Gumiljow, des Ehemanns der Achmatowa. Ein geheimnisvoller Dichter, sehr elegant, mit einer faszinierenden Stimme. Als Gumiljow später auf dem Weg zur Garderobe an uns vorüberkam, warf er Larissa einen gewissen Blick zu, den ich mir kaum erklären konnte. Später gestand sie mir, mit Tränen in den Augen, sie habe ihn auf ihrem Gymnasium bei einem Schreibkurs kennengelernt, sich in ihn verliebt und sich mit ihm getroffen. Ich erschrak bei diesen Worten, weil sie doch noch so jung war. Sie schien sehr unglücklich darüber, hat die Liebesaffäre aber niemals wieder erwähnt. Im Jahre 1914 brach der Krieg aus, ich kam nach Riga, Orjol, Moskau. Dort blieb ich, weil ich Theaterwissenschaft studieren wollte.

Auch wenn sich unsere Wege immer wieder beinahe gekreuzt hätten, habe ich Larissa nicht mehr wiedergesehen. Natürlich habe ich mitbekommen, dass sie eine berühmte Journalistin und Schriftstellerin geworden war, kannte ihre Bücher und habe oft an sie gedacht, weil sie wie etwa Alexandra Kollontai so ein großes Vorbild für Frauen war, die sich entschlossen hatten, ihr Leben der Revolution zu widmen. Ich hatte ihre Artikel über den russischen Bürgerkrieg, in dem sie selber gekämpft hatte, gelesen und auch einmal etwas in der Berliner A. I. Z. über «Faschisten in Indien», denn sie hatte lange dort in dieser Weltgegend gelebt, als Botschafterin der Sowjetunion beim Emir von Afghanistan.

Als ich nun mit Kisch in Richtung der «Iswestija» lief, von wo der Leichenzug zum Friedhof führen würde, war mir ganz weh ums Herz. Ich erinnerte mich an das Chamäleon auf ihrer Schulter, an ihr Lächeln, das Leuchten ihrer grünen Augen und ihre Ausstrahlung, die eigentlich wie nicht ganz von dieser Welt war, zu schön, zu strahlend, um wahr zu sein.

Der Weg zum Nikitski-Boulevard war weit, und beim Gehen war mir, als würde ich vielleicht, wenn ich nur genug über sie spräche, Larissa Reissners Tod aufschieben. Vielleicht war irgendein Fehler passiert, wir würden am Pressehaus ankommen, und sie wäre noch am Leben. Die Stadt war an diesem Morgen besonders hässlich – in der Nacht hatte es geschneit, und der zertrampelte, rußige Schnee lag überall in großen Haufen. Um den Eingang zur «Iswestija» standen so viele Leute, dass es zunächst unmöglich war, das Haus noch zu betreten, es war alles voll von Menschen, die hineindrängten, um sie aufgebahrt zu sehen.

Auf dem Platz vor dem Haus hatte man in unregelmäßigen Abständen große Körbe aufgestellt, die mit glühender Kohle gefüllt waren und an denen man sich wärmen konnte, denn es war bitterkalt. Es wurde eine richtige bolschewistische Beerdigung, sie dauerte Stunden. Und alle waren sie da, die jemals mit ihr zu tun gehabt hatten.

Vier

NACH MOSKAU

Mai 1923

Seit beinahe drei Wochen ist Larissa unterwegs. Zunächst mit dem Rolls-Royce aus dem Fuhrpark des Emirs quer durch Afghanistan, immer wieder platte Reifen und kochender Motor, eine mühsame Angelegenheit, aber immerhin, sie sind an den Buddha-Statuen von Bamiyan vorbeigekommen, haben sogar zu den Füßen einer übernachtet. Der Aufgang der Sonne zauberte ein Mienenspiel ins Gesicht der riesigen Statue und ließ den Buddha für ein paar Momente lebendig erscheinen. Ein Wunder der Bildhauerkunst. Nach zwei Wochen erreichten sie Sowjetisch-Tadschikistan, die Grenzstadt Kuschka, wo es eine Garnison der Roten Armee und einen Bahnhof der Transkaspischen Eisenbahn gab. Dort in der Garnison, im Apartment des Kommandeurs, nahm sie ihr erstes Bad seit der Abfahrt von Kabul.

Irgendwann nach zwei weiteren Umstiegen hat sie in Duschanbe den Schlafwagen Richtung Moskau erreicht. Die Fahrt dauert weitere fünf Tage. Larissa ist so erschöpft, dass sie fast einen ganzen davon verschläft. Sie liegt auf dem schmalen Bett, das sie nach Wanzen abgesucht hat, ohne offenbar alle zu erwischen, denn eine ganze Reihe von Stichen ziert ihr Bein, als sie das erste Mal aufwacht. Sie lässt es geschehen, schläft wieder ein.

Am nächsten Morgen trinkt sie Tee in ihrem Abteil, den ihr der junge Schlafwagenschaffner serviert, und setzt sich später in den Speisewagen, wo sie an ihrem Tisch Manuskriptseiten und literarische Skizzen ausbreitet und Pläne schmiedet, nicht nur für Artikel und Geschichten, die sie schreiben will, sondern auch für das neue Leben, das sie in sich trägt. Aber noch ist ihre Reise ein mächtiger Strom aus Gleichförmigkeit, von dem sie gar nicht erwartet, er könne ein Ziel haben.

Sie erreichen nach beinahe zwei Tagen den Bahnhof von Kasan an der Wolga.

«Die russische Provinz ist armselig, hässlich und langweilig. Alle ihre Städte und Flecken sehen sich ähnlich wie eine alte Semmel der andern. Aber Kasan macht ihnen, was Hässlichkeit anbetrifft, doch noch den Rang streitig», so hatte Larissa genussvoll-bissig in einem ihrer «Briefe von der Front» geschrieben, «Wassermelonen, Staub, Bretterzäune, Häuser, in denen es außer Schildern und Auslagen nichts gibt. Und ein Pflaster – aus versteinerten Hühneraugen und granitenen Geschwülsten. Man muss ein sklavischer Patriot sein, um dieses Russland um seiner kleinbürgerlichen Armseligkeit willen, seines farblosen, blöd-monotonen und staubigen Provinzgesichts willen zu lieben.»

Damals im Spätsommer 1918, als der Herrschaftsbereich der Bolschewiki beinahe auf den des alten Moskowiter Herzogtums geschrumpft war, gelang ausgerechnet hier in Kasan die Wende – die Stadt, vier Jahrhunderte lang die Hauptstadt der Mongolen, wurde zum ersten Offensiverfolg der Roten Armee im Südosten – die Schubumkehr des Krieges.

«Beim schwankenden Gleichgewicht einer Waage entscheidet ein kleines Gewicht», würde Trotzki Jahre später in seiner Autobiografie über den Bürgerkrieg schreiben, und dieses kleine, aber entscheidende Gewicht war an dieser Stelle der östlichen Front die damals dreiundzwanzigjährige Larissa gewesen. Die Tschechoslowakische Legion hatte Kasan erobert, die Truppen und die Bevölkerung waren geflohen, die Rote Front war zerrissen. Larissa, begleitet nur von zwei Matrosen, die über die staubigen Feldwege fluchten, schmuggelte entscheidende, überlebenswichtige Informationen zum rückwärtigen Stab und hielt so die durchgehauenen Enden der Front zusammen – bis zu dem Zeitpunkt, an dem Trotzkis Eisenzug und Raskolnikows Kanonenboot-Flottille eintrafen und die Gegenoffensive gelang. Dieser bitter erkämpfte Wendepunkt des Bürgerkriegs war dann für Larissa auch ihr erster, keineswegs unumstrittener Publikationserfolg – denn ihre «Briefe von der Front», von Blut, Dreck und härtesten Formulierungen strotzend, hatten bei ihrem Erscheinen die studentische Jugend und die Intelligenzija aufgewühlt. Wie konnte man nur so etwas schreiben? Oder richtiger: Wie konnte nur jemand, der so gut schrieb, bei derart brutalen, grausigen Kämpfen dabei gewesen sein?

In Kasan steigt Larissa aus, und abgesehen davon, dass die wesentlichen Kämpfe damals vor gut vier Jahren an den Ufern der Wolga weiter westlich stattgefunden hatten und nur zu geringen Teilen in der Altstadt, ist sie verblüfft über die außerordentliche Reinigungskraft der Zeit – wie friedlich und lebenswert alles hier ist. Trotz der nächtlichen Stunde ist der Bahnhof belebt wie ein Basar, und sie nutzt die Zeit des zweistündigen Aufenthaltes, um sich die Beine zu vertreten, herumzuschlendern und zu schauen, ob sie irgendwo eine Moskauer Zeitung oder eine Zeitschrift bekommt. Sie ist glücklich, als sie tatsächlich nicht nur eine erst zwei Tage alte «Iswestija», sondern auch die Zeitschrift «LEF» entdeckt, herausgegeben von Majakowski, die Publikation der «LinksFrontKunst». Die großen, in Schwarz und Rot gehaltenen Lettern des Schriftzugs, die quer über das Titelblatt gesetzt sind, versetzen ihr einen kleinen Stich, einen elektrischen Impuls – sieht gut aus, denkt sie, ist so modern und souverän. Selbst in der von den starken Abgasen der Lokomotiven geprägten Bahnhofsluft riecht man die Farbe der Drucklettern, und mit diesem Duft und der wundervollen Griffigkeit eines Papiers, das frisch aus der Druckerei gekommen ist, wird ihr mit einem Mal klar, dass sie tatsächlich bald da sein wird, wo es nicht nur solche Zeitschriften wie die von Majakowski gibt, sondern auch die Majakowskis, die sie herausgeben, und dass sie diese Majakowskis treffen wird. Es schaudert sie vor Glück, dass sie endlich wieder unter ihren Freunden sein wird, unter Intellektuellen und Künstlern, dass sie wird debattieren und streiten können.

Später dann, nach dem Abendessen im Speisewagen, als sie sich hingelegt hat und im Schein der Bettlampe das Heft liest und neben den bekannten Namen auf so viele stößt, von denen sie noch nie gehört hat, beginnt neben der Vorfreude auch die Unruhe in ihr zu wachsen. Sie weiß nicht, was sie erwartet. Ob ihre Nachrichten und Telegramme aus Afghanistan irgendjemanden erreichten, ob man überhaupt weiß, dass sie kommt?

Wo würde sie wohnen? Leider war überhaupt nicht daran zu denken, ins Loskutnaja zurückzukehren, in ihr altes Zimmer, das sie für sich alleine 1915 eingeweiht und das sie dann 1918 zufälligerweise mit ihrem frisch angetrauten Ehemann, dem gerade zum Admiral ernannten Edel-Bolschewiken mit dem Kampfnamen «Fjodor Raskolnikow», ein weiteres Mal bezogen und sechzehn Monate lang ununterbrochen bewohnt hatte.

Denn das *Grandhotel zum Stofffetzen* war fest in der Hand der Marine, und da sie diese verlassen und den diplomatischen Weg eingeschlagen hat, bestimmt nun die Partei, wo sie unterzukommen hat.

Sie hofft auf ihren jüngeren Bruder Igor, in der Familie Goga genannt. Goga hat sich von ihrem Aufenthalt in Afghanistan inspirieren lassen und nicht nur Orientalistik studiert, er arbeitet überdies nun auch seit einiger Zeit in der Zentralasien-Abteilung des Volkskommissariats des Äußeren. Auch hofft sie auf ihren Vater und seine zumindest früher weitreichenden Beziehungen, gekrönt von seinem Vertrauensverhältnis zu Lenin. Doch Lenin hat vor zwei Monaten den zweiten Schlaganfall erlitten und die Fähigkeit zu sprechen verloren. So viel ist klar: Die Partei ist aufgewühlt. Seine Nachfolge ist eine Frage der Zeit.

Man muss nicht unbedingt die römische Geschichte parat haben, um zu wissen, dass es zu einem Machtkampf innerhalb der Führungsriege kommen wird. Alles wird sich neu ordnen. Nach dem Bürgerkrieg zieht nun ein Parteikrieg herauf. Wie kann sie wissen, ob ihr Vater ihr in der Partei überhaupt würde helfen können? Wie es um ihre eigene Stellung, ihren Ruf und Status bestellt ist? Oder den von Raskolnikow?

In dieser letzten Eisenbahnnacht beginnt es zu regnen. Erst nur wenig, dann aber fordern die prasselnden Kaskaden der Regentropfen den Gleichklang der Schienen heraus und beginnen, deren monotone Musik zu übertönen. Der Regen steigert sich immer mehr, bis sie, auf dem Bett liegend, das Gefühl bekommt, der Schlafwagen habe sich verwandelt, und sie führen jetzt im Sturm mit einem großen Boot einen schicksalsträchtigen Fluss hinab. Sorgen, Unsicherheit und unendliche Vorfreude mischen einen berauschenden Trunk, der sie packt, aufwühlt, später dann in einen tiefenerschöpften Schlaf fallen lässt. So gelangt sie langsam nach Moskau, befindet sich noch in weiter Ferne schon längst in seinem Gravitationsfeld.

«Die alte Hauptstadt», so hatte Winston Churchill, der große Feind der Bolschewiken, mit Blick auf das militärische Geschehen des russischen Bürgerkriegs analysiert, «liegt im Zentrum eines Netzes aus Eisenbahnen, und in der Mitte dieses Netzes: die Spinne!»

Larissa steht schon auf dem Bahnsteig und sieht dem jungen Schaffner dabei zu, wie er den letzten Reisenden beim Aussteigen hilft. Danach holt er Gepäckträger herbei, die ihre drei metallverstärkten Überseekoffer zu einem Fuhrwerk transportieren könnten. Die angekommenen Reisenden um sie herum atmen noch ganz und gar die bedächtige Lebensart des Ostens, schleppen Warenbündel und Proviant, natürlich auch Teppiche und die omnipräsenten Knoblauchzöpfe, den Bahnsteig entlang, an dem Larissa etwas unschlüssig den Bemühungen des Schaffners gegenübersteht. Plötzlich, sie hat schon gar nicht mehr damit gerechnet, sieht sie Igor, der auf sie zugelaufen kommt. Sein Mantel von gar nicht so üblem Schnitt ist schwarz vor Nässe.

«Lyalya!» Schon ist er bei ihr, hat sie im Arm und küsst sie ab. Moskauer Regenwasser, schwer und ölig wie der Diesel der Weltrevolution, dringt durch ihre Kleidung. Aber das ist ihr ganz gleich – das Glück strömt durch sie hindurch, als wäre sie eine Flussgöttin.

Wie üblich überschüttet Igor seine große Schwester sofort mit dem Neuesten: Die Eltern seien wohlauf, hätten aber beide den ganzen Tag Verpflichtungen, die verhinderten, sie selbst abzuholen oder heute noch zu sehen. Morgen Abend solle sie aber bitte zum Essen kommen.

«Wusstest du, dass Vater vor Kurzem ins Direktorium des Meyerhold-Theaters eingetreten ist? Da ist heute Abend auch sein …»

«Verzeihung, Genossin», der junge Schaffner tritt heran, das Notizbuch in der Hand, den Bleistift gezückt. «Gepäck verladen. An welche Adresse gehen die Koffer?»

Larissa blickt Goga fragend an. Sie ist selber gespannt.

«Ins Fünfte Haus der Sowjets. Granowski-Straße. Nicht weit vom Kreml. Die Gepäckträger sollen sich bei der Hausverwaltung melden und das Gepäck gleich auf das Zimmer bringen.»

Ist sie also im ehemaligen, einst vornehmen Mietshaus des Grafen Scheremetow einquartiert worden, eines passionierten Musikförderers und Geigers, der ein sagenhaftes Vermögen geerbt hatte. Dieses Haus ist berüchtigt dafür, ganz am Anfang nach dem Umzug der Regierung von Petersburg nach Moskau enteignet und besonders rücksichtslos auf die neuen vielköpfigen Wohnbedürfnisse umgehobelt und zugeschnitten worden zu sein, aus einer Wohnung wurden hierbei schon mal drei Wohneinheiten gemacht.

«Kein Zimmer wäre noch schlechter, oder?», grinst Igor sie an und zieht sie sogleich energisch mit sich. Sie sei gewiss müde, aber im Café Domino warteten ein paar Genossen, Freundinnen und Kollegen auf sie.

«Sie wollen dich unbedingt sehen, Lyalya. Du musst einfach mitkommen, sonst bringen sie mich um.»

Als sie die Halle des Kasaner Bahnhofs betreten, staunt sie einerseits über den Baufortschritt an der gewaltigen Kuppel aus Stahlbeton, die architektonische Elemente Zentralasiens aufgreift, sieht andererseits in den Seitenhallen überall noch Baugerüste – er ist also nach zehn Jahren Bauzeit immer noch nicht fertig. Dann treten sie zusammen mit Dutzenden anderen Reisenden, von denen vielleicht nicht wenige das erste Mal in Moskau sind, nach draußen. Der Komsomolskaja, der riesige Platz, der drei Bahnhöfe vereint – neben dem Kasaner auch den Jaroslawer und den Leningrader Bahnhof –, dessen fein ziselierte Fassade aussieht, als wolle er der silbernen Stadt im Norden eine gebührliche Hommage bereiten, verschlägt aber auch Larissa beim ersten Anblick den Atem. Doch auch die gar nicht so alte Frau mit ihrem Kopftuch, die sich eine vom Regen geschützte Stelle gesucht hat, um freundlich wirkende Passanten ganz zaghaft auf ein wenig Kleingeld anzusprechen, fällt ihr auf.

Sie bekommen schnell ein Taxi, der Mairegen prasselt auf das Dach, während sie unter dem grauen Himmel durch die schmutzige Stadtlandschaft rasen. So viele Menschen auf den Straßen, trotz des Regens, viele ohne Schirm, aber auch so viele gegen die Mai-Tristesse beleuchtete Schaufenster von Läden, die man eher in Paris oder Berlin vermuten würde. Die Twerer Landstraße schließlich, die Twerskaja, früher schon eine der Hauptgeschäftsstraßen von Moskau: Jetzt strotzt sie vor pompösem Luxus. Fachgeschäfte. Edle Papierwaren. Fresstempel. Pelze.

Und dann, beim Aussteigen, als ihre den heißen Sandpfad gewöhnten Füße auf das regenüberströmte Moskauer Pflaster treten, sieht sie einen schnurrbärtigen alten Mann, der eigentlich nur noch aus Haut und Knochen besteht, in einem zu großen Rotarmisten-Uniform-Mantel, der eisern salutierend zwischen diesen Luxusgeschäften steht, die Kappe zu seinen Füßen.

ALTER KÄMPFER DES BÜRGERKRIEGS BITTET UM UNTERSTÜTZUNG steht mit krakeligen Buchstaben auf einem Holzschild.

Weniger wütend als ungläubig geht sie an dem Veteranen vorbei, der sich für die gut angezogene Neo-Bourgeoisie, die hier einkauft, zum Clown macht, und ist dann schon nicht mehr verwundert, als sie an der Ecke die typischen Bewegungen einer Bordsteinschwalbe wahrnimmt. Das auch noch. Prostitution. Das also hatte Lenin bestimmt nicht gemeint, als er, sekundiert von Trotzki, von der Notwendigkeit der «Neuen Ökonomischen Politik» sprach ...

Als sie beide ziemlich durchnässt das Café Domino erreichen, wo ihr die Freunde schon aus dem Schaufenster zuwinken, ist ihr schlecht. Das kann natürlich alle möglichen Gründe haben. Die Tür geht auf, Vera Inber rennt ihr entgegen, und dann fliegt Larissa aus einer Umarmung in die nächste. Das Domino fühlt sich in diesem kalten Mai wie ein Treibhaus an. Es sieht auf den ersten Blick immer noch so aus wie das Stammlokal der progressiven Literaten in den Jahren des Kriegskommunismus, aber es ist nicht mehr Majakowski, der mit einem neuen Gedicht für Furore sorgt – nein, das größte Aufsehen erregt heute Nachmittag ein Viererpärchen russischer Neureicher, die scheinbar schon die zweite Magnumflasche Dom Pérignon bestellen und von den anderen, ebenfalls mit todschicken jungen Bourgeois besetzten Tischen beifälliges Wohlwollen und Zungenschnalzen ernten. Larissa wirft einen forschenden Blick über das ganze Lokal und seine Gäste. Es ist niemand aus den höheren Chargen der Partei da, den sie kennt. Niemand aus dem Kulturkommissariat. Aber die Bourgeoisie, die Gewinner der NÖP-Politik, die kann man förmlich riechen.

Die Kellner scheinen auf Zack.
Haben die Börsen voll neuer Rubel.
Unser altes Reich, das Domino
Verkommen zu einem NÖPler-Schuppen.

Aber trotzdem – und das ist das Wichtigste: so viele alte Freunde! Wenigstens ist auch Anna Barkowa da, ein blutjunges, wunderschönes Mädchen und eine der wichtigsten Lyrikerinnen der jungen Generation. Sie arbeitet nebenher für den Kulturkommissar Lunatscharski.

«Ich glaube, der Kulturkommissar sitzt gerade mit deinem Vater zusammen», sagt sie und gibt ihr drei dicke Küsse. «Willkommen zurück, Kommissarin ...»

Nach einer halben Stunde, die sich nach den drei einsamen Wochen ihrer Rückreise anfühlt wie ein Traum, so intensiv und wunderschön, hat sie mit jedem ein paar Worte gewechselt, Wangen geküsst und unauffällig jedes Glas Wodka, das man ihr in die Hand gedrückt hat, unberührt gelassen.

«Lass uns gehen, Goga. Bin todmüde. Muss die Koffer auspacken, erst mal das Zimmer im Fünften besichtigen. Uff», sie mimt einen witzigen, theatralischen Zusammenbruch. Vera Inber lacht und legt ihr mitleidig den Arm um die Schulter.

Igor kümmert sich um alles, und nach einer weiteren halben Stunde steht ein Wagen vor der Tür, der sie in die Granowski fährt. Vera ist noch mitgekommen. Der Fahrer, ein junger Dramaturg vom Stanislawski-Studio-Theater, ist ihr Liebhaber. Sie sprechen vorne über Theaterpolitik und jemanden, von dem Larissa noch nie gehört hat.

Endlich sind Goga und sie alleine. Zusammen mit ihren drei Koffern, die tatsächlich schon hochgebracht worden sind, ist das feuchtkalte, muffige Zimmer, das nur ein kleines Eckfenster zum Hof hat, schon beinahe voll. Sie bittet Goga, ihr zu helfen, die Koffer an die Wände zu rücken, sodass sie sich darauf setzen können. Dann öffnet sie das Fenster, es klemmt, aber sie bekommt es mit einem knarzenden Ruck auf und ist froh, dass es heil geblieben ist. Draußen das unentwegte Geräusch des kalten Mairegens, der von Simsen und Fensterbrettern tropft und durch die Regenrinnen gurgelt.

«Hier, bevor ich es vergesse, Lyalya ... das ist der Name des Mannes, den du aufsuchen solltest. Wenn es in Moskau jemanden gibt, der vielleicht weiß, wer dieser Oskar Niedermayer ist, dann Snessarew. Er ist der beste Kenner Afghanistans, den wir haben. Seine Afghanistan-Vorlesungen von 1919 sind als Broschüre im Verlag der Kriegsakademie erschienen. Er ist selber derzeit Professor dort.»

Er holt den schmalen, auf billigem Papier gedruckten Band hervor und gibt ihn seiner Schwester.

«Snessarew», murmelt sie, die Broschüre aufschlagend, «der war doch in Zaryzin und hat es geschafft, Stalins und Woroschilows Fehler auszubügeln. Trotzki sprach später immer wieder davon, dass man eigentlich eine Untersuchung wegen Stalins Fehlentscheidungen in Zaryzin beginnen müsste, aber dazu ist es natürlich noch nicht gekommen.»

«Dazu wird es auch nicht mehr kommen. Seit Lenin nicht mehr sprechen kann, tut Stalin alles, um die Parteibasis auf seine Seite zu ziehen. Auch im Zentralkomitee sucht er nach Verbündeten.»

«Dieser Kretin kann Trotzki niemals das Wasser reichen.»

«Und da bist du dir so sicher? Zwei Jahre sind eine lange Zeit, Lyalya.»

Larissa erwidert nichts, sondern betrachtet ihren kleinen Bruder, der in den Jahren ihrer Abwesenheit ein Mann geworden ist. Noch immer gibt es diesen jungenhaften Ausdruck um seine Augen, aber da sind auch Fältchen zu sehen, blass ist er und richtiggehend abgemagert – ganz im Gegensatz zu ihr.

«Dann werde ich dich mal alleine lassen, damit du auspacken kannst, Liebschwesterchen ...», sagt er, «diese Bude ist einfach zu klein für zwei Personen gleichzeitig.»

«Ich bin auch müde, Goga. Und wo, sagst du, finde ich Snessarew?»

«Übermorgen am Nachmittag hat er seine Vorlesung an der Kriegsakademie. Die Adresse ist Dewichego Pole. Am Jungfrauenfeld. Du weißt, wo das ist?»

«Ja.»

Sie bringt ihn zur Tür, sie küssen sich inniglich, er umarmt sie, wobei sie darauf achtet, dass er ihrem Bauch nicht zu nahe kommt, aber er hält sie forsch und murmelt etwas von dem guten Essen, das es scheinbar in der Hofküche des Emirs von Kabul gegeben habe. Sie sieht ihm hinterher, wie er den ewig langen Flur entlanggeht, der abwechselnd in Licht und Schatten getaucht ist, da nur jede dritte der Gaslaternen ihr funzeliges Licht spendet. Igor winkt noch einmal nachlässig, als hätten sie sich zuletzt jeden Tag oder noch öfter gesehen, als er die Tür zum Treppenhaus aufstößt. In den Flur hallen die unterschiedlich deutlichen akustischen Gemälde und Szenen ihrer neuen Nachbarn und deren Familienleben. Aus der improvisierten Gemeinschaftsküche dringen Kampfgeräusche, die vom Versuch irgendeines Bewohners herrühren, ein spätes Abendessen zuzubereiten.

Wieder zurück in ihrem Zimmer, das vom Prasseln des Regens im Hinterhof beherrscht wird, geht ihr Igors beiläufig und frech dahingesagter Satz, dass in ihrem Zimmer nicht genügend Platz für zwei Personen gleichzeitig sei, durch den Kopf. Ob er etwas ahnt?

Aber dann, als sie sich daranmacht, sich einzurichten, begreift sie, dass Igor keine ironische Anspielung machen, sondern nur das Offensichtliche aussprechen wollte. Der Raum ist eine von Stockflecken und Schimmelnestern überzogene Kammer, die Hälfte eines ehemaligen Dienstbotenzimmers. Ihre aus Afghanistan mitgebrachten Kleider hingegen nehmen sich in der trotz des geöffneten Fensters selber fast stockfleckigen Luft aus, als habe sie sie aus einem Paradies-Garten mitgebracht. Aus jeder Falte steigt der Duft von Kardamom und Kreuzkümmel auf. Die Blumenbouquets des Harems, wo sie mit der Emir-Mutter Pläne schmiedete. Sie presst ihr Gesicht in eines der Gewänder, um den afghanischen Geruch einzuatmen, ist erst glücklich, weil das ferne, verschlossene Land mit einem Mal wieder da zu sein scheint. Die Rufe der Falken. Die abendlichen Drachenkämpfe der Kinder und die von leise plätschernden Drainagen bewässerten Aprikosenhaine. Sie muss weinen. Dann schläft sie ein.

Zwei Tage später packt Larissa ihre Tasche. Als sie sowohl die Snessarew-Aufzeichnungen, die sie fünfzehn Stunden am Stück mit absoluter Begeisterung gelesen, studiert und mit Unterstreichungen und Anmerkungen versehen hat, wie auch ein paar ausgewählte Seiten aus dem Niedermayer-Plan, wie sie ihn für sich nennt, die sie als Beleg unbedingt dabeihaben will, in ihre afghanische Tasche gesteckt hat und sich schon daranmacht, ihr Zimmer im Fünften zu verlassen, bricht plötzlich Sonnenlicht durch das schmale Eckfenster, als hätte jemand einen Bühnenscheinwerfer angestellt. Sie blinzelt der Sonne entgegen, der alten Schwester.

Sie tritt auf die Straße und kann dabei zusehen, wie das Blau des Himmels anwächst, wie die mit einem Mal starke Sonne eine Wolke nach der anderen auffrisst wie eine gütige Riesin eine Reihe von weiß-cremigen Törtchen. Das Regenwasser auf den Straßen steht noch in Pfützen, versickert gluckernd an den Ecken, und Millionen von Tropfen glitzern auf den frischen grünen Blättern der Bäume. Die Luft ist sauber, und alles Schmierige und Abstoßende scheint wie fortgespült. Larissa schlendert an den immer noch entzückenden zweistöckigen Villen und Landhäusern vorbei, ein Stück weit in Richtung Alexandergarten, und biegt dann in die Volkhonga. Seit sie, der Armut ihrer Familie im Berliner Exil wegen, ihres Bruders zu kleine Schuhe tragen musste, ist sie nicht mehr besonders gut zu Fuß und bekommt schnell Schmerzen, aber jetzt genießt sie die Bewegung. Mit ihrer bunt zusammengenähten und mit Glas, Lapislazuli und Perlen bestickten afghanischen Umhängetasche ist sie auch jetzt, was sie immer schon war: eine Erscheinung, die den Passanten einerseits vertraut vorkommt, andererseits einen so außergewöhnlichen Anblick bietet, dass sie stehen bleiben und den Kopf nach ihr drehen. Sie trägt ein weißes Kleid mit großer Weste, einen englischen Hut und dazu diese Patchwork-Tasche. Niemand von denen, die sie bewundernd für die Epiphanie dieses frisch erstrahlten Maitags in Moskau halten, ahnt, dass sich in ihrer schönen Tasche das Material zu einem Weltkriegsplan verbirgt.

Im großen Vorlesungssaal der Akademie der Roten Armee unten am Jungfrauenfeld, eine steil wie ein Anatomiesaal gehaltene Manege, fällt das frische Nachmittagslicht aufs geradezu Ideale herein. Der Dozierende wird nicht geblendet, aber alle können ihn gut sehen, und er eben auch seine Hörer. Es sind die typischen Offizierskadetten der Roten Armee, gut gewachsene Kerle mit einer halbwegs gesunden, bäuerlichen, noch nicht vom Leben in Moskau ruinierten Gesichtsfarbe.

Larissa setzt sich leise in die letzte Reihe. Aber natürlich, sie ist eine höchst ungewöhnliche Figur unter all den Kadetten mit ihren schlichten Uniformen, und so erblickt sie der wach und beweglich wie Quecksilber agierende Dozent sofort, mustert sie aufmerksam, ohne freilich seinen Vortrag zu unterbrechen.

Professor General Snessarew ist ein schlanker Mann, mit

fein gestutztem, altmodischem Oberlippenbart. Seine Uniform steht ihm so gut, als wäre sie aus dem Fundus eines Opernhauses – und tatsächlich half er einst während seiner eigenen Studentenzeit mit seinem Heldentenor bei der einen oder anderen Wagner-Vorstellung im Bolschoi-Theater aus.

Die schwarze Tafel hinter ihm ist mit einer zierlichen, aber sehr gleichmäßigen Handschrift bedeckt. Die etwas größere, gut lesbare, teilweise unterstrichene Überschrift bildet offensichtlich den Gegenstand der heutigen Vorlesung:

> Clausewitz, Vom Kriege,
> Sechstes Buch, sechsundzwanzigstes Kapitel:
> Volksbewaffnung

Was Larissa auf die Schnelle an der Tafel erkennen kann, sind drei Punkte, die wohl schon dran waren:

> «Bedingungen des Volkskrieges:
> 1.) dass der Krieg im Inneren des Landes geführt wird
> 2.) dass er nicht durch eine einzige Katastrophe entschieden wird
> 3.) dass das Kriegstheater eine beträchtliche Länderstrecke einnimmt»

Aber der Dozent ist schon weiter. Eine andere Stelle wird interpretiert. Larissa zückt ihr Notizbuch und schreibt etwas auf. Lernen kann man immer etwas.

«Denken Sie bitte daran, Towarischtschi, dass Clausewitz seine Gedanken zum Kriege nach der Niederlage des eigenen Staates, Preußen, verfasst hat. Aus der Niederlage lernt man am meisten. Und nichts ist so verhängnisvoll wie ein unverdienter Sieg. Das müssen Sie verinnerlichen», schließt Andreii Jewgenjewitsch diesen Gedanken ab und formuliert den Schluss der heutigen Vorlesung: «Ganz am Ende des geheimnisvollen sechsundzwanzigsten Kapitels schreibt unser Autor ein allgemeines Fazit, ich zitiere hier wörtlich: ‹Ob die Einwohner arm oder reich sind, ist auch nicht geradezu entscheidend, es ist aber nicht zu verkennen, dass eine arme, an anstrengende Arbeit und Entbehrungen gewöhnte Menschenklasse sich auch kriegerischer und kräftiger zu zeigen pflegt.› So schreibt Clausewitz, vermutlich in der Zeit nach dem Russlandfeldzug Napoleons, den er bekanntlich auf unserer Seite des Kriegstheaters erlebt hat. Doch welche Volksbewaffnungsszenarien, welche Volkskriege könnte er vor Augen gehabt haben?»

Der Philosoph auf dem Lehrstuhl der Kriegsakademie blickt munter in seinen Hörsaal. Da sich nichts regt, seufzt er lächelnd, macht eine wegwischende Handbewegung und erklärt, dass es einerseits der sogenannte Guerillakrieg in Spanien gegen die französische Besatzung gewesen sei, andererseits der Tiroler Aufstand unter Andreas Hofer von 1809.

«Manche von Ihnen werden noch niemals davon gehört haben, Towarischtschi, aber damals gehörte das Gebiet Tirol in den Nordalpen kurzzeitig zum Königreich Bayern, welches ein napoleonischer Alliierter war. Im Kern war dieser Aufstand gegen die Bayern zwar reaktionär, alt-katholisch, aber militärisch überaus erfolgreich. Clausewitz nannte ihn, ich zitiere: ‹Eine mächtige Fackel.› »

Snessarew schreibt eine kurze Notiz in seine eigenen Unterlagen, lächelnd und flink, dann macht er sich daran, die heutige Vorlesung zu beenden.

«Wenn Clausewitz' Analyse des ‹Volkskrieges› heute noch zutrifft, wovon ich überzeugt bin, dann wäre also die Rote Armee, da sie sich aus der ärmsten und von regelmäßigen

Entbehrungen am härtesten betroffenen Bevölkerung Europas rekrutiert, der sowjetischen, dann in einem Vorteil, wenn es der Politik gelingt, den Krieg zu einem – ja, zu was also zu machen?» Er blickt in seinem Hörsaal umher, ob sich nun doch wenigstens am Ende irgendwo Intelligenz regt.

«Wer weiß die Antwort? Ja, Kadett Lemling, Sie haben sich gemeldet?»

Ein kleinerer, trotz seiner Jugend schon beinahe kahler Kadett steht auf und sagt gelassen und mit polnischem Akzent: «Zu einem Volkskrieg zu machen. Einem internationalen Bürgerkrieg.»

Wohlwollend zwinkert der gelehrte Militär seinem Schüler zu, schließt die Mappe mit seinen Aufzeichnungen und lehnt sich, mit seinen fünfzig Jahren so sehnig wie ein Steuermann aus Wagners «Holländer», an den Katheder.

«Sie haben gehört, was der Genosse Lemling so korrekt gesagt hat. Die Rote Armee kommt aus dem Bürgerkrieg. Sie ist dafür ausersehen, die Visionen des großen Clausewitz von einer perfekten Kriegsführung zu realisieren – vorausgesetzt, wir finden auf unserer Seite des Spiels eine Situation vor, die uns entgegenkommt. Denken Sie darüber nach. Lesen Sie die internationale Berichterstattung der Zeitungen, die wir im Lesesaal der Akademiebibliothek haben. Auch wenn das gute Wetter Bewegung an der frischen Luft herausfordert – Lesen und Lernen sind die wichtigsten Aufgaben eines zukünftigen Offiziers der Roten Armee. Seien Sie fleißig. Bis nächste Woche.»

Die Kadetten, erleichtert über das Ende der Vorlesung, streben mit ihren Unterlagen unter den Armen hinaus und werfen Larissa verblüffte und keineswegs verstohlene Blicke zu. Sie dürfte eine der ersten Frauen sein, die jemals diesen Hörsaal betreten haben. Das allerdings, die erste Frau an privilegiertem Ort zu sein, ist schon immer ihre leichteste Übung gewesen.

Selbstbewusst tritt sie der militärwissenschaftlichen Koryphäe gegenüber und gratuliert ihm zu seiner Vorlesung, die sei extrem interessant gewesen.

Professor Snessarew, sichtlich erfreut darüber, einen Besucher zu haben, den er nicht kennt und dessen Interesse an seiner Vorlesung er sich nicht erklären kann, ist aber dann doch gleich im Bilde, als sie ihm von ihrem Bruder Igor Michailowitsch Reissner in der Zentralasien-Abteilung des Außenministeriums erzählt, der auf ihn verwiesen habe.

«Ach so, dann sind Sie also die Larissa Reissner, welche in der ‹Prawda› und anderen Organen diese vorzüglichen Reportagen aus Afghanistan schreibt? Wie hieß die jüngste: ‹Tanz der Stämme›?», und da er sie bescheiden nicken sieht, fährt er fort: «Manchem Leser, dem der Horizont fehlt, gelten Ihre Stücke als eine orientalische Extravaganz. Ich hingegen gehöre zu Ihren Bewunderern, wenn Sie mir die Bemerkung erlauben. Ihre literarische Schilderung der Rolle Englands auf dem Subkontinent und überhaupt in Asien zeigt mir, dass Sie einige der großen Zusammenhänge sehen. Darf ich Ihnen eine Tasse Tee in meinem Büro anbieten?»

Snessarew, der 1899 auf Wunsch der zarischen Armeeführung eine ausgedehnte Tour durch Britisch-Indien unternommen hatte und seine Ergebnisse dann ein halbes Jahr in der Bibliothek des British Museum nachrecherchieren und erweitern konnte, ist entzückt über diesen Besuch.

Auf seiner gigantischen Rechercheriese um den Jahrhundertwechsel hatte er Großbritannien nicht als demokratisches Vorbild, sondern als das Zentrum eines mit Gewalt geschaffenen, kolonialkapitalistisch-globalen Imperiums begriffen, das von einer gut ausgebildeten und ehrgeizigen, aber auch macht- und geldhungrigen Elite meisterhaft gesteuert wurde. Die russische Verständigung mit Großbritannien über Persien und Afghanistan im Jahre 1907 hatte er damals mit Vehemenz kritisiert. Russland hatte sich damit zum Juniorpartner Englands machen und in einen Konflikt mit dem Deutschen Reich manövrieren lassen. Gegen beides argumentierte er leidenschaftlich und natürlich vergeblich an.

Snessarew war für Russland immer eine auf Handel und Wandel beruhende, friedlich-neutrale Haltung zu den Ländern Zentral- und Südostasiens als die beste Politik erschienen.

Da er schon mehr als zehn Jahre nicht mehr selbst in jener Region gewesen ist, freut er sich nun aufrichtig, über Larissa an frische Eindrücke und Erfahrungen aus jener ihn faszinierenden Welt zu gelangen, deren Sprachen Hindi, Urdu und Dari er sich selbst beigebracht hat und passabel spricht.

Larissa schildert ihm den Alltag der Botschaft und die vielen Pannen, kleinen Katastrophen und manchmal beinahe genialen Improvisationen, die man dort beständig zu bewältigen gehabt habe. Sie erwähnt auch ihre diplomatisch-taktischen Erfolge.

«Habe ich das eigentlich richtig durchgehört, dass Sie sich mit der Mutter des Emirs angefreundet haben? Wer hat denn diese Idee gehabt, über den Harem und die Emir-Mutter Einfluss auf die Politik zu nehmen?»

«Als Botschafter hatten wir unsere Instruktionen natürlich vom Außenministerium. Dort war bekannt, dass die Emir-Mutter von einer großen, zentralasiatischen Union unter afghanischer Führung träumt. Wir wurden gute Freundinnen. Eine kluge, sehr energische Person, wer weiß, welchen Weg das Land unter ihrer Führung genommen hätte ... aber eine Frau ... zählt dort nicht viel. Hier», sagt Larissa mit Wärme in der Stimme, «diese Tasche hat sie mir geschenkt.»

«Die ist mir gleich aufgefallen – ein schönes Stück. Ich habe solche Taschen auf den Märkten der Hazara in Nordwest-Afghanistan gesehen. Diese hier allerdings stammt aus der Werkstatt eines echten Meisters. Verfeinert, und so schöne Details, diese Messingbeschläge für den Umhängegurt, und diese Einsätze hier, das scheint mir Oasenziegenleder zu sein. Erinnert an Zaumzeug. Wirklich edel.»

Snessarew steht auf, gießt Larissa Michailowna Tee nach, setzt sich wieder in seinen Schreibtischstuhl, schränkt die Hände energisch ineinander.

«Vermutlich aber sind Sie nicht gekommen, um mir Ihre afghanische Tasche zu zeigen. Wie also kann ich Ihnen helfen, Genossin Raskolnikowa?»

So berichtet Larissa zunächst, was sie in den letzten zwei Tagen aus der Lektüre seiner Afghanistan-Vorlesungen gelernt hat. Die vielen Details, seine strategisch-analytische Beschreibung Kaschmirs, die ihr gänzlich neu war. Die Beschaffenheit der Brücken, der Engstellen in den Tälern.

«Ich wünschte, ich hätte Ihre Studie schon in Kabul zur Verfügung gehabt – dann wäre ich Ihrer Empfehlung gefolgt und hätte auf meiner Heimreise nach Bamiyan nicht den Weg über den Kara-Kutal-Pass genommen, sondern den über den Zardiagh-Pass Richtung Mazar-e Sharif. Aber auch was Sie über die zehn Routen über den Amudarya-Fluss schreiben. Sie haben eine bewundernswerte Enzyklopädie verfasst.»

«Nun ja, Larissa Michailowna», sagt Snessarew schmunzelnd, «wo ja der erste Historiker, der die Afghanen erwähnt, Herodot war, hatte ich auch schon gewisse Vorlagen. Aber erst nachdem Amanullah dann als erster Herrscher in Asien seine Unabhängigkeit von England erkämpft und – wie ich denke, mehr oder weniger aus Verzweiflung – die bolschewistische Herrschaft anerkannt hat, bekam Afghanistan seine große Bedeutung für uns. Weshalb es Trotzki und Lenin und anderen wichtig erschien, sofort eine militärgeografische Bestandsaufnahme in Auftrag zu geben. Die Wahl fiel auf mich.»

«Und dass diese Wahl gut getroffen war, kann ich nur bestätigen, Professor. Es ist Ihnen auf beeindruckende Weise gelungen. Auch, was die Schilderungen der großen, fast unüberwindlich scheinenden Schwierigkeiten angeht, einen Krieg in Afghanistan zu führen. Ein riesiges Land, in dem sich immer wieder Hochgebirge und Wüste abwechseln … ich habe das alles gesehen und erlebt.»

«Ja, das sind zwei grundsätzlich und an sich schon sehr schwierige Terrains – zusammengenommen bilden sie so schwierige Bedingungen, dass ein Unkundiger auf diesem Schlachtfeld, eine fremde Armee mit anderen Worten, bei dem Versuch, Afghanistan militärisch zu erobern, gar beherrschen zu wollen, eher scheitern wird, als zu obsiegen.»

«So ist es. Das Imperium vermag den indischen Subkontinent zu dominieren, aber nicht Afghanistan. Deshalb ist das Emirat der ideale Ausgangspunkt für einen Angriff auf Indien.»

Darauf will sie also hinaus!, denkt Professor General Snessarew, der vom Ungestüm der jungen Bolschewikin immer wieder gehört hat, da die Erzählungen über den weiblichen Kommissar, also die Kommissarin der Wolgaflotte und die Vorgänge bei der Operation von Kasan zu den rätselhaften Wundern der noch zu schreibenden Geschichte des russischen Bürgerkriegs gehören. Er ist nun doch überrascht, wie angriffslustig sie ist. Mit rhetorischem Geschick stellt sie dar, wie man von Afghanistan ausgehend Indien attackieren könne.

Aber was sie da sagt, ist nicht die Strategie von Salongenerälen, sondern verrät den tiefen Sachverstand dieser beeindruckend schönen und im Umgang so angenehmen Frau, den wohl nur jemand besitzt, der das Empire und seine Politik in Asien von seiner Wurzel her begriffen hat. Eine überzeugte Weltrevolutionärin – einen anderen Ausdruck dafür findet er nicht, obwohl er die Phraseologie seiner Zeit geflissentlich meidet.

Da ist Substanz, denkt er. Aber durch Larissas ungewöhnliche Art, unverblümt auszusprechen, was sie denkt, fühlt er sich auch ein wenig überrumpelt. Sie haben sich ja gerade erst kennengelernt, und auch für einen verdienten Kommandeur des Bürgerkriegs liegen genügend Fallen aus, da viele der neuen Parteifunktionäre den alten zarischen Offizieren einfach nicht über den Weg trauen. Vorsicht ist das grundsätzliche Gebot. Zumal für einen Träger des St.-Georgs-Ordens, der einen dieser Funktionäre einst auf dem Schlachtfeld schwer düpiert hat.

«Die Strategie, die Sie da entwerfen», antwortet er ihr nun, «das gelänge nur im Einklang mit den Stämmen auf beiden Seiten der Linie. Niemals mit einer Invasionsarmee. Aber das scheinen Sie zu wissen?»

«Vor etwa einem halben Jahr bin ich in der Nähe von Kabul auf die Aufzeichnungen eines deutschen Offiziers gestoßen, den ich gerne kennenlernen würde. Hier, ich habe Ihnen ein paar Seiten mitgebracht.»

Sie reicht ihm die Aufzeichnungen.

Snessarew vertieft sich augenblicklich in die Blätter. Seine schmalen Lippen unter dem altmodischen Bart zucken, er liebt Deutsch, muss es aber, wenn er es liest, immer leise mitsprechen, was bei ihm beinahe wie feiner Gesang klingt. Er hat sein Deutsch vor allem über Wagner-Libretti gelernt.

«Interessant», sagt er, «diesen Aspekt hier habe ich noch

nie gesehen. Das sind ja ganz neue ... wie soll ich sagen, großstrategische Ideen. Und Sie wissen, von wem das stammt?»

«Ja, zumindest glaube ich das. Ein deutscher Offizier namens Oskar Niedermayer. Aus Bayern, so viel glaube ich verstanden zu haben. Kennen Sie ihn?»

Für einen Moment blickt Snessarew irritiert, schüttelt lächelnd den Kopf.

«Niedermayer, Oskar?»

«Ja.»

Der Generals-Professor steht auf, schichtet einen Bücherstapel um, der etwas abseits auf einer Kommode am Fenster ruht. Das Nachmittagslicht fällt auf einen großformatigen Bild-Reiseband.

«Ich kann mich irren, aber vor einer Weile bekam ich diesen Bildband eines deutschen Geografen ins Haus. Ich soll das Werk für eine unserer Zeitschriften rezensieren. Es geht um Afghanistan, Iran, Palästina. Die Fotografien stammen aus den ersten Kriegsjahren. Hier. Der Autor heißt Oskar von Niedermayer.»

«Von Niedermayer?»

«Ja, von. Das kann zum Beispiel bedeuten, dass er in der Zeit zwischen dem Verfassen dieser interessanten Notizen in Kabul und der Herausgabe dieses Bildbands geadelt wurde. Fragt sich nur von wem – schließlich gab es auch in Bayern eine Revolution.»

«Also finde ich ihn in Deutschland? Gibt es da einen Hinweis, wo er lebt?»

Snessarew blättert, dann liest er kurz.

«Dem Verlagstext nach lebt Niedermayer in Berlin.»

«Steht da noch etwas, das mir weiterhelfen könnte?»

«Nichts weiter. Da bin ich überfragt. Aber ein Gefühl sagt mir, dass Karl Radek es vielleicht wissen könnte.»

«Radek? Mit ihm hatte ich noch nie zu tun.»

«Soweit ich weiß, ist Radek der unumstrittene Deutschland-Spezialist der Komintern. Ich glaube, er kennt sich wirklich aus in Berlin und auch andernorts in Deutschland. Bei Ihrem Hintergrund sollten Sie kein Problem haben, ihn zu konsultieren und mit ihm die Oskar-von-wem-auch-immer-geadelt-Niedermayer-Frage zu besprechen. Treffen Sie Radek. Das ist mein Rat.»

Fünf

IM SALON ANNA ACHMATOWAS

Leningrad, *Februar 1926*

Namen zu ändern, war ein Standardtrick. Weshalb Ossip Emiljewitsch Mandelstam an diesem Morgen eben auch nicht in St. Petersburg, nicht in Petrograd, sondern in Leningrad, und dort nicht auf dem Liteini-Prospekt unterwegs war, also dem Gießerei-Boulevard – denn unten an der Newa hatte sich einst die erste Kanonengießerei der Baltischen Flotte befunden –, sondern über den Wolodarski-Prospekt marschierte.

Wolodarski aber war der Deckname eines der begabtesten Agitatoren der nördlichen Parteiorganisation gewesen, Kommissar für Medien und Chefredakteur der «Krasnaja Gazeta», der «Roten Zeitung», dem wichtigsten Blatt der Stadt. Mojsej Markowitsch Goldstein alias Wolodarski war 1918 von einer industriell hergestellten Bleikugel aus der Luger Parabellum seines Attentäters getötet worden, eines linken Sozialrevolutionärs – und nun hatte sein Nom de Guerre einen der ältesten Straßennamen der Stadt ersetzt.

Heute war der 10. Februar 1926, und an diesem Tag bemühte sich die so häufig umbenannte Stadt, eindeutig eine Großstadt, wenn auch keine Hauptstadt mehr, all ihre feuchtkalten Winterspezialitäten aufzubieten, für die sie immer schon bekannt gewesen war. An den verkitteten Fenstern wuchsen Eiswülste so dick wie Rosswürste, wobei die aus Eis in diesen Jahren bei Weitem häufiger waren, denn die meisten Rösser hatten die Schlachtfelder erst des Großen Kriegs und dann des Bürgerkriegs gedüngt. Auf den Straßen wiederum herrschte ein so dichter Nebel, dass man kaum seine eigene Hand vor Augen sah, ein poetisches Wetter gewissermaßen, denn der Dichter ist blind und sieht mit der Seele, und ein Dichterwetter auch deshalb, weil der Nebel überall sofort kristallisierte, Raureif bildete, und alles bedeckte wie ein eisiger Pelz. Wäre man längere Zeit in diesem kristallisierenden Pelznebel herumgelaufen, wäre man zweifellos irgendwann vollständig vom Eispelz umhüllt worden. Dieses Bild faszinierte den Universalpoeten.

Neben ihm ratterte eine Straßenbahn der Linie 17 vorbei, die man kaum sehen konnte, so dicht war der Dunst. Mandelstam mochte das gleichförmige, monotone Rattern der Tram. Überhaupt die Geräusche der Stadt.

Am nördlich-kalten Fluss, am Ufer lang gestreckt
Rasen die Glühwürmer: Automobile,
Libellenflug, stählerner Käfersang …

hatte er einst geschrieben. St. Petersburg im Winter, mit seiner Scheppersymphonie aus Nebelgeräuschen. Ein Monumentalfilm der nahen Details. Im dichten Nebel blitzten Schirme auf, Aktentaschen, durchgelaufene Schuhe. Alle wollten weg. Alle blieben da.

Er kam an der filigranen Fassade der Kathedrale des heiligen Sergius vorbei, dessen offizielle Exhumierung und wissenschaftliche Begutachtung vor ein paar Jahren in einem aufwendig produzierten Kinofilm gezeigt worden und ein großes propagandistisches Medienereignis gewesen war, eine absurde Darbietung heidnischer Ethnologie. Bei der Erinnerung daran musste er lachen – für einen zwischen allen Epochen, in der universalen Welt der Poesie lebenden Dichter, der die reale Welt immer nur hin und wieder berührte, um sich dann auf den Schwingen eines Dante'schen Fabeltiers oder eines homerischen Halbgotts davonzumachen, war seine Gegenwart zuweilen wie ein Kuriositätenkabinett. Welche Mühe die Obrigkeit sich doch gab, die Vergangenheit umzuschreiben. Heute konnte er darüber lachen.

Er hatte gute Laune, weil er gerade in der Kassenstelle des Leningrader Staatsverlags gewesen war und ihm für einen Übersetzungsauftrag zweihundert Rubel ausgezahlt worden waren! Ein alter Förderer von ihm, den er aus Odessa kannte und seinen Onkel nannte, hatte die Vorauszahlung gleich und zur Gänze angewiesen. Die Hälfte davon beabsichtigte er an seine zur Kur in Jalta befindliche, an Tuberkulose leidende Frau Nadeschda überweisen zu lassen, über deren Körpertemperatur und Gewicht er ein Tage- und Logbuch führte, in dem er auch vermerkte, ob sie eine «Gehende» oder eine «Liegende» war und sonstige Befindlichkeiten. Er legte Wert darauf, dass sie ihm täglich davon berichtete. Auch wenn er manchmal, wie alle, die sie kannten, immer wieder Romanzen und Affären hatte, zuletzt vor ein paar Monaten, auch wenn sie oft stritten und miteinander rangen. Er liebte sie auf beinahe kindliche Weise.

Mandelstam stemmte sich gegen die messingbeschlagene Drehtür des Telegrafenamtes, musste sich ins Zeug legen, um sie aufzubekommen. Der Saal schluckte ihn, eine Menge Leute waren da, und er stellte sich in die Schlange für die telegrafischen Geldüberweisungen. Ein Geruch nach feuchten, zu selten gereinigten Kleidungsstücken und Gummi hing in dem großzügig wie ein Ballsaal gebauten Telegrafenamt, das einst die Kaiserliche Post gewesen war.

Der Beamte kannte ihn und fing schon beinahe an zu schreiben, bevor Mandelstam auch nur ein Wort gesagt hatte. Geld nach Jalta! Angesichts der Höhe seines Honorars legte er aus verliebtem Übermut noch zwanzig Rubel drauf, schickte Nadeschda also hundertzwanzig, was bedeutete, dass er selber noch achtzig zur Verfügung hatte. Für jemanden, der sich mangels ausreichenden Einkommens keine eigene Wohnung leisten konnte und gezwungen war, bei der Familie seines Bruders auf einer am Abend über dem Sofa ausgebreiteten Rosshaardecke zu übernachten, war das eine Menge Geld, genug, um für vier, fünf Tage sorgenfrei zu leben. Freilich würde er für dieses Geld viele, viele Stunden arbeiten müssen, denn es war ja ein Vorschuss, aber daran dachte er jetzt nicht. Er liebte die Vergangenheit, aber er lebte von der Zukunft. Das Geld oder ja eben eigentlich sein dauernder Mangel waren der Generalbass in ihrem Leben. Aber wenn es plötzlich für einen Tag oder für ein paar Stunden vorhanden war, fühlte es sich an, als sei er niemals ohne gewesen. Die Not war sofort vergessen.

Wie herrlich war es, das Formular der amtlichen Geldüberweisung über den Tresen wandern zu sehen und zu wissen, dass dieser Vorgang zweitausend Kilometer weiter südlich dazu führte, dass seine geliebte Nadik sich gutes Essen und ein geheiztes Zimmer leisten konnte, wenigstens für zehn Tage.

Mit einem Teil des restlichen Geldes würde er ihrer guten Freundin Anna Andrejewna Achmatowa, die ein paar Häuser hinter dem Telegrafenbüro wohnte und ihn für den Nachmittag eingeladen hatte, feinen Kuchen kaufen. Auch das war einer der Gründe, warum er so gute Laune hatte, denn es war immer eine Auszeichnung, ein Geschenk, wenn Anninka Zeit hatte und ihn empfing.

Zuvor aber begab er sich in ein Stehrestaurant, um ein Glas Porter zu trinken und ein wenig Schinken zu speisen. Das Speiselokal war gut besucht, der Odem aus Essensgerüchen, feuchter Kleidung, Kohleheizung und verkitteten Fenstern war beim Einritt mächtig wie eine stehende Wand. Typisch für das einst so feine Petersburg, die silberne Stadt des italienischen, mit russischen Mitteln ausgestatteten Barock, die zugleich ebenso zwiespältig, düster und verkommen war. Das Lokal passte hierzu perfekt – Wonne und Gestank in einem, angefüllt vom Brodem eines Heerlagers, eines Asyls oder einer Karawanserei. Denn das war ihr Leben, so dachte er oft für sich: das Leben von Flüchtlingen, denen auf ihrer Reise durch die Unsicherheit und die Instabilität aber auch immer wieder Glücksmomente beschieden waren. Die klaren Momente der Wahrheit. Als würde man für einen Moment erwachen. Wenn man sah, wie das blitzblanke Messer an der Fleischtheke den Schinken schnitt. Wie ein Schiff auf den Wellen, das auf und ab hüpfte. Er selber fühlte sich bei dem Anblick seltsam lebendig und lebensfroh – und zur Abwechslung einmal gesund wie ein Stier. Dachte jetzt an seine Nadeschda am Schwarzen Meer, welches für ihn eine homerisch-griechische Küste war – gegen die Schärfe ihrer Gedankeneinsichten war dies Messer stumpf.

Als er den Schinken und sein frisch gezapftes Bier bezahlt hatte, quetschte er sich hinter einen Stehtisch, das Porter in der Hand, aß und ließ seine Blicke schweifen. Sah den Leuten in ihre Gesichter. Und seinem unmittelbaren Nachbarn auch in die «Krasnaja Gazeta». Dieser, ebenso mager wie Mandelstam, mit einer beständig nach vorne rutschenden Nickelbrille, die er geschickt und sekündlich, als würde er umblättern, antippte, war in einen Aufklärungsartikel über den Fall des sowjetischen Diplomaten vertieft, der von estnischen Spionen im Schlafwagen von Riga ermordet worden war. Mandelstam aber überflog aufmerksam die ihm zugewandte, rechte Seite der vermischten Nachrichten, und unterhalb der rot entzündeten, von Rheumaknötchen gezeichneten Hand des Nachbarn, die geduldig das gelbliche Papier hielt, sah er plötzlich ein Foto, das ihm einen Schock versetzte. Eine junge, schöne Frau mit absolut ebenmäßigem Gesicht, die dem Betrachter ruhig entgegenblickte. Ein Autorinnenfoto, das er kannte. Es war Larissa Reissner. Larissa Michailowna! Ihr Nachruf. Larissa Reissner war gestorben. Konnte das sein? Er beugte sich so weit vor, dass er etwas von seinem Bier auf die Zeitung des Nachbarn verschüttete.

«Geht's noch, Bürger», krächzte dieser empört, «bin ich dir vielleicht irgendwie im Weg?»

«Entschuldigen Sie ...», sagte der Dichter, nahm einen verlegenen Schluck von dem Porter und blickte den Nachbarn so treu- und womöglich auch ein wenig armselig an, dass dieser ihm kopfschüttelnd die Seite überließ. Er interessierte sich sowieso nicht sonderlich für natürliche Todesfälle.

«Eine Bekannte von dir?»

«Sozusagen», murmelte Ossip Emiljewitsch, nahm die Seite an sich und überflog den Nachruf. Aufgewachsen in Petersburg; erste weibliche Kommissarin der Roten Armee, bei der Wolgaflotte; bekannte Journalistin für die «Moskauer Nachrichten», die «Iswestija»; große Reportagen aus Afghanistan und Deutschland. An Typhus erkrankt, vor einigen Wochen eingeliefert ins Krankenhaus des Kreml. Am 9. Februar gestorben. Es hatte sich ein Komitee gebildet, das auch eine offizielle Anzeige geschaltet hatte. Zur Stunde aufgebahrt in den Räumlichkeiten der «Iswestija». Von dort Trauerzug mit bürgerlicher Beerdigung, morgen, 11. Februar um drei Uhr am Nachmittag. Sie war gerade mal dreißig Jahre alt geworden.

Mandelstam schüttelte den Kopf, trank sein Bier aus, und dann faltete er die Zeitungsseite, steckte sie in seine bescheidene Aktentasche, in der sich einige alles andere als bescheidene Gedichtentwürfe befanden, nickte seinem Nachbarn zu und machte sich auf den Weg zu Anna Andrejewna – der die Nachricht vom Tod der Reissner-Tochter, wie er ahnte, noch erheblich mehr bedeuten würde als ihm.

Die Wohnung, in der er sie antreffen würde, lag nur ein wenig weiter die Straße hinunter, im Brunnenhaus, was eine typisch harmlose Bezeichnung für den Teil des Palastes war, den der Fürst Boris Scheremetjew von Peter dem Großen geschenkt bekommen hatte. Die Schaufront lag auf der anderen Seite und ging auf einen kleinen Nebenfluss der Newa, den man später «Fontanka» genannt hatte, weil die Gärten der verschiedenen Adelspaläste von dort das Wasser für die riesigen Fontänen in ihren Gärten bezogen. Auch wenn das Brunnenhaus des Scheremetjew-Palastes nur ein Funktionsgebäude war, ein Hinterhaus noch dazu, so war es doch außerordentlich weitläufig, die Fassade von großen Fenstern durchbrochen. Das Treppenhaus eines Palastes würdig. Natürlich war alles heruntergekommen und dreckig, aber solche barocken Schmutzecken mit abgerissenen Tapeten waren ganz normal. Im dritten Stock lag die Wohnung von Anna Andrejewnas Liebhaber, einem gewissen Punin, und hier lebten auch noch Punins Frau und ihre gemeinsame Tochter.

Anna Ewgeniewna Arens, Punins Frau, liebenswürdig und von der Dauerpräsenz ihrer zukünftigen Nachfolgerin in der eigenen Wohnung nicht wenig mitgenommen, öffnete Mandelstam die Tür. Er verbeugte sich, er wurde eingelassen, sie tauschten sich kurz über das scheußliche Wetter aus. Dann führte Frau Arens den in Literatenkreisen berühmt-berüchtigten und so oft geschmähten kleinen Mann und universalen Dichter durch den Flur ihrer Wohnung, als wäre diese eine Pension, und klopfte an das Arbeitszimmer ihres Ehegatten, wie eine Angestellte, die den Tee bringt.

«Treten Sie ruhig ein», rief die Hausfreundin in ebenjenem Arbeitszimmer Punins, und Mandelstam, nach einer weiteren kurzen Verbeugung der Duldenden gegenüber, schlüpfte hinein. Herrschte auf den Straßen Petro-Leningrads der typische Petersburger Nebel, so hatte Anna Gorenko, die sich als Dichterin nach ihrem bulgarischen Großvater Achmatowa nannte, in Punins Arbeitszimmer gleichfalls ihr eigenes Klima installiert – es war vulkanischer Natur. Freigiebig mit den Kohlen ihres Liebhabers, der als kunsthistorischer Berater der staatlichen Porzellanmanufaktur aus der dortigen Brennofenabteilung einiges mitgehen zu lassen gelernt hatte, herrschte eine Bullenhitze in dem Raum. Dazu kam der blaue Dunst der einen unaufhörlich brennenden Zigarette. Wo die Achmatowa war, gab es grundsätzlich mehr Rauch in der Luft als Luft. Die Tür schloss sich. Gedämpftes, von einem rot bespannten Lampenschirm leuchtendes Licht erfüllte den Raum.

Der Eingetretene warf, wie stets, zunächst einen eingehenden Blick auf das ikonische Porträt Alexander Puschkins, welches auf einer Künstlerstaffelei inmitten des Raumes stand, als ob der Künstler gerade erst damit fertig geworden wäre. Die geistige Zwillingsschwester, als welche Ossip Anna Andrejewna seit ihrer ersten Begegnung empfunden hatte, wobei es ihr ganz ähnlich ergangen war, fühlte, was ihre dichterische Existenz anging, eine tiefe Verbundenheit mit Puschkin. Am vornehmen Gymnasium in Zarendorf, der Sommerresidenz der Romanows nahe Petersburg, war auch

Puschkin zur Schule gegangen, und über ihn hatte die Schülerin ihr erstes Gedicht geschrieben. Einer der Gründe schließlich, warum sie Punins Wohnung im Scheremetjew-Palast so schätzte, war der, dass dieses Porträt eben hier gezeichnet worden war, in einem der Salons auf der Fontanka-Seite. So spann sich – nicht nur über Puschkin – eine feine Linie aus ihren Kindertagen bis in die schwierige Gegenwart, ein silbern schimmerndes Spinnennetz, das an fernliegenden Punkten des Universums aufgehängt war. Unglaublich eigentlich, dass es hielt und Anna so sicher trug.

Sie küssten sich auf die Wangen, die Dichterin mit einer brennenden Zigarette in der abgespreizten Hand.

«Sie sind ganz kalt, Ossip Emiljewitsch ... kommen Sie, mein Guter, stellen Sie sich ein wenig an den Ofen.»

«Es geht schon, meine Liebste ... ach, herrje ...»

«Hm?»

«Ich wollte Kuchen mitbringen. Hab ich vergessen. Wie dumm von mir. Aber ich wollte so schnell wie möglich zu Ihnen – hier, sehen Sie.»

Die Seite aus der Zeitung mit Larissa Reissners Nachruf ward ihr gereicht. Anna trat an den Tisch und studierte sie im rötlichen Schein der Lampe, zog an ihrer Zigarette und las den Nachruf dann ein zweites Mal.

«Nun ist sie gestorben, das arme Kind», sagte sie mit fast schuldbewusster Stimme.

Sie schenkte Tee ein, Mandelstam setzte sich an den runden Tisch in der Mitte des Raumes vor das breite, orientalisch anmutende Sofa. Dann stand sie auf und lief leichtfüßig, scheinbar ohne den Boden zu berühren, zu dem Sekretär, in dem sie den umfangreichen persönlichen Nachlass des Dichters Gumiljow verwahrte, ihres ersten Ehemannes. Er war der Vater ihres Sohnes Lev und der Dritte in ihrer Dichterrunde, die sich selbst «Akmeisten» getauft hatten – die Einzigen, die sich polemisch, ernsthaft und nicht ohne Wut gegen die erdrückende und lähmende Herrschaft der Symbolisten zur Wehr gesetzt hatten. Die Überhöhung des Menschen und seiner angeblichen Möglichkeiten, ihre Allmachtsfaszination und ihre von Willkür strotzenden Symbolsysteme – die Akmeisten lehnten das ab, wollten den Menschen bescheiden sehen, eingebunden in die Wunder des Daseins: nicht die Herrschaft über eine taube Welt ohne Gott, sondern das Staunen und die Demut gegenüber den Wahrheiten des Augenblicks sollten der Maßstab der Dichtung sein. Das hatten sie in Manifesten verkündet. Doch dann kamen der Krieg, Revolution, Staatsstreich und Bürgerkrieg. Die neuen Machthaber, die Bolschewiken, waren dann ja geradezu der Ausbund aller Selbstermächtigung des Menschen. Die Petersburger Akmeisten gerieten an den Rand, ihre Moskauer Freunde Chlebnikov, Pasternak und Marina Zwetajewa hatten ebenfalls Probleme. Plötzlich galten sie nicht mehr als Avantgarde – sondern als rückwärtsgewandte Opposition. Das Rennen in der Gunst der neuen Staatslenker machten die Futuristen, ganz ähnlich wie im faschistischen Italien.

Der Weltkriegsoffizier und bekennende Monarchist Gumiljow war dann im August 1921 von der Tscheka, dem Geheimdienst der Partei, erschossen und sein Werk verboten worden.

Nein, du wirst nicht wieder wach
Dort im Schnee, nie mehr
Bajonette zwanzigfach,
Fünfmal das Gewehr.

So hatte seine Witwe geschrieben. Auch wenn Anna Achmatowa nicht explizit verboten war, wurde sie trotzdem nirgendwo mehr gedruckt. So schrieb sie auch keine Gedichte mehr, schon einige Jahre lang, ohne darüber im Mindesten verzweifelt zu sein. Stattdessen schenkte ihr dieser Verzicht eine geistige Gespanntheit, die es ihr erlaubte, die Seele einer in Terror und Chaos und Neuordnung untergegangenen Welt zu bewahren, die man das Silberne Zeitalter genannt hatte.

Mandelstam, seinen Tee aus einer Untertasse des feinen Punin'schen Porzellanservices schlürfend, betrachtete sie, wie sie ihren Hals über den Gumiljow-Nachlass beugte, mit ihren durchscheinenden weißen Händen, geschickt die Zigarette von der einen in die andere gebend, die von der nun schon lange zu Erde gewordenen Hand beschriebenen Seiten durchblätterte und ihren süßen und gleichzeitig herben Mund dabei spitzte.

In ihrer Kindheit hatten sie sich nicht gekannt, aber oft genug hatte Anna Andrejewna von dieser erzählt, von der frühen Jugend in Zarskoje Selo, dem Zarendorf. Den glücklichen Schuljahren am dortigen Lyzeum, im Schatten des geliebten Puschkin und leidenschaftlich verehrt von einem ungewöhnlich gut aussehenden, düsteren Schulfreund, der ihr seit der Mittelstufe den Hof gemacht hatte: Nikolai Gumiljow. Dann verließ der Vater die Familie, man zog nach Kiew, Anna studierte, aber die vom Vater Zurückgelassenen führten ein unglückliches Leben. Schließlich gab sie, um zumindest ihrem Leben eine Wendung zu verleihen, dem Werben Gumiljows nach, und das, obwohl sie ihn nicht liebte. Seine dichterischen Themen waren heroischer Natur, Reisen in exotische Länder sowie, unvermeidlich, Eroberung und Krieg – sein erster, von der drögen russischen Gegenwartskultur ungläubig bestaunter Gedichtband hieß «Der Weg der Konquistadoren».

Darin beschwor er die halt- und maßlose Sehnsucht eines solchen, den fremden Strand ahnenden Eroberers, der anlandet, um die mythische Feste zu nehmen, und der nicht ruht und nicht nachgibt, bis er seine Fahne wehen sieht. Doch nach erfolgreicher Eroberung verliert er das Interesse. So war es auch mit der Ehe der beiden bestellt. Sie war von Anfang an zum Scheitern verurteilt.

Gumiljow, der auf eine ungewöhnliche Weise nicht mit sich selbst zurechtkam und nur in dem, was er nicht hatte, an dem Ort, wo er nicht war, so etwas wie Glück empfinden konnte, brachte sie nach ihrer Hochzeit 1910 in sein Haus in Zarendorf und reiste kurz darauf nach Abessinien ab. Sie war allein – doch anstatt sich deprimieren zu lassen, emanzipierte sie sich. Las. Fing zu schreiben an, mit höchster Intensität. Als ihr Mann von seiner Reise zurückkehrte, war ihr erster Gedichtband beinahe schon fertig. Über den rastlosen und mit Ratschlägen und Vorschlägen, wie sie schreiben sollte, niemals geizenden Gumiljow lernte sie dessen Freund Mandelstam kennen. Zwischen Ossip und Anna funkte es augenblicklich, so unterschiedlich sie dichterisch gesprochen auch waren, aber zwischen ihnen entstand eine Beziehung, die für beide etwas Neues bereithielt – und nun war es Gumiljow, der zu beobachten und zu staunen begann, welch gänzlich ungehörter Ton in die russische Dichtung gekommen war, und der davon zu lernen versuchte. Er war die treibende Kraft hinter ihrem Manifest, es wurde mehrfach veröffentlicht. Es dauerte nicht lange, und ihre Gruppe, die Akmeisten, war berühmt.

«Hier ist es», sagte sie nun, nachdem sie die besondere Mappe Papiere durchgesehen hatte, «ich wusste doch, dass ich es finden würde. Hier. Larissas letzter Brief an Nikolai.»

«Liest du ihn mir vor?»

«Sind nur ein paar Zeilen. Erst beklagt sie sich bitterlich darüber, dass er sie verraten hat, dann wird sie versöhnlich und – wie junge Menschen das oft in Liebesdingen leichtfertig dahinsagen – schreibt sie ganz am Schluss:

‹Im Falle meines Todes werden alle Briefe an dich zurückkehren und mit ihnen dieses seltsame Gefühl, das uns verband und das der Liebe so ähnlich ist. Begegne Wundern, tu sie selbst. Meine Liebe, mein Geliebter. Deine Leri.› »

«Leri. Wie schön. Und wie nannte sie ihn?»

«Gafiz.»

«Gafiz, klingt nach Persien und seiner Liebesdichtung, wohlgemerkt Liebe zu Gott. Und inwiefern hat unser schelmischer Kolya sie betrogen, was meinst du damit?»

«Nun ja, nicht mit mir natürlich, ich hatte mit ihm als Mann, sexuell, schon lange abgeschlossen. Das wissen Sie ja. Ich hatte andere Beziehungen.»

Sie nahm sich eine Zigarette aus ihrem Etui und entzündete sie. Mandelstam, von empfindlicherer Gesundheit, lehnte dankend ab.

«Aber irgendwann hatte Larissa herausgefunden, dass er zu Zeiten, in denen er mit ihr schlief, gleichzeitig noch eine andere Affäre hatte – und das merkte sie auf die unangenehmste Weise: weil er sich doch, kaum dass die Bolschewiken die Ehegesetze geändert hatten, von mir scheiden ließ, um Anna Nikolaewna Engelhardt zu heiraten.»

«Richtig, die arme Anna hatte ich ganz vergessen ...»

«Ich habe die Briefe, die Larissa ihm geschrieben hat, alle gelesen – ich interpretiere sie eigentlich so, dass Kolya ihr gleichfalls die Ehe versprochen hatte. Aber genommen hat er dann die Engelhardt. Tja, da war Schmerz unvermeidlich.»

«Wissen Sie, wie lange es zwischen den beiden ging?»

«Lange. Der erste Brief von ihr stammt aus dem Herbst 1910. Und alles darin deutet darauf hin, dass sie sich schon eine Weile kannten.»

«1910 ... Aber in dem Jahr haben Sie doch geheiratet!»

«Allerdings. Ich erinnere mich, dass Kolya – bevor er zu seiner Reise nach Abessinien aufbrach – noch einen literarischen Kurs zu geben hatte, an einem Mädchengymnasium in Petersburg. Da sind sie sich wohl begegnet.»

«Aber, lassen Sie mich überlegen ... wie alt war Larissa da?»

«Da muss sie wohl fünfzehn gewesen sein.»

«Himmel ... denken Sie, dass es damals schon zum Geschlechtsverkehr kam?»

«Das glaube ich nicht. Aus ihren Briefen in seinem Nachlass folgt eigentlich, dass es zunächst platonisch war. Sie schrieb ihm in schneller Folge. Sie schickte ihm ihre Gedichte. Es gab wohl Zärtlichkeiten. Küsse. Aber richtig nahegekommen sind sie sich erst 1917.»

«Nein! Während der Revolution!»

«Kolya war zurück aus Paris, aber immer noch beim Militär. Er kam aus dem Krieg und hielt sich kaum bei uns zu Hause auf. Lev, damals sechs Jahre alt und ein prima kleiner Kamerad, hatte sich so auf seinen Vater gefreut, und jetzt bekam er ihn fast gar nicht zu Gesicht. Der kam nach Hause, zog die Uniform aus, nahm ein Bad, und eine halbe Stunde später saß er in der Droschke, die ihn in die Stadt brachte – ‹nur zum Diner›, wie er immer zu sagen pflegte. Er ist zu ihr gegangen, anstatt mit seinem armen Sohn zu sprechen, ihn wenigstens einmal auf dem Schoß zu halten.»

«Aber woher wollen Sie wissen, dass es gerade sie war, Larissa?»

«Es gibt bei ihr, in ihren Briefen, meine ich, bestimmte Formulierungen, aus denen ich schließe, dass sie sich in dem Militär-Gästehaus trafen, das es damals gegenüber von der Gorochowaja Nummer zehn gab.»

«Sie meinen bei der Tscheka, gegenüber vom ‹Haus der Pique Dame› »?

«Das müssen Sie Punin fragen», erwiderte sie, «ich interessiere mich in keiner Weise für den mythologischen Stadtplan dieser Sumpfmetropole, von der ihr alle anscheinend nicht genug bekommen könnt.»

«Was meinen Sie damit? Wer ‹ihr›?»

«Wie lächerlich – worüber haben wir die ganze letzte Stunde gesprochen? Ihr! Ihr Kerle. Typen. Macker. Männer. Verführer.»

«Aber das ist ja … ich bin nicht gekommen, um mit Ihnen zu kämpfen.»

«Warum geben Sie mir dann nicht ein wenig Wärme?»

«Aber ich bemühe mich doch. Verzeihen Sie meine Trägheit, Anousch, Verehrteste», sagte Mandelstam und sah seiner Seelenverwandten aufrecht und voller Aufmerksamkeit entgegen.

«Also – ich sage, dass es im Sinne der Gumiljow-Philologie der Zukunft unbedingt wichtig wäre, seine Briefe an Larissa Reissner in die Hände zu bekommen. Alle, die sich in ihrem Nachlass finden.»

«Richtig. Wie gut dabei, dass sie es doch selbst geschrieben hat: ‹Im Falle meines Todes werden alle Briefe an dich zurückkehren› – und so weiter», zitierte Mandelstam geistesgegenwärtig, stand vom Tisch auf und setzte sich auf das irgendwie asiatische Sofa, so breit und unförmig, wie es war, zog seine schon lange etwas zu engen Lederschuhe aus, die durch und durch feucht waren, und ließ sich strumpfsockig nach hinten sinken.

«Richtig. Die Frage ist – wen kennen wir in Moskau, der unser Interesse an Gumiljows Briefen an die Reissner vertreten könnte?»

Vom Flur der Punin'schen Wohnung vernahmen die beiden

nun die Lautgestalt des Zeremoniells, das die Heimkehr des Hausherrn begleitete, das Schellen an der Tür, ein gedämpfter Wortwechsel zwischen Punin und seiner Ehefrau, dazwischen das Stimmchen seiner Tochter Ira, die gleichfalls dazugekommen war, um den von seinen Tagesgeschäften zurückkehrenden Papa zu begrüßen. Kurz darauf klopfte es an der Tür des Arbeitszimmers.

«Treten Sie ein», rief die Dichterin, und Mandelstam beobachtete erstaunt, wie sich ihr Gesicht, anstatt sich beim Anblick ihres Geliebten – in dessen Wohnung sie sich befand und dessen Arbeitszimmer sie mit dem Nachlass ihres ersten Mannes überschwemmt hatte – zu erhellen, im Gegenteil einen düsteren, wenngleich aristokratischen Ausdruck annahm. Punin und sie tauschten Küsse, dann reichte der Hausherr Mandelstam die Hand.

«Ossip Emiljewitsch, freue mich. Freue mich, Sie zu sehen. Bleiben Sie zum Essen? In einer halben Stunde. Nicht, dass es viel gäbe, Kartoffeln und ein wenig Hering. Allerdings habe ich zwei Flaschen Wodka bekommen.»

Am Tisch in der Küche saß dann auch noch Lev, der Sohn Annas, ein fünfzehnjähriger, hübscher Junge, der den Nachmittag in der Schule und dann in der Bibliothek zugebracht hatte. Mandelstam bemerkte seine scheuen, auf die Tischplatte gerichteten Blicke. Er sprach kein Wort, aß und zog sich dann schnell mit einem Buch über die russische Geschichte des Mittelalters in sein nur mit einem Vorhang vom Flur abgetrenntes Gemach zurück. Sowohl die Ehefrau Punins als auch die kleine Ira blickten ihm missgünstig nach. Er schien hier nicht sonderlich wohlgelitten zu sein, der Sohn des düsteren, von der Tscheka hingerichteten Monarchisten.

Bei Tisch hatte Punin von seinen Erlebnissen in der Manufaktur erzählt. Offenbar war einer der Fayencemaler, ein älterer Mann, völlig unpolitisch, ein Meister in der Dekoration alten russischen Stils, ohne ersichtlichen Grund verhaftet worden. Der Abteilungsleiter habe gestern bei der Tscheka nachgefragt und sei gleich dabehalten worden. Das Gefühl einer gewissen Unsicherheit habe sich über die Fabrik gelegt, zumindest, was die gestalterische Abteilung angehe.

Dann – die kleine Irina und die Noch-Ehefrau Punins hatten sich ihrerseits zurückgezogen – kamen sie endlich auf den Tod Larissa Reissners zu sprechen. Davon hatte Punin im Laufe des Tages schon gehört. Wie viele andere alte Leningrader kannte er natürlich die Familie, Ekaterina und Michail Reissner, Bolschewiken der allerersten Stunde. Reissners Spitzname unter seinen Genossen war «der Graf», weil er unzerstörbare aristokratische Angewohnheiten hatte. Reissner galt als einer der besten Staatsrechtler des Landes – nicht ohne Grund hatte Lenin ihn später damit beauftragt, die Sowjetische Verfassung zu entwerfen. Manche freilich, die ihn noch aus den Jahren vor 1905 kannten, behaupteten, der linke Graf Reissner habe insgeheim immer für die Ochrana des Zaren gearbeitet.

«Solche Stimmen gibt es an allen Ufern und allen Nebenflüssen St. Petersburgs wohl über jeden von den Alt-Bolschewiki. Was ich aber selbst weiß, ist, dass die Reissners ihrer Tochter die Zeitschrift ‹Rudin› finanziert haben. Ich habe selbst mitbekommen, wie sie ihr Tafelsilber verkauft haben, um die Kosten aufzubringen. Sie haben den letzten Rest ihres Vermögens drangegeben, für Larissa und die Zeitschrift. Habe selbst mehrfach darin publiziert. Wurde immer bezahlt.»

«Ich erinnere mich.»

«‹Rudin› war die einzige Stimme im ganzen Kaiserreich, die vehement gegen den Krieg war. Die einzige. Jeder fing damals an, 1914, voller Begeisterung, Kriegspropaganda zu machen. Seien wir ehrlich. Gumiljow, Blok, auch ich, ich geb's zu. Habe solches Zeug geschrieben, dann damit aufgehört, aber diese patriotische Welle riss mich mit. Gleichwohl – die junge Reissner! Sie stand sogleich auf, mit erhobener Faust – gegen den Krieg, als alle noch Hurra brüllten.»

«Schlank, groß, in einem extravaganten grauen Anzug mit englischem Schnitt, in einer hellen Bluse mit Krawatte, die wie bei einem Mann gebunden war – da gibt es doch sogar ein Gemälde von Tschechonin, wo sie so einen schönen melancholischen Blick hat», warf Punin schwärmerisch ein. Er schenkte allen vom Wodka nach, dem sie jetzt nach dem Essen zusprachen.

«Obwohl ich wusste, dass sie mit meinem Mann schlief, habe ich ihr die Hand gegeben, als sie sich mir vorgestellt hat. Im Streunenden Hund kam sie auf mich zu. Gesichtszüge wie gemeißelt. Da lag etwas Nicht-Russisches und Arrogant-Kaltes in ihren Augen ...», erinnerte sich die Achmatowa traurig.

«Das letzte Mal bin ich ihr begegnet, als sie schon Kommissarin geworden war. Sie hatte ihr Büro in einem prächtigen Saal des Admiralspalastes. Ich war wirklich beeindruckt. Binnen weniger Jahre war sie von einer Studentin, die eine linke Zeitschrift herausgab, zur Politkommissarin einer ganzen Flotte geworden.»

«Sie war eine schöne, schwere und spektakuläre deutsche Schönheit», bemerkte die nicht schreibende Dichterin mit hörbarem Schmerz in der Stimme, einem Schmerz der Erinnerung, in dem gleichwohl eine Erlösung mitschwang. «Aber nun hat sie für ihre Schandtaten bezahlt.»

«Wie können Sie so sein, Anna Andrejewna», raunzte Punin. «Sie war ein Mädchen, damals.»

«Das Mädchen, das alle haben wollten, um sie zu ficken. Stellt euch doch nicht so an. Das ist die Wahrheit. Alle hatten ihr die besten Publikationsstellen geopfert, sie angehimmelt – und an den gigantischen literarischen Sternenhimmel von Petrograd geschrieben: ‹Ich liebe dich, Larissa, du bist das Einzige, woran ich denken kann.› Sogar Maxim Gorki war in sie verliebt!»

«Ja. Aber nachdem Gumiljow mit ihr Schluss gemacht und seine andere jugendliche Geliebte geheiratet hatte, wurde sie radikal. Gumiljow war entsetzt darüber.»

«Sie hatte doch dann später diese Schreibwerkstatt im Matrosenklub von Kronstadt. Das Zeug war geschrieben wie Sau, aber dazwischen, das musste man zugeben, standen manchmal Sätze wie aus einer anderen Welt. Echtes Russisch, aber so ungreifbar wie die abgefahrenen Züge am Finnischen Bahnhof», meinte Punin, dem der Wodka schon erheblich ins Blut gefahren war.

«Ich habe gehört, dass Larissa Reissner mit ihren Matrosen an Bord der AURORA war», warf Mandelstam ein, dem es bei dem Gedanken schauderte und der doch die Dramatik der Szene vor Augen hatte und sich ihr nicht verschließen konnte, «dass sie es war, sie, die den Befehl gegeben hat, auf den Winterpalast, Katharinas der Großen grünes Juwel, zu feuern.»

«Die Beschießung des Winterpalastes? Das soll Larissa Reissner gewesen sein?» Punin staunte.

«Ein Mythos», murmelte die Achmatowa, zündete sich eine Zigarette an, um dann zu schließen: «Aber ganz egal, ob sie es war oder nicht, die die Matrosen auf der AURORA dazu gebracht hat, das zu tun, was sie getan haben – wir brauchen heute Abend noch ein Telegramm nach Moskau.»

Sie tranken Wodka, rauchten und feilten dabei an einem Text, doch schließlich erkannten die drei Leningrader in der Küche der kleinen Wohnung im Hinterhaus eines italienischen Palastes, dass es völlig unmöglich war, dem Beerdigungskomitee ein Trauertelegramm zukommen zu lassen und darin zugleich um die Herausgabe der Gumiljow-Briefe zu bitten, die sich – vielleicht – im Nachlass der Toten befanden. Was tun?

Ossip Emiljewitsch, der sich seiner Herzensfreundin selbstverständlich als Kuriergänger angeboten hatte, verließ die Wohnung im Brunnenhaus schließlich statt mit einer mit zwei Nachrichten. Die erste würde er direkt an die Redaktion der «Iswestija» schicken, wo das Beerdigungskomitee über den im offenen Sarg liegenden Leichnam wachte und die Bestattung plante; das andere Telegramm hingegen ging an Anna Achmatowas und seinen besten literarischen Freund in Moskau, der immer schon ein Verbündeter gewesen war: Boris Leonidowitsch Pasternak. Auch dieser hatte die Reissner gut gekannt, war ein glänzender Lyriker und deshalb der Richtige, um beim morgigen Begräbnis mit Larissas Vater oder ihrem Bruder über das heikle, sensible Thema ihres Nachlasses zu sprechen. Vielleicht auch mit dem offiziellen Ehemann, Raskolnikow, mit dem sie freilich schon lange nicht mehr zusammen gewesen sein sollte. Zuletzt, das war ebenfalls zu bedenken, sei sie doch die Geliebte von Karl Radek gewesen.

Es war natürlich schon wieder dunkel, als er auf den Gießerei-Boulevard trat, aber mit all dem guten Wodka im Leib ertrug er den eisigen Nebel, der aus Newa, Fontanka und sämtlichen neunzig anderen Flüssen und Kanälen Leningrads kroch, ganz gut. Die Laternen funzelten, und unter einer gegenüber standen zwei Rotarmisten mit geschulterten Gewehren und grimmigen, doch auch gelangweilten Blicken. Was taten sie dort – bewachten sie die Straßensicherheit? Den nordischen Schneefall?

Mandelstam beeilte sich, an ihnen vorbeizukommen, zog sich den knautschigen Hut in die Stirn und schritt, so schnell er konnte, davon. So vieles kam ihm in den Sinn, ihrer aller Leben und sein einziges Thema – der scheppernde, zusammentragende und alles wieder zerstreuende Lauf der Zeit. Wie selten man doch überhaupt dazu kam, sich dessen zu versichern. Da fielen ihm, während eine Tram in der nächtlichen Nebeldunkelheit an ihm vorüberschlitterte, Kolyas, des schändlichen Kameraden, letzte Verse ein, sein letztes Gedicht, bevor das Exekutionskommando nichts Besonderes tat, sondern das dieser Tage Gewöhnliche. Wie hatte Gumiljow doch geschrieben:

Der Augenblick kann weder verzehrt, getrunken
Noch geküsst werden, er verfließt unaufhaltsam
Und wir sind verzweifelt – doch erneut
Verdammt daran vorbei, vorbei zu gehen.

Wie ein Junge, der sein Spiel vergisst,
Weil er das badende Mädchen betrachtet
Und nichts von Liebe wissend, dennoch
Gequält wird von rätselhaftem Verlangen

Wie einst in den wuchernden Schachtelhalmen
Die glitschige Kreatur
Vor Erkenntnis der eigenen Ohnmacht brüllte
Als sie die noch nicht entstandenen Flügel auf ihren
Schultern spürte

Und so Jahrhundert für Jahrhundert – wie lange noch
Herr?
Unter dem Skalpell der Natur und der Kunst
Schreit unser Geist, das Fleisch verschmachtet
Während es das Organ für den sechsten Sinn gebiert.

Sechs

EIN ABEND AUF DEM LANDE

Kuntsevo, *Juni 1923*

Der in seiner Geschichte auch schon mehrfach umbenannte Weißrussische Bahnhof ist Moskaus Eisenbahntor zum Westen. Die Züge nicht nur nach Minsk, sondern auch nach Warschau oder Paris fahren von hier ab, und so ist das Publikum, wenn es den eleganten, grade mal zehn Jahre alten Bau betritt, meist schon darauf eingestimmt, bald über den Kurfürstendamm oder die Champs-Élysées zu laufen, von einem Geschäftstermin zum nächsten natürlich. Doch nicht alle hier an diesem Samstagnachmittag im Juni wollen so weit verreisen – da ist zum Beispiel eine Gruppe junger Leute, die sich am Bahnsteig vor einem zur Abfahrt bereiten Vorortzug getroffen hat. Modisch lassen sich die jungen Hauptstädter aus den Magazinen des Bürgerkriegs inspirieren, kombinieren Schlaghosen mit Lederjacken, welche auch die Frauen mit ihren Kurzhaarfrisuren tragen, während die Kerle, unrasiert und wild und eigentlich gar nicht frisiert, unter den Jacken nur Unterhemden sehen lassen. Eine Flasche Wodka kreist, und irgendjemand hat einen Korb mit Blini dabei, aus dem man sich fröhlich bedient. Einer hält einen Zettel in der Hand und liest den anderen ein Gedicht vor, das er gerade vorhin erst geschrieben hat – «auf dem Donnerbalken», wie er lautstark verkündet, so laut, dass es auch andere Reisende mitbekommen, die auf diesen Regionalzug warten. Noch während er liest, stößt ein weiterer junger Mann hinzu, der freudig begrüßt wird.

«Yuri, was für ein Glück! Wir dachten schon, du kommst nicht mehr.»

Marina – eine zierliche Lyrikerin, derzeit radikale Spontanistin – umhalst ihn und küsst seine strubbelige, nach Kohle und Schmieröl riechende Wange. Yuri legt den Arm um ihre schmale Taille, grüßt in die Runde, schlägt in hingestreckte Hände ein, wird erneut geküsst.

«Der Vorarbeiter wollte uns einfach nicht gehen lassen. Unbedingt noch die Arbeitspläne der kommenden Woche vorbesprechen, da steht ein Produktionswechsel an.»

«Gib mir einen Kuss, du fleißiger Maschinenführer. Hast du denn auch ein Manuskript dabei? Wirst du nachher was lesen?»

«Klar, hab jede Nacht dran gearbeitet, mein neuer Roman», Yuri küsst die Spontanistin wie gewünscht, und damit kann man nun einsteigen. Es sind noch zwei Minuten bis zur Abfahrt und kaum mehr andere Reisende auf dem Bahnsteig.

Doch nun, gerade als Yuri dabei ist, seinen Fuß auf das Trittbrett des Waggons zu setzen, kommt doch noch eine junge, energisch wirkende Frau, etwas füllig vielleicht, auffallend elegant, in weitem Rock, weißer Bluse, mit Hut und einer ungewöhnlichen Patchwork-Tasche um die Schultern. Sie trägt einen kleinen Koffer, und sie scheint ein wenig außer Atem.

Yuri, dem sein Gefühl sagt, dass er das Gesicht der Frau schon einmal gesehen hat, vielleicht in irgendeiner Zeitung, wartet mit dem Einsteigen und dann bietet er ihr, ungewöhnlich für einen bolschewistisch-proletarischen Fabrikarbeiter und Dichter, seine Hilfe an. Sie überlässt ihm lächelnd den Koffer, er steigt ihr voran in den Zug und trägt ihren Koffer durch den Wagen, bis sie zu seiner Gruppe kommen, die sich fröhlich in zwei Abteilen niedergelassen hat.

«Wohin fahren Sie, Bürgerin?»

«Nach Kuntsevo.»

«Wir auch ... Wir gehen auf einen literarischen Abend, wo wir unsere abscheulichen, aufrüttelnden, vollkommen neuartigen und natürlich revolutionären Gedichte und Prosatexte vorlesen werden ...», ruft Marina und funkelt Larissa an.

«Auf der Datscha von Vadim Alexandrowitsch?»

«Woher wissen Sie das?»

«Na ja, da bin auch ich eingeladen.»

Larissa ist nur ein wenig älter als die radikal proletarischen jungen Dichterinnen und Poeten, die Vertreter einer ersten Generation von Poesie-Kadern, die die Revolution selbst hervorgebracht hat. Aber was für ein Unterschied besteht zwischen ihnen – zumindest äußerlich.

Sie stellt sich vor. Beinahe alle haben schon von ihr gehört, doch Larissas Ruhm ist zwiespältig, was man freilich nicht laut ausspricht. Die erste weibliche Kommissarin in der Roten Armee, das ja. Aber wie hatte sie das wohl geschafft?

Manche finden sie auch einfach zu elegant, so offensichtlich aristokratisch in ihren Umgangsformen, das Russisch zu vollendet – zu sehr Silbernes Zeitalter ...

Aber insbesondere Yuri ist von ihr angezogen, umso mehr, als sich herausstellt, dass Larissa schon von seinem ersten Roman gehört hat, der eine Woche im Leben eines Fabrikarbeiters beschreibt und Yuri Libedinsky zu einer kleinen Berühmtheit gemacht hat.

«Bucharin selbst hat doch in der ‹Prawda› darüber geschrieben, habe ich recht?», fragt sie lächelnd. Yuri geht es durch und durch – von jemandem wie Larissa Reissner literarisch wahrgenommen zu werden ...

Bald schon unterhalten sie sich, als ob sie sich alle schon lange kennen würden, mit den rauen Gepflogenheiten der Jüngeren kommt Larissa wie selbstverständlich klar, nur von der Wodkaflasche lässt sie die Finger.

Die Fenster sind offen. Die Juniluft, durchsetzt von ganz wenigen Rußpartikeln der Lok, dringt herein, und alles fühlt sich an, als würde das schiere Lebensglück eingepumpt in diese Welt, die sich gerade so frei und beweglich gibt. Das frische Grün hat die Konturen der Welt erneuert – alles ist größer gewachsen, hat Formen angenommen, die von Leben strotzen. Bald schon liegt das großstädtische Moskau hinter ihnen. Sie fahren – langsam, wie es sich für einen Vorortzug gehört – an Dörfern und Weiden vorbei, an Wäldchen und Kanälen. Es ist später Nachmittag, aber die Sonne zeigt noch nicht den geringsten Anschein, müde zu werden. Auf halber Strecke dann geraten sie in einen kleinen Regenschauer, der für zwei Minuten auf das Dach des Waggons prasselt und dann unvermittelt endet. Die Sonne kehrt wieder, als wische jemand mit einem Schwamm alles Graue hinfort, und die frisch gewaschene Welt erstrahlt und glitzert. Das ist tatsächlich der Sommer. Und er gebärdet sich so verspielt und kraftvoll, dass man der süßen Versuchung erliegen möchte, zu denken, er würde ewig währen.

Larissa findet es herrlich, endlich einmal aus Moskau herauszukommen, aber deshalb allein unternimmt sie diesen Ausflug nicht. Es geht um Karl Radek. Sie hat nach ihm gesucht, sich erkundigt, von ihm gelesen. Geboren wurde er unter dem Namen Sobelsohn in Lemberg, «Radek» ist – natürlich – ein Pseudonym, benannt nach einer Figur aus dem Roman «Die Arbeiten des Sisyphos» von Stefan Żeromski, in dem es um den Widerstand polnischer Gymnasiasten gegen ihre Zwangs-Russifizierung geht. Zudem nannte sich Radek, der von Anfang an zwischen polnischer und deutscher Sozialdemokratie pendelte, in Deutschland etwa «Genosse Max» und unterschrieb seine zahllosen Texte für die internationale sozialdemokratische Presse aber auch mit «Parabellum». Es war der Name der deutschen Dienstpistole Nummer 8, ähnlich wie «Mauser» oder «Browning» Inbegriff einer Waffe – wie auch er eine sein will, die Parabellum der Weltrevolution. Seltsam, denkt Larissa, dass jemand mit so einem martialischen Kampfnamen zu den ganz wenigen gehörte, die am Anfang des Großen Krieges so vehement gegen die Kriegskredite kämpften, mit denen die europäischen Sozialdemokraten den Weg dafür frei machten, dass sich die europäischen Arbeiter gegenseitig abschlachten konnten. Aber die Widersprüchlichkeit gehört zu Radek, er ist nicht so leicht zu fassen. Larissa hat erfahren, dass er mit seiner Lemberger Jugendliebe verheiratet und Vater einer Tochter ist. Die Familie wohnt irgendwo im Kreml, aber dort wollte sie ihn nicht suchen. Er ist bekennender Liebhaber Deutschlands, Deutsch ist seine bevorzugte Sprache. So ist es kein Wunder, dass Radek nicht nur Lenins Deutschland-Berater, sondern auch Deutschland-Beauftragter der Komintern wurde, einer für die Weltrevolution zuständigen Organisation, in deren Moskauer Hauptquartier an Auskünfte zu gelangen schwieriger ist, als dergleichen im Vatikan wäre. Larissa war beinahe schon so weit, dem omnipräsenten Internationalisten und Deutschland-Kenner einen Brief zu schreiben, um ihn um ein Treffen zu bitten. Doch dann erfährt sie von einer Freundin, dass Radek jemandem versprochen habe, an einem literarischen Abend im Dorf Kuntsevo teilzunehmen, wo es neben ein paar Fabriken auch eine unüberschaubare Zahl von Datschas gibt. Viele Angehörige der Intelligenzija und Künstler haben hier ihre Datscha. Auch Majakowski.

Als der Zug schließlich nach einer guten Stunde am kleinen, aber prächtigen Bahnhof von Kuntsevo hält und sie zusammen mit einigen Dutzend anderen Fahrgästen aussteigen, warten schon Kutschen, mit denen manche der Sommergäste abgeholt werden. Die meisten aber gehen zu Fuß und verstreuen sich bald auf den zunächst gepflasterten, bald schon sandig-kiesigen Wegen des Örtchens. Yuri hat einen Lageplan dabei, eine handschriftliche Skizze, und geht der Gruppe voran. Neben seinem Rucksack trägt er auch wieder Larissas Koffer. Sie kommen an kleinen Datschas vorbei, die kaum mehr sind als Holzhütten, umstanden von großen Kiefern und Trauerbirken, die ihre Zweige bis auf die Sandwege herabhängen lassen. Doch gibt es auch die prächtigsten Anwesen, die von ihren schwerreichen Vorbesitzern, Fürsten und Magnaten des Zarenreichs, mehr als beredt Kunde geben. Larissa, in all ihren Bewegungen darauf bedacht, sich und ihrem Geheimnis keine Blöße zu geben, geht nun leichten Sinns hinter den jungen Leuten her, diesen Wallfahrern der proletarischen Dichtung, sie genießt die köstliche Luft und hört den Vögeln zu, die aus allen Büschen und Bäumen singen. Die Sonne steht immer noch weit über dem Horizont, als sie den Schauplatz des literarischen Zusammentreffens erreichen. Die Datscha ist blau gestrichen, hat weiße Fenster, eine weiße Tür und einen beinahe turmartigen Erker. Im Garten ist ein Sammelsurium unterschiedlichster Stühle und Bänke zusammengestellt.

Es sind jede Menge Leute da, natürlich erkennt Larissa auch gleich ein paar Moskauer Bekannte. Neben der Hauptstadtboheme, mit der sie selbst angekommen ist, gibt sich auch die örtliche Arbeiterjugend die Ehre. Praktisch jede der Fabriken vor Ort hat einen Schreibklub gegründet. Kuntsevo, obwohl nur ein Dorf mit ein paar Tausend Einwohnern, genießt den Ruf, eine Kaderschmiede der neuen, proletarischen Literatur zu sein.

Auffällig sind hier auf dieser Privatdatscha aber auch andere, feine Herrschaften, gekleidet nach der Pariser Mode, in englischen Jacketts, mit Fliege, Monokel und anderen Attributen gepflegter Bürgerlichkeit. Klar, dass es diese Leute immer noch gibt, die alte liberale Bourgeoisie, Anhänger der im Herbst 1917 von den Bolschewiki gestürzten, regulär gewählten liberal-sozialrevolutionären Regierung. Lebendige Vergangenheit, sozusagen.

Gemeinsam ist den Gästen allerdings, dass ihnen die bereitgestellte Brotzeit, saurer Hering, Rote-Bete-Salat und Schmalzbrot, vorzüglich schmeckt. Und der Wodka scheint auch nicht schlecht zu sein.

Larissa sieht sich um, ob sie Radek – den sie allerdings nur vom Foto kennt – irgendwo entdecken kann. Der Gastgeber, ein jovialer Theaterkritiker, der Larissa gleich auf ihren Vater Michail anspricht, den er kürzlich bei einer Veranstaltung des Meyerhold-Theaters getroffen habe, klatscht nun in die Hände und lässt einen Korb herumgehen, in den alle, die zu lesen eingeladen sind, einen Zettel mit ihrem Namen werfen mögen, um die Reihenfolge der Auftritte festzulegen.

Der Zufall der Ziehung zaubert ein ganz unmögliches Programm hervor, das grade deshalb Spaß macht. Den Auftakt bildet ein Prosastück über den banalen Charakter eines durch Schwarzhandel reich gewordenen NÖPlers. Trotz des brisanten Themas ist der Text merkwürdig belanglos, schwach vorgetragen von einem mittelalten Schriftsteller, von dem Larissa noch nie gehört hat. Es folgen zwei Dichterinnen aus einem der örtlichen Arbeiterklubs, die gemeinsam lesen – eine Art Dialog über das neue und alte Russland. Begeisterung löst das Gedicht eines Lyrikers aus der Ukraine aus, der den Junggardisten angehört und über ein Gespräch mit seiner geliebten Maschine schreibt, die aufgrund von Abnutzungserscheinungen ausgetauscht werden muss. Er ist ein ganz verträumt wirkender, zarter junger Mann. Aber sein Gedicht ist mit dem Gestus eines zupackenden Arbeiters geschrieben, es endet stark, pathetisch-analytisch:

Die Maschine erzählt mir von ihrem Schmerz
Und ihrem geheimen Kummer.
Tränen schmieren nicht ihre Traurigkeit fort
Die sich seit der Morgenschicht angesammelt,
Aber in meinem Herzen verstehe ich
Die Sorgen meiner eisernen Schwester.

Das Lob kommt von allen Seiten, ein aufstrebender Kritiker zieht Verbindungen mit den frühen Futuristen und schwärmt davon, wie die kommunistisch-revolutionäre Dichtung sogar die «Wesen aus Stahl» gefühlvoll und menschlich werden lasse, sie mit Seele begabe. Was für eine Ingenieursleistung!

Als dann Larissas Los aus dem Korb gezogen wird, hat die Abenddämmerung eingesetzt. Sie nimmt unter dem Petroleumlicht Platz, das der Hausherr jetzt entzündet, und holt das Typoskript eines gerade erst entstandenen Textes hervor, der noch nirgendwo erschienen ist, über einen fiktiven amerikanischen Magnaten. Sie hat ihn zusammengesetzt aus diversen Begegnungen mit echten Geschäftsleuten, den Engländern und ihrer Praxis, denen sie in Afghanistan und Indien ansichtig geworden war, sowie intensiven Zeitungslektüren:

«Vanderlip in Afghanistan», fängt sie mit dem Titel an,

und einige unter den Zuhörern setzen gleich eine skeptische Miene auf. Muss es denn unbedingt das Ausland sein, gibt es denn hier in der Sowjetunion nicht genügend Themen?

«Wie alle alternden Eroberer begann auch Vanderlip an einen Feldzug nach Asien zu denken, an eine ungeheure Vereinigung Chinas, Afghanistans, Persiens, Mesopotamiens und der Türkei zu einem geschlossenen Bank- und Eisenbahnreich.

Er wollte die Siegeswege Alexanders des Großen, der Großmogule und der Cäsaren mit Eisenbahnschwellen pflastern, die zerrissenen Bruchstücke der von der nationalen Gärung erfassten mohammedanischen Reiche an die elektrische Stromfessel legen, alle Märkte Zentralasiens und des Nahen Ostens verbinden, Aermiak ein neues Tor nach Asien verschaffen, seinen Waren einen Siegeseinzug durch den ganzen Osten bahnen. Von Schanghai bis Kaschgar, von Teheran bis Konstantinopel wird im Gebrüll der die Wüsten durchquerenden Lokomotiven der sieghafte Hymnus der billigen Streichhölzer, der billigen Strümpfe, des preiswerten Rasierapparats und der unüberwindlich praktischen Hosenträger erklingen. Und im Austausch gegen diese Kulturgüter wird sich Amerika die feine krause Baumwolle, die wie ein zartes Kinn gespaltenen Reisperlen und das Mossulöl, diese schwarze Seele der Bewegung, der Geschwindigkeit und der Kraft, nehmen. Unter dem Krachen der zusammenbrechenden englischen Unternehmungen, unter dem Rauschen des in die versandeten Flussbetten Asiens einströmenden amerikanischen Kapitals, unter dem Donner eines neuen Krieges will Vanderlip seine Aktien und Wechsel der Geschichte auf hundert Jahre im Voraus aufzwingen, und aus diesem Grunde hält sich Vanderlip heute in Kabul, in der Hauptstadt Afghanistans, als Gast auf.»

Der Garten, der nun tatsächlich in der köstlich glimmenden, den baldigen Mittsommer ahnen lassenden Dämmerung liegt, über der der halbe Mond wie eine dahintreibende Sichel aufgegangen ist, wird unter Larissas kräftiger Diktion und der gelassenen Entschlossenheit und Selbstsicherheit, mit der sie vorträgt, zum Welttheater. Sie hat – im Gegensatz zu beinahe allen anderen, die unter den alten Bäumen Kuntsevos sitzen und ihr zuhören, die Weltgegenden, von denen sie erzählt, selbst bereist, und diese Gewissheit kann man in ihren Augen lesen und im Ton ihrer Stimme vernehmen. Am stärksten, als sie schließlich die Verirrungen des amerikanischen Kapitalisten in den Tälern der afghanischen Gegenwart und Geschichte beschreibt, und den wilden Tanz der Stämme, den sie selbst gesehen hat.

«Plötzlich öffnen sich die Reihen der Tanzenden, die Musik geht in ein flammendes Gebrüll über, die Krieger werden zu einer glühenden Mauer, zu einer drohenden, blauschwarzen Flamme, und die Schwerter schwirren über den Köpfen wie Staub, wie Rauch, und der Tanz ist wie Feuerbrand.

‹Wir brennen, wir brennen›, ächzt die Musik. Es brennt die Tribüne, der ganze Platz, die Berge, das Land und das ganze Volk brennen, und durch das Dröhnen dieses wild dahinstürmenden Sieges ertönt auf einmal die alles überwindende Stimme des Emirs:

‹Salamat bad isteklal-i-Afghanistan! … › »

Der Amerikaner Vanderlip begreift, so erzählt die Geschichte weiter, und es graust ihn, weiter seine kostbare Zeit zu verschwenden in diesem Land, an dem schon die Engländer sich die Zähne ausgebissen haben. Über die Unmöglichkeit, hier Geschäfte zu machen, sinnierend, sitzt er schließlich in der Kutsche, die ihn fortbringt aus Afghanistan. Larissa kommt zum Ende: « ‹Herr Dolmetscher›, fragte Vanderlip, ‹was heißt das Wort *isteklal*?›

Der Dolmetscher neigte den Kopf auf die Schulter, legte die Hände auf das dicke Bäuchlein und lächelte ein feines, östliches Lächeln:

‹Unabhängigkeit, Euer Gnaden.› »

Die letzten Worte, die Worte des Dolmetschers, spricht sie gekonnt mit dem Akzent des Zentralasiaten – ohne denunzierend zu sein. Sie weiß zu gut, wie es klingt, wenn Afghanen mit ihrem speziellen Zungenschlag Russisch sprechen, das klingen soll, als würden sie Englisch sprechen.

Viele haben gar nicht begriffen, was diese wie ein Staubteufel dahinpreschende Geschichte eigentlich schilderte, zu dicht und fremd waren ihnen die Bilder. Die meisten sind freilich trotzdem irgendwie begeistert, was auch an Larissas Ausstrahlung liegen mag. Immerhin ist es die wirkliche Larissa Reissner, die Marinekommissarin und Heldin von Kasan, in genau der Schlacht, die die Wende im Bürgerkrieg eingeleitet haben soll.

Larissa selbst fühlt sich nach der Lesung glücklich, was dann auch die Wortmeldung eines Kritikers nicht zu mindern vermag, der sich sogar ein wenig in Rage redet. Es ist der Exotismus, wie er es nennt, gegen den er etwas habe.

«Das alles ist doch Ornament – ja, gewiss gut gestaltet, viel Rhythmus. Vorzügliche Wortwahl! Es duftet förmlich nach Weihrauch, Gewürzen und teuren Düften: Wie weit weg ist das von der fleißigen und grauen Realität der Sowjetunion! Dem Land der hart an der Maschine Arbeitenden. Wenn die Autorin ihre Reiseerlebnisse wiedergeben will, so sei ihr das unbenommen. Aber solche von Exotismus und bourgeoiser Gewähltheit strotzenden Texte verdienen nicht den Namen sowjetische Literatur!»

Als sein Ausbruch beendet ist, blickt er sich um – es ist still geworden im Garten. Er hat sich vergaloppiert und setzt sich wieder, plötzlich kleinlaut. Larissa ist einfach nur amüsiert und blickt ihn freundlich an. Die Stimmung kippt zur Auflösung hin, und alle finden, die Autorin habe einen zweiten Vorhang verdient. Zum ersten Mal an diesem Abend entbrandet erneut Applaus, es gibt «Bravo»-Rufe. Larissa beißt sich vor Freude auf die Lippen. Sie hat den Gartentisch unter dem Petroleumlicht flugs zu einer richtigen Bühne gemacht.

Als sie dann abgeht, bemerkt sie die Ankunft eines schweren Automobils mit starken Scheinwerfern auf dem Sandweg vor dem Eingang der Datscha. Bei der Gattin des Gastgebers macht sich produktive Unruhe bemerkbar, und sie schickt – das sieht Larissa dann nur noch aus dem Augenwinkel, während ihre erste Moskauer Bekannte auf sie zustürmt, um sie nach diesem tollen Auftritt in die Arme zu schließen – ihren Mann zum gekiesten Eingangsbereich, wo gerade die mächtige, angenehm quietschende Gartentür aufgeschwungen wird.

Es ergibt sich tatsächlich eine kleine Pause im Programm. Nach etwa zehn Minuten, in denen alle noch einmal einen Bissen gegessen und ein Schlückchen Wodka getrunken haben, nehmen sie wieder Platz, freilich neu sortiert. Als Larissa sich setzt, ganz außen auf der linken Seite, damit sie jederzeit hinauskann, sollte sie das Bedürfnis verspüren, sieht sie den neuen Gast, ein paar Reihen weiter vorne, zur Rechten des Hausherrn: Karl Radek.

Yuri Libedinskys Vortrag schlägt nun das größer gewordene Publikum schnell in seinen Bann. Er trägt Teile aus seinem neuen Roman vor, der den Titel «Zavtra» trägt, «Morgen».

«Morgen», so begreifen die Zuhörer schnell, schildert die nahe Zukunft der Sowjetunion – genau wie schon in seinem

Romanerstling – aus der Sicht eines idealistisch-kommunistisch denkenden jungen Fabrikarbeiters. Doch dieser sieht mit an, hier ist der Roman gnadenlos ehrlich in seiner Analyse und bitter realistisch in seiner Darstellung, wie die Ideale des Kriegskommunismus in der Neuen Ökonomischen Politik zerbröseln, wie sich eine neue russische Bourgeoisie etabliert und die Vertreter des Kapitalismus aus aller Welt in die Sowjetunion einsickern und Fabriken übernehmen. Er sieht, wie der ökonomische Druck und der Schwarzmarkt das solidarische Leben der Arbeiter unterminieren, bis das kommunistische Projekt kurz vor dem Scheitern steht. Die Arbeiter Russlands sind einfach zu schwach – doch dann erreichen sie Nachrichten von der Revolution in Deutschland.

Libedinsky hat eine Art Science-Fiction-Technik gewählt, die darin besteht, fiktive Zeitungsberichte, Reportagen und Briefe so miteinander zu montieren, dass beim Publikum das lebendigste Bild davon entsteht, wie sich – vom Ruhrgebiet ausgehend, das Frankreich und Belgien besetzt haben, um noch mehr Reparationen aus der deutschen Arbeiterschaft herauszupressen – die Revolutionäre nunmehr in allen großen Städten der deutschen Republik erheben, München und Berlin voran sich zu freien Räterepubliken erklären; wie sich schließlich Rote Garden bilden, zu denen auch Reichswehrsoldaten überlaufen. Die Franzosen werden aus dem Ruhrgebiet vertrieben, und mit Schrecken sehen die kapitalistischen Westmächte, wie sich der Bund der Deutschen Räterepubliken an die Seite Russlands stellt. So vereint, werden sie nun unüberwindlich und läuten gemeinsam die Weltrevolution ein.

Es ist ein Märchen, aber so packend erzählt, dass die Zuhörer sowohl die Zwangslage und Krisensituation des revolutionären Russlands als auch seine Rettung durch die Ausweitung der Revolution nach Deutschland beinahe schon als gegeben und wahr hinnehmen. Manche Zuhörer, die schon ein paar Tage keine Zeitung mehr gelesen haben, blicken so unsicher drein, als ob es ihnen peinlich wäre, von diesen Ereignissen in Deutschland noch nichts gehört zu haben.

Yuri bekommt mächtigen Applaus. Larissa, die zwar schon als Mädchen von ihrem Vater H. G. Wells' «Zeitmaschine» vorgelesen bekommen hat, selbst aber keine wirkliche Begabung zu Fiktionalisierung und Verfremdung besitzt, beeindrucken diese erfundenen Reportagen sehr. Der ganze Text, auch wenn er an manchen Stellen immer noch spürbar skizzenhaft und improvisiert ist, wirkt durch diese Mischung aus präziser realistischer Alltagsschilderung und revolutionärer Wirklichkeitsschöpfung gleichsam flirrend, wie ein Trugbild in der Ferne, das den müden Wanderer aufrichtet.

Und genau das sind sie selbst. Das ist die Revolution – auf ihrem immer noch unabsehbaren und mühsamen Weg. Larissa applaudiert ergriffen und lang, ebenso Radek, der sich wie einige andere sogar von seinem Platz erhoben hat. Radeks Meinung über Libedinskys faszinierende wie fordernde alternative Wirklichkeit würde sie interessieren, aber schon setzt sich das Publikum wieder, um dem letzten Literaten des heutigen Abends zuzuhören.

Das halbe Mondschiff hat gemächlich über einer großen Birke geankert, um einen guten Blick auf den Mann zu haben, der nun die Gartenbühne betritt, Zigarette mit Spitze in der Hand, Monokel und großzügig gebundene, gepunktete Schleife.

«Wer ist der Kerl? Kennt ihr den?», hört sie um sich die Stimmen, und die Antwort: «Dramatiker. Einige Bühnen in Petersburg haben Stücke von ihm bestellt oder sogar schon konzessioniert.»

«Kommt ursprünglich aus der Gewerkschaftspresse. Ich glaube, er schreibt Feuilletons. Auch Gerichtsstücke.»

«Ach wirklich? Und wie heißt er?»

«Bulgakow.»

Der drahtige Dramatiker setzt sich aufrecht hin, rückt die Lampe zurecht, um Platz für sein handschriftliches Manuskript zu machen, und beugt sich dann etwas vor, um wie aus dem Nichts ein silbernes Militärfeuerzeug aufblitzen zu lassen, wie sie unter den Offizieren der Weißen Armeen beliebt waren. Er zündet sich seine Zigarette an, nimmt einen Zug, den er so geschickt in den Lampenschein bläst, dass der Rauch ein paar wirkungsvolle Schatten wirft. Und dann beginnt er zu erzählen.

Das ist durchaus ungewöhnlich bei russischen Lesungen. Da lässt man nur den Text sprechen, gibt keine Erklärungen. Aber dieser Bulgare mit ukrainischem Akzent – oder was immer er ist – kümmert sich nicht darum, sondern erzählt, dass er das Manuskript einiger Geschichten dabeihabe, an denen er derzeit arbeite, um daraus eine Sammlung zu formen, die als Buch erscheinen solle.

«Ich weiß auch nicht, wie es zugegangen ist – aber ich hatte so einige Erlebnisse in den letzten Jahren ...» Sein von unten beschienenes, akkurat rasiertes Gesicht mit den kurzen, gescheitelten Haaren und dem blitzenden Zwicker nimmt einen doppeldeutigen Ausdruck an. Er wirft dem Publikum einen verschwörerischen Blick zu, um dann in lakonischem Ton anzufügen: «... manches davon stand auch einfach in der Zeitung.»

Die Ersten im Publikum lachen.

«Wo war ich stehen geblieben? Na ja, nach dem, was ich erlebt und gesehen habe, will mir kein anderer Titel für den Band mehr einfallen als *Teuflische Stücke*. Wie sich das Leben

eben so offenbart, in unserem Russland – oft durch die Nase, durch die man etwas zieht ...»

«Was zieht er? Koks? Wie war sein Name noch mal?»

«Michail Afanassjewitsch, und er ist wirklich aus Kiew. Ich glaube, er hat auch schon einen bitterbösen Roman gegen den ukrainischen Anti-Bolschewiken, den Anarchisten Petljura geschrieben.»

«Ach ja?», sagt jemand.

«Eine chinesische Geschichte», so beginnt der beim Publikum immer illustrer werdende literarische Bühnenkünstler. «Sechs Bilder statt einer Erzählung. Erstes Bild: der Fluss und die Uhr.»

Er macht eine kleine Pause, zieht an seiner Zigarette und wirft einen kurzen Blick auf das Manuskript, als ob er beinahe noch einmal ernsthaft darüber nachdenkt, ob es überhaupt gut genug zum Vorlesen sei. Aber dann legt er los.

«Es war ein großartiger Chinese, ein richtiger safrangelber Vertreter des Reiches der Mitte, fünfundzwanzig Jahre alt, vielleicht auch vierzig? Weiß der Teufel! Ich glaube, er war dreiundzwanzig.»

Trotz aller Mystelei ein Komödiant! Einige lachen. Und alle folgen ihm gebannt. Großes Kino! Die sechs Bilder seiner «Teufelei» sind elegant geschrieben, grundironisch, böse. Dramatische Holzschnitte, wenn man so will.

Das Publikum also erblickt in diesen Bildern nun einen Vertreter des gigantischen asiatischen Anteils des russischen Imperiums mit seinen vielen Minoritäten durch Moskau irren. Der Chinese erblickt eine erschreckende künstliche Sonne und eine Zauberuhr und landet schließlich in einer Opiumhöhle am Rande der großen Stadt. Dort trifft er einen Greis, der ihm das Pfeifchen stopft und Ratschläge erteilt. Als der

Chinese nach fünf Tagen wieder heraustritt, ist er ein anderer Mensch. Er geht zur Roten Armee und wird der beste Maschinengewehrschütze des Bürgerkriegs. Er kann das Maschinengewehr führen wie eine gewaltige Sichel, ja wie ein Schnitter die Sense. «Trefferquote 105 Prozent!» – Das steht in der Militärzeitung.

«Fünftes Bild: ein Virtuose! Ein Virtuose!», verkündet der Dichter nun. Aber allem Ruhm zum Trotz: Das Ende findet der Chinese im letzten Bild auf dem Schlachtfeld.

Als der Mann aus Kiew, der spürbar mit einer Mission nach Moskau gekommen ist, die irgendetwas Faustisch-Karamasowhaftes hat, endet, hat sich eine Unbehaglichkeit verbreitet. Jedenfalls ist der Typ furchterregend – so eine Geschichte, wann hat man so etwas schon einmal gehört? Es war schauerlich. Bei Isaak Babel geht es auch brutal zu, aber das hier war gleichzeitig noch eine Karikatur. Der Chinese, der ein virtuoser Maschinengewehrschlächter der Roten Armee wird – was soll das heißen? Dass die Asiaten die eigentlichen Bolschewiken sind? Oder dass die Bolschewiken eigentlich chinesische Interessen vertreten? Dass sie selbst eigentlich Asiaten sind? Und dann das Schlussbild, wie ein junger Weißgardist dem Chinesen das Bajonett in die Kehle rammt ...

Alle sind verunsichert, es gibt eher verhaltenen Applaus. Aber zugleich erschallen verschiedentliche «Bravo»-Rufe. Diese «Teufeleien» haben echt das Zeug zu einem Skandal – wenn sie denn jemals veröffentlicht werden.

Der Autor selbst scheint mit der Wirkung seines Textes zufrieden, steckt sich eine frische Zigarette, eine türkische, an seine Spitze und verlässt, seine von ihm entzückte Ehefrau am Arm und ein paar gute Freunde im Gefolge, die Datscha – nicht ohne sich zuvor beim Gastgeber herzlichst für die Einladung bedankt zu haben, vor so einem interessanten Publikum auftreten zu können. Dann schlendert er samt Entourage durch das Gartentor. Etliche andere schließen sich an. Wenn man sich ein wenig beeilt, kann man noch den vorletzten Zug nach Moskau erwischen.

Die Gastgeber aber haben sich darauf eingestellt weiterzufeiern und tragen eine Sommerbowle aus dem Haus, für die ihre Töchter die Wälder um Kuntsevo am Nachmittag nach Waldmeister zu durchsuchen hatten. Der Duft der aus Weißwein und Krimsekt, Zitronensaft und einer Unmenge des Waldmeisters zusammengebrauten Bowle zieht den gar nicht so kleinen harten Kern der Gäste an, und sie versammeln sich um die mit einem Schöpflöffel ausschenkende Dame des Hauses. Jeder und jede steht da mit einem Becher in der Hand, auch solchen, die eher geeignet sind, heißen Kräutertee daraus zu schlürfen.

Yuri Libedinsky und seine Freundin Marina, beide mit einem Tässchen Bowle in der Hand, treten sogleich auf Larissa zu, um ihr zu sagen, wie eindrucksvoll sie die Afghanistan-Geschichte fanden. Auch eine alte Bekannte von ihr kommt dazu, und Larissa erzählt ihnen nun ein wenig über das von viel frustrierender Alltäglichkeit und Routine geprägte Leben in der Botschaft. Ihr Blick geht dabei immer wieder zu Radek hinüber, der in einer anderen Gruppe steht, Bowle trinkt und sich vorzüglich unterhält. Er trägt eine wie eine Mischung aus Studentenüberzieher und Militäruniform geschnittene Jacke mit mehreren aufgenähten Taschen, hochgeschlossen und ohne Hemdkragen. Sein sich halbmondförmig um Kinn und Wangen ziehender Bart, die runde Brille und seine keck auf dem lockigen Haupthaar sitzende Schiebermütze geben ihm dazu etwas Lustiges, Jungenhaftes, das so gar nicht zu dem betont martialischen Ausdruck passt, den höhere Parteileute normalerweise pflegen oder zumindest auszustrahlen versuchen. Er redet, erklärt lachend und mit großen, weit ausholenden Handbewegungen und nimmt dazu einen Schluck Bowle. Der Mann gefällt ihr, seine Lebendigkeit ist ansteckend, überträgt sich wie elektrisch, und wie sie ihm so aus den Augenwinkeln zusieht, dreht er auf einmal den bärtigen Kopf und schaut sie an, freundlich, durchaus auch interessiert. Sie wendet ihren Blick nicht ab, und er mustert sie für einen Moment, fast ein wenig staunend, als ob er nicht damit gerechnet hätte, so spät am Abend noch so eine ungewöhnliche Schönheit zu entdecken. Lächelnd, Larissa nicht aus den Augen lassend, fragt er den neben ihm stehenden Gastgeber etwas. Die Antwort quittiert er mit interessiertem Aufmerken.

Dann lösen sie sich aus ihren jeweiligen Gesellschaften, kommen endlich zueinander und geben sich die Hand.

«Parabellum, wenn ich mich nicht täusche ...», sagt Larissa lächelnd und ruft damit einen Zustand bei Radek hervor, den kaum jemand, vielleicht noch nie jemand beobachtet hat: Sobelsohn ist für einen Moment sprachlos!

«Ja, stimmt. Romantizismus der Jugend. Und mein Markenzeichen für die deutsche Presse – aber das ist lange her. Ich wundere mich, dass ein so junger Mensch wie Sie noch davon gehört hat.»

«Unschwer», antwortet Larissa. «Mit Ihrem Satz, eine politische Partei sei kein Debattierklub, sondern eine Vereinigung zur Durchsetzung gemeinsamer Aktionen, bin ich schon lange vertraut. Und habe schon lange nach ihm gehandelt.»

Schließlich stehen alle verbliebenen Gäste in einem großen Kreis zusammen, unter der Sichel des Mondes, die sich nun schon hoch über den Wipfel der Birke erhoben hat, als wolle sie dort oben alles genau mitbekommen. Die Stimmen gehen durcheinander.

«Also, das war heute Abend wirklich eine ungewöhnliche Auswahl verschiedenster literarischer und politischer Positionen. In der Zusammensetzung bestimmt einzigartig. Aber ich muss schon sagen, die Geschichte mit diesem Chinesen ... ob uns so etwas wirklich weiterbringt?»

«Aber wieso nicht? Es wäre doch viel bedenklicher, wenn so etwas nicht stattfinden könnte. Kann man die Stärke einer Gesellschaft nicht daran messen, dass sie vielstimmig ist?»

«Haben wir deshalb den Bürgerkrieg durchgestanden? Die ganze Welt, Europa und Amerika, steht gegen uns und ist anderer Meinung – hasst uns. Brauchen wir das also bei uns wirklich, solche Literatur, die uns gleichfalls ... erniedrigt ... ?»

«Aber ich bitte Sie», das ist nun Radek, der sich erstmals in der großen Runde zu Wort meldet, mit dem selbstbewussten Ton eines geschäftstüchtigen Managers, «der große, große Erfolg Trotzkis bei der Erschaffung der Roten Armee war doch gerade, dass er die unterschiedlichsten Menschen, Gruppen, Völker zu integrieren verstanden hat. Er war überzeugend. Er war logisch. Er war emotional. Das müssen wir sein. Die Revolution ist keine nationale Angelegenheit der Russen.»

«Genau das, entschuldigen Sie, hat die Chinesen-Geschichte ja auch beschrieben. Nur – mit welchem Unterton! Dämonisch irgendwie.»

«Wobei ich die Sprache unseres dämonischen Autors wirklich exzellent fand, ein geschmeidig-zärtliches, trotzdem komisches Russisch, fast wie bei Gogol», erwidert der Gastgeber.

«Ja, aber das sind Geschmacksfragen. Viel wichtiger ist doch, dass wir die Wirklichkeit der Revolution zeigen – dass wir daran arbeiten, sie zu zeigen. Alles zu zeigen. Wenn wir anfangen, etwas zu verstecken, dann werden wir irgendwann anfangen, uns selbst zu belügen. Und das darf nicht sein.»

«Ich stimme Ihnen zu, lieber Yuri. Sie haben in Ihrem Stück

über die zukünftige Revolution in Deutschland viel Wahres über die Situation bei uns geschrieben. Die Frustration angesichts der vielen Mängel, die Enge der Wohnungen, die Neureichen, die wir selbst hervorgebracht haben ... Das alles ist zutreffend. Zutreffend ist aber auch, dass es weitergehen muss», sagt Radek, «es darf keinen Stillstand geben – in dem Augenblick, in dem wir zulassen, dass Bürokratie und Verwaltung die revolutionäre Dynamik ersetzen, werden wir verloren haben – selbst wenn es wie ein Sieg, wie eine Stabilisierung aussehen wird ...»

«Permanente Revolution!», ruft Marina und reckt, den linken Arm um Yuris Hals gelegt, mit der Rechten die Waldmeister-Bowle in den Nachthimmel.

«Revolution», schließt sich Yuri an, «bis zum Mond ...»

Was folgt, ist ein Chor aus Bravos, Jubelschreien und einem spontanen Kanon, der die «Internationale» in vier Stimmen absingt. Alle spekulieren und rufen fröhlich durcheinander, was auf dem Mond passieren könnte – und sie sind damit schon beinah oben.

Die jungen literarischen Kader und schließlich auch alle anderen erheben die Bowle-Becher zum Trabanten, der leuchtend und glasklar in dieser von Düften erfüllten Juninacht über ihnen steht. So altvertraut und zugleich inspirierend, dass sich die erheiterte Runde nun ausgelassen damit beschäftigt, was man wohl alles auf dem Mond vorfinden würde und anstellen könnte. Jeder hat seine eigene Idee davon, glaubt, dass die Mondbewohner, wenn es sie gibt, vermutlich glückliche Insulaner sind, die gar keiner Revolution bedürfen, weil sie noch im Urkommunismus leben. Und überhaupt, ist der Mond nicht vielleicht doch einfach nur ein großer Schweizer Käse, der aufgeschnitten gehört?

«Und was würden Sie tun, Larissa Michailowna, wenn Sie

auf den Mond könnten?», hört sie plötzlich Radeks Stimme ganz nah. Er steht mit einem Mal direkt neben ihr. Zwischen beiden beginnt etwas zu glühen.

«Ich? Ich würde mir eine gute Mannschaft suchen und ein schweres Schiff kapern, und damit würde ich mich zum Mond begeben. Wir würden die Mondströme befahren und einen Ankerplatz suchen. Sie verstehen sicher alle, was ich meine?»

Nein, niemand verstand etwas, aber Larissas Worte fesselten sie abermals – und sogleich sahen sie die legendäre Kommissarin der Wolgaflotte an Bord des Mondschiffs navigieren und befehligen.

«Großartige Idee. Eine bolschewistische Wiederkehr der Waräger – tapfere, gerechte Ruderer, die dann auf Luna die erste perfekte Gesellschaft errichten!», malt sich ein junger Dichter-Arbeiter mit Nickelbrille, dem das Waldmeister-Gemisch halluzinogen in den Sinn gestiegen ist, ein Mondidyll aus.

Aber Larissa hat anderes im Sinn.

«Errichten würde ich durchaus etwas, aber kein neues, fortschrittliches Wohngebiet, wenn Sie das meinen. Nein, es wird, stellen Sie sich vor: ein Schießstand. Und an dem warten wir in aller Ruhe ab und sehen zu, wie die Erde sich langsam unter uns dreht, und eines Tages irgendwann würden wir sehen, wie in Asien die Sonne aufgeht, bis dann mit einem Mal London glänzend im Mittag liegt ...»

«Himmel, was meint sie mit Mittag?», fragt mit der Stimme eines Mäuschens ein Lyriker und Sozialsatiriker, beliebt wegen seiner humorigen Szenen aus dem Moskauer Alltagsleben, die in Wochenzeitungen gerne veröffentlicht und oft in Büchern nachgedruckt werden.

«Ich denke, das ist ... Seemannssprache», flüstert der faszinierte Gastgeber zurück. Er wünschte, er hätte ein Gerät, um das alles aufzuzeichnen, was Larissa Reissner nun beschreibt: wie das große Geschütz auf dem oben vor Anker liegenden Mondschiff, diese Waffe in der Hand des Proletariats, Ziel nimmt und dann London beschießt.

«Eine einzige, treffgenaue Salve sollte genügen – die, sagen wir mal, den altbekannten Londoner Tower zerstört.»

«Was für ein Frevel!»

«Aber nein ...», sagte Larissa beschwichtigend, «doch ein gewisser Schmerz muss schon aufkommen. Der Angriff auf ein Symbol ist ideal, er schont Menschenleben. Dann warten wir gemächlich, die Erde dreht sich ja weiter – und die nächste Salve geht auf die Wall Street in New York.»

Der Gastgeber, im Hauptberuf Theaterkritiker, ist ganz begeistert und wedelt beim Sprechen mit den Händen, als wolle er gleich ganze Statistentruppen zusammenrufen.

«Sie sind eine Barbarin, Larissa Michailowna! Bravo – was für ein Bild. Es trifft tatsächlich die Weltlage. Ich wünschte, Sie würden darüber schreiben. Am besten ein Theaterstück – oder ein Drehbuch!»

Es gibt nun noch eine Runde armenischen Cognacs, ausgegeben von der Hausfrau, die unter dem nun unendlich langsam sinkenden Mond sichtlich die größte Freude an ihrer sich zum Besäufnis ausweitenden literarischen Soirée hat. Larissa ist die Einzige, die sich an ihre schon lange ausgetrunkene Bowle-Tasse hält und keinen weiteren Nachschlag nimmt. Aber schön findet sie es trotzdem.

Radek ist in Erzähllaune. Er stößt mit den Gastgebern an und beginnt schließlich, leutselig zu berichten.

«Dieses Kuntsevo ist wirklich ein herrlicher Ort. Die Datschas hier werden langsam knapp. Wissen Sie übrigens, wer hier vor einer Weile über einen Mittelsmann der Partei eine

Datscha erworben hat? Die schönste weit und breit, nur ein paar Grundstücke entfernt?»

«Na, sagen Sie schon ...», sagt der Kritiker.

«Josef Wissarionowitsch.»

«Nicht wirklich. Dschugaschwili? Der Generalsekretär? Der? Na ja, wenn einer schon die Abrechnung macht, dann wird er am ehesten wissen, was sich die Partei leisten kann und was nicht. Gut so. Auch jeder noch so fleißige Genosse muss sich erholen. Auch die ganz Oberen. Sogar, wenn sie aus Georgien kommen.»

«Und seien wir ehrlich: Wenn Stalin sich mit seiner Troika trifft, braucht er schließlich Platz.»

«Seine Freunde nennen ihn Koba, wussten Sie das?»

«Koba?»

«Das ist türkisch und bedeutet ‹der Unbeugsame› – ein georgischer Volksheld gegen den Zaren. Das war ganz zu Beginn Stalins Kampfname.»

«Der unbeugsame Gebirgler ... Der ist er ja als Stalin immer noch.»

«Aber sagen Sie doch, Radek – wie lange wird Trotzki da noch zuschauen? Stalin mit seinen Allüren, dabei kennt den doch außerhalb der Parteigremien kaum jemand? Trotzki dagegen hat eine ungeheure Basis. Denken Sie allein an die Rote Armee! Er hat sie erschaffen – das weiß jedes Kind. Und bei den Intellektuellen erst. Ich bitte Sie! Alle wissen, dass Lenin Trotzki bevorzugt. Wer auf der Straße kennt schon Stalin? Niemand. Das ist jemand für die Archivare. Einer von vielen.»

Sobelsohn, auch genannt Genosse Max, Parabellum oder eben Radek war ein Weggefährte von Rosa Luxemburg schon in der polnischen Partei, geriet dann aber als Exponent der Ultralinken, des sogenannten Warschauer Flügels, zu ihr in Opposition. Er wurde aus der polnischen, dann auch aus der deutschen Sozialdemokratie ausgestoßen, von den russischen Bolschewiki nur auf Drängen und Bitten und großzügigste Spenden direkt an Lenin von Dr. Alexander Helphand, besser bekannt als Parvus, wieder aufgenommen, als armseligster Bettler von der Landstraße, sozialistischer Lazarus, als Gefallenster der Internationalisten, im Namen der schieren Barmherzigkeit. Heute ist er der Einzige, mit dem Trotzki sich lebhaft unterhalten kann, ohne – was den Stand der internationalen Politik angeht – intellektuell-strategisch überlegen zu wirken. Dieser legendär-verteufelte Radek-Parabellum also geht für einen Moment in sich, lächelnd, und streichelt sich seinen Rundbart.

«Kennen Sie den schon?» Er wendet das in Depression zu versacken drohende Gespräch nun mit seiner Spezialität – einem Witz, wie ihn wohl zu diesem Zeitpunkt auf der Welt nur einer machen kann, er selbst:

«Sie wissen ja, Lenin geht es nicht gut. Gar nicht gut. Er wird sterben. Das ist kein Geheimnis», beginnt Radek, sachlich, mit einem gewagten Anfang, wie man ihn einem zwar bekannten, aber derzeit nicht besonders hochrangigen Bolschewiken nicht zugetraut hätte.

Aber hier ist Radek ganz er selbst. Brillant, allbelesen und nach Leo Trotzki tatsächlich der am meisten publizierende Bolschewik. Aber auch der, der das loseste Mundwerk hat und auf eine Weise respektlos ist, die ihm Argwohn und Anerkennung gleichermaßen eingebracht hat. Sogar bei den Gegnern Trotzkis, zu dessen Fraktion er gerechnet wird, ohne dass sich intime Kenner so ganz sicher sind. Denn wer Radeks politische Manöver verfolgt, erkennt neben dem brillanten Schreiber schnell einen bedenkenlos opportunistischen Spieler, der sein Handwerk der totalen Kehrtwendung bei Lenin persönlich studiert hat. Radek ist nichts heilig. Kann sich ein wahrer Revolutionär einfach nicht leisten.

«Lenin weiß also, es geht zu Ende. Er empfängt Stalin an seinem Sterbebett und sagt zu ihm:

‹Ich mache mir Sorgen, ob die Leute dir auch folgen werden, wenn ich tot bin.›

‹Werden sie›, sagt Stalin, ‹ganz sicher werden sie das.›

‹Und wenn doch nicht?›

‹Dann werden sie dir folgen› », endet Radek.

Bis zum Lachen dauert es einen Moment, doch dann begreifen die Ersten, und die anderen stimmen mit ein. Dann bleibt den Ersten der Witz im Halse stecken. Ein paar schütteln sich und schütten gleich noch einen Schluck Cognac hinterher. Der Georgier ist in diesen Kreisen nicht unbedingt beliebt.

Radek sieht nach Aufbruch aus. Er möchte zurück nach Moskau. Larissa, die ihn kaum aus den Augen lassen konnte, nutzt die Gelegenheit, die allgemeine Heiterkeit, und tritt zu ihm. Er nickt ihr zu, wie einer begehrten Beute, einem Wildfang, nach dem er sich schon verzehrt hat.

«Madame Raskolnikowa», verbeugt sich Radek leicht vor ihr, mit spöttischem Lächeln.

«Reissner bitte», sagt Larissa, «auch wenn wir noch verheiratet sind, bevorzuge ich meinen Geburtsnamen.»

«Noch verheiratet?»

«Sie wissen, wie das manchmal zugeht. Aber das ist jetzt kein Thema. Ich muss Sie dringend sprechen.»

«Selbstverständlich.»

«Ich suche jemanden. Und mir wurde gesagt, Sie wären der Richtige, mir zu helfen, ihn zu finden.»

«Gut möglich. Darf ich etwas uninspiriert sein und nach dem Namen dieser Person fragen?», sagt er auf einmal in sehr gutem, geläufigem Deutsch mit starkem polnischem Akzent. Es ist fast, als ob er mit diesem Sprachwechsel erst jetzt in seinen eigentlichen Aktivmodus geschaltet hätte. Er lächelt sie an wie ein Privatdetektiv aus einer amerikanischen Kriminalgeschichte, fasst sie am Ellbogen und zieht sie ein wenig zur Seite.

Larissa weiß nicht, wie sie reagieren soll. Für einen langen, verwirrenden Moment blickt sie nur in Radeks freundliches Gesicht, und in diese Augen, die alles gleichzeitig können – nachdenklich, wissbegierig und spöttisch blicken. Warum fällt es ihr so schwer? Sie wischt die Unsicherheit hinweg, Blödsinn, das alles.

«Also», sagt sie, gleichfalls auf Deutsch, «ich habe in Kabul einen Tipp bekommen. Da waren umfangreiche Unterlagen und Pläne versteckt. Sie stammen von der Afghanistan-Mission der Deutschen während des Großen Krieges. Ich sage Ihnen ... brisantes Material für einen Kriegszug gegen die Briten in Indien.»

«Und Sie haben die Unterlagen genau studiert?»

«Ich war damit bei Professor General Snessarew. Er hat gestaunt.»

«Tatsächlich? Snessarew, der Afghanistan-Spezialist?»

«Snessarew gab mir den Rat, mich an Sie zu wenden.»

«Um den Mann hinter dem Plan zu finden, verstehe. Wer ist das also, sagen Sie schon!»

«Niedermayer, Oskar. In Afghanistan zwischen 1915 und 1917, Hauptmann der Königlich Bayerischen Armee im Auftrag des Großen Generalstabs. Jetzt gerade, 1923, gibt es eine Buchveröffentlichung in Deutschland über seine Erlebnisse während der Expedition. Er schreibt nun als Oskar von Niedermayer. Ist also irgendwann nach seiner Rückkehr offenbar noch geadelt worden.»

«Nein, wirklich? Wie das denn, von wem? Adoption?»

Beide müssen lachen. Für Larissa ist es so eine Freude, mit diesem blitzgescheiten Kerl zu konspirieren, der schnell ein Notizbuch gezückt hat, und einen winzigen Bleistift.

«Mir kommt es so vor, als ob ich den Namen schon mal gehört habe. Niedermayer. Werde mich umhören – aber abgesehen davon: Darf ich Sie mit in die Stadt nehmen? Ich habe heute ein Automobil mit Fahrer zu meiner Verfügung. Da könnten wir weiterreden. Ungestört.»

Er blickt sie treuselig und gleichzeitig amüsiert an.

Am liebsten würde sie sofort einwilligen und mit ihm aufbrechen, sie ist ganz schön müde und würde sich nur zu gern setzen und ausruhen. Aber es ist nicht auszuschließen, ach was, es ist mit Sicherheit davon auszugehen, dass Radek mit höchstem Einsatz spielen und sie im Wagen leidenschaftlich bedrängen würde. Das aber geht auf keinen Fall. Auch wenn Larissa weder den Gedanken noch die Vorstellung abwegig findet, sich mit diesem genau zehn Jahre älteren Mann einzulassen. Seine vor Einfällen und Witz sprühende, unendlich scheinende Energie fühlt sich ihr ganz verwandt und nah an. Affären hatte sie schon immer, und jede war ihr eine Feier des irdischen Lebens; und war es auch nur eine kurze Sache mit einem Matrosen, der der Liebe bedurfte. Aber die Begegnung mit Radek ist ganz anders. Während sie miteinander sprechen, sieht sie sich mit ihm schon ganz woanders. Spürt, dass sie einem Menschen begegnet ist, mit dem sie alles teilen könnte, der sie versteht, weil er ebenso radikal denkt wie sie und ebenso scharf zu formulieren liebt. Kein eingefahrener Bürokrat seiner selbst, sondern ein wacher, furchtloser, witziger Mann. Ein Revolutionär durch und durch.

«Das ist liebenswürdig von Ihnen», entgegnet sie, «aber ich habe mein Zimmer schon bezogen und bin morgen hier zum Frühstück verabredet. Aber am Abend bin ich wieder in Moskau. Können wir uns dann treffen? Es ist wirklich wichtig.»

Radek ist ein kleiner Mann, niemand hätte ihn schön genannt, aber er hat zum Beispiel einen irgendwie interessant geformten Mund, welcher die ganze Zeit beinahe wie ein eigenständiges Organ mitzudenken und alles zu kommentieren scheint. Dieser Mund fasziniert Larissa. Sie stellt sich vor, wie es wäre, ihn zu küssen.

Dann haben der kleine Mann, sein lustiger, schöner Mund und sein ganzer energetisch-intelligibler Körperapparat die Botschaft vernommen, und auch wenn sich Radek für grundsätzlich nichts zu schade ist, wenn er etwas will, verzichtet er aufs Betteln darum, dass die legendäre Heilige der Revolution ihm doch die zwei Stunden gewähren möge, die sie zusammen auf der Rückbank des Automobils verbringen könnten. Er spürt genau, dass ihm Larissa mehr als gewogen ist. Ihm geht es ja genauso. Er ist fasziniert von ihr, die ihn um mehr als einen Kopf überragt.

«Ich fürchte, so leid es mir tut, dass ich am Abend keine Zeit haben werde. Vielleicht haben Sie gehört, dass morgen eine außerordentliche Sitzung des Exekutivausschusses der Komintern angesetzt ist? Ich bin in die Organisation mit einbezogen, natürlich, und ich werde eine Rede halten. Die muss ich noch schreiben.»

«Wann wird das sein?»

«Am letzten Tag, am 20. Juni. Ich sehe mal zu, dass ich vorankomme, und erkundige mich bis dahin über Ihren bayerischen Hauptmann. Wollen Sie nicht einfach dazustoßen? Nach der Sitzung können wir uns sehen.»

«Zu gerne, ja.»

«Wir regeln das über die ‹Iswestija›. Ich besorge Ihnen eine Akkreditierung. Es wird ohnedies von Journalisten und Beobachtern wimmeln. Die Genossin Clara Zetkin wird auch da sein.»

«Ich auch, versprochen.»

Sieben

ÜBER DIE ÖKONOMISCHE EINZIGARTIGKEIT DES BRITISCHEN EMPIRES

William Stanley Jevons, 1865

Die Ebenen Nordamerikas und Russlands sind unsere Getreidefelder: Chicago und Odessa unsere Kornkammern; Kanada und die Baltik unsere Nutzholzwälder; Australasien beherbergt unsere Schaffarmen, und in Argentinien und auf den westlichen Prärien Nordamerikas weiden unsere Rinderherden; Peru schickt sein Silber, und das Gold aus Südafrika und Australien fließt nach London; die Hindus und die Chinesen bauen Tee für uns an, und unsere Kaffee-, Zucker- und Gewürzplantagen liegen auf den Westindischen Inseln. Spanien und Frankreich sind unsere Weinberge und der Mittelmeerraum unser Obstgarten; und unser Baumwollanbaugebiet, das lange Zeit im Süden der Vereinigten Staaten lag, erstreckt sich jetzt auf die warmen Regionen der ganzen Welt.

Acht

DER ABTEILUNGS-ÜBERGREIFENDE AUSSCHUSS

London, *April 1925*

MOST SECRET
Protokoll einer Sitzung
des Abteilungsübergreifenden Ausschusses
für Unruhen im Osten (AÜAO)

abgehalten am Mittwoch, 15. April 1925, im Foreign Office, London, Raum No. 226, 4 Uhr Nachmittag

---

ANWESEND:

Sir Malcolm C. C. SETON, R. V. B. (Vorsitzender/Chairman), India Office
Colonel Sir Vernon G. B. KELL, O. B. E., War Office
Mr. R. G. VANSITTART, C. M. G., M. V. O., Foreign Office
Sir Lancelot OLIPHANT, Foreign Office, Träger des Commander-of-the-Empire-Ordens
Colonel J. F. C. CARTER, D. S. O., Home Office
Major N. N. E. BRAY, M. C., India Office, Special Branch
Mr. J. R. H. NOTT-BAUER (Sekretär), India Office

[Ein Mitglied des S. I. S. (Military Intelligence No. 6) – zur außerordentlichen Berichterstattung]

TERMS OF REFERENCE

Bedrohungslage des Empires durch die Aktivitäten der folgenden – schon hinlänglich bekannten und von den verschiedenen Beauftragten der beteiligten Ämter und Ministerien seit Langem oder auch erst seit Kurzem unter Beobachtung stehenden – Bewegungen:

a.1) Türkischer Nationalismus
a.2) Pan-Turkismus
b) Ägyptischer Nationalismus
c) Indischer Nationalismus
d) Die pan-islamische Bewegung in Anatolien, Mesopotamien und darüber hinaus
e) Anti-Zionismus
f) Sinn Féin
g) Die extreme Labour Party
h) Japanischer Asiatismus
i) Persische «Demokratie-Bewegung»
j) Bolschewismus

xxx) Unbekanntes anti-angelsächsisches Projekt: «WASSERKANTE»

Hierzu fühlt sich der Chairman Sir SETON, Ritter vom Bade, bemüßigt, eine Auftaktrede zu halten, die zum Teil, wie er ausdrücklich betonte, der Geschichte des AÜAO gewidmet sein sollte. Jedermann wisse, dass der AÜAO ein Kind der unmittelbaren Krise der Nachkriegszeit gewesen sei.

Er, Sir SETON, als Vertreter des India Office, bei dem schon von Anbeginn, seit der ersten Sitzung kurz nach dem Krieg im Jahre 1919, der Vorsitz des AÜAO gelegen habe, verweise kurz auf die der Gründung vorausgehende damalige Einschätzung der Lage. Die sei vor allem bestimmt gewesen durch nationalistische Ausbrüche, so fuhr der Vorsitzende fort und zählte auf: die Erhebungen in Irland, Ägypten, Indien und Burma, verbunden mit den Unruhen in Mesopotamien, Afghanistan und, nicht zu vergessen, an der heimischen Labourfront ...

Colonel CARTER stimmt zu und weist darauf hin, dass der Einfluss der radikalen Labourpartei leider stark gewachsen sei – verursacht allerdings durch die eigensinnige Geldpolitik, die Zinserhöhung und die mit Gewalt durchgedrückte Wiedereinführung des Goldstandards durch die Bank of England und namentlich Montagu Norman, in deren Folge die heimische Arbeitslosigkeit zuletzt drastisch gestiegen sei. Da habe ehrgeizige Politik die Probleme unnötigerweise selbst geschaffen.

Gelächter von den meisten Stühlen.
Sir OLIPHANT bittet den Vorsitzenden um das Wort.

Sir OLIPHANT erinnert den AÜAO mit wenigen Worten daran, dass zu diesen vom Vorsitzenden korrekt vorgetragenen evidenten Problemen des Empires auch noch diese Graecophilie von Prime Minister Lloyd George gekommen sei, konkret gemeint sei: der absolute Wunsch aus No. 10, die über Tausende Inseln verstreute griechische Nation gleichsam als ein Bollwerk zur Eindämmung der von den Überresten des Osmanischen Reichs ausgehenden Gefährdungen zu verstehen. Diese beginne bei der Türkei und den Türken und greife über auf manche Muslime weltweit, mit bedrohlich negativer Stimmungslage. Es habe zuvor schon Spitz auf Knopf gestanden mit der islamischen Welt, aber dann auch noch die Griechen zu bewaffnen ...

«Als ob wir das», so Sir OLIPHANT wörtlich, «damals auch noch gebraucht hätten. Unsere hellenischen Schlächter und Brandschätzer ... »

Zustimmung von allen Stühlen. Der Vorsitzende bittet darum, diese Formulierung wörtlich ins Protokoll aufzunehmen.

Der Chairman führt weiter aus, dass das India Office der größte, aber auch komplexeste Verwaltungsapparat der Geschichte sei. Dementsprechend umfassend seien seine nachrichtendienstlichen Fähigkeiten, noch auf speziellsten Gebieten. Das sich natürlicherweise ergebende Kommunikationsnetz des India Office habe sich mit dem Großraum des Indischen Ozeans und seiner Zuwege gedeckt – von Indien, Ceylon, Burma bis Jemen und Ägypten, bis hinein in den Mittleren Osten, natürlich Afghanistan. Man habe alles im Griff gehabt. Aber dann sei der Bolschewismus auf dem Spielfeld erschienen.

Es sei falsch, diesen einfach den Nachfolger des alten zarischen Russlands zu nennen oder in sonst einer Weise mit diesem gleichzusetzen.

Sehr starke Bejahung von allen Stühlen.

Der Vorsitzende Sir SETON dankt dem Plenum. Er erklärt weiter, der Bolschewismus sei geradezu eine Potenzierung des Zarismus. Und er sei dem politischen Islamismus viel ähnlicher, als man gemeinhin denken würde. Zwar basiere Letzterer auf einer Religion, während die bolschewistische Bedrohung sich auf den blanken Atheismus und Materialismus gründe. Beide hätten sie aber das Potenzial, die britische Autorität weltweit zu untergraben, und besonders im indischen Reich.

Weshalb die Entscheidung, den Vorsitz des neu zu bildenden Gremiums dem India Office zu überlassen, nur natürlich gewesen sei.

Damit erteilt der Chairman Sir SETON Mr. VANSITTART das Wort.

Ihm als Vertreter des Außenamtes, so Mr. VANSITTART, sei wichtig, zustimmend festzustellen, dass das kaiserlich-imperiale Russland weniger ein Feind als vielmehr Großbritanniens Partner im luftigen, wahrhaft mit Welträumen spielenden *Great Game* gewesen sei.

In diesem hätten sich die beiden Weltreiche ein respektables Match geliefert, durch das sich beide trotz gewisser Konflikte miteinander entwickelt hätten. Die Franzosen waren zwar schon immer ein Störfaktor gewesen, aber seit Napoleon hatte man sich arrangiert. Aber als dann Deutschland dazukam, so VANSITTART – hätte sich das Spiel geändert. Die Deutschen hatten den internationalen Playground nicht etwa über ihre lächerlichen Ambitionen betreten, sich ein Weltreich aus Südseeinseln zusammenzubasteln. Sondern einerseits mit ihrer dem englischen Vorbild nacheifernden und dieses teilweise übertreffenden Industrie, und dann vor allem über den enormen ideologischen Erfolg, den die deutsche Arbeiterbewegung in aller Welt zu verzeichnen hatte. Und dies besonders auch in England, an dessen Verhältnissen die Ur-Väter Marx und Engels ja ihre sogenannte «Theorie» entwickelt hatten, eine gottlose Philosophie des Umsturzes, die letztlich auf den Lehrstühlen der Berliner Universität ihren Anfang genommen hätte, bei Hegel und Konsorten, absoluten Wirrköpfen.

Zustimmung von allen Stühlen. Der Chairman bittet darum, die letzte Bemerkung über die Wirkung gewisser akademischer philosophischer Positionen aus dem Protokoll zu streichen.

Die Ideologie der deutschen Sozialdemokratie aber, so der Kenner Mr. VANSITTART weiter, also die Lehre von der Befreiung der Arbeiter und der Enteignung der Unternehmer bis hin zum Sturz der die Welt ordnenden Imperien, vor allem natürlich des unsrigen, war bislang wesentlich erfolgreicher als die kaiserliche deutsche Außenpolitik. Und dann war mit den russischen Bolschewiki ein merkwürdiger Hybrid entstanden – ein Produkt der Deutschen und gleichzeitig deren Steigerung. Denn die SPD hatte mit der Revolution immer nur gespielt: sie gefordert und mit Revolution gedroht. Aber sie hätte sie ja niemals durchführen wollen. Doch dann schickten die eben gar nicht so dummen kaiserlichen Beamten, die Balten und Preußen im Auswärtigen Amt, den plombierten Waggon mit den russischen Sozialdemokraten nach Petersburg. Und siehe da – dort angekommen, machten diese einen Putsch und kamen in Russland tatsächlich an die Regierung. Der Rest sei Geschichte und allen Anwesenden wohlbekannt.

Colonel CARTER bittet um das Wort für eine protokollarische Verständnisfrage.

Colonel CARTER fragt, ob man ausgehend davon den Bolschewismus – den man immer als Phänomen im östlichen, also indischen Zuständigkeitsbereich angesehen habe – neu definieren und dem deutschen Bereich des Foreign Office zuschlagen solle. Seit Rapallo sei die deutsch-sowjetische Zusammenarbeit ohnedies schon beständig angewachsen. Wäre es also nicht an der Zeit für einen Wechsel der Zuständigkeit? Das würde auch das Home Office interessieren.

Der Vorsitzende Sir SETON lässt die Frage ins Protokoll aufnehmen, bittet aber zunächst darum, den weiteren Vortrag von Mr. VANSITTART und das darauf Folgende abzuwarten. Er fordert Mr. VANSITTART auf, seinen Beitrag weiter auszuführen.

Dieser dankt dem Chairman und gibt Colonel CARTER zu verstehen, dass er dessen Gedanken keineswegs abwegig findet. Die wichtigste Veränderung, die sich zuletzt im deutsch-russischen Verhältnis zugetragen habe und die den AÜAO sehr beunruhigen müsse, sei ja nun das Hinzutreten zweier weiterer Player in diese Beziehung, nämlich der deutschen Reichswehr und der Roten Armee.

Auf Nachfrage von Sir OLIPHANT, seit wann man von dieser Entwicklung wisse, antwortet der Gefragte, dass man bereits seit 1922 Gerüchte über deren Zusammenarbeit kenne, welche sich aber seit 1924 noch einmal intensiviert zu haben scheine. Seitdem habe man dem AÜAO regelmäßig darüber berichtet.

Sir OLIPHANT, der dem AÜAO erst seit einem halben Jahr angehört, bittet den Sekretär um die entsprechenden Protokolle zur Vorbereitung auf die nächste Sitzung. Er wolle prüfen, ob da «irgendjemand geschlafen» habe. Diese Formulierung soll auf Bitte des Chairman wörtlich in das Protokoll.

Colonel KELL bittet um das Wort.

Der Colonel weist bezüglich der deutschen Rüstung auf die Position des War Office hin. Natürlich, die strikte Begrenzung der deutschen Möglichkeiten durch den Vertrag von Versailles sei auf dem Papier eine feine Sache gewesen. Aber klar war ja immer, dass die biertrinkenden Cousins vom Kontinent bald versuchen würden, an moderne Waffen zu gelangen. Das sei ein Bruch des Vertrages, gewiss, aber gleichzeitig wolle auch niemand, dass die Franzosen auf Dauer die einzige bedeutende kontinentale Macht blieben. Sonst kämen die noch auf ihre typischen Gedanken. Ein gewisses Gleichgewicht durch deutsche Gegenrüstung sei deshalb sogar wünschenswert. Natürlich beobachte man die Entwicklung auch mit Sorge.

Sir OLIPHANT bittet um eine detailliertere Schilderung dieser deutsch-russischen Zusammenarbeit.

Colonel KELL gibt daraufhin an, dass man ziemlich sicher sei, dass es mindestens drei Produktionsstätten in Russland gebe, an denen die Reichswehr heimlich arbeite: Produziert würden Giftgas, Flugzeuge und Panzer. Unter anderem Kasan an der Wolga sei wohl sehr wichtig. Dort konstruiere, produziere, teste und verbessere man die Panzer. Dort stünde nicht nur eine moderne Fabrik, sondern es gebe auch ein riesiges Übungsgelände. Deutsche Ingenieursgenauigkeit treffe hier auf russische Ressourcen. Man könne davon ausgehen, dass in Kasan einiges für die Weiterentwicklung der Panzerwaffe getan wird, was in Zukunft Maßstäbe setzen werde.

Ausruf tiefen Erstaunens vonseiten von Sir OLIPHANT.

Sir OLIPHANT ergreift jetzt das Wort, weil er den Chairman und die Stühle darauf hinweisen wolle, wie man in den letzten Wochen wegen fällig gewordener Wechsel der Regierung in Paris einiges davon gehört habe, welche große Bedeutung der französische Staat in Zukunft auf den Mauer- und Festungsbau legen werde.

«Unsere französischen Freunde werden alles Geld, das sie sich gerade überall – und durchaus mit Erfolg, übrigens – leihen ...»

Schmunzeln von den Stühlen.

«... in die Fortifikation stecken», sagt der Träger des Commander-of-the-Empire-Ordens wörtlich, «während die Russen und die Deutschen zusammen die Panzer der Zukunft entwickeln und bauen. Die einen wollen eine Mauer gegen den dräuenden Osten errichten, aber die anderen, *ebendie im Osten*, planen und konstruieren gerade eine zweite mongolische Horde – und diesmal die aus Stahl. Panzer, die auf Robustheit und Schnelligkeit ausgelegt sind. Und mit denen werden sie die teuren französischen Festungen einfach umfahren.»

Aufruhr auf allen Stühlen. Lebhafte Diskussion. Der Chairman ergreift die Glocke.

Chairman Sir SETON bittet um Mäßigung, stimmt aber nichtsdestotrotz seinem Vorredner zu. Der Militärische Nachrichtendienst No. 6 sei damit befasst. Dieser sei ursprünglich nur für die Marine zuständig gewesen, habe sich aber zuletzt als besonders effizient bei Informationsbeschaffungen in Russland erwiesen.

Vielleicht deshalb, wendet Major BRAY ein, weil sowohl die russische Revolution als auch der bolschewistische Oktoberputsch von der zarischen Marine getragen worden seien, also ein Matrosenregime, ohne jeden Zweifel. Und mit dem Politkommissar hatte Trotzki ein Element der Seefahrt in den Aufbau der Roten Armee eingebracht. Jede Einheit mit einem Kommissar war im Grunde völlig eigenständig, wie ein eigenes Schiff: Der Politkommissar gab die Richtung vor, war der Kapitän, aber der militärische Kommandeur hatte das Steuer in der Hand. Die Rote Armee wurde gefechtsfähig durch genau diese systematische Verteilung der Autorität auf ein Führungspaar. Die guten Beziehungen von MI6 hätten mit diesen alten Verbindungen zur Marine und Seefahrt zu tun, vor allem die der Flusssysteme. Es gebe zum Beispiel viele Kontakte von MI6 zu Informanten bei der Roten Wolgaflottille.

Chairman Sir SETON dankt Special Branch Agent BRAY ausdrücklich und ordnet eine fünfminütige Teepause an. Man verlässt gemeinsam den Sitzungsraum. Nur Sekretär NOTT-BAUER verbleibt, um schon einmal die Aufzeichnungen durchzusehen und zur Niederschrift vorzubereiten.

BREAK

Nach der Pause gibt der Chairman bekannt, dass Major BRAY die Sitzung verlassen und zu einer dringenden Besprechung ins India Office zurückkehren musste.

Sir SETON macht nun deutlich, dass sich der Grund für die heutige, eilig einberufene Sitzung des bewährten AÜAO aus Beobachtungen von MI6 speise, die stark darauf hinwiesen, dass es in dem vorhin von Colonel KELL skizzierten Umfeld eine gänzlich neue Dynamik gebe: ein antiangelsächsisches Projekt namens «WASSERKANTE».

Erstauntes Schweigen im Raum.
Bedächtige Reflexion.

Sir OLIPHANT fragt den Chairman, ob damit ein Attentat auf das geliebte englische Königshaus gemeint sein könne. Was ein in seiner Abscheulichkeit geradezu typisches deutsch-russisches Verbrechen wäre.

Der Chairman erklärt, dass man für diese Detailfragen einen Abgesandten des MI6 zu Gast habe, der eine direkt von «C», dem Leiter des MI6, stammende Botschaft in den AÜAO bringe. Der Logik aus früheren Besuchen anderer Agenten von «C» folgend, trage dieser für das Protokoll die Reihennummer [003].

Zustimmung.

[003] bedankt sich beim Chairman und den Mitgliedern des AÜAO und geht in medias res: Ob «WASSERKANTE» ein von einer bolschewistisch-antiroyalistischen Denkungsart geprägtes Codewort sei oder doch eher dem Jargon des Schachspiels entstamme, könne nicht eindeutig geklärt werden. Was man aber sicher wisse: Es handle sich um ein weiteres geheimes und unbekanntes deutsch-russisches Rüstungsprojekt.

Sir OLIPHANT erhält das Wort, fragt nach: «Geheim und unbekannt? Was ist den Deutschen denn nach Versailles überhaupt noch verboten, außer Luftwaffe, Panzer und Gas?»

[003] bekennt, dass man das nicht wisse. Es müsse sich um Forschung und Entwicklung eines neuen Waffentyps handeln, der zum Zeitpunkt des Versailler Vertragsschlusses vielleicht noch gar nicht bekannt bzw. relevant gewesen sei und deshalb auch nicht verboten werden konnte – was man nicht kenne, könne man nicht ausschließen.

Der Chairman Sir SETON erklärt, dass man in der Vorbereitung auf diesen wichtigen Punkt der Tagesordnung übereingekommen sei, «WASSERKANTE» ein Forschungsprojekt zu nennen.

Höchste Zeit, es richtig zu erforschen, wirft Colonel KELL ein, was auf heitere Zustimmung stößt.

Sir OLIPHANT fragt nach dem Grund für den Begriff «antiangelsächsisch».

[003] antwortet, dass man in der Analyse den Eindruck gewonnen habe, dass im Denken der Leute hinter «WASSERKANTE» ein radikaler internationalistischer Ansatz stecke, der über das Empire hinaus und gewissermaßen auf die ganze Welt ziele; und ob die genug ist, das sei vielleicht noch die Frage.

Der Chairman fragt, ob er das richtig verstanden habe – «über die Welt hinaus». Wo diese «WASSERKANTE»-Gruppe noch anzusetzen strebe – etwa im Weltall? Dem Größenwahn mancher Bolschewiken zusammen mit den Allmachtsfantasien der Deutschen sei ja nun geradezu alles zuzutrauen.

Schmunzeln auf den Stühlen, durchaus heitere Zustimmung.

[003] erwidert Sir SETON, dass das weit weniger im Bereich des Scherzes liegen könnte, als man sich wünschen würde. Zwar habe man noch keinerlei genaue Kenntnis über die Gruppe, von den wenigen Anhaltspunkten her sei sie aber durchaus mit Persönlichkeiten besetzt, die hoch hinauswollten.

Sicher sei, dass Karl Sobelsohn, genannt RADEK, seine Finger mit im Spiel habe. Der sei ein Bolschewik der ersten Stunde, zuletzt allerdings etwas ins Abseits geraten. Im Augenblick wirke er als Direktor der «Universität der Arbeiter des Ostens» in Moskau, der Revolutions-Kaderschmiede der Komintern. Dann müsse es noch einen deutschen Verbindungsmann von der Reichswehr geben, den zu identifizieren allerdings noch nicht gelungen sei. Man wisse nur, dass sich dieser «NEUMANN» nenne. Mehr Informationen zu ihm habe man nicht, allerdings gebe es Hinweise auf eine als Import-Export-Firma getarnte deutsche Zentrale in Moskau.

Ziemlich sicher wisse man, dass vonseiten der Roten

Armee der General TUCHATSCHEWSKI involviert sei. TUCHATSCHEWSKI, im Augenblick Chef des Generalstabes und damit zweithöchster Mann in der Roten Armee, gelte als der ehrgeizigste Militär Russlands, und auch als der begabteste. Seit seiner deutschen Kriegsgefangenschaft während des Großen Krieges habe er viele Freunde in den obersten Rängen in Frankreich. Er koordiniere aber auch die Zusammenarbeit mit der Reichswehr und habe ein spezielles Interesse für die Weiterentwicklung der Panzerwaffe.

TUCHATSCHEWSKI entstamme zwar altem Adel, sei aber Kind einer Mesalliance, weshalb er erst sehr spät ins Adelsregister eingetragen worden sei. In seinen früheren Kreisen gelte er zweifellos als Außenseiter, was man vielleicht auch daran sehen könne, dass er sich frühzeitig auf die Seite LENINs geschlagen habe. Man sage ihm nach, er vertrete eine sehr offensive Strategie. Die Entwicklung einer neuen Waffe würde gut zu ihm passen.

Als Vertreter des War Office erinnert sich Colonel KELL, dass General TUCHATSCHEWSKI im Polnisch-Sowjetischen Krieg die Rote Armee vor Warschau kommandiert habe. Er sei weit vorgestoßen, doch dann seien seine Truppen durch die Entscheidung eines Politkommissars in Probleme geraten, der auf ganz eigensinnige Weise und entgegen der klaren Vereinbarung Lemberg angegriffen und so TUCHATSCHEWSKIs Flanke entblößt habe. Andernfalls hätte die Rote Armee Warschau womöglich erobert, und der ganze Krieg wäre anders ausgegangen. Der Colonel erinnert sich weiter, dass man damals im War Office bei der Analyse dieses Debakels angemerkt habe, was für einen großen Gefallen dieser strategisch unfähige Politkommissar den Polen und damit auch uns getan habe. Sein Name sei STALIN. Seitdem seien TUCHATSCHEWSKI und dieser STALIN verfeindet.

Mr. VANSITTART ergänzt, STALIN werde von einigen Russland-Analysten als äußerst ambitioniert in seinen Bestrebungen dargestellt, die Nachfolge LENINs bald für sich zu entscheiden – gegen den ins Hintertreffen geratenen TROTZKI. Möglicherweise stünde also demnächst ein alter Feind TUCHATSCHEWSKIs an der Spitze des sowjetischen Staates.

Sir OLIPHANT bittet den Chairman, diesen Umstand hervorgehoben ins Protokoll aufzunehmen. Die Nachforschungen des MI6 zu dem unbekannten Projekt «WASSERKANTE» könnten sich bezogen auf eine Gegnerschaft TUCHATSCHEWSKIs zu STALIN noch einmal als nützlich erweisen. Er bittet auch um eine entsprechende Instruktion an «C» in dieser Sache. Des Weiteren solle MI6 herausfinden, wer dieser geheimnisvolle «NEUMANN» sei, der deutsche Drahtzieher des Projekts.

Chairman Sir SETON dankt [003] als Vertreter des MI6 für den Bericht und dem abwesenden «C» für seine Sorgfalt.

RESÜMEE

Der AÜAO beauftragt den MI6 ausdrücklich, die Untersuchungen zu «WASSERKANTE» zu intensivieren, mit der dringenden Bitte, die Hintergründe, weiteren Zusammenhänge und die beteiligten Personen, insbesondere auch die Rolle General TUCHATSCHEWSKIs, zu erforschen.

Der AÜAO sei darüber auf dem Laufenden zu halten. Um das zu gewährleisten, werde der MI6 den festen Sitz im AÜAO einnehmen, den Special Branch, I. O., bislang innehatte.

«WASSERKANTE» wird in die offizielle Liste der Gefahren, die dem Empire im Osten drohen, aufgenommen und erhält den Buchstaben k).

Zum Schluss zitiert der Vorsitzende ein Gedicht von LORD BYRON, das dieser während des Freiheitskampfes der Griechen verfasst habe und das die vorausschauende und komplexe Arbeit des AÜAO für den Schutz des Empires sehr gut zum Ausdruck bringe:

Wenn der Sturm auf die Küste trifft: Seid ihr bereit?
Habt überlegt, wer euch beschützen wird,
wenn der Damm schließlich bricht?
Wer erklimmt den Leuchtturm und
entzündet die erloschene Flamme,
um unseren fernen Schiffen den Weg
in die Heimat zu weisen?

M. C. SETON.
V. G. B. KELL, Colonel.
J. F. C. CARTER, Colonel.
R. G. VANSITTART.
L. OLIPHANT.

Neun

NEUMANN NIMMT ABSCHIED

Moskau, *Februar 1926*

Seit er von ihrem Tod erfahren hatte, war er unterwegs gewesen, hatte zunehmend nervöser und trauriger nachgesehen, ob irgendetwas von ihrem gemeinsamen «Projekt» aufzufinden war. Aber nichts. Das Zimmer im Hotel Loskutnaja hatte er durchsucht – und schnell war ihm klar geworden, dass jemand vor ihm da gewesen war, vielleicht hatte auch Larissa selbst alles Heikle anderswo deponiert. Er wusste ja nicht einmal, wie es ihr zuletzt gegangen war. Was sie gedacht und gefühlt hatte. Und dann der Schlag, in der Zeitung, die Nachricht ihres Todes.

Er war natürlich spät dran. Er war sofort ins Loskutnaja gefahren, hatte sich in den dritten Stock geschlichen und mit ein wenig Geschick das Schloss der Tür gepickt und ihr Zimmer betreten. Hatte überall nachgesehen, die Matratze hochgehoben, die Schrankböden abgeklopft – nichts. Auch an anderen Adressen hatte er es versucht; aber keine Spur von dem Material. Somit wusste er nicht, ob «Wasserkante» noch geheim war. Ob also mehr als sie drei von seiner Existenz wussten. Tuchatschewski aber, den Dritten in ihrem Bunde, hatte er noch nicht kontaktiert, was ja auch nicht so einfach war.

Irgendwann gab Niedermayer auf, setzte sich in ein Restaurant und bestellte etwas zu essen. Er trank Wodka dazu, kaute auf Fleisch und zähen Pilzen herum und begann ernsthaft darüber nachzudenken, was Larissas Tod für ihn bedeutete. Auf der Toilette des Restaurants, die groß und prächtig wie ein weiß gefliestes Kurhaus war, sperrte er sich in eine Kabine und weinte. Als er sich wieder beruhigt hatte, wusch er sich das Gesicht mit kaltem Wasser. Bezahlte. Machte sich zu Fuß auf den Weg zur Totenwache. In der Kälte gefroren seine Tränen.

Kurz vor Mitternacht erreichte er das Haus der Presse am Nikitski-Boulevard. Trotz der späten Stunde waren etliche Fenster erleuchtet. «Eine ‹Iswestija› im Druck und eine in der Mache», so hieß es. Hier herrschte stets Betrieb, das war normal. Ungewöhnlich aber waren die mit Gewehren bewaffneten Matrosen an den Eingangstüren. Kerzengerade, mit mageren Gesichtern, wie gemeißelt in der eisigen Kälte, starrten sie ausdrucksvoll in die Nacht, als stünden sie Wache an Deck. Auf ihren Mützen stand in kyrillischer Schrift der Name ihres Schiffes: КАРЛ ЛИБКНЕХТ

Die Jungs von der KARL LIEBKNECHT schenkten ihm keinen Blick, als er, in durchschnittlichstes Zivil gekleidet, das linke der beiden schweren Portale aufdrückte und das weitläufige Foyer betrat. Links und rechts gingen breite Flure ab, in denen dezente Lichter brannten. Ein abgewetzter roter Läufer führte über die granitene Treppe nach oben, wo ihr Sarg stand, glänzend rot lackiert und imposant, wie der einer Prinzessin. An seinem Kopfende wachten wiederum zwei schweigende Matrosen, die Gewehre neben sich. Zusätzlich zu den Kristalllüstern des Treppenhauses waren große Kerzenhalter aufgestellt und warfen einen milden Lichtschein.

Ein paar Menschen standen über den Sarg gebeugt und unterhielten sich mit fast flehenden, suchenden Worten. Manchen der leisen Stimmen konnte man anhören, dass sie geweint hatten. Er verstand mittlerweile gut genug Russisch, um auch solche Nuancen wahrzunehmen. Dann trat einer aus der Gruppe vom rot lackierten Sarg weg und begrüßte einen bärtigen Mann aus der Familie, die hinten rechts um einen zierlichen Tisch saß. Der Bärtige war groß gewachsen, kräftig. Vermutlich ihr Vater Michail. Eine Frau trat hinzu, ergriff dessen Hand. Niedermayer verstand irgendetwas vom «verfluchten Typhus», der sie getötet habe, und was für eine Tragödie das alles sei. Langsam löste sich die ganze Gruppe vom Sarg.

Jetzt erst sah er ihr Gesicht, ihre bleiche Haut, die so zart gewesen war. Da lagen ihre schönen, hohen Wangenknochen und ihr vollendeter Mund, der gekräuselt wirkte, beinah lächelnd, jedenfalls wie kurz davor, sich zu öffnen, zu sprechen. Sie war da, dachte er, alles war noch da, der Körper, die Organe, aber es ging kein Atem, kein Puls mehr durch ihn. Niemals mehr würde man ihre bezaubernde Stimme hören, diese Stimme, die etwas in einem wachrief, eine Sehnsucht weckte und einen sofort glauben machte, dass sie sich, ganz gewiss, erfüllen würde. Und dass sie, Larissa, wüsste, wie der Weg dahin zu beschreiten war.

Er lauschte auf die Stimmen in diesem Raum.

Das flüsternde, zuweilen von energischerem Ton durchzogene Gespräch der Familie und engen Freunde.

Schritte von Menschen, die die Flure entlangliefen.

Die fernen Gespräche einiger Redakteure.

Das Klingeln von Telefonen.

Wer Larissa Reissner gekannt hatte, wusste, dass es keinen besseren Ort für ihre Aufbahrung hätte geben können als diesen, wo die Stimmen der Welt zusammenliefen und sich vermengten, um dann wieder in alle Himmelsrichtungen auseinanderzulaufen. Sodass man hier auch glauben konnte, *sie* plötzlich zu vernehmen – Lyalya.

Doch er würde nicht nur ihre Stimme vermissen. Was nun, da sich diese großen Augen nie wieder öffnen würden? Diese Augen, deren Licht gebrochen war. Fort. Es war verschwunden wie der Übergang in jenes andere Universum, das sich einem zeigte, wenn man ihr in die Augen blickte. Die Pforte geschlossen.

Man hatte eine weiße Haube auf ihr kastanienbraunes Haar gesetzt, mit der sie noch mehr aussah wie Dante, eine Ähnlichkeit, auf die man Lyalya schon seit ihrer Kindheit immer wieder angesprochen hatte. Ihre Schönheit war absolut harmonisch, nirgendwo hart. Sie war immer in Bewegung gewesen, einladend, zur Begleitung auffordernd. So voller Lust auf das Leben, voller Energie.

Er stand nun, von den beiden Matrosen abgesehen, allein an ihrem Sarg, hatte seine Handschuhe ausgezogen und strich kurz über ihre Wange. Ihre kalte Haut zu spüren, ließ ihn schaudern. Es schwindelte ihm, als würde der Raum, der Fußboden aus Marmor, die beigefarbenen Wände, die Treppen und die Lampen und alles andere, aus dem das Haus bestand, ihren Körper einsaugen und zu bloßer Materie machen wollen, diesen Körper zernichten und alles, was einst an Leben in ihm steckte, verneinen. Ihre großartigen Formulierungen und Einfälle, jeder Satz beinahe ein Aphorismus. Dies hier war das Ende ihrer Brillanz, ihrer Klugheit. Hier endeten ihre gemeinsamen Träume von einer neuen und freien Welt.

Ihre Träume hatten sie verbunden. Dies war die Sprache, die sie gemeinsam sprachen, denn wenn irgendetwas sie beide gleichermaßen ausgezeichnet hatte, dann war es die Fähigkeit zu träumen gewesen. Die Gabe für Tagträume, die die Fakten umschreiben wollten. Für große nächtliche Träume, die man entlang der Sternbilder spann, Kontinente verschmelzend. Und wie oft war er nicht zuvor aus diesen Träumen wieder aufgewacht, bei Aufgang der Sonne irgendwo in einer Höhle neben einem Wüstenpfad, und war danach einen weiteren Tag Richtung Westen marschiert. Getarnt als persischer Kaufmann, mit hennagefärbtem Bart und Isfahaner Akzent. Er hatte nie aufgehört zu träumen; aber sich dabei die Welt genau angeschaut.

Als er Lyalya kurz vor Weihnachten 1923 in Berlin kennenlernte – zu jener bemerkenswerten Zeit unmittelbar nach dem gescheiterten Versuch Moskaus, in Deutschland eine kommunistische Revolution herbeizuführen, in jenem magischen Spätjahr 23 also, als sich alles änderte, in dem sein Chef und Förderer Hans von Seeckt zum deutschen Militärdiktator auf Zeit ernannt worden war, um die Weimarer Republik zu beschützen und die Grundlagen für die militärische Wiedergeburt Deutschlands zu legen, als er Larissa schließlich also kennenlernte – da war es ihm, als ob er die weitesten Wege durch die härtesten Wüsten nur um ihretwillen zurückgelegt hatte.

Ihre Begegnung war wie in einem Märchen vor sich gegangen. Es war bei einer Buchpremiere in einer Villa am Wannsee gewesen, zu der ganze Scharen Volks gekommen waren, unterschiedlichster Couleur, Deutsche, Russen, Berliner Boheme und finstere Verschwörer. Er, Niedermayer, war gerade dabei gewesen, mit einer dubiosen Gruppe von Exil-Russen Kontakt aufzunehmen, die sich die «Eurasische Bewegung» nannte. Und plötzlich funkte Larissa dazwischen, diese Schönheit war auf ihn zugekommen – «Ich habe Sie gesucht. Ich bin nur für Sie gekommen.»

Sie standen schließlich auf dem Balkon, rauchten, und

Larissa offenbarte sich ihm und eroberte gleichzeitig sein Herz. Denn noch nie hatte eine Frau so mit ihm gesprochen, von Gleich zu Gleich. Sie war wie eine Erscheinung, groß, schlank, mit ihrem braunen Haar, und hatte um Feuer gebeten. Ihr Duft: *Rose France*. Ihr großartiges Deutsch mit diesem bestechenden Akzent.

Doch das Eigentümlichste an ihrer Begegnung auf dem herrschaftlichen Balkon hoch über dem nächtlichen Wannsee war von Anfang an dieses bestimmte, klare Gefühl, als würden sie sich schon lange kennen und als wäre dieses erste Gespräch nichts als die Fortsetzung einer Unterhaltung, die sie schon lange führten. Und das, obwohl sie unterschiedlicher kaum hätten sein können.

Er, der Offizier einer geschlagenen und auf Revanche sinnenden Armee, und sie, die trotzkistische Kommunistin, zwei in weiten Teilen der Welt gleichermaßen Ausgestoßene und Verfemte, die bald schon begriffen, dass sie und ihresgleichen zwar gerade heimatlos waren, aber dafür etwas anderes besaßen – nämlich eine Idee über die Zukunft des Planeten. Lyalya kam von links, er hatte in seiner Jugend bei Nietzsche zum ersten Mal von «planetarer Politik» gelesen. Sie trafen sich mit schicksalhafter Notwendigkeit dort, wo der Kreis sich schloss. Sie waren die, die den Planeten als Ganzes sahen und begriffen, dass es schon lange ein ihn umspannendes System gab. Dass man planetarisches Denken und planetarische Politik brauchte, um es zu stürzen: das kapitalistische System.

Manche nannten es nach seiner ersten ausgeprägten Manifestation scherzhaft «King Cotton». Es existierte hoch über den Reichen und Imperien, es hatte die globale Ökonomie geformt: den Palast des Kaisers der Kaiser. Begonnen hatte es mit dem, was offen zutage lag – was ein jeder auf der Haut trug, mit dem eine jede sich kleidete: der globalen Weberei, der Stoff- und Textilindustrie, beherrscht von der brutalen und gleichermaßen subtilen Herrschaft der Angelsachsen.

Die Anhänger des großen Strategen Trotzki wiederum – dem es gelungen war, die Rote Armee zu schaffen und mit ihr gegen alle Wahrscheinlichkeit den grauenvollen russischen Bürgerkrieg zu gewinnen –, hatten genau wie Lenin begriffen, dass die Revolution weitergehen, dass man planetarisch denken musste, und am besten mit beinahe religiöser Inbrunst. Sie waren die Internationalisten unter den Bolschewiken, auch wenn der Großteil ihrer Annahmen über die zukünftige Entwicklung auf bloßen Glaubenssätzen beruhte. Aber das war es eben. Es waren so viel Idealismus und Glaube dabei. Wenn Lenin der Gottvater dieses Denkens und Trotzki sein Prophet war, so war Larissa Reissner seine Madonna – sie trug das zukünftige Geheimnis in sich, man glaubte es zu spüren, wenn man mit ihr zusammen war, man fühlte es lebendig werden. *Permanente Revolution*. Das war groß. Er jedenfalls hatte es gespürt und angenommen. Er hatte sie gespürt. Und so waren sie zusammengekommen, einander permanent verbunden geblieben, auch wenn sie sich nur selten gesehen hatten. Doch welche Feste hatten sie dann bei ihren Dreierbegegnungen im Loskutnaja gefeiert! Und welche ehrliche Begeisterung verspürten sie über ihr gemeinsames Projekt, von dem niemand sonst wissen sollte. Denn es war dazu gedacht, die Welt in nicht allzu ferner Zukunft aus den Angeln zu heben.

Hinter sich hörte er Schritte. Eine weitere Gruppe kam die Treppe hoch, um Lyalya die letzte Aufwartung zu machen. Schnell fasste er in seine Tasche und zog die große, handgeschnitzte Schachfigur heraus, mit der Larissa damals gezaubert hatte, bei ihrer ersten Begegnung in Berlin, nach der sie für Stunden zusammengeblieben waren, sie, Tuchatschewski und er.

Er betrachtete die fein gedrechselte Figur aus Birkenholz, die weiße Dame, erinnerte sich an die schier unglaublichen Stunden mit ihr, küsste die Schachfigur noch einmal zärtlich und dann ließ er sie in der Seitentasche von Lyalyas Totengewand verschwinden.

Er warf einen letzten Blick auf sie, auf ihre Schönheit, schüttelte noch einmal den Kopf, so als ob die Minuten an ihrem Sarg die Zweifel an ihrem tatsächlichen Tod eher noch verstärkt hätten, als ihn davon zu überzeugen, zog das Wasser hoch und bedeckte für einen Moment seine Augen, die noch einmal voller Tränen standen. Dann wandte er sich ab.

Die Nächsten stellten sich sogleich an ihren Sarg, und er sah, dass schon wieder neue Trauergäste die Treppe heraufkamen. So viele Menschen, die er noch nie gesehen hatte. Sie alle schienen sie gekannt zu haben, und vielleicht kannte sie jeder auf seine ganz eigene, den anderen verborgene Weise.

«Möchten Sie sich in das Kondolenzbuch eintragen?», fragte ihn ein junger Mann mit bleichem Gesicht und verweinten Augen, der Lyalya ähnlich sah. Vielleicht ihr jüngerer Bruder Igor. Er nickte, und der junge Mann wies auf das dicke, in dunkles Leder gebundene Buch, das auf einem Tischchen aufgeschlagen lag.

Er setzte sich, griff nach seinem Füller, zögerte dann jedoch. Er konnte ja keinen seiner Namen eintragen, weder Major Dr. Oskar Ritter von Niedermayer noch «Neumann», wie sein Deckname in der Sowjetunion lautete. Wie Schatten, die sich von ihm lösten, flatterten diese beiden Identitäten von ihm fort, wie Geister im Glück, die froh waren, für diesen Moment von der Sonderexistenz gelöst zu sein, die sie bekleideten, von diesem vierzigjährigen Mann, der sich in seinem Leben wissenschaftliche, militärische und sogar adelige Ehren verdient hatte, aber nun einfach nur ein Niemand sein wollte.

Dann schraubte er den Füller auf und schrieb mit geschwungenen Linien:

Leb wohl, meine Lyalya ...
Einer, der dich und deinen Traum
geliebt hat und ihm treu bleiben wird

Er steckte den Füller wieder ein, gab Larissas Bruder die Hand, dann trat der ältere Mann, den er für den Vater ansah, auf ihn zu, und auch dem gab er die Hand.

«Moi sobolesnowanija», sagte er stockend auf Russisch, «mein Beileid.»

«Waren Sie ein Freund von Larissa?», fragte der Vater, dem sich der Schmerz über den Verlust der Tochter mit einem Netz aus Falten ins Gesicht gegraben hatte.

«Ein Bewunderer ihres Schreibens. Sie war ... außergewöhnlich.»

«Kommen Sie zur Beisetzung?»

«Das kann ich noch nicht sagen. Do svidaniya.»

Den Hut tief ins Gesicht gezogen, ging Niedermayer die Treppe hinab und verließ das niemals schlafende Pressehaus. Draußen nickte er den wachhabenden, merklich frierenden Matrosen zu, von denen der eine ihm tatsächlich gleichfalls zublinzelte, vielleicht aus einem Moment der Schwäche und der Kälte und der Einsamkeit heraus.

Als er an dem Denkmal vorbeikam, das den traurig-verrückt dreinblickenden Gogol darstellte, blieb er stehen und betrachtete die expressive Statue nachdenklich. Angeblich habe der Bildhauer den Moment darstellen wollen, in dem Gogol gerade in einem Schub wahnsinniger Umnachtung das Manuskript des zweiten Teils der «Toten Seelen» verbrannt hatte.

Das gab es zweifellos nur in Russland, dachte er, dem individuellen Wahnsinn ein von Bewunderung, Empathie und Grauen zugleich strotzendes Denkmal zu setzen. Er betrachtete Gogol eine Weile. Sah, wie eine dicke Schneeflocke den gequält dreinblickenden Schädel erreichte und sich darauf niederließ, und dann noch eine. Dicke, sanft niedersinkende Schneeflocken fielen aus der bleiernen Nacht auf Moskau.

Zehn

ERINNERUNG VON HO CHI MINH, STAATSPRÄSIDENT DER VOLKSREPUBLIK VIETNAM

Larissa Reissner und ich haben uns 1923 am Rande einer Sitzung des Exekutivkomitees der Komintern in Moskau kennengelernt. Ich war damals ein Student der «Universität der Arbeiter des Ostens», und deren Direktor, Karl Radek, hatte uns in der Pause in sein Büro im Hauptquartier der Komintern in der zentral gelegenen Mochowaja-Straße eingeladen, nur einen Steinwurf von der Lubjanka entfernt. Es war ein sehr bewegter Vormittag gewesen, geprägt von der bedeutenden Rede Clara Zetkins über den Faschismus.

Die meisten von uns hatten natürlich schon von der faschistischen Bewegung gehört, man wusste, dass sie in Italien gerade an die Macht gekommen war, und wir erblickten darin so etwas wie Politik gewordenen systematischen Terror – eine Rache der Bourgeoisie an den Arbeitern und deren revolutionären Absichten. Clara Zetkin aber war nicht dieser Meinung.

Sie erhob schwere Vorwürfe in eine ganz andere Richtung, nämlich gegen den reformistischen Teil der Sozialisten, vor allem der führenden deutschen Sozialdemokratie, der SPD mit ihrem hohen Prestige und internationalen Renommee.

Der Faschismus, so sagte Clara Zetkin auf Deutsch, der Lingua franca der Komintern, sei eine Degenerationserscheinung, die daraus ersprieße, dass man der revolutionären Arbeiterklasse in Westeuropa die zwingend notwendige Revolution, die im Anschluss an die russische hätte folgen müssen, verweigert habe. Die SPD gleiche Eltern, die ihre jugendlichen Kinder schützen zu können glauben, indem sie ihnen befehlen, die Kleidchen ihrer Kindheit wieder anzuziehen. Dieser Schock auf die Verweigerung, die Arbeiterklasse nach dem Weltkrieg den einen notwendigen Schritt machen zu lassen, brachte die faschistische Rebellion erst hervor. Der Faschismus sei aber nicht nur blanker Terror, sondern ein Rückschritt in der geistigen Entwicklung des Volkes und speziell natürlich der Arbeiterklasse, eine Regression, eine rückwärtsgewandte Strafe. Und die SPD, meinte Zetkin, habe daran ihren bedeutenden, schuldhaften Anteil, weil sie ihre Kompetenz und ihren politischen Einfluss dazu benutzt hatte, die Revolution zu verhindern.

Als Clara Zetkin gesprochen hatte, gab es stürmischen Applaus, die Delegierten standen auf und sangen die Internationale. Kurz danach sah ich, wie Larissa Reissner der Zetkin vorgestellt wurde und sich dann leidenschaftlich mit ihr unterhielt – und diese ihr immer wieder lächelnd zuhörte.

Larissa war sehr auffällig – nicht nur ihrer großen, damals etwas fülligen Gestalt wegen, die ihrer Schönheit keinen Abbruch tat. Besonders deutlich wurde diese im Gespräch mit der weißhaarigen, eher kleinen Zetkin, die wirklich aussah wie eine strenge und liebenswürdige Großmutter. Wie die beiden so zusammenstanden, konnte man meinen, man würde die Vergangenheit der Revolution und ihre Zukunft beieinander sehen.

Dieses Bild machte mir großen Eindruck, und als wir uns kurz darauf im Büro von Radek kennenlernten, war ich glücklich, diese illustre Persönlichkeit aus meiner Generation endlich kennenzulernen. Ich kannte außerdem sehr gut geschriebene, polemische Reportagen über Afghanistan von ihr. Larissa war für mich der Inbegriff einer jungen Internationalen.

Vom ersten Moment unserer Begegnung an fragte sie mich über die Zustände in Indochina aus, und besonders wollte sie wissen, wie ich die französischen Kolonisten sah. Sie meinte wirklich die Menschen, gar nicht so sehr nur die konkrete französische Politik, sondern die Individuen und ihr Verhalten. Das interessiere sie im Vergleich, weil sie ja die Briten in Afghanistan und Indien gut kennengelernt habe.

«Oh», sagte ich, «wie benimmt sich ein französischer Kolonist in Indochina? Ziemlich beschränkt und uninspiriert, möchte ich meinen. Seine erste Sorge ist, seine Verwandten auf einträglichen Posten unterzubringen. Dann will er so schnell wie möglich so viel wie möglich zusammenraffen und zusammenräubern. Das Ziel hinter allem Raub und Betrug aber ist ein kleines Häuschen daheim in Frankreich.»

Larissa lachte zunächst über meine Ausführungen. Dann, als ich ihr schilderte, mit welchen Methoden die Franzosen Geld bei uns verdienten, wurde sie wieder ernst.

«Sie haben zum Beispiel den obligatorischen Alkoholkonsum eingeführt. Bei uns nehmen wir ein wenig guten Reis und machen einen guten Schnaps daraus – den trinken wir, wenn Freunde kommen, oder beim Ahnenfest in der Familie. Die Franzosen aber nahmen schlechten, billigen Reis und destillierten immer gleich ganze Fässer von Schnaps. Keiner aber wollte den bei ihnen kaufen. Es gab plötzlich viel zu viel Schnaps. Das wurde so gelöst: Man wies den Gouverneuren je nach Bevölkerungszahl eine obligatorische Schnapsmenge zu und zwang die Leute, Schnaps zu kaufen, den gar keiner wollte.»

Ich erzählte ihr weiter von den Besitzverhältnissen in Indochina, und dass den katholischen Missionaren, die ansonsten dazu da seien, die Kinder in den Missionsschulen zu verdummen, mittlerweile ein Fünftel des Landes gehöre, womit sie nach den französischen Konzessionären die größte Gruppe von Landbesitzern überhaupt darstellten.

«Gibt es denn auch Priester Ihres Volkes?», fragte sie, und ich erklärte ihr, dass das annamitische Volk weder Geistliche noch eine Religion im europäischen Sinne kenne. Der Dorf- oder Familienälteste vollziehe die Gedächtniszeremonie, es gebe ansonsten keine priesterliche oder spirituelle Autorität.

«Deshalb ist es auch so bemerkenswert, wie die französische Obrigkeit unseren Bauern die Wörter ‹Bolschewik› und ‹Lenin› beigebracht hat. Sie begannen bei den Annamiten Kommunisten zu jagen, als es dort noch keinen Schimmer von Kommunismus gab. Die Franzosen sorgten dadurch nur selbst für die kommunistische Propaganda. Und jetzt gilt dieser sagenumwobene Lenin, vor dem die verhassten Franzosen solche Angst haben, bei den Bauern als der große Freund des annamitischen Volkes. Fast wie ein lebender, über die Welt wandelnder Jesus.»

Larissa hatte mir genauer zugehört als bislang überhaupt jemand von der russischen Partei, der Komintern oder eben jemand in Moskau, und ich muss auch zugeben, dass ihre intensive Aufmerksamkeit es mir leicht machte, mich verständlich auszudrücken. Sie erzählte mir dann davon, wie sie selber in den Bürgerkrieg geraten war, über die Anti-Kriegs-Aktion zu Beginn des Ersten Weltkrieges nämlich. Weil sie gegen den Krieg war, genau wie die Bolschewiken als beinahe einzige Partei in Europa, wurde sie eine Kämpferin im Bürgerkrieg, um die Friedensrevolution zu verteidigen. Traurige und aufwühlende Zeiten sind es, wenn die, die für den Frieden sind, Kämpfer werden müssen.

Zurück im Konferenzsaal suchten wir uns Plätze nebeneinander, von denen aus wir einen guten Blick über die ganze Versammlung hatten. Neben den vielen europäischen Delegierten gab es solche aus Indien und Persien, es waren Afghanen und US-Amerikaner da.

«Beinahe der ganze Planet ist hier versammelt», flüsterte Larissa mir zu, «und damit die Hoffnungen so vieler armer, geknechteter Menschen, für die wir kämpfen müssen. Um die Zukunft einer freien Welt.»

Nach etwa zwei Stunden betrat dann Karl Radek das Podium und hielt eine Rede, die uns alle in Erstaunen versetzte, denn sie bezog sich einerseits auf Clara Zetkins Ausführungen über den Faschismus, andererseits auf einen deutschen Faschisten, der vor Kurzem von den Franzosen erschossen worden war, die ja den ihnen nächsten Teil Deutschlands besetzt hielten, das Ruhrgebiet.

Karl Radek hielt eine glühende Rede. Er beschwor eine gemeinsame Front aller arbeitenden Menschen in Deutschland gegen die Bourgeoisie und den Imperialismus der französischen Besatzer und der Entente überhaupt.

Wörtlich sagte er: «Wir glauben, dass die große Mehrheit der national empfindenden Massen nicht in das Lager des Kapitals, sondern in das Lager der Arbeit gehört. Wir wollen und wir werden zu diesen Massen den Weg suchen und den Weg finden.»

Als er geendet hatte, gab es starken Applaus, aber vielen ging es so wie mir. Wir waren verwirrt und nicht sicher, ob wir richtig verstanden hatten. Ich fragte Larissa Reissner, ob es wirklich sein könne, dass der innerhalb der Bolschewiki als besonders links geltende Karl Radek, der Direktor unserer internationalen Universität, dass also gerade dieser Parteigänger Trotzkis dafür plädierte, dass die revolutionären Kommunisten in Deutschland eine gemeinsame Front mit denjenigen schließen sollten, die doch bisher gegen die Revolution gekämpft hätten, den radikalen Rechten nämlich? Dieser zu Tode gekommene Baltendeutsche, Weißgardist und Faschist mit dem unaussprechlichen Namen, den er erwähnt hatte, der solle ein Bündnis zwischen uns und den Nationalisten stiften? Ich zweifelte wirklich. Für einen Moment musste ich an meinen Großonkel denken, der mich häufig vor der verführerischen Kraft der Trugbilder gewarnt hatte. War ich vielleicht einem solchen aufgesessen?

Larissa wusste zunächst auch nicht, was sie dazu sagen sollte. Um uns herum war allgemeines, lautes Gespräch losgebrochen, darin Scherze und Spottreden, von denen uns immer wieder Fetzen erreichten. Alle waren durcheinander. Das hieße ja, sich Rücken an Rücken mit den Faschisten zu stellen, rief ein Delegierter, der, glaube ich, aus Amerika war.

Nachdem sie die brodelnd diskursive Stimmung eine Weile auf sich hatte wirken lassen, erwiderte Larissa Reissner mir, dass wir internationalen Revolutionäre ein anderes Raumempfinden entwickeln müssten, denn die Internationale habe eben kein örtliches Zentrum, und ihre Standorte befänden sich in unseren Köpfen, und natürlich in denen unserer Genossen.

«Unsere Feinde haben Hauptstädte, Häfen, Kasernen», sagte sie, «wir aber haben nur unsere Zeitungen, geheimen Versammlungen, unsere Briefwechsel, unseren Austausch. Je mehr Verbindungen wir eingehen, je mehr wir uns vernetzen, desto besser – wie ein Pilzmyzel im Boden, das alles durchdringt, obwohl an der Oberfläche nichts zu erkennen ist.»

Dann umarmten wir uns, küssten uns, wünschten uns Wiedersehen, und ich sah, wie sie ziemlich schnell zusammen mit Karl Radek die Versammlung verließ. Später habe ich ihre großartigen Reportagen über Deutschland in der «Iswestija» gelesen, das war zu einer Zeit, als ich schon längst in Kanton an der dortigen Whampoa-Militärakademie unterrichtete. Ihre Analyse des gescheiterten Hamburger Aufstandes, die als Buch erschienen war, haben wir dort genau studiert und diskutiert. Eines Tages Anfang 1926, kurz nach dem annamitischen Tet-Fest, las ich dann in ebendieser «Iswestija» von ihrem frühen, völlig überraschenden Tod, der mich sehr traurig gemacht hat. Auch wenn ich sie nur an diesem einen Tag 1923 persönlich kennengelernt und erlebt habe, habe ich Larissa Reissner nie vergessen und mich immer daran erinnert, welch vorausblickende Gedanken sie äußerte. Sie war wie eine Verheißung aus der Zukunft. Nachdem ich ihre Todesanzeige gelesen hatte, habe ich mir sofort freigenommen und bin aufs Fernpostamt geradelt, um ein Beileidstelegramm nach Moskau zu schicken, mit der Bitte, es in das Kondolenzbuch einzulegen.

Nicht nur Karl Radek, sondern auch Trotzki selbst sollen dann zwei Tage später an ihrem Grab gesprochen haben.

Elf

DIE LEIPZIGER KUGEL

Die Reissners hatten jede Menge Familie und Verwandte in Deutschland, fernere und nähere, Juristen in Heidelberg und andere, Namensvettern sogar, in Königsberg. Aber besonders lieb waren ihnen die Kaplans in Leipzig. Dies rührte von einer Cousine von Larissas Mutter Ekaterina her. Maria Valentinowna und Ekaterina standen einander seit früher Jugend so nahe, dass man beide eher als Schwestern hätte bezeichnen müssen, was sie voneinander – einer Eigenart der russischen Sprache folgend – auch zu sagen pflegten.

Und auch Larissa und Tatiana, obwohl nur Cousinen zweiten Grades, teilten die Zuneigung ihrer Mütter und mochten sich von ihrer ersten Begegnung an. Auch Larissa und Tania sahen sich, von dem kleinen Altersunterschied abgesehen, ausgesprochen ähnlich, beinahe wie Zwillinge, was ihre Mütter halb scherzend auf die gemeinsame Großmutter zurückführten. Das Porträt der Ahnherrin hing in einem der prächtigen Häuser, in denen der Clan der Khitrovs zu seinen Treffen zusammenzukommen pflegte, eine der vornehmsten Familien Lublins, die stolz darauf war, von Alexej Khrapowitski abzustammen, dem Dichter und Herausgeber der Schriften Katharinas der Großen. Tania Artjomowna Kaplan sah zu ihrer großen Cousine Larissa auf und bewunderte sie für ihren von Kindesbeinen an spürbaren Eigensinn, ihre Klugheit und ihren Mut, alles auszusprechen, was ihr durch den Kopf ging.

Die Jahre des Exils in Deutschland, in denen die Reissners in Berlin, die Kaplans in Leipzig lebten und während derer man sich häufig gesehen hatte, hatten die Verbindung gefestigt. Doch während die Reissners 1907 zurück nach Russland gingen, wo Michail Andrejewitsch Reissner seine Jura-Professur erhielt, blieben die Kaplans in Leipzig. Artjom Walterowitsch Kaplan, Tanias Vater, hatte hier eine Stelle an der medizinischen Fakultät.

Artjom Kaplan, ein schlanker Mann, dessen fein geschnittenes Gesicht ein gepflegter Bart zierte, welcher ihm einen beeindruckenden Ernst verlieh, war Chirurg. Er war einer der letzten Schüler des berühmten Nikolai Iwanowitsch Pirogow, der einen überragenden Ruf genoss, welcher auch noch seinen Schülern zu Ansehen und Fortkommen verhalf. Kaplans Hände arbeiteten mit fast maschineller Genauigkeit, und sein Feingefühl und Gespür für das Gewebe waren beachtlich. Da er weit über Sachsen hinaus bekannt war, kamen nicht wenige Patienten auch aus Berlin oder sogar bis aus Bayern, um von ihm operiert zu werden. Die Universitätsklinik bangte dem Tag entgegen, an dem Dr. Kaplan das Naheliegende tun und eine eigene Praxis eröffnen würde. Der aber besaß nicht das geringste privatunternehmerische Talent. Auch seine Frau Maria, die Klavierstunden gab, damit selbst etwas verdiente und zum Familieneinkommen beitrug, fand die Arbeit in einem öffentlichen Krankenhaus richtig. Die Kaplans waren zwar keine Sozialisten, aber Liberale mit einer starken sozialen Ader, von den Ideen des Grafen Tolstoi geprägt, der die Arbeit für die Gesellschaft über die für die eigene Tasche gestellt hatte, außer seiner eigenen, was aber eine andere Geschichte ist.

Tania, auch Taniuscha genannt, war ihr einziges Kind, und das ganz und gar. So wie sich die mütterliche Linie mit der deutsch-polnischen Schönheit der Khitrov-Frauen bei ihr durchgesetzt hatte, hatte sie die außerordentlich geschickten Hände ihres Vaters geerbt. Aus dem wunderbaren Spiel zu zweit mit ihrer Mutter am Klavier wie allein – Taniuscha konnte sich nicht erinnern, jemals nicht Klavier gespielt zu haben –, war schon früh der Wunsch erwachsen, ihr Leben der Musik zu widmen. Zum fünften Geburtstag bekam sie auf eigenen Wunsch eine Geige. Was sie schon in kindlichem Alter noch mehr faszinierte als das Spiel mit ihrem Instrument, war der Gesamtklang eines Orchesters. Wie erstaunlich unterschiedlich so eine Formation klingen konnte, obwohl es doch immer dieselben Instrumente waren. Und wie Hände, die einen Stock hielten, diesen Klang beeinflussten, indem sie Tempo, Lautstärke, Phrasierung, ja geradezu alles vorgeben konnten – und zwar deshalb, weil der Dirigent als Einziger hört, wie es zusammen klingt, alle müssen sich auf ihn verlassen können. Seit ihrem ersten Besuch im Gewandhaus verfolgte Tania deshalb einen Plan: Dirigentin werden. Sie wusste, dass manchmal die erste Geige, der Kapellmeister, das Orchester dirigierte. Also wollte sie zunächst Geigerin werden. Kapellmeisterin.

Als sie lesen gelernt hatte und während der langweiligen Pausen der Musikaufführungen durch das Konzerthaus gestreift war, hatte sie festgestellt, dass eine der altvertrauten Büsten, die in gebührendem Abstand voneinander in Nischen und an Ehrenplätzen verteilt waren, Tschaikowski darstellte, welcher – wie die Plakette darunter bekannt gab – im Leipziger Gewandhaus sein deutsches Debüt als Dirigent gegeben hatte. Darunter, in etwas kleinerer Schrift, folgte eine Aufzählung, welche seiner Werke er hier zur Erstaufführung gebracht hatte – und das waren einige. Man konnte Leipzig, berühmt für Bach und Mendelssohn, auch eine Tschaikowski-Stadt nennen.

Bach, Mendelssohn und Mussorgski liebte Tania auch, die «Bilder einer Ausstellung» des Letzteren waren reine Zauberei, aber mit der Tschaikowski-Büste im Gewandhaus hatte sie ein real-magisches Vertrauensverhältnis begonnen. Schließlich musste man mit dem Berufswunsch «Dirigentin» diskret umgehen, denn diesen Beruf gab es noch gar nicht – noch nie hatte eine Frau ein bedeutendes Orchester geleitet. Aber Peter Illjich verstand Taniuscha in diesem Punkt – sie hatte immer schon mit der Tschaikowski-Büste gesprochen.

Kein geringer Teil dieser empathisch-telepathisch-jenseitigen Verbindung lag in einem gruseligen Missverständnis begründet. Die vier Jahre alte Tania war aus irgendwelchen Gründen überzeugt, dass Büsten durch das Übergießen des echten Körpers aus Fleisch und Blut mit Gips hergestellt wurden, dass sich also im Inneren jeder Büste, versiegelt und dadurch haltbar gemacht, der jeweilige Mensch verbarg. Einmal legte sie einen Finger auf den fein polierten Kalk und erschrak ob der steinernen Kälte. Wie ein Grabstein ... Wie froh also musste der arme eingegipste, kalte Tschaikowski sein, ab und zu ein vertrautes, freundliches Gesicht zu sehen. Tania redete mit ihm, dem Schöpfer des geliebten «Nussknacker», als kleines Mädchen, und auch später immer noch, als sie sich zum ersten Mal mit ihrer Geige in der Hand mit seinem Violinkonzert beschäftigte. Tschaikowskis Musik schien ihr wie eine Sprache, die sie wie selbstverständlich verstand, eine Sprache intimer Geständnisse und großer, ganz nah unter der schillernden Oberfläche verborgener emotionaler Wahrheiten und Empfindungen – wahre Erinnerungen an vergangene Zeiten, an Zeiten der Einfachheit und der Unschuld, als sie ein Kind war und überzeugt davon, der geniale, unglückliche Komponist befinde sich tatsächlich im Inneren der Gipsbüste im Gewandhaus Leipzig.

Leipzig war überhaupt voll von Erinnerungswerken und Denkmälern. Fast erstaunlich, wo die Stadt doch sonst ganz aufs Flüchtige, auf Handel und Wandel ausgerichtet war. Gab es einen Ort, wo man mehr davon verstand, Waren feilzubieten und ihren staunenden Betrachter dazu zu verleiten, alles zu kaufen, was da liegt und glänzt, und erst viele Hundert oder gar Tausend Kilometer weiter westlich oder östlich wieder auszupacken und zu begutachten, was da eigentlich mitgekommen war? Wohl nicht. Leipzig war einmalig. Der Markt hier suchte seinesgleichen. Bis weit in den Osten hinein, über die ungeheure Ebene hinweg, auf der die Völker Russlands lebten, bis zum Ural und sogar noch weiter, kannte man die Stadt. Die Verbindungen und der Ruf Leipzigs waren legendär.

Von dieser vermittelnden Einmaligkeit zeugte auch ein seltsames Artefakt, das an einer Stelle in der Chirurgie der Universitätsklinik hing, ein Kuriosum, nach welchem Tania ihren Vater schon früh gefragt hatte: der Leipziger Kugel.

Auf den ersten Blick sah es aus wie eine große Bleikugel, und tatsächlich – es war eine große Bleikugel. Einerseits viel zu groß, um in eine Pistole oder ein Gewehr zu passen, andererseits wiederum zu leicht, um einem Geschütz als Munition dienen zu können. Es war ein Unikat, wie es so nur in Leipzig hatte entstehen können. Es hing an einer gewissen, im Grunde verborgenen Stelle im Flur des Instituts der Alma Mater Lipsiensis.

Die Kugel, zierlich gerahmt und hinter Glas, war in der Folge der größten Schlacht des neunzehnten Jahrhunderts gegossen worden – der sogenannten Völkerschlacht, jenem Gemetzel mit mehr als einer halben Million Soldaten, das den Rückzug Napoleons aus Deutschland und das Ende seiner Dominanz bedeutete.

Nach der Schlacht und dem Abzug der Franzosen wurden

in dem in der medizinischen Fakultät eingerichteten Lazarett ein französischer Infanterist, ein polnischer Gardist, ein russischer Kosak, ein böhmischer Schütze und ein preußischer Kavallerie-Leutnant nacheinander von derselben Hand operiert. Der Arzt und Philosoph Eduard Amadeus Lipok entfernte fünf Kugeln hintereinander, womit einem jeden das Leben gerettet werden konnte. Der nachdenkliche Lipok bewahrte die Geschosse auf. Später, nach seinem Tod, wurden sie in der Prothesenwerkstatt des Klinikums eingeschmolzen und zu jener neuen, großen Kugel gegossen, welche nun gerahmt in der Chirurgie daran mahnte, dass jeder Krieg als eine traumatische Epidemie betrachtet werden müsse, bei der es wie bei anderen großen Seuchen auch an Hilfe leistenden Händen und noch mehr an denkenden Köpfen mangele – wie es der russische Chirurg Pirogow nach seinen Erlebnissen als Feldscher im Krimkrieg formuliert hatte. Jener Pirogow, dem sein Schüler Artjom Kaplan, Tanias Vater, seine Stellung als leitender Oberarzt verdankte. Viele, viele Male war Tania an der Leipziger Kugel vorbeigekommen und hatte sich die Geschichte der herausoperierten und neu verschmolzenen Geschosse vorgestellt. Und sie hatte begriffen, dass es, auch wenn es fünf Gewehre und fünf Schützen waren, doch die eine Kraft gab, die jedem von ihnen die Hand beim Einlegen der Kugel geführt, das eine Verhängnis, das das Pulver gestopft, und der eine, von allen geteilte Wille, der den einen Menschen dazu gebracht hatte, mit der präparierten Waffe auf den anderen Menschen anzulegen, ihn ins Visier zu nehmen und schließlich abzudrücken – diese eine, alle miteinander verbindende und alle gegeneinander führende Kraft war der Krieg. Dieses Menschenverhängnis hatte die Kugel hervorgebracht, und von dieser Erkenntnis aufgewühlt und von der Anschaulichkeit des artifiziellen Geschosses seltsam berührt, wurde Tania das, was man eine leidenschaftliche Pazifistin nennen konnte, was sie übrigens auch für den Umgang der Menschheit mit den Tieren verstanden wissen wollte, gegen deren Versklavung, Schlachtung und Verzehr sie sich schon als kleines Mädchen empört hatte. Diese menschlich einander und allen Geschöpfen der Erde Frieden schenkende Haltung verkörperte für Tania die Musik – der hörbar, fühlbar gewordene Ausdruck der Humanität und der Liebe zur Schöpfung.

Doch so wie die Menschen nicht aufhörten, Tiere zu schlachten, so musste Tatiana erleben, wie es im Sommer 1914, sie war gerade sechzehn geworden, besuchte das Gymnasium und hatte auch schon Violinstunden am Mendelssohn-Konservatorium, wieder zu einem Krieg kam – und zu einem, der selbst die Völkerschlacht in den Schatten stellen sollte. Die Katastrophe wurde bei den Kaplans durchaus unterschiedlich wahrgenommen. Denn auch wenn die Mutter ihrer Tochter darin zustimmte, dass der Krieg ein Unglück sei, so gab der Vater zu verstehen, dass er sich von dem zu erwartenden raschen Sieg Deutschlands über Russland ein Ende der rückständigen Herrschaft des Zaren erhoffte.

Als Tania erfuhr, dass ihre bewunderte ältere «Schwester» Lyalya in Petersburg sogar eine Zeitschrift gegen diesen Krieg herausgab, plante sie etwas Ähnliches. Zumindest an ihrem Gymnasium wollte sie protestieren. Aber anders als die Reissners in Petersburg, die den letzten Rest ihrer Geldmittel in Larissas Zeitschrift «Rudin» steckten, verbaten die Kaplans ihrer Tochter auch nur den geringsten Protest. Das Transparent, welches Tania in ihr Gymnasium hatte mitnehmen wollen, zerknüllte ihr Vater persönlich mit düsterer Miene und verbrannte es im Küchenherd.

«Tania, ich weiß, du meinst es gut, aber wir dürfen uns

nicht in Schwierigkeiten bringen, indem wir die deutsche Politik kritisieren. Das steht uns nicht an.»

«Aber der Protest richtet sich doch nicht gegen irgendeine Politik, sei es die deutsche oder die russische, sondern gegen den Krieg an sich.»

«Trockne deine Tränen, Taniuscha. Deine Mutter und ich haben alleine das Wohl der Familie im Sinn. Wir haben einen Einbürgerungsantrag gestellt.»

«Ach so, man muss also für den Krieg jubeln, um Deutsche zu werden? Dann möchte ich lieber staatenlos sein.»

«Der Dekan der medizinischen Fakultät, Professor Garten, unterstützt unseren Antrag bei den Behörden.»

«Hast du mich nicht immer gelehrt, was der Krieg für ein abscheuliches Desaster ist? Wie hat es dein verehrter Pirogow genannt? Eine traumatische Epidemie? Und dann stehst du gleichmütig bereit, die Verletzten zu versorgen. Solltest du nicht dafür kämpfen, dass es erst gar nicht so weit kommt?»

«Ich stehe jetzt hinter Deutschland, dem Land, das uns aufgenommen hat, und ich will, dass wir hier sicher sind.»

«Wie könnt ihr nur so verlogen sein?»

Aber das Zeitalter der Lüge und der Propaganda, das die über bald ein halbes Jahrhundert friedlich miteinander auskommenden europäischen Staaten den unversöhnlichen Hass gegeneinander lehren sollte, hatte gerade erst begonnen. Sicher war jedenfalls, dass Dr. Kaplan und seine Frau Maria auf keinen Fall nach Russland zurückkehren wollten, da die Erfahrungen mit der Ochrana, der politischen Polizei des Zaren nach der Revolution von 1905, allzu tiefe Spuren in ihnen hinterlassen hatte. Damals hatte Artjom Demonstranten, die in Petersburg vom zarischen Militär niedergeschossen worden waren, Erste Hilfe geleistet und Notoperationen durchgeführt, die manchen der Verletzten, die ihr angeblich von Gott über sie gesetzter Herrscher so verwundet hatte, das Leben retteten. Wenige Tage danach hatte es am Abend mit schweren Schlägen an die Tür der Kaplans gepocht. Ein dürrer Mann mit Melone und hochgeschlossenem Kragen trat mit ebenfalls Melone tragendem Gefolge in die Wohnung der jungen Familie. Tania, damals acht Jahre alt, lugte durch einen Türspalt auf das Geschehen im Salon und sah den Eindringling auf einem Stuhl sitzen, hinter ihm zwei riesige Kerle, unzweideutig als Schläger zu erkennen. Der Dürre, die Melone abgenommen, die er beinahe spielerisch auf seinen Knien balancierte, hatte rotes Haar und eine lange, gebogene Nase, auf der – zu Tanias fasziniertem Schrecken, da sie so etwas Abscheulich-Absonderliches noch nie gesehen hatte – eine riesige, ebenfalls rötliche Warze saß. Die Warze wippte mit, während der Dürre mit schnarrender, irgendwie süßlich klingender Stimme erklärte, dass er gekommen sei – hier grinste er betreten, als sei ihm die Nachricht selber unangenehm –, um die Kaplans zu warnen. Bei einem Arzt wie Dr. Kaplan, einem so hervorragenden Chirurgen, seien doch schließlich die Hände das Allerwertvollste. Ohne Hände – keine Operation. Und in letzter Zeit, da der Staat kaum mehr für die Sicherheit seiner Bürger garantieren könne, ereigneten sich häufig Unfälle. Ein Bürger stürze auf der Straße, eine Kutsche oder gar eine Straßenbahn überrolle ihn – hier machte der Dürre ein von gespieltem Schmerz verzerrtes Gesicht –, und die Beine, die Arme und eben oft auch die Hände – er erhob seine linke Hand theatralisch und bewegte krallend deren Finger – würden gebrochen, jeder Finger einzeln, mehrfach.

«Passiert es nicht oft?», fragte er einen der hinter ihm stehenden Schläger.

«Ja, Euer Gnaden», sagte dieser mit schwerer Zunge, lallend von zu viel Wodka, «kommen viel Knochenbrüche vor, derzeit.»

Der Herr Doktor Kaplan möge also besser darauf achten, fuhr der Rotwarzige fort, in welche Viertel und zu welchen Leuten er gehe, wen er alles behandle, damit sich kein Unfall ereigne und er seine einzigartigen Fähigkeiten verliere. Als er aufgestanden war, seine Melone in der rechten Hand, tippte er mit der linken Hand die schöne chinesische Vase an, die auf einem Sideboard stand und deren Drachendarstellungen Tania oft betrachtet und bewundert hatte, sodass sie auf die Dielen krachte und zerbrach.

«Hoppla. Wie schade um das schöne Stück. Empfehle mich», waren seine letzten, mit einem genüsslichen Grinsen gesprochenen Worte. Tania schauderte es. Die Erscheinung des dürren rothaarigen Warzenträgers vergaß sie niemals mehr. Dieser abscheuliche Bote der zarischen Unterdrückungskultur wurde traurigerweise zum Inbegriff und zur Gestalt dessen, was sie mit dem alten Russland verband, nachdem die Kaplans das Land schon bald nach diesem Zwischenfall verlassen und sich glücklich in Leipzig niedergelassen hatten.

Als dann neun Jahre später der Krieg ausbrach, gegen den Tania in verzweifelter Wut protestieren wollte, war es Artjoms Fähigkeit als Chirurg, die geniale Präzision seiner Hände, die sie davor rettete, wie andere Russen in Deutschland ihre Stellung und Duldung zu verlieren und ausgewiesen zu werden. Der Einbürgerungsantrag, den Professor Garten, der Dekan der medizinischen Fakultät, mit Nachdruck und persönlichem Einsatz unterstützte, wurde positiv beschieden. Aus den Kaplans wurden deutsche Staatsbürger, und Artjom blieb am Universitätsklinikum, dessen Betrieb zunehmend unter den vielen zur Armee eingezogenen Ärzten zu leiden begann.

Und er tat seinen Dienst am Patienten auch noch, als nach vier düsteren Kriegsjahren eine neuartige Krankheit auf dem epidemischen Welttheater ihren ersten Auftritt hatte, die der Volksmund bald als «Blitzkatarrh» bezeichnete, denn sie dauerte in der Regel nur fünf bis sechs Tage. Dann war man wieder gesund – außer natürlich, man verstarb daran. Was im März 1918 in Garnisonen der amerikanischen Armee begonnen hatte und von diesen nach Frankreich getragen worden war, wo im April die ersten Fälle auftraten, reiste sodann nach Spanien und von dort nach England, wo die Zeitungen sie folglich die «Spanische Grippe» tauften, ein bezeichnender Fehlgriff, denn eigentlich hätte man sie ja die «Amerikanische» nennen müssen. In Deutschland, das unter einem trüben, in schlimmen Spätfrösten harten Frühjahr und einem kalten und nassen Sommer litt, trat der erste Fall im Mai 1918 in Düsseldorf auf. Im Juni gab es Fälle in Frankfurt und Gießen, im Juli war sie überall in Deutschland. Auch im Königreich Sachsen.

Das Leipziger Gesundheitsamt teilte den Krankenhäusern und Arztpraxen mit, dass es – trotz der zwischen dem 1. und 17. Juli gemeldeten 4771 Fälle – keinen Grund zur Beunruhigung gebe. Zwar seien die Übertragungswege des Erregers unbekannt, weshalb man auch keine Schutzmaßnahmen ergreifen oder anordnen könne, die Lage sei aber nicht bedrohlich. Eine Fehleinschätzung, denn nach der ersten Welle, die im August 1918 tatsächlich abflaute, kam es Anfang Oktober, als es schon einzuwintern und nachts auch zu frieren begann, zur zweiten Welle. Zunächst waren es fünfzig Fälle am Tag, doch Mitte Oktober schossen die Zahlen in die Höhe, bis es am 22. Oktober über tausend Fälle waren. Nun war die Öffentlichkeit überaus besorgt, die Behörden warnten vor Erkältung und mangelnder Hygiene, gaben Verhaltensempfehlungen wie etwa, den Mund früh und abends mit reinem Wasser zu spülen, dem man ein Körnchen übermangansaures Kali zugesetzt habe. Erst als in manchen Klassen schon mehr als die Hälfte der Schüler fehlten, weil sie die Grippe hatten, wurden die Schulen geschlossen. Doch die Messe, der ökonomische Herzmuskel und ganze Stolz der Stadt Leipzig, wurde abgehalten, und auch Verbote großer Menschenansammlungen, wie andernorts überall erlassen, schienen den Leipzigern nicht zumutbar, da die Handelsbürger gewissermaßen von der Begegnung und dem unentwegten Austausch lebten und ein Völkchen besonderer Art waren. Besonders gewiss, aber nicht vor dem Virus. Tania holte sich die Grippe schon in der ersten Welle im Juli, vermutlich bei einer Orchesterprobe im Konservatorium. Sie hatte nichts weiter als einen Schnupfen. Da sie danach immun war und sich die medizinische Versorgungslage in Sachsen wie überall im Deutschen Reich nicht nur wegen der Grippe, sondern auch wegen der zahllosen Kriegsversehrten in einem katastrophalen Zustand befand, ließ sie sich am Konservatorium beurlauben und trat als Krankenschwester in ein Lazarett des Roten Kreuzes ein.

Ihre Mutter Maria Valentinowna steckte sich bei einem ihrer Klavierschüler an, klagte über starkes Halsweh, lag ein paar Tage im Bett und erholte sich dann rasch wieder. Artjom, durch den vom Krieg verursachten Ärztemangel Tag und Nacht im Klinikum gefordert, erwischte es auf dem Höhepunkt der zweiten Welle Mitte Oktober. Er kam spät nach Hause, hustend, matt und schwach, aber ganz rot im Gesicht, klagte über starkes Kopfweh, legte sich ins Bett, fand aber, mit einem Mal fiebernd, keinen rechten Schlaf. Maria kam sein Zustand unheimlich vor, sie wachte bei ihm die ganze Nacht, versuchte ihm Tee einzuflößen und trocknete ihm die Stirn, doch als er in den frühen Morgenstunden kaum mehr ansprechbar war und sein Gesicht eine bläuliche Farbe angenommen hatte, wurde es Maria ganz anders. Sie ließ nach Tania schicken, die als Rot-Kreuz-Schwester den Ernst der Lage augenblicklich erkannte und sofort ins Klinikum eilte, um einen Kollegen ihres Vaters zu einem Hausbesuch zu bewegen. Bis sie mit dem alten Internisten Weselsbroch eintraf, hatte sich Artjoms Gesichtsfarbe zu gräulichem Dunkelblau verändert. Er delirierte. Dr. Weselsbroch seufzte, als er den geschätzten Kollegen sah, denn die Symptome dieser von Pneumonie hervorgerufenen Sauerstoffarmut des Blutes waren ihm leider nur allzu bekannt, und er wusste, dass es kein Hilfsmittel gegen diesen schwersten Verlauf der neuen Influenza gab. Sieben Tage nach Krankheitsbeginn verstarb Artjom Walterowitsch und wurde einer der insgesamt 1409 Grippe-Toten, die schließlich im April 1919, nach der dritten und letzten Welle, offiziell in Leipzig verzeichnet wurden. Auf seinem Grabstein auf dem Leipziger Nordfriedhof ließen Maria und Tania auf Russisch einen Vers von Artjoms Lieblingsdichter Afanassi Fet einmeißeln:

Ich fühle ein reineres Feuer,
auch wenn mein Frühling verblüht,
auch wenn gespenstisch mein Schatten
über den Friedhof des Lebens zieht.

Zwölf

AUF DEM NEROBERG

Wiesbaden, *August 1923*

Im Frühjahr 1923 befand sich das Deutsche Reich in der nächsten bitteren Krise, die auch noch stündlich zu wachsen schien. Die Franzosen und die Belgier hatten Anfang des Jahres das Ruhrgebiet besetzt, worauf die ohnehin ins harte Schuldenregime des Versailler Vertrages eingespannte Reichsregierung unter Reichskanzler Cuno zu einer Art passivem Widerstand aufrief, der den Namen «Ruhrkampf» erhielt. Um die Gehälter von Millionen streikender Ruhrarbeiter zu bezahlen, ließ sie Geld drucken. Diese Maßnahme zusammen mit den gleichzeitig ausbleibenden Steuereinnahmen brachte den gesamten Staatshaushalt ins Ungleichgewicht. Die Reichsmark riss bald alle Negativrekorde, war so wenig wert wie noch nie, und da Papier geduldig ist und Zahlen keine Grenze kennen, trugen die Deutschen bald schon Millionen von Mark mit sich herum, die nur ein paar Gramm wogen.

Tania aber beendete im Mai ihr Violinstudium am Mendelssohn-Konservatorium mit einem sehr guten Abschluss und erhielt nach kurzer Zeit eine Aushilfsstelle im Gewandhausorchester. Zwar kamen schon seit Jahrzehnten Frauen aus aller Welt nach Leipzig, weil sie hier und nirgendwo sonst Instrumente und auch Komposition studieren konnten. Danach aber eine Anstellung als Musikerin oder gar künstlerische Beachtung zu finden, das war immer noch die Ausnahme. Die meisten Musikabsolventinnen beschränkten sich in ihrem weiteren Leben darauf zu unterrichten. Anders Tania Kaplan.

Sie durfte immer dann einspringen, wenn einer der Herren mit den festen Stellen aus irgendwelchen Gründen verhindert war. Zuletzt hatte sie sogar ein paar Mal hintereinander ausgeholfen. Hätte sie das treu und unauffällig weitergemacht, wäre ihr vielleicht tatsächlich irgendwann die feste Stelle angeboten worden, die ihr zustand, womit sie nach der Harfe, die schon seit 1866 stets mit einer Musikerin besetzt worden war, die erste Geigerin in der Geschichte des ersten bürgerlichen Orchesters der Welt gewesen wäre.

Dass es anders kam, hatte nicht nur mit Tanias Begeisterung für die Entstehung von Orchesterklang, sondern vor allem mit der Unpünktlichkeit des Assistenten des auch von Tania bewunderten Chefdirigenten Wilhelm Furtwängler zu tun, eines gewissen Klopke. Klopke hielt sich für genial, pflegte aber das unausrottbare Laster, auf ihn angewiesene Menschen warten zu lassen. Als sich zum x-ten Male der wellenartig aufgetürmte Schopf seiner mit Brillantine gefestigten schwarzen Haare nach Verstreichen des akademisch-künstlerischen Viertelstündchens partout noch immer nicht zeigte und das Kichern, Gemurmel und Geplapper der Musiker des ehrwürdigen Orchesters etwas von einem Kindergarten annahm, biss sich Tania noch einmal auf die Lippen. Dann erhob sie sich, ihr Instrument mitsamt Bogen in der Hand, und schritt von ihrem hinten gelegenen Geigenplatz hin zum Dirigentenpult.

Sie setzte zu sprechen an, doch da niemand Anstalten machte, ihr zuzuhören, erlaubte sie sich, mit dem Bogen erst relativ leicht, dann entschiedener gegen das Pult zu klopfen.

Erst sahen ein paar aus dem Holz auf und blickten ihr interessiert entgegen. Sie schlug noch einmal, etwas fester, aber da sonst nichts weiter geschah und sie den Bogen bald zerbrochen hätte, legte sie ihre Geige an und spielte ein paar aufwühlende Takte aus dem zweiten Mendelssohn-Violinkonzert, so durchdringend, dass nun tatsächlich alle zu ihr hersahen.

«Liebe Kollegen», rief sie nun und lächelte, so freundlich sie es vermochte, «wenn ich mich richtig erinnere, dann hatten wir bei der letzten Probe Schwierigkeiten gleich mit dem Anfang. Es haben wohl alle gehört, dass da beim Holz und ...» – sie wurde von den Posaunisten unterbrochen, was sie aber gleich unterband – «beim Blech ebenso rhythmische ... Verwischtheiten zu hören waren. Kommen Sie, Kollegen, lassen Sie uns den Moment nutzen und diese Stelle einmal proben. Dann wird sich unser Maestro nachher freuen.»

Schon hatte Tania sich bereit gemacht, erhob ihre vom Vater ererbten schlanken, gleichwohl kräftigen Hände und eroberte auf diese Weise einer Steuerfrau gleich in der Abwesenheit des Kapitäns nicht nur das Ruder, das hatte sie schon, sondern auch die Autorität, den Kurs vorzugeben und anzusagen.

«Aber bitte, auch die Geigen: Wir achten auf die Takte dreizehn und vierzehn, da haben wir beim letzten Mal die größten Schwierigkeiten gehabt. Und jetzt bitte, alle, Konzentration.» Wie durch ein Wunder gab es niemanden mehr im Orchester, der irgendetwas Seltsames dabei gefunden hätte, dass Tania Kaplan, die Aushilfsgeigerin, sich anschickte, das Gewandhausorchester zu dirigieren.

Tania hatte die Augen geschlossen, die Partitur à cœur vor sich, konzentrierte sich vollkommen, und wenige Sekunden später, als sie genau fühlte, dass das Orchester tatsächlich bereit war, auf ihren Schlag zu hören, da spürte sie, spürte sie genau, dass sich aus den Nervenenden ihrer Fingerspitzen ein steuernder Energiestrom entfaltete, ausströmte und auf die Mitglieder des Orchesters wirkte, und sie spürte, wie es dann in sie zurückfuhr und sich auch etwas in ihr öffnete: ein kostbares Organ erwachte, ihrem Herzen sehr nahe, ohne es doch zu sein. Dieses musikalische Organ zuckte nun plötzlich vor Freude, ein Blitzschlag ging durch ihren ganzen Körper, sie zählte das von ihr als richtig empfundene Tempo ein, und tatsächlich, tatsächlich, was für ein Moment: Das Orchester – Oboen und Holz zunächst – setzte zu spielen ein, langsam, als ob der Blick einer Wandernden sich über ein von Nebel verhangenes, geheimnisvolles Gewässer heben würde.

Während Tania sich also aufgrund der Abwesenheit des berufenen Dirigenten zum ersten Mal in ihrem Leben angeschickt hatte, das zu tun, wovon sie schon lang geträumt hatte, nämlich ein Symphonieorchester zu leiten, kamen der Intendant des Gewandhauses und sein Stellvertreter vorbei, die gerade einen leitenden Beamten des sächsischen Kultusministeriums durch das Neue Concerthaus zwischen Beethoven- und Mozartstraße führten.

Und da erschollen die ersten Takte der Pathétique, der 6. Symphonie von Tschaikowski – und mit welcher Brillanz und Genauigkeit! Die Herren hoben erfreut die Augenbrauen, und der stellvertretende Intendant lobte mit sachverständigen Worten die Qualitäten des Assistenten Klopke, den zu engagieren unbedingt die richtige Entscheidung gewesen sei. Maestro Furtwängler sei eigentlich dagegen gewesen, er wolle keinen Assistenten, aber an häufigen Proben hänge ja sehr viel, im Moment probe man für eine Schweiz-Tournee! Dazu simulierte der Intendant genüsslich die Freude desjenigen, der die

Einnahmen aus dieser Tournee abzurechnen hätte. Schweizer Fran-ken! Vier Silben reine Wollust.

Der Beamte war ganz begeistert. Von allem, meinte er: Diese Takte seien ja so gefühlvoll, dennoch strahlend und klar, als ob man Meister Furtwängler selber belausche. Ob man nicht einmal Mäuschen spielen und ganz leise hineingehen könne, um dem gerühmten Assistenten bei seiner Arbeit zusehen zu können? Just in diesem Moment trat Klopke mit fliegenden Mantelschößen zur Tür des Neuen Concerthauses herein und wurde verblüfft von den drei Herren angestarrt, die sich gerade angeschickt hatten, ihn bei seinem Tun zu bewundern. Klopke selbst lauschte ungläubig der Musik, die eigentlich unter seiner Leitung hätte entstehen müssen. Alle vier Männer erlebten einen Moment des Erstaunens, Nicht-Verstehens und Kopfschüttelns. Wer also erdreistete sich, da drin am Pult zu stehen und Tschaikowski zu dirigieren?

Sechs Wochen sind seit dieser, wenn auch nur fünf Minuten währenden Revolution vergangen, als die erste Frau, die jemals das Gewandhausorchester geleitet hat, ein Telegramm von ihrer geliebten großen Cousine Larissa aus Wiesbaden erhält. Es ist Mitte August, Leipzig liegt unter einem bleiern bewölkten Dach schwüler Hitze. Die Wasserqualität der Kanäle hat einen bedenklichen Zustand erreicht. Der Bote, der Tania das Telegramm überbringt, zieht seine Mütze, am Rand dunkel vor Schweiß, der auch sein kragenloses Hemd und die einfache Weste durchtränkt hat. Sie steckt ihm zweihunderttausend Mark zu, unsicher, ob das genug ist, schließlich kostet ein Dollar mittlerweile drei Millionen. Der Dollar ist in Deutschland eine Instanz wie der Reichspräsident, nur noch höher. Tania staunt selber immer wieder, wie selbstverständlich man inzwischen dessen Tageskurs verfolgt und beinahe schon dazu übergeht, diesen in Morgen-, Mittags- und Abendstand zu zerlegen.

Aus dem Salon der Kaplans dringen die rhythmisch gestauchten Versuche einer Klavierschülerin ihrer Mutter, eine Chopin-Etüde zu Ende zu spielen, bis dieses dann etwas zu plötzlich kommt. Maria Valentinownas sanfte Stimme weist auf einige Fehler hin, korrigiert die Schülerin milde, dann lachen sie beide, und Tania hört das bekannte Geräusch, wenn Maria und die Elevin, heute ist es, so glaubt Tania vorhin gesehen zu haben, die achtjährige Pauline, durch den Raum laufen und eine Art von spielerischen gymnastischen Übungen einlegen. Am Ende macht Pauline kichernd Purzelbäume. Dann setzen sie sich wieder ans Klavier.

Nachdem die Lehrerin mit sanfter, aber entschiedener Stimme noch ein paar Hinweise gegeben hat, beginnt das Spiel von Neuem. Und tatsächlich – es ist etwas flüssiger, hat sich verbessert!

Tania, die ja alle musikalischen Grundlagen bei ihrer Mutter gelernt hat, bewundert den pädagogischen Feinsinn Maria Valentinownas sehr. Hat wirklich ein Händchen für Kinder.

Sie geht mit Larissas Telegramm auf ihr Zimmer, wo sie gerade über den Druckfahnen eines umfangreichen kunsthistorischen Werkes sitzt, das in einem der vielen Leipziger Verlage erscheint. Sie liest Korrektur, eine Arbeit, die Ernst, ihr Verlobter, ihr besorgen konnte. Man wird schlecht entlohnt, auch wenn es Millionen sind, aber immerhin ist es eine regelmäßige Arbeit, die sie von zu Hause erledigen kann, sodass es ihr weiterhin möglich ist, ausgiebig Geige zu üben und sich auf Einladungen zum Vorspielen vorzubereiten, die bislang allerdings noch nicht eingetroffen sind.

Sie nimmt das Papiermesser, mit dem sie normalerweise die zu korrigierenden Druckbögen aufschneidet, öffnet das

Telegramm und liest Larissas Hilferuf: Ihre Cousine befindet sich seit einiger Zeit im Klinik- und Kurhotel Neroberg in Wiesbaden und bittet die geliebte Taniuscha herzlich, sie dort zu besuchen. Sie sei in Schwierigkeiten, schreibt sie, es sei wichtig, dass Tania komme, möglichst schnell, bitte! Tausend Küsse, Lyalya.

Tania vermutet, dass Larissas Aufenthalt in Wiesbaden mit der Malaria zu tun hat, unter der die Cousine seit einigen Jahren bedauerlicherweise leidet.

Am frühen Abend kommen Maria Valentinowna und ihre Tochter schnell zu der Entscheidung, dass Tania am nächsten Tag gleich den ersten Zug vom Leipziger Hauptbahnhof nehmen wird. Aus der zwar von Geldscheinen überfließenden, dennoch schmalen Haushaltskasse erhält sie ein Reiseportemonnaie. Damit fährt sie zum Hauptbahnhof, kauft das Billett, packt zu Hause einen kleinen Koffer. Sie schreibt ihrem Verlobten, der sich ein paar Tage lang in Weimar aufhält, wo eine Design- und Architekturschule namens Bauhaus gerade zum ersten Mal ihre Pforten für Besucher öffnet. Den Brief bringt sie in Ernsts Atelierwohnung im Künstlerhaus am Nikischplatz. Auch wenn sie nicht weiß, ob sie überhaupt längere Zeit in Wiesbaden bleiben wird, beschließt sie, ihre Geige mitzunehmen. Ein gewisses Risiko, denn käme das wertvolle Instrument abhanden, wäre es kaum zu ersetzen. In ihre Handtasche kommt deshalb dann auch noch Tanias kleinkalibrige Mauser-Pistole, für deren Benutzung sie zwei Jahre lang in der Sportschützenabteilung der Leipziger Communalgarde geübt und ihren Waffenschein gemacht hat. Tania ist eine Leserin Romain Rollands und überzeugte Pazifistin, aber das ändert nichts daran, dass die Straßen und Gassen, die Trambahnen, die Bahnhofshallen der deutschen Großstädte voller Gangster, Taschendiebe und Armutsgauner sind. Deshalb hat sie den Geigenkasten am nächsten Morgen nicht nur mit einer Kette an ihrem Handgelenk befestigt, sondern weiß sich auch bewaffnet, als sie um kurz vor sechs Uhr in den Zug steigt, der sie über Erfurt nach Frankfurt am Main bringt, wo sie noch einmal wird umsteigen müssen.

Am frühen Nachmittag – unberaubt und ohne von der Waffe Gebrauch gemacht zu haben – erreicht sie mit der Schmalspurbahn den von einem üppigen botanischen Park umgebenen Neroberg. Hier oben ist es spürbar kühler als unten in der wuseligen Kurstadt. Das von Erkern und Türmchen verzierte Hotel, zwei Flügel in der Form eines L, wird überragt von einem großen, quadratischen Turm, der etwas Burgartiges hat, das aber in Kontrast zu den großen Fenstern steht. Das Gebäude ist ein architektonisches Potpourri, sieht aber trotzdem großartig aus. Durch den von klassischen Säulen unter einer Kuppel beschirmten Eingang tritt Tania in die Lobby. Als sie sich, von der mondänen Atmosphäre ein wenig eingeschüchtert, an die Rezeption begibt, nickt ihr der Concierge erst vertraut zu, doch dann erntet sie Erstaunen, als sie sich nach Madame Reissner erkundigt, die sie gerne treffen würde.

«Verstehe nicht, Verzeihung», stottert der Rezeptionist und blickt sie betreten an, blickt dann wieder weg – ein groß gewachsener, in seiner Haltung ein wenig durchgebogen wirkender Mann mit feinem Oberlippenbart. Ein seltsamer Moment, bis Tania begreift: Er verwechselt sie beide.

Schließlich findet sie ihre Doppelgängerin im Wintergarten des Hotels. Ein halber Wald aus Palmen in blitzenden Messingkübeln wächst in dem weitläufigen Glasbau, dessen Türen zum Park geöffnet sind, wodurch eine angenehme Luft hereinweht. Irgendwo weiter weg muss eine Voliere mit gut gelaunten Kanari stehen. Es gibt mehr Schatten als Sonne in diesem Glasbau, und das ist genau richtig.

Da sitzt Larissa, alleine an einem der eleganten runden Tische, Bücher neben sich, eines davon aufgeschlagen, über ein Manuskript gebeugt, bei der Arbeit.

Jetzt hört Larissa Tania kommen, dreht sich um. Tania erschrickt fast – natürlich ist Larissa immer noch wunderschön, aber an ihren Wangen, ihrem Blick erkennt sie ihre tiefe Erschöpfung. Larissa nimmt sie in den Arm, und entgegen Tanias Erwartung umfängt auch Larissa sie kräftig, wie ein Mensch, der seine Zeit mit Reiten und Schwimmen verbringt. Sie scheint vor Energie zu beben.

«Ah, Sladenkaja», ruft Larissa, «mein Schätzchen!», und küsst Tanias Gesicht, das sie in beiden Händen hält. «Wie schön du bist!»

«Und du duftest so gut, Lyalya! Du nimmst immer noch Rose France – das habe ich seit unserer letzten Begegnung, wann war die überhaupt, nicht mehr gerochen. Wunderbar! Wie schön, dich zu sehen.»

Beide müssen Luft holen, bevor sie sich aus der Umarmung lösen und sich in die Augen blicken können.

«Aber, entschuldige bitte, Liebste, was ich für Blödsinn rede. Wie geht es dir?» Tania streicht ihrer Cousine eine Strähne aus dem Gesicht und dann zärtlich über ihre Wange.

«Was ist los?»

Was los ist? Tanias letzte Frage vollständig zu beantworten, das würde bedeuten, dass Larissa jenes Ausgreifen der Revolution, ihres Kampfes für eine freie Welt auf ihr eigenes Leben, dass sie das in Worte fassen könnte, diesen Strudel beschreiben, der sie ergriff, seit sie in Afghanistan endlich verstanden hat, welche Mächte die Welt regieren, sie zusammenhalten und sie zugleich immer wieder in den reißenden Krieg stürzen.

Andererseits muss sie ihrer Cousine von ihren Zweifeln und Sorgen über die Entwicklungen in Moskau und der jungen UdSSR berichten. Von den neureichen NÖPlern in den feinen Restaurants und der Armut auf den Straßen, von der hoffnungsvollen Sehnsucht der revolutionären Jugend der ganzen Welt, die so dringend auf das Signal warte, dass die Revolution weitergehe. Weshalb sie auch beschlossen habe, Raskolnikow zu verlassen, um sich danach, wie in einem Wunder, in der Begegnung zu einem anderen Mann wiederzufinden – dem rätselhaftesten Bolschewiken überhaupt: Karl Radek.

«In Kabul bin ich auf die Aufzeichnungen eines deutschen Offiziers gestoßen, der sich Gedanken über die Befreiung Indiens von der englischen Herrschaft gemacht hat. In Moskau habe ich mich auf die Suche nach ihm gemacht, und so habe ich Radek kennengelernt. Er konnte mir weiterhelfen, doch er hat noch ganz andere Ideen. Er hat mich völlig überwältigt.»

Tania hat ein feines Gespür für das, was in Larissas Worten mitschwingt. «Ist da etwas ... mehr zwischen dir und diesem Radek?»

Nein, sagt Larissa, bis jetzt sei nichts zwischen ihnen vorgefallen, aber Larissa wisse, dass es dazu kommen werde, sobald sie sich wiedersähen. Kaum je habe sie sich mit solcher Selbstverständlichkeit mit einem Menschen, den sie grade erst kennengelernt habe, verständigen können. Das gehe aber weit über das Persönliche hinaus.

Radek ist jetzt auch ihr Auftraggeber, denn er ist der Spezialist der Komintern für Deutschland, und hier, in der kaiser- und königlosen deutschen Republik, wo eine Tasse Kaffee am Abend das Doppelte kostet wie am Morgen und wo die Straßen der großen Städte immer mehr zur Frontlinie zwischen Rechten und Linken werden, Hetzern, Reaktionären und Revolutionären – hier im vielleicht widersprüchlichsten Land Europas also, das darniederliege nach einem verlorenen Krieg und in dem im Grunde jeder Bürger, gleich welcher politischen Couleur, auf Rache, Revanche und Revision sinne, solle dieses Jahr noch die kommunistische Revolution geschehen. Die deutsche Revolution – das wichtigste Ereignis, um die internationale Politik radikal zu verändern – oder vielmehr, neu zu justieren. Und Larissa, die so lange in Deutschland gelebt hat und perfekt Deutsch spricht und schreibt – so Radeks Idee –, soll die literarische Stimme dieser Revolution werden. Sie wird den nach Nachrichten dürstenden Arbeitern Russlands die Ereignisse schildern, als wären diese selbst dabei. Und der Führung der Komintern wird sie nebenbei wichtige Informationen über den Stand der Dinge vermitteln.

Doch all das, dieser Taumel der Welt, der sie zum wiederholten Male erfasst hat, ist auch nur ein Teil ihres Lebens. Sie muss ihrer Schwester-Cousine noch ganz andere Dinge berichten. Aber wie? Es gibt da jetzt keine passende Überleitung.

«Taniuscha, du musst wissen – ich habe ein Kind zur Welt gebracht.»

Larissa spricht diesen Satz zum ersten Mal aus. Sie hat noch niemandem auch nur erzählt, dass sie guter Hoffnung war – fast niemandem. Jetzt hört sie sich das ganz und gar Unerhörte sagen, ist selbst erstaunt und Tania unendlich dankbar, dass sie endlich einen Menschen hat, mit dem sie sprechen kann.

«Wann?»

«Vor zwei Wochen.»

«Etwa hier?»

«Ja, natürlich. Das hier ist eine sehr gute Privatklinik. Es ist ein Junge. Arian habe ich ihn genannt.»

«Arian. Ein schöner Name, aber Himmel, Lyalya, wo ist er denn jetzt?»

«Keine Sorge. Er schläft gerade, trocken und satt in seinem Bettchen.»

«Ich weiß wirklich nicht, was ich sagen soll. Wer ist ...?»

«Der Vater? Vermutlich Raskolnikow.»

«Vermutlich? Hattest du ... Affären?»

«Eine Affäre hat man, wenn man eingesperrt ist. Das war nie das Thema zwischen uns. Aber in Afghanistan hat sich alles geändert. Raskolnikow wurde spießbürgerlich.»

«Du weißt also nicht genau, wer der Vater ist?»

«Sicher ist, dass Arian in Afghanistan gezeugt wurde. Ich wusste vom ersten Moment an, dass ich wieder schwanger bin.»

Und da Tania sie versteht, bricht es aus Larissa heraus, und sie erzählt ihr von den letzten zweieinhalb Jahren in Kabul, dem nervenaufreibenden Kleinkrieg, den sie von ihrer Residenz am Fluss mit der übermächtigen britischen Niederlassung austrugen und unterwegs an der Seite des Emirs, die Beziehung zu Raskolnikow.

«Weißt du, Taniuscha, ich habe ihn geliebt und werde ihn für immer respektieren. Aber nach diesen Jahren in Kabul. Ich kann einfach nicht mehr mit ihm zusammenleben. Und ich möchte es auch nicht mehr.»

«Wie ist es denn nur so weit mit euch gekommen?»

«Afghanistan ist ein heißes Land. Wodka in der Hitze ist nicht das richtige Erfrischungsgetränk, wenn du verstehst. Er hat einfach nicht aufgehört. Hat sich völlig ruiniert. Und mir ging es mit der Malaria und unter der Belastung durch unsere diplomatische Situation immer wieder schlecht, aus purer Erschöpfung. Ich hatte zwei Fehlgeburten. Raskolnikow war in der ganzen Zeit wie ein Klotz am Bein, um es mal so zu sagen. Ich musste mich ja trotz allem um ihn kümmern, und um die Geschäfte. Die Korrespondenz, die Besatzung. Und dann ...» Larissa bricht ab, senkt ihren Blick, zweifelt, ob sie Tania davon erzählen soll, aber ringt sich dazu durch.

«Raskolnikow war immer eifersüchtig gewesen, aber wenn er getrunken hatte, ging er sogar so weit, mich zu schlagen.»

«Er hat dich verprügelt?»

«Oft, mit der Reitgerte. Er ist ja so ein Schrank von einem Mann. Hat mich gepackt, mir die Kleider vom Leib gerissen und mich gepeitscht. Später hat es ihm immer leidgetan ... Als ich gemerkt habe, dass ich wieder schwanger bin, habe ich mir geschworen, das mit dem Kind auf eigene Faust zu schaffen.»

«Ganz allein?»

Tania sieht ihre große Cousine mit Schrecken an. Larissa aber ist, nachdem sie die Wahrheit einfach ausgesprochen hat, von ruhiger Gelassenheit.

«Soll das heißen, dass niemand davon weiß? Tante Ekaterina? Goga? Onkel Michail? Niemand?»

«Bis auf den einen, Karl Radek, dem habe ich mich anvertraut. Aber sonst habe ich es niemandem gesagt, und bis zuletzt ist es auch keinem aufgefallen, glaube ich zumindest. Ich habe die Öffentlichkeit gemieden. Afghanische Kleider und überhaupt voluminöses Zeug getragen. Als es nicht mehr zu verbergen war, bin ich hierhergekommen. Radek hat einen Kontakt zu einem der leitenden Ärzte. Offiziell mache ich eine Kur, wegen der Malaria. Das hat jeder in Moskau verstanden. Raskolnikow und ich waren ja beide auch schon auf Staatskosten zur Erholung in Sotschi. Du weißt schon, nach seiner Lungenentzündung.»

«Aber ist es nicht wahnsinnig aufwendig hier in Wiesbaden? Jetzt mit der Teuerung?»

«Die Inflation ist für mich das Beste. Ich habe Dollar in die Hand bekommen. Mit Dollar in der Tasche ist Deutschland gerade das angenehmste Land der Welt.»

«In die Hand bekommen? Von wem?»

«Die Revolution gegen den Kapitalismus ist keine nationale Angelegenheit. Unser Kampf hat im russischen Imperium begonnen, und dort konnten wir uns durchsetzen. Gerade so, aber immerhin. Damit aber kann es nicht enden. Es wird weitergehen. Es muss weitergehen, sonst werden unsere Feinde uns vernichten: die Angelsachsen. Die Weißen. Die Faschisten. Die treuen Soldaten des Kapitals weltweit. In Afghanistan erst habe ich verstanden, dass wir ganz anders denken müssen. Konkret und total international. Wie Lenin es immer gesagt hat, als er noch sprechen konnte. Und das wichtigste Land für die Weltrevolution ist jetzt zu dieser Stunde Deutschland.»

«Deshalb bist du in Wahrheit hier in Wiesbaden? Für einen gewaltvollen Umsturz in Deutschland? Mit deinem neugeborenen Sohn im Gepäck.»

«Ach, Taniuscha. Ich liebe Arian über alles. Und mit der Liebe kommt natürlich die Verantwortung. Deshalb sind wir doch auf der Welt. Willst du ihn sehen?»

Dreizehn

DER AMERIKANISCHE PRODUZENT

Drehbuch

PERSONEN

Erzählerin

Jack Pelican, Filmproduzent aus New York, Filmverleiher und Kinobetreiber, überzeugter Kommunist

Afrikan Isidorowitsch Popov, Funktionär der größten staatlich-sowjetischen Filmorganisation «Goskino»

Hieromon Enukutse, Chef von «Soskino», einer zu «Goskino» gehörenden Produktionsfirma

Wsewolod Wischnewski, ehemaliger Matrose und freier Drehbuchautor

Portiersfrau

Verschiedene **Filmschaffende**, **Hotelmitarbeiter** und **-gäste**, **Trauernde**, **Passanten** etc.

Zeit der Handlung ist der 10. und 11. Februar 1926

Außen. Moskau. Nachmittag. Leichter Schneefall. Vogelperspektive auf die in der Kälte klirrende Stadt. Das Ufer der zugefrorenen Moskwa, auf der Lastkähne im Eis liegen.

Erzählerin *aus dem Off:* Im Jahr 1925 beging man in der Sowjetunion das zwanzigjährige Jubiläum der Revolution von 1905. Der Regisseur Sergej Eisenstein wurde beauftragt, diesem Jahr ein filmisches Denkmal zu setzen. So entstand «Panzerkreuzer Potemkin».

Das Bolschoi-Theater, verschiedene Ansichten, innen und außen.

Erzählerin: Die erste Vorführung von «Panzerkreuzer Potemkin» fand nach der erstaunlich kurzen Produktionszeit von zwei Monaten am 21. Dezember 1925 bei einer feierlichen Versammlung im Bolschoi-Theater statt. Sie war dem Jahrestag der Revolution von 1905 gewidmet. Im Publikum: der innere Kern der Bolschewiki, Künstler, Literaten und Filmleute sowie ehemals unter den Zaren Verbannte. Darunter etliche Teilnehmer der Revolution von 1905. Unter den Letzteren löste der Film, zu dem das Bolschoi-Orchester Musik von Beethoven und Tschaikowski spielte, stürmische Begeisterung aus. Vielen kampferprobten Bolschewiki standen die Tränen in den Augen.

Das hölzerne Lenin-Mausoleum. Die Menschenschlange, die sich gebildet hat, um den einbalsamierten Führer der Bolschewiki zu sehen. Der einbalsamierte Führer selbst. Eine alte Frau mit Kopftuch lächelt ihn an.

Erzählerin: Bei dieser Uraufführung hatte «Panzerkreuzer Potemkin» zu Beginn ein Motto von Leo Trotzki. Es lautete: «Der Geist des Aufruhrs schwebte über dem russischen Lande.»

Der von eingemummelten Menschen wimmelnde Rote Platz. Eine Esskastanien verkaufende Frau, an deren dampfendem Verkaufsstand sich ärmlich gekleidete Menschen wärmen.

Erzählerin: Trotzki weiter: «Irgendein gewaltiger und geheimnisvoller Prozess vollzog sich in zahlreichen Herzen. Es lösten sich die Bande der Furcht, die Individualität, die eben erst sich selbst erkannt hatte, ging in der Masse und die Masse in dem großen Elan auf.»

Außen. Moskau. Innenstadt. Die Alexandergärten. Die Patriarchenteiche, auf denen viele Menschen Schlittschuh laufen. Vogelperspektive: die Masse der schwarzen Schlittschuhläufer auf dem Eis – wie die wissenschaftliche Darstellung eines Strudels, einer Wolkenbewegung oder eines Vogelschwarms. Die Fassade eines Edelrestaurants für die Gewinner der Neuen Ökonomischen Politik. Ein Blick durch die Scheibe in das Restaurant zeigt einen Kellner, der eine Gans flambiert. Ein Bettler ohne Beine neben dem Eingang des Restaurants. Die Lubjanka mit ihrer großen Turmuhr.

Erzählerin: Später wurden das Motto und sein Urheber herausgeschnitten. Aber im Februar 1926, als sich der New Yorker Filmproduzent JACK PELICAN zufällig in Moskau aufhielt, war das Trotzki-Zitat noch Teil des Films.

Außen. Moskau. Innenstadt. Das Arbat-Viertel. Restaurants und Cafés. Das hell erleuchtete Chudoschestwennoje-Kino, auf dessen Fassade in großen kyrillischen Buchstaben Кино-Театр *steht. Vor dem Kino-Theater eine lange Warteschlange bis zur nächsten Häuserecke. Autos. Fuhrwerke. Die Kamera fährt an der Schlange entlang bis in das Foyer des Kinos. Alles wimmelt von Menschen: Arbeiterinnen, Matrosen, Soldaten, Studenten.*

Jacks Stimme *aus dem Off*: Ich schwör's dir, seit der Streifen angelaufen ist, vor vierzehn Tagen, ist jede Vorstellung ausverkauft. Sechs oder sieben Kinos in Moskau haben ihn im Programm, vier Vorführungen am Tag. Und die Zahlen sprechen für sich, hier, hab's mir vorhin aufgeschrieben: In der ersten Woche hatte der «Panzerkreuzer» 29 000 Zuschauer und «Robin Hood» aus Hollywood nur 21 000! Kannst du das glauben? Besser als Douglas Fairbanks!

Außen. Moskau. Fassade des Hotels Savoy. Sehr streng dreinblickende Grooms an der Tür. Gepäckträger. Ein Gast mit einer Aktentasche tritt durch die Drehtür hinaus.

Jack: Wir hatten überhaupt Glück, weil die Leute von der Produktionsorganisation, mit denen ich hier unterwegs bin, Karten besorgen konnten, sonst würden wir immer noch in der Schlange stehen. Das Kino ist ein Staatsbetrieb, stell dir das vor. Neunhundert Plätze. Wir sind gerade rausgekommen, ich bin noch ganz auf … aufgewühlt.

Innen. Moskau. Foyer des Hotels Savoy. Geradezu feindlich dreinblickende Rezeptionisten. Eine tschechische Dame mit einem Hündchen. Einige asiatisch aussehende Hotel-

gäste auf einer Sitzgarnitur. Ein Mann verbirgt sich hinter einer Ausgabe der «Iswestija», hinter der Rauchschwaden hervorsteigen. Wenn man genau hinschaut, kann man das Foto in dem Artikel über Larissa Reissners Todesanzeige erkennen.

Jack: Wir haben hier Nachmittag, kurz nach vier Uhr. Wie der Film ist? Ganz, ganz großartig. Ein Monster.

Innen. Moskau. Nachmittag. Foyer des Hotels Savoy. Aufzüge, deren Türen sich öffnen und wieder schließen. Schließlich die öffentliche Telefonkabine. JACK PELICAN steht darin, den linken Zeigefinger tief in seinem linken Ohr, den Telefonhörer auf das andere Ohr gepresst. Eine Zigarette im Mundwinkel. Er gestikuliert heftig während seines Gesprächs.

Jack: Ehrlich, so was habe ich noch nicht gesehen. Es gibt eine spektakuläre Szene an einer riesigen Treppe, fast zweihundert Stufen. Die Leute versammeln sich da, und dann werden sie beschossen und fliehen die Treppe hinab. Das war wie ein Dokumentarfilm, so ungespielt und echt sah das aus, aber es war eben doch choreografiert und hatte einen unfasslichen Sog, einen eigenen Rhythmus, durch die Montage. Was? Doch, es gibt einen Hauptdarsteller, aber der wird früh erschossen. Nein, keine weibliche Hauptfigur. Keine Liebesgeschichte. Buck, das ist ein Revolutionsfilm, da gibt es so was nicht – die Erhebung der Unterdrückten, das ist der Hauptdarsteller. Die Leute im Saal haben sogar aufgehört, ihre ewigen Sonnenblumenkerne rumzuspucken ... Hallo? Buck? Bist du noch dran?

Innen. Moskau. Nachmittag. Foyer des Hotels Savoy. JACK PELICAN, AFRIKAN ISIDOROWITSCH und einige andere Moskauer Filmschaffende sitzen an einem runden Tisch zusammen. Man trinkt Kaffee und Wein, es wird geraucht. JACK fragt etwas, alle lachen.

Erster Filmschaffender: Da werden Sie sich harttun, Genosse Mister, Eisenstein zu treffen. Der ist im Augenblick in Berlin.

Afrikan: Es scheint so, als habe Goskino «Panzerkreuzer Potemkin» an die UFA verkauft. In Berlin ist der Film auch schon angelaufen. Deshalb ist Eisenstein dort.

Jack: Soll das heißen, dass ich mich an die Deutschen wenden muss, wenn ich Kopien für die USA haben will?

Erster Filmschaffender: Erst hat die deutsche Reichswehr ihn verboten, wegen der negativen Darstellung der Offiziere. Aber seit ein paar Tagen läuft er.

Jack: Und wie kommt er in Berlin an?

Afrikan: Glänzend.

Zweiter Filmschaffender: Wusstet ihr, dass Eisensteins Vater ein deutscher Jude war, der dann zur russisch-orthodoxen Kirche konvertiert ist? Dass bei Eisensteins zu Hause Deutsch gesprochen wurde? Er ist ein halber Deutscher. Von den Deutschen hat er alles gelernt.

Jack: Wie meinen Sie das denn?

Zweiter Filmschaffender: Na ja, früher war Sergej Michailowitsch am Theater, bei Meyerhold natürlich, aber seine Inszenierungen waren nicht grade der Renner. Dann wechselte er in ein Schnittatelier von «Sowkino» und musste Fritz Langs «Dr. Mabuse, der Spieler» umschneiden, damit die Botschaft des Films auch mit unserer Ideologie übereinstimmt. Er hat den Film so umgeschnitten, dass er komplett unverständlich wurde. Danach war Eisenstein begeistert, weil er entdeckt hatte, dass das Geheimnis des Filmemachens Schnitt und Montage sind.

Innen. Moskau. Foyer des Savoy. Man sieht AFRIKAN in einer Telefonkabine stehen.

Innen. Moskau. Büro der Filmproduktionsorganisation «Sosfilm». HIEROMON ENUKUTSE sitzt am Schreibtisch und arbeitet. Das Telefon klingelt. HIEROMON nimmt ab.

Hieromon: Ach, du bist es. Worum geht's? Ein amerikanischer Produzent? Was? 1200 Dollar Anzahlung für ein Projekt? Wonach sucht er? Verstehe. So was wie Schlachtschiff Potemkin.

Hieromon nimmt einen Stift und macht Notizen.

Hieromon: Handlung im Bürgerkrieg, weniger das Revolutionsthema. Bürgerkrieg im Vordergrund, verstehe. Ja, da klingelt schon was bei mir. Lass mich nur machen. Wann kommt ihr vorbei? In einer guten Stunde?

Innen. Moskau. Später Nachmittag. Vorführraum der Sosfilm. Die Mitarbeiter der Produktionsgesellschaft, AFRIKAN ISIDOROWITSCH und JACK PELICAN hören dem Vortrag von HIEROMON ENUKUTSE zu. Es wird geraucht.

Hieromon: Wir zeigen unsere erfolgreichste Produktion. Der Wochenschaufilm über die Exhumierung des heiligen Sergius im Troizko-Kloster.

JACK rutscht etwas unruhig auf seinem Sitz hin und her. AFRIKAN ISIDOROWITSCH legt ihm die Hand auf den Arm und nickt zuversichtlich. Die Vorführung startet. Das leise Geräusch des Filmvorführers.

Großzügige Landschaftsaufnahmen von der Umgebung des Troizko-Klosters. Das Kloster selbst.

Hieromon *aus dem Off*: Das Kloster wurde 1350 gegründet, die Mönche kämpften gegen viele Feinde. Dann aber kamen die Tataren und zerstörten das Kloster. Dabei kam der Mönch Sergius ums Leben, dessen Leichnam nach der Zerstörung in den Trümmern des niedergebrannten Klosters aufgefunden wurde – völlig unversehrt.

Schnitt auf JACK, der ein ungläubiges Gesicht zieht.

Jack: So wie Lenin? Ganz frisch?

Afrikan *(lacht)*: Unverweslichkeit ist sehr populär bei uns. Wir haben auch diesen Brauch, einen Leichnam auf Händen durch die Stadt bis zu seinem Grab zu tragen.

Hieromon: Das mit der Unverweslichkeit sprach sich herum, der heilige Sergius wurde berühmt und das Kloster reich. Ein Pilgerort. Dann kam die Revolution! Und das Volkskommissariat für Aufklärung, Bildung und Kultur!

Aber alle anti-religiöse Propaganda war vergebens. Die Leute pilgerten weiterhin zum hl. Sergius. Deshalb ließ die Regierung im Jahr 1919, mitten im Bürgerkrieg, den Leichnam exhumieren und von Experten begutachten. Natürlich gab es nur noch Staub, ein paar Gewandfetzen und Knochenreste. Wir bekamen den Auftrag, einen Film über die Exhumierung zu machen, um allen zu zeigen, dass es kein Wunder gab.

Jack: Aha, und der war so erfolgreich?

Afrikan: Alle, die schon im Kloster gewesen waren, aber auch alle, die noch nie die Gelegenheit gehabt hatten, dorthin zu pilgern, sahen ihn sich an. Obwohl man ja sah, dass der hl. Sergius verwest und zu Staub zerfallen war, wurde der Film eine Art Erinnerungs- und Ersatzwallfahrt. Manche sagten, dass sich der hl. Sergius nur uns als zerfallen gezeigt habe, weil wir Kommunisten seien, und nahmen das als ein weiteres Wunder, welches man in dem Film betrachten könne. Wir zeigten ihn in den kleinsten Dörfern. Es war der erfolgreichste sowjetische Film vor «Panzerkreuzer Potemkin».

Innen. Moskau. Abend. Ein gemütliches Restaurant. Es stehen Brotkörbe, Salzgurken, Schmalztöpfe und Wodkaflaschen auf dem Tisch. Alle essen.

Jack *(essend):* Der Arbeiter in Amerika, ich meine der gelernte, organisierte Arbeiter, hat gar keinen Grund, die Revolution zu wünschen. Es geht ihm gut. Der ungelernte aber, der schlecht bezahlte Mann, der neu nach Amerika kommt, erduldet alles, jede Erniedrigung, in der Hoffnung, sich vielleicht irgendwann ein Stückchen Land zu kaufen. Die Misshandlungen, die er in Amerika erdulden musste, vergisst sein verelendetes Gehirn rasch. Amerika bleibt für ihn der Dollar. Oder die Hoffnung darauf.

Junger Mann: Ich denke trotzdem, dass wir von Amerika und von den Amerikanern lernen sollten.

Älterer Mann: Ach Himmel, was für ein kleinbürgerlicher, sentimentaler Unsinn. Genau andersherum ist es. Erst wenn Amerika kommunistisch wird, ist die Schlacht gewonnen. Alles andere ist Nebensache.

Sie erheben die Gläser mit Wodka und stoßen an.

Außen. Moskau. Spätnachts. Ein Auto fährt über die winterlichen Boulevards.

Jack *aus dem Off:* Ich möchte dem amerikanischen Arbeiter zeigen – dass es kein anderes Land auf der Welt gibt, das uns so ähnlich ist wie Russland. Und dass uns eines verbindet – der Bürgerkrieg.

Innen. Moskau. Nachts. JACK und AFRIKAN sitzen auf der Rückbank der Limousine.

Jack: Das haben die USA und die UdSSR gemeinsam – sie kamen erst durch das Gemetzel des Bürgerkriegs zu sich. Deshalb braucht es jetzt, nach dem Triumph des Revolutionsfilms, den Bürgerkriegsfilm ... aber, halt mal, was ist da?

Afrikan: Wo?

Jack: Da vorne. An diesem hell erleuchteten Haus. Die ganzen Leute da, mitten in der Nacht. Und da sind bewaffnete Matrosen. Was ist das für ein Haus? Ist das Militär?

Afrikan: Das ist das Haus der Presse.

Jack: Können wir uns das bitte sofort ansehen?

Innen. Moskau. Haus der Presse. JACK und AFRIKAN in der Schlange der Menschen, die Larissa Reissner die letzte Aufwartung machen. JACK bleibt vor der Ehrenwache aus Matrosen vom Schlachtschiff KARL LIEBKNECHT stehen und erstarrt in Ehrfurcht. Andere Trauergäste gehen an ihm vorbei.

Außen. Moskau. Spätnachts. Haus der Presse. Die immer noch länger werdende Schlange von Menschen.

JACK steht vor dem Sarg Larissa Reissners. Die Kamera bringt eine Totale der geschmückten Toten. Schnitt. Das wie ein Bergpanorama wirkende Profil der Toten in Großaufnahme. Dann wieder Draufsicht: die weiße Haube, die sie wie eine Märchenfigur aussehen lässt. JACK staunt über alles. Blickt sich ehrfürchtig um.

Einige Trauergäste küssen die Leiche, andere tragen sich in das Kondolenzbuch ein.

JACK und AFRIKAN unterhalten sich flüsternd.

Afrikan: Die Tote ist Larissa Michailowna Reissner, eine berühmte Bolschewikin und Schriftstellerin. Manche sagen, dass sie auch Agentin der Komintern war.

Jack: Sie sieht so jung aus.

Afrikan: Trotzdem war sie sogar Kommissarin im Bürgerkrieg, bei der Wolgaflotte. Man erzählt viele Geschichten über sie, auch Männergeschichten.

Jack: Was ist eine Kommissarin?

Afrikan: Das hat sich Trotzki ausgedacht, als er die Rote Armee aufgebaut hat. Viele der Offiziere hatten für den Zaren gekämpft, waren noch ganz zaristisch eingestellt. Deshalb gab man ihnen Politkommissare an die Seite. Zusammen führten sie die Truppen.

Jack: Diese wunderschöne junge Frau hier? Im Bürgerkrieg? Das will ich genauer wissen.

Afrikan: Mehr weiß ich auch nicht. Aber ich kenne jemand, der uns weiterhelfen kann.

Innen. Moskau. Nachts. Zimmer von WSEWOLOD WISCHNEWSKI in einem kommunalen Mehrfamilienhaus. WISCHNEWSKI sitzt an der Schreibmaschine, in Anzug,

Mantel und mit Pelzmütze und tippt vehement. Zigarette im Mund. Ein schwarzer Bleistift hinter dem Ohr. Es ist so kalt im Zimmer, dass man seinen Atem und den Rauch in breiten Schwaden wabern sieht. Vom Flur dringen mannigfaltige Nachbarschaftsgeräusche herein.

Es klopft an der Tür.

Wischnewski: Offen.

Portiersfrau: Wsewolod Witalijewitsch, Sie haben Besuch. Hier bitte. Da haben Sie ihn, Bürger. Und kommen Sie bloß nicht auf die Idee, das Fenster aufzumachen.

Afrikan: Sewa, verzeih, dass wir stören. Ich weiß, du hast zu tun. Aber ich muss dir einen Freund von mir vorstellen: Das ist Jack Pelican.

Innen. Moskau. Spätnachts. Zimmer von WISCHNEWSKI. Er zeigt JACK und AFRIKAN sein Drehbuch auf der Grundlage von Larissa Reissners Reportageband «Die Front». Groß das Cover des Buchs.

Wischnewski *aus dem Off*: Damals waren die Seeleute noch abergläubisch, was Frauen an Bord betrifft. Als wir, Matrosen und Bootsleute der Baltischen Flotte, zum ersten Mal sahen, wie Larissa Michailowna unser Schiff betrat, da dachten wir, dass sie Unglück bringt. Aber sie hat sich gegen diesen Aberglauben durchgesetzt.

Innen. Moskau. Sehr spätnachts. Bar des Hotels Savoy. JACK, AFRIKAN und WSEWOLOD sitzen an einem run-

den Tisch in der Ecke. Sie trinken Portwein und Bier. Auf einer großen Papierserviette hat WSEWOLOD eine Karte skizziert.

Die Kamera geht total auf die Karte. Die Karte zeigt die geografische Lage von Kasan an der Wolga.

Wsewolod *aus dem Off:* Larissa Michailownas Ruf war ihr vorausgeeilt. Sie war eine extravagante Person, und ich hatte sie schon gesehen, aber besser lernten wir uns kennen während der Kasan-Operation. Kasan am linken Ufer der Wolga ist wirklich eine besondere Stadt – nicht etwa schön, es gibt Teile, da würde man sie gar nicht als Stadt erkennen. Kasan war über vierhundert Jahre die Hauptstadt der Mongolen. Aber natürlich hat auch Kasan einen Stadtkern mit gemauerten Häusern, in denen man einen Schatz aufbewahren konnte.

Jack: Ein Schatz?

Wsewolod: Die Weißen hatten bei ihrer Flucht aus Petersburg, nachdem die Bolschewiki mithilfe der Marine die Macht übernommen hatten, die Devisenreserven des Staates mitgenommen. Millionen in britischen Pfund, Aktien, Platin und Gold. Das alles lagerte nun in Kasan. Der Bischof der Stadt predigte die Gegenrevolution, und die Tschechoslowakische Legion, die sich in der Rolle gefiel, mit ihrer Militärmacht über das weitere Schicksal des Russischen Reichs mitzuentscheiden, hatte sich nach ihren Erfolgen in Samara nun in Kasan eingefunden. Zuvor hatten sie noch ein Massaker an unseren Leuten begangen.

Jack: Ich verstehe kein Wort. Was meinst du mit Tschechoslowakischer Legion?

Wsewolod: Die bestand aus Auslands- und Exil-Tschechoslowaken, die während des Großen Kriegs gegen die Mittelmächte gekämpft hatten. Die Entente versprach ihnen später eine unabhängige Tschechoslowakei. Dafür kämpften sie. Ihre Schutzmacht war Frankreich.

Jack: Aber was taten sie im russischen Bürgerkrieg?

Wsewolod: Na ja, sie standen an der Front gegen Deutschland und Österreich. Als es zur Revolution kam und die Bolschewiken aus dem Krieg gegen die Mittelmächte ausstiegen, beschloss man, sie mit der sibirischen Eisenbahn an den Pazifik zu bringen. Von dort sollten sie mit dem Schiff nach Europa zurückkehren und an der Westfront kämpfen. Gut dreißigtausend perfekt ausgebildete Soldaten. Anstatt aber dann die halbe Welt zu durchqueren, besetzten die Tschechen entlang der Transsibirischen Eisenbahn weite Teile Russlands, von der Wolga bis Wladiwostok.

Jack: Davon habe ich noch nie gehört. Ich dachte, der russische Bürgerkrieg, das waren die Roten gegen die Weißen.

Wsewolod: Es war viel komplizierter. Auch die Weißen waren jeweils in sich zerstritten. Es gab daneben sogenannte Grüne, Bauernarmeen, sie kämpften gegen Rote und Weiße und begingen auch viele Pogrome an Juden. Dann gab es auch Anarchisten, aber auch immer noch andere Parteien, zum Beispiel die Sozialrevolutionäre, die hatten auch Kämpfer. Abgesehen von den Anarchisten – mit denen die

Roten zeitweise zusammenarbeiteten – waren die meisten auf die eine oder andere Weise von den Siegern des Großen Krieges abhängig, die ja auch selbst mitmischten. Japanische und amerikanische Truppen waren an der Pazifikküste gelandet. Franzosen und Engländer auf der Krim. Alles in allem war der Bürgerkrieg ein absolutes Chaos.

Kasan an der Wolga jedenfalls stand ziemlich an seinem Anfang, nachdem Lenin den Bürgerkrieg fälschlicherweise schon für beendet erklärt hatte. Aber dann kam es in vielen Gegenden zu Aufständen. Wie eine beginnende Gegenrevolution. Im Sommer 1918 wurde das zur ersten richtigen Krise für die Bolschewiki. Im Grunde kontrollierten sie im Juli 18 nur noch das Gebiet des alten Großfürstentums Moskau. Und nun kamen die Tschechen. Allen war klar: Würden die Tschechen Kasan halten und weiter vorandrängen, dann würde ihnen nichts mehr den Weg nach Moskau versperren. Kasan musste also zurückerobert werden. Die Kasan-Operation war von lebenswichtiger Bedeutung.

Afrikan: Und welche Rolle spielte nun Larissa Michailowna darin?

Wsewolod: Eine vielfältige. Darüber hat sie selbst geschrieben. Zum Beispiel schmuggelte sie strategisch wichtige Informationen aus dem besetzten Kasan hinaus. Als sie dann erfuhr, dass ihr Mann Raskolnikow von den Tschechen gefangen genommen worden war, ging sie wieder zurück, mit einem Matrosen als Begleitung. Sie gaben sich als weißer Offizier mit Ehefrau aus und marschierten direkt ins Hauptquartier der Feinde. Larissa wurde enttarnt, gefangen gesetzt und entkam nur knapp. Mit blutenden Wunden am Kopf, die ihr der Verhöroffizier beigebracht hatte – ein Japaner übrigens. Japanische Eliteeinheiten waren so weit nach Westen vorgedrungen, um die Tschechen zu unterstützen.

Jack: Da ist ja doch eine richtige Liebesgeschichte.

Wsewolod: Das war schon erstaunlich. Aber danach hat sie etwas noch viel Unwahrscheinlicheres getan. Im Moment der größten Krise hat sie die beiden losen Enden der Front wieder verknotet. Sie hielt zusammen, was schon verloren schien. Und wenn man bedenkt, dass hier an der Wolga der Geburtsort der Roten Armee war ...

Kamera auf JACKs Gesicht, der große Augen macht.

Wenn ich ein Drehbuch darüber schreiben würde, dann würde ich an den Anfang eine lange Kamerafahrt über die Wolga machen. Die Flusslandschaft ist einmalig, es ist ja auch nicht weit von der Kama.

Jack: Kamera?

Wsewolod: Nein, die Kama.

WSEWOLOD zeigt lachend mit seinem Bleistift auf seine Karte.

Wsewolod: Der größte Zufluss der Wolga. Wo Kama und Wolga zusammenfließen, wird es breit wie ein Meer, Dutzende von Kilometern.

Es muss also mit dem Fluss beginnen, das ist die Lebensader der Geschichte. Und dann irgendwann tauchen die Schiffe der Wolgaflottille auf, dann kleinere der Baltischen Flotte, Kanonenboote, Zerstörer. Besetzt mit echten baltischen Seemännern, wirklichen Kämpfern, die von Anfang an dabei waren – das waren wir.

Jack: Wie alt warst du damals eigentlich? Du bist doch jetzt noch so jung.

Wsewolod: Ich bin in Petersburg mit vierzehn Jahren vom Gymnasium abgehauen, habe meine Eltern angelogen, habe im Weltkrieg gekämpft und die glorreiche zarische Marine kennengelernt – korrupt und verfault bis ins Mark. Machte die Revolution mit und habe von Anfang an über unsere Erlebnisse geschrieben. Damals war ich ein MG-Schütze an Bord des Kanonenbootes WANJA KOMMUNIST. Larissa Reissner war zwar die Frau des Kommandanten Raskolnikow. Aber das tat nichts zur Sache. Sie war beim Nachrichtendienst und operierte vollkommen selbstständig.

Jack: Intelligence?

Wsewolod: Aufklärung, ja. Aber sie war immer auch eine Reporterin. Hier, ich lese mal vor, was sie über Swijaschsk geschrieben hat: «Am 6. August flüchteten aus Kasan zahlreiche notdürftig formierte Regimenter; ihr bester klassenbewusster Teil setzte sich in Swijaschsk fest und beschloss, stehen zu bleiben und zu kämpfen. Und während die von Kasan rollenden Deserteurmengen beinahe Nischni Nowgorod erreichten, hielt schon die in Swijaschsk gebildete Stauwehr die Tschechoslowaken an, und der General, der die Eisenbahnbrücke über die Wolga stürmen wollte, fiel bei der nächtlichen Attacke. So zerschellte bei dem ersten Zusammenstoß der Weißen mit den Kerntruppen der Roten Armee der Ansturm der Tschechoslowaken.»

Jack: Es ging also um die Verteidigung einer Eisenbahnbrücke?

Man sieht den schwarzen Bleistift WSEWOLODs, der in der Karte ein paar Inseln und die Brücke einzeichnet.

Wsewolod: Die Wolga ist hier von zahlreichen Inseln durchsetzt, und etwa da liegt die Eisenbahnbrücke. Kasan liegt auf der anderen Seite. Sonst gibt es keine Brücke.

Afrikan: «Die Brücke von Swijaschsk». Ein sehr guter Filmtitel. Oder: «Die Brücke über die Wolga»?

Wsewolod: Die Brücke war jedenfalls von größter Bedeutung. Die Möglichkeit, diese Brücke zu verteidigen, gab uns eine reale Hoffnung. Und Larissa Michailowna – sie verkörperte diese Hoffnung.

Jack: Großartiger zweiter Akt: der Rückzug der Roten aus Kasan, die Massen an zurückweichenden Soldaten. Und dann die Verteidigung der Eisenbahnbrücke. Larissa als Statthalterin.

Wsewolod: Am dritten oder vierten Tag nach dem Fall von Kasan kam Trotzki nach Swijaschsk. Sein Panzerzug machte an der kleinen Station halt, und zwar mit der offensichtlichen Absicht zu bleiben. Die Lokomotive fuhr nämlich allein weiter und ließ den Zug stehen. Der stand da wie eine geballte Eisenfaust, wie ein Ausruf, dass dieser Ort nicht aufgegeben werden durfte. Es begann übrigens zu regnen, und ich erinnere mich an den Anblick, wie der Regen auf Trotzkis Zug plätscherte und wir auf das beleuchtete Abteil blickten. Larissa Michailowna war auch dort, viele Stunden lang. Natürlich gab es sofort Gerüchte, sie und Trotzki hätten sich besonders gut verstanden ... ihr versteht schon. Aber sie hat ihn einfach nur über den Stand der Dinge in Kenntnis gesetzt. Über die Leute, die in Panik geflohen waren, die Einheiten, die sich in nichts aufgelöst hatten.

Jack: Trotzkis Zug, hört sich beeindruckend an. Wie sah das aus?

Wsewolod: Er hatte zweihundert Parteisoldaten dabei, ausgesuchte Kämpfer, alle schwer bewaffnet. Im Zug gab es eine Gefechtsstation mit schweren Geschützen und Maschinengewehren, Büros für den Generalstab und weitere Abteilungen der Armee, die noch im Aufbau waren. Aber vor allem war der Zug eine Kommunikationszentrale mit Telegrafenstation, Redaktion und Druckerei. Er funktionierte wie ein Schlachtschiff, das eben auf den Schienen unterwegs war, und er war autark. Hatte natürlich eigene Stromaggregate. Ihr Brummen erfüllte den winzigen, heruntergekommenen Provinzbahnhof mit angespannter Aktivität, wie von einem maschinellen Bienenstock, einem Brutkasten der Revolution.

Während täglich Aeroplane der Weißen über den Fluss kamen und die Brücke und die Bahnstation bombardierten, schaffte es Trotzkis Organisationsgenie, die Verpflegung in Gang zu bringen, und vor allem frische Batterien und Regimenter nach Swijaschsk zu schaffen. Mit einem Mal gab es wieder Stiefel! Das war sensationell. Auch Verbandszeug, besseres Essen. Und plötzlich auch Telefonleitungen. Aus den umliegenden Wäldern kamen geflohene Rotarmisten zurück, und beinahe stündlich wurden es mehr Truppen. Damals, im Sommer 1918, war diese Organisationsleistung unerhört, denn es hatte ja längst die allgemeine Demobilisierung stattgefunden. Die Erschöpfung von vier Kriegsjahren steckte allen noch in den Knochen, aber irgendwie gelang es. Daran waren auch noch andere beteiligt, besonders Rosenholz, aber Trotzki schien weder zu schlafen noch zu essen.

Inzwischen merkten die Weißen, dass Swijaschsk sich mit seinem gefestigten Widerstand zu etwas Großem formte. Es begann eine massive Belagerung, aber die beste Zeit zum Angriff hatten sie versäumt.

Jack: Großartig. Das war der dritte Akt. Trotzkis Zug.

Wsewolod: Vierter Akt. Der nun doch erfolgende Angriff der Weißen am 28. August mit dramatischen Folgen. Die Anführer waren Savinkov und Kappel, der später berühmte Weiße General. Es wurde bombardiert, ein Munitionszug flog in die Luft, und vor allem: Die rote Frontlinie entlang des Flusses wurde in zwei Hälften geschnitten. Das war fatal. Da verfiel die Armee in Panik: Man hatte so lange standgehalten, und nun sollte alles umsonst gewesen sein? Trotzki sammelte alle, die er kriegen konnte, auch Sekretäre und Kanzlisten, Buchhalter, bewaffnete sie mit den Gewehren aus dem Zug, der eisernen Reserve. Fünfhundert Mann gegen mehr als tausend Weiße. Nun trat Larissa Reissner auf den Plan: Sie wagte eine Aufklärungsoperation. Ein paar Matrosen und sie würden sich durch die weißen Linien hindurchschlängeln, um den Generalstab und die abgeschnittenen Truppen wieder zu verbinden. Seht mal, das ist eine Erinnerung eines Matrosen, die gestern in der Soldatenzeitung «Roter Stern» erschienen ist. Eine Art Nachruf auf Larissa.

Holt einen Zeitungsartikel aus seiner Mappe und beginnt zu lesen.

Wsewolod: Hier: «Bei Kasan. Die reaktionären Weißen gehen aufs Ganze unter ihren Zarenfahnen von Weiß-Rot-Blau. Wir erfahren, dass in unserem Rücken, in Tjurljama, die Weißen die Front durchbrochen und achtzehn Waggons mit Munition gesprengt haben. Unsere Frontabteilung ist durchschnitten. Der Stab ist hier, und was ist mit den Abgeschnittenen? Larissa geht, nimmt eine Mappe mit Befehlen und ein tragbares Funkgerät, nimmt mit sich Wanja Rybakov, fast einen Knaben, und mich. Wir gehen zu dritt.

Nacht. Du zitterst vor Kälte, Einsamkeit, Unbestimmtheit. Aber Larissa geht mutig den unbekannten Weg. Bei dem Dorf Kuroczino werden wir bemerkt, Schießerei, wir müssen schleichen. Larissa sucht uns aufzuheitern. Die unterdrückte Angst macht nur ihre Stimme weicher, nicht ihren Entschluss. Wir reißen uns aus der Zone des Feuers heraus. ‹Seid ihr nicht müde, Wanja und du?›

Sie stand hoch über uns allen in diesem Augenblick. Man wollte ihr die schmutzigen Hände küssen, die Hände dieser wunderbaren Frau.

Sie ging schnell, mit großen Schritten. Um nicht zurückzubleiben, mussten wir zwei laufen. Frühmorgens sind wir angelangt.

Brandstätte. Leichen. Tjurljama.

Von dort, halb tot, nach Schichrapy, wo ein lettisches Regiment stand und von wo man sich per Funk mit dem Zuge Trotzkis verbinden konnte. Die Verbindung des Frontabschnitts ist hergestellt. Und diese zarte Frau ist der Knoten der Front.

Larissa: ‹Genossen, bringt die Jungs unter! Ich? Ich bin nicht müde.›

In diesen Tagen gab es wenig Freude. Aber in all diesen schweren Stunden wich das Lächeln vom Gesicht Larissas nicht.

Und dann Enseli, Baku, Astrachan, Moskau.

Und nicht Larissa Reissner ist gestorben, sondern eine Frau von der Barrikade.

Das wollte ein Matrose aus der Flottille in Erinnerung bringen.»

Jack: Und das ist das Ende? Das ist groß, eine große Geschichte.

Wsewolod: Nicht ganz. Es kommt noch der letzte Akt, der fünfte. Der fünfte Akt ist bewegend. Traurig. Denn nachdem durch Larissas Schachzug der Angriff der Weißen verpufft war und diese, über unsere Kräfteverhältnisse getäuscht, sich zurückgezogen hatten und damit, Schritt für Schritt, Tag für Tag, die Rückeroberung Kasans und die Wende im Bürgerkrieg erreicht worden waren, da befahl Trotzki am nächsten Tag die Erschießung von siebenundzwanzig Deserteuren, die im kritischen Augenblick auf die Dampfer geflohen waren. Darunter mehrere Kommunisten, gute Genossen, die in früheren Jahren Zuchthaus und Verbannung durchgemacht hatten. Es waren einfache Soldaten, aber auch Kommandeure. Am Vortag vor dem Sturm von Kasan wurden sie vor den Augen der gesamten Armee exekutiert. Das erste Mal, dass Trotzki so etwas befohlen hatte, und Larissa, die einige der Männer kannte, stand dabei wie wir alle. Sie hatte Tränen in den Augen, aber sie wusste, dass es keinen anderen Weg gab, wenn aus der geschlagenen und wieder neu erstandenen nun tatsächlich die Rote Armee werden sollte. Die Armee, in der Aufstand und Krieg verschmolzen, um die Republik der Arbeiter und Bauern zu verteidigen. So hatte Larissa es sinngemäß gesagt und dann mit Tränen zugesehen, wie die siebenundzwanzig starben. Am nächsten Tag begann unsere Offensive.

Jack: Du warst also damals, was hast du gesagt, achtzehn Jahre alt, und Larissa ...

Wsewolod: Sie war dreiundzwanzig und eine Schönheit. Ich sage das – auch wenn das für uns Kommunisten keine Rolle spielen darf, denn wir kämpfen für die Gleichheit von Mann und Frau, und das Äußere ist nur ein Abglanz. Aber, mein Gott, sie glich einer übernatürlichen Erscheinung. Man las das ja in den Nachrufen, aber es stimmte. In jenen Tagen war sie allen, die ihr begegnet sind in Swijaschsk, eine hoffnungsgebende Inspiration. Und gleichzeitig war Swijaschsk auch eine riesige Tragödie, das hat Larissa Michailowna selber gesagt.

Jack: Eine hoffnungsvolle Tragödie, also?

Wsewolod: Könnte man sagen.

Jack: Verdammt, wenn das nicht ein großartiger Filmtitel ist! «Hoffnungsvolle Tragödie». Ich sehe die Kinopaläste in Moskau, Berlin und New York förmlich vor mir. Alle werden sie unseren Film zeigen wollen. Das ist exzellent, Mann!

Innen. Morgens. Restaurant des Hotels Savoy. AFRIKAN ISIDOROWITSCH und WSEWOLOD sitzen an einem eingedeckten Tisch und werden mit Gebäck und Kaffee bedient. Sie rauchen und unterhalten sich lebhaft.

Jack *aus dem Off*: Wie spät ist es bei dir? Ach, sorry, leg dich wieder hin, aber hör schnell zu. Ich habe einen Stoff gekauft. Einen Teil habe ich schon angezahlt. Natürlich, das sind alles Profis hier. Staatliche Organisation, Kommunisten. Wenn es eine Firma gibt, der ich unser Geld anvertrauen würde, dann denen, absolute Idealisten. Ich erzähle dir später alles genau. Wir gehen gleich auf eine Beerdigung. Die Heldin unseres Filmes wird ... ja, natürlich bin ich kaputt, ich habe nicht geschlafen, aber glaub mir: Die Heldin unseres Filmes wird gleich beerdigt, und ich gehe da hin. Es heißt, dass sogar Trotzki dort sprechen wird. Du wirst staunen, wenn ich dir alles erzähle.

Außen. Moskau. Fassade des Hotels Savoy. JACK, WSEWOLOD und AFRIKAN steigen in ein Auto.
Die Kamera folgt dem Wagen aus der Distanz. Die Straßen von Moskau.

Außen. Moskau. Die Straße vor dem Haus der Presse. Eine riesige Menschenmenge drängt sich davor. Mit Kohle gefüllte Feuerkörbe flackern dazwischen, hohe Rauchsäulen steigen in die graue Februarluft.

Man sieht das Auto ankommen. Die drei steigen aus. JACK folgt WSEWOLOD, der sich einen Weg durch die Menge zu bahnen versucht, dreht sich zu AFRIKAN um, der zurückbleibt. Auch JACK kann WSEWOLOD nicht folgen, wird von den Menschen hin und her geschoben. Plötzlich kommt Dynamik in die Menge: Der Sarg der toten Larissa wird von sieben Männern aus dem Gebäude getragen. Langsam geht die Kamera hoch, blickt senkrecht auf die riesige, sich wie ein wirbelndes Gewässer bewegende Menschenmenge, auf der die weiße Haube Larissas in ihrem roten Sarg wie ein Boot auf einem Strom zu treiben scheint.

– Ende –

Vierzehn

WAFFENEVOLUTION

aus: **Friedrich Engels, «Über die Gewalttheorie»,** 1887

Die Einführung der Feuerwaffen wirkte umwälzend nicht nur auf die Kriegführung selbst, sondern auch auf die politischen Herrschafts- und Knechtschaftsverhältnisse. Zur Erlangung von Pulver und Feuerwaffen gehörte Industrie und Geld, und beides besaßen die Städtebürger.

Die Feuerwaffen waren daher von Anfang an Waffen der Städte und der auf die Städte sich stützenden emporkommenden Monarchie gegen den ländlichen Feudaladel. Die bisher unnahbaren Steinmauern der Adelsburgen erlagen den Kanonen der Bürger, die Kugeln der bürgerlichen Handbüchsen schlugen durch die ritterlichen Panzer. Mit der geharnischten Kavallerie des Adels brach auch die Adelsherrschaft zusammen, mit der Entwicklung des Bürgertums wurden Fußvolk und Geschütz mehr und mehr die entscheidenden Waffengattungen.

Fünfzehn

DIE ABGESAGTE REVOLUTION

Später Oktober 1923

Wo ist das Maschinengewehr? Wo ist die Parabellum in ihrer Hand, mit der sie einfach auf die Verräter zielen würde, um dann einen nach dem anderen kaltzumachen? Diese Schweine. Und wo ist ein Freund an ihrer Seite, dem sie von ihrem Kummer hätte erzählen können?

Gibt es überhaupt eine Person auf der Welt, deren Herz groß, deren Verstand weit und deren Fantasie lebendig genug ist, um fassen zu können, mit welcher Wut und zugleich welcher Verbitterung Larissa erfüllt ist, wie ein vor Wut zerspringender Kobold oder eine jähzornige Kartenkönigin, die jeden köpfen lässt, dessen sie habhaft werden kann?

Larissa ist gerade in Leipzig angekommen, sitzt in der Straßenbahn, die sie ratternd vom Hauptbahnhof zu den Kaplans am Floßplatz und ihrem zwei Monate alten Sohn Arian befördert. Zu ihrer ziellosen Wut kommen also noch Wellen der Unsicherheit, was diese doch eigentlich erfreuliche Aussicht wirklich bringen wird. Sorgenvoll blickt sie auf die Straßen der Stadt, die viele Polizei und die Einheiten der Reichswehr, die am Bahnhof und an den wichtigen Plätzen der Stadt aufgezogen sind. Die Stimmung ist gedrückt, beengt, schwelend und im Grunde unerträglich – wie ein Feuer, das unterdrückt wird, bis es rußend qualmt. Man glaubt zu spüren, wie die

Leute die Faust in der Tasche ballen. Larissa muss sich dennoch dringend vorsehen, um nicht aufzufallen.

Sie ist vor ein paar Tagen mit einem spanischen Reisepass, hergestellt von Sinowjews Fälschern, nach Deutschland eingereist; einem spanischen Pass, obwohl sie kein Wort Spanisch kann. Sollte sie je von einem findigen Polizisten oder Offizier kontrolliert werden, könnte das sehr schnell sehr heikel werden. Bei der Einreise, die sie nach Radeks Plan von Moskau nach Warschau und von dort weiter nach Prag und an die tschechisch-deutsche Grenze führte, die erfahrungsgemäß von den Deutschen wenig kontrolliert wird, weil man dort keine revolutionsbereiten Komintern-Agentinnen erwartet, war alles glattgegangen.

Aber dieser kleine Patzer der Moskauer Zentrale, der beinahe schon etwas Rührendes hat, weil das «spanische» Dokument mit ihrem nagelneuen Foto ansonsten von fabelhafter Qualität ist und ihr beinahe Lust darauf macht, tatsächlich einmal ihre angebliche Heimatstadt, das berühmte Barcelona, zu besuchen, ist nicht mehr als eine Ungeschicklichkeit, gemessen an dem Desaster, dessen Zeugen Radek und sie sowie die ganze kommunistisch-internationalistisch denkende Welt gerade geworden sind.

Wie oft war Radek mit ihr den Plan durchgegangen: Zunächst erfolgte die geheime Entsendung einer von der Komintern bestimmten Kommission, einer «Cetvjorka» von vier Personen, neben Radek noch zwei andere altgediente Bolschewiki der Trotzki-Fraktion und ein Vertrauter Stalins zur Beobachtung. Ihnen folgten weitere Geheimdienstmitarbeiter und Vertreter der Roten Armee, unter Diplomatentarnung oder als Mitarbeiter der Handelsvertretung. Dann, wenn alle erforderlichen Moskauer Abgesandten in Deutschland sind, ruft die deutsche Partei zum Generalstreik. Darauf sammeln sich die von der KP organisierten revolutionären Hundertschaften und werden von der sächsischen Polizei, die unter Kontrolle des linken Innenministers stehen, mit Waffen versorgt. Hier, in Mitteldeutschland, wird der Glutkern des Aufstands liegen, der das gesamte Reich entflammen soll – in dem es wahrlich schon knistert: Rhein und Ruhr sind von den Franzosen besetzt, ein Teil des Rheinlands hat die Unabhängigkeit vom Reich erklärt, die Menschen hungern, werden von der Inflation zermürbt, sechzig Prozent der Bevölkerung sind arbeitslos; und dann auch noch der bayerische Separatismus; dort hatte der Generalkommissar Ritter von Kahr sich offen gegen die Reichsregierung gestellt. Wann, so Radek, wenn nicht jetzt, wäre der Zeitpunkt für die deutsche Revolution gekommen? Und sie, Larissa, würde dieses wichtigste Ereignis, fast noch wichtiger als der Oktoberputsch der Bolschewiki, nicht nur für die revolutionären Arbeiter der Sowjetunion und überhaupt der Welt schildern; nein, sie würde als seine Verbindungsoffizierin wirken – genau darauf war ihr Ruhm ja einst begründet –, sie würde in Deutschland bleiben und dafür sorgen, dass die Revolution sich durchsetzt, damit es bald zum offenen europäischen Bürger- und Einigungskrieg kommt.

Die deutsche Revolution aber fand nicht statt, nein, überhaupt nicht, sie wurde abgesagt, und stattdessen zog mit klingendem Spiel Reichswehr in die großen Städte Sachsens, eine ganze Division, und übernahm die Staatsgewalt, um nicht nur jeden Funken eines Aufstandes zu verhindern, sondern auch die aus Sozialdemokraten und Kommunisten gebildete Regierung Sachsens abzusetzen. Möglich geworden war dies durch den von Reichspräsident Ebert Ende September verkündeten Ausnahmezustand. Wenn Larissa an ein dämonisches Schicksal glauben würde, an eine Wesenheit, die die Spielzüge lenkt, nur um die Akteure auf dem Spielfeld in ihrer Hilflosigkeit und Erbärmlichkeit amüsiert zu betrachten, dann hätte dieser dämonische Demiurg die Geschehnisse nicht böswilliger dirigieren können.

Larissa kam also zunächst am 21. Oktober alleine in Dresden an und bezog im Hotel Europäischer Hof eine Suite, die die Führung der KPD, wahrscheinlich Brandler selbst, für Radek und seine Begleitung gebucht hatte. Als bevollmächtigter Vertreter der Komintern war Brandler so etwas wie der politische Leiter des Aufstandes. Radeks Spielleiter vor Ort.

Radek – der sich in Moskau, wie vor jeder geheimen Auslandsreise, den rund ums Kinn wachsenden Schifferbart rasiert hatte, um unkenntlich zu werden – besuchte zunächst noch die entscheidende Konferenz der Betriebsräte in Chemnitz. Aber da es den Kommunisten auf dieser Versammlung nicht gelungen war, die Anwesenden zum Generalstreik zu überreden und man über viel zu wenige Waffen verfügte, sah man keine andere Möglichkeit, als den Aufstand abzusagen.

Mit dieser ebenso simplen wie niederschmetternden Nachricht trat das glatt rasierte «Äffchen», wie Larissa Radek durchaus zärtlich nannte, in ihre von rotem Plüsch und Polstern strotzende Suite. Kaum hatte Radek sich ins Badezimmer begeben, war zu vernehmen, wie in der Nachbarsuite ein ganzer Tross von Leuten ankam: General Müller, der die Machtübernahme der Reichswehr im Freistaat Sachsen lenkte, wohnte mit seinem Stab gleichfalls im besten Hotel Dresdens. Es war absurd.

Die so lange vorbereitete Revolution in Deutschland, über die man sich bei Parteiversammlungen und anderen Zusammenkünften Tausende Male ausgelassen hatte – nicht nur war sie abgesagt; zu allem Überfluss logierten ihre gescheiterten

Hauptprotagonisten auch noch im gleichen Etablissement wie der General der Staatsmacht, und zwar als seine unmittelbaren Nachbarn. Eingetragen als polnisches Ehepaar Fischbein waren sie bisher niemandem aufgefallen. Aber wie lange würde es dauern, bis man sie erkennen und womöglich verhaften würde? Natürlich hatte Larissa eine kleinkalibrige Pistole bei sich – aber das war nur die alleräußerste Vorsichtsmaßnahme. Auf jeden Fall mussten sie Dresden so schnell wie möglich verlassen. Radek fuhr zusammen mit allen anderen Abgesandten nach Berlin, wo sie in konspirativen Wohnungen unterkamen. Larissa sollte fürs Erste nach Leipzig reisen.

Im Aufbruch erreichten sie die Nachrichten vom Hamburger Aufstand. Es war völlig unklar, warum die Hamburger als Einzige im Deutschen Reich losgeschlagen hatten. Lag es an irrtümlicher Kommunikation, an persönlicher Profilierungssucht des Genossen Thälmann oder vielleicht an etwas anderem? War die Sache, im allerschlimmsten Fall, sogar von der Gegenseite bewusst befördert worden? Denn der Hamburger Aufstand war beinahe schon im Ansatz gescheitert, er war geradezu von Anfang an zum Scheitern verurteilt gewesen. Und damit nützte er letztlich am meisten General Seeckt, dem Chef der Reichswehr, der in der Krise nun noch härter durchregieren konnte. Die Reichswehr hatte das ganze Land im Griff, das war deutlich zu spüren. Deutschland war dabei, eine Militärdiktatur zu werden.

Immerhin, und mochten die Militärs auch hinter der Zimmerwand logieren: Sie konnten das Hotel unbehelligt und unerkannt verlassen.

Als Larissa im Zug nach Leipzig sitzt, spürt sie neben ihrer zwar ungebrochenen Entschlossenheit auch eine große Wut und Verzweiflung in sich. Und je länger sie darüber nachdenkt, desto wütender wird sie. Wie lächerlich das alles war! Monate der Vorbereitung, der genau durchdachten Strategie lagen hinter ihnen, und man hatte es nicht einmal versucht. Das mochte an der Schwäche der deutschen KP-Führung liegen, Brandler und Thalheimer sind nicht gerade die Entschlusskräftigsten. Aber ganz sicher wird es am Ende den obersten Planern und Strippenziehern angekreidet werden, Karl Radek und mit ihm dem Mann, als dessen ergebenster Parteigänger er gilt: Lew Davidowitsch Trotzki, dem amtierenden sowjetischen Volkskommissar für das Kriegswesen.

Wäre der Aufstand geglückt und der Bürgerkrieg losgebrochen, hätte Trotzki den Oberbefehl der Truppen übernommen und sein Hauptquartier mittelfristig von Moskau nach Berlin verlegt – als Feldherr der Weltrevolution. Aber nun ... welche Blamage.

Sie steigt aus der Straßenbahn und geht die letzten Meter zu Fuß, vorbei an der drohenden Fassade des Gerichtspalastes, vor dem gleichfalls Reichswehr aufgezogen ist. Gegen den einsetzenden Regen rückt sie ihren englischen Hut und ihr Cape zurecht und schreitet entschlossen weiter, den Koffer in der rechten Hand, auf der anderen Seite ihre afghanische Umhängetasche. Am Floßplatz selbst schüttelt dann ein Windstoß die mächtigen Linden und treibt die Regentropfen in Schwärmen an den funzelnden Lichtern der Gaslaternen vorbei.

Schon unten im Treppenhaus hört sie die Töne des Klaviers aus dem ersten Stock, eine sich wiederholende Etüde, wohl von Czerny, etwas zaghaft vorgetragen, doch elegant und frohgemut. Sie bleibt unten stehen, lauscht der Musik, die mit größter Selbstverständlichkeit vor sich hin spielt, und wünscht sich für einen erschöpften Moment, die Zeit anhalten zu können, nicht weiter vorangehen zu müssen, sondern bleiben zu dürfen in dieser Zwischenwelt aus den einfachen und liebenswürdigen Pflichten. Wie der, ein Instrument zu lernen und Noten zu spielen, die ein anderer geschrieben hat, von der eine zur anderen führt, sicher wie ein wohldurchdachter Weg.

Larissa klingelt an der Tür vom «Musikinstitut Kaplan», wie man auf einem schön gravierten Messingschild lesen kann. Es dauert nicht lange, bis ein freundliches Mädchen öffnet, das Larissa noch nie gesehen hat. Gewiss haben die Kaplans sie engagiert, um ihnen bei Arians Pflege zur Hand zu gehen. Sie ist noch keine zwanzig, ein wenig mollig – in diesen Zeiten ein seltener Anblick –, und macht mit ihrer rosigen Haut und dem breiten sächsischen Dialekt den besten Eindruck eines gesunden Kindes vom Lande. Hat sie da etwa Milchflecken auf ihrer Schürze?

Nun sitzen Tania und Larissa im kleinen Salon. Tania entschuldigt Maria Valentinowna, die den ganzen Nachmittag über Schüler hat, weshalb sie anstelle ihrer Mutter den Tee zubereitet. So geladen mit Wut und Energie Larissa ist – tun kann sie zugleich wenig. Sie ist zur Untätigkeit verdammt. Im Moment zumindest. Was tun? Sie weiß es nicht. Sie weiß nur, sie muss nun erst mal zur Ruhe kommen. Dann wird ein neuer Plan sich finden.

Sie sieht ihrer Cousine zu, die in aller Ruhe zunächst mit Holzkohle den Samowar einheizt und die Sawarka zubereitet, den Teesud. Auf dem Tisch stehen Würfelzucker und, tatsächlich, Zitronenscheiben, wahre Kostbarkeiten, dazu auch noch Tee-Konfitüre. Die Art und Weise, mit der Tania das Öfchen bedient und ihr schließlich eine Tasse Tee auf einem Unterteller reicht, erfreut Larissa. Ein silberner Unterteller! Genau, wie man sie in ihrer weitverzweigten deutsch-polnisch-russischen Familie von jeher im Haus zu haben pflegte. Sofern man sie nicht, so wie die Reissners während des Kriegs, ins Pfandhaus getragen hatte, um zum Beispiel eine Anti-Kriegs-Zeitschrift zu finanzieren.

Larissa nimmt die Tasse dankbar entgegen. Früher, bei den großen Familientees in Lublin, hatten die Kinder die Großtanten und alten Onkelchen dabei beobachtet, wie diese erst ein Löffelchen Warenje-Konfitüre in den Mund nahmen, um anschließend den rauchduftenden Tee mit unbewegter Miene vom Unterteller und über die Marmelade hinwegzuschlürfen – eine aristokratische Manier des Silbernen Zeitalters. Die Kinder gaben lieber kleine Portionen der Konfitüre in ihren Tee, rührten und suchten in den sich auflösenden zuckrigen Fasern nach Bildern und Gesichtern. Als Larissa sich also jetzt von der Konfitüre nimmt und sie mit einem Schwung des Löffels einrührt, lächelt sie still für sich und tatsächlich ein wenig erwartungsfroh.

Der Regen prasselt an die Scheiben. Der stürmische nächtliche Wind heult und scharrt wie ein Reisigbesen, der die Stadt und das Land auskehrt. Leise, aber beständig dringen die logischen, munteren Klavierkaskaden durch die Wohnung. Es ist genau die kleine Fermate, die sich Larissa gewünscht hat, als sie den Hausflur betrat. In dieser Wohnung, stellt sie sich vor, wird auf immerdar jenes ruhige Gleichmaß der Zeit herrschen, vorgegeben vom Tempo des Klaviers, der Etüden, die in niemals endenden Kreisen stets zu sich zurückfinden.

Tania betrachtet die ältere Cousine, die ihr so ähnlich sieht, und ist beinahe erstaunt, sie nun leibhaftig vor sich zu haben. Seit sie beide, die eine nach der anderen, dieses kleine menschliche Würmchen namens Arian empfangen haben, hat sie ununterbrochen an Larissa gedacht und versucht, ihrem Tun zu folgen. Die wichtigen sowjetischen Zeitungen und

Magazine konnte man im Lesesaal der Universitätsbibliothek bekommen, und Tania las die Spuren Larissas in den Entwicklungen der deutsch-russischen und der internationalen Beziehungen. Viele der Reden aus den Komitees der Partei, vor allem aber auch der Komintern waren da nachgedruckt. Radek oder Trotzki publizierten jeden zweiten Tag irgendwo einen Artikel. Und die Realität in Deutschland, die demütigende Armut der einfachen Leute, die Hunger-Versammlungen der protestierenden Arbeiterfrauen an den Abenden und die immer größer werdenden Kundgebungen ihrer Männer, die mit Streik drohten; die Aufmärsche der rechten Kampfgruppen andererseits, die durch die Straßen marschierten und mancherorts regelrechte Patrouillen eingerichtet hatten, waren ja nicht zu übersehen.

Tania beschäftigte sich aber neuerdings nicht nur deshalb mit internationaler Politik, weil die darin verstrickte Larissa ihre Lieblingscousine, sondern vor allem, weil sie die leibliche Mutter von Arian war. Ohne Zögern hatte Tanias Mutter, Maria Valentinowna, den Säugling, der ihr eine Art Großneffe war, zur Pflege angenommen und den Haushalt auf ihn eingestellt. Mit den Dollars von der Komintern war das auch keine Schwierigkeit. Die als Dienstmädchen ins Haus geholte junge Frau aus Grimma hat selbst ein neugeborenes Mädchen und überdies Milch für zwei, und so kommt Arian in die selten gewordene Obhut einer liebevollen und freigiebigen Amme, die ihn mit ihrer eigenen Milch speist und nicht auf die in Deutschland gerade üblich gewordene industrielle Pulvermilch zurückgreift.

Tania sieht, dass Larissa ein wenig zur Ruhe gekommen und nach dem Regen aufgewärmt ist. Dann, es muss ja nun einmal sein, bringt sie beiläufig und geschickt die Sprache auf Arian. Was für ein Goldschatz der Kleine ist!

Mit einem Mal sieht Larissa auf dem bernsteinfarbenen Grund ihrer Teetasse die winzige Gestalt eines schlanken Jünglings, der durch eine Landschaft aus Trümmern und Bruchstücken wandelt. Die Konfitürenfigur ist winzig, aber Larissa kann ihr genau folgen. Die Gegend, durch die sie geht, ist ihr unbekannt, trotzdem sieht sie alles gestochen scharf, beinahe jede Trümmerkante. Es ist ein Blick auf eine Welt vollkommener Umwälzungen.

Tania spricht freundlich, aber bestimmt, wie eine, die lange über etwas nachgedacht und es abgewogen hat. Sie führt aus, dass Arian – ganz gleich, wo er eines Tages leben werde – Papiere brauche, eine Geburtsurkunde, und kein Weg daran vorbeiführe, auch Eltern zu benennen, wenn man nicht riskieren wolle, dass er hier in Deutschland unter behördliche Kuratel gestellt werde. Noch habe die Familie hervorragende Beziehungen zum Universitätsklinikum, und zudem sei Arian noch klein genug, um eineinhalb Monate zu unterschlagen. Ein ihrem Vater lange gut befreundeter Arzt sei bereit, die entsprechende Geburtsurkunde auszustellen.

Larissa vernimmt jedes Wort und jede Wendung von Tanias Rede, und gleichzeitig sieht sie auf dem Grund des rauchduftenden Assams, wie das Wesen aus Fruchtfasern, vom Tee belebt wie ein arabischer Staubgeist, energisch vorangeht und sich jetzt noch einmal umdreht. Fast wirkt es, als würde es die Hände in die Seite stemmen, um prüfend zurückzublicken. Dann aber zerfällt die Figur, löst sich im Wirbel der Teetasse auf.

Larissa staunt, wie leicht Tania sich damit tut, über Arian zu sprechen. Dann schämt sie sich, fühlt sich schuldig und zugleich lächerlich, gescheitert und durchschaubar wie die Protagonistin eines zweifelhaften, unbürgerlichen Trauerspiels.

Von welcher Mutter, die ihr neugeborenes Kind fortgibt, um den Umsturz nicht nur in einem anderen Land, sondern gleich eine Revolution in der ganzen Welt anzufachen, hätte man denn schon jemals gehört? Aber man konnte auch nicht davon hören, denn es ist die neue Zeit angebrochen, die neue Menschen hervorbringt. Larissa ist eine Kriegerin, eine ganz allein arbeitende Kundschafterin. Sie muss für sich selbst zusehen, durchzukommen, jetzt, da alle Pläne gescheitert sind und sie nicht weiterweiß. Wie sollte sie sich da vernünftig um ein Kind kümmern?

Ernst und sie, so fährt Tania fort, hätten schon lange geplant, zu heiraten. Sie würden sich als Arians Eltern ausgeben. Solche Dinge trügen sich immer wieder zu – innerhalb einer großen, komplizierten Familie wie der ihren, ganz egal, ob in Polen, in Deutschland oder in Russland. Später, wann immer das sei, werde Larissa Arian gewiss zu sich nehmen, bis dahin aber müsse man alles tun, um ihn abzusichern. Papiere bekommen. Die Staatsbürgerschaft.

Tania spricht so vorsichtig wie möglich mit Larissa, ganz sanft, aber das kann die Härte des Sachverhaltes natürlich nicht auflösen. Arian muss auch offiziell zur Welt kommen, und zwar nicht als Kind seiner leiblichen Mutter. Diese Vorstellung, so logisch sie ist, trifft Larissa bis ins Mark. Aber was hatte sie sich denn gedacht, wie es nach der von einem Widerspruch ihres Herzens abgewehrten Abtreibung in Wiesbaden weitergehen würde? Dass ihr Kind für immer in einem Zwischenreich der Unschuld, ein nicht ganz von dieser Welt stammender Engel bleiben könnte? Dabei war sie im August doch einfach nur glücklich gewesen und ganz sicher, die richtige Entscheidung getroffen zu haben, auch ohne zu wissen, wie es weitergehen würde. Ihr war nicht klar gewesen, wie stark sich alles ändern würde. Dass man die Tatsache, Mutter zu sein, ein Kind zu haben, auch dann weiter mit sich trug, wenn man dieses Kind in die besten Hände gegeben hatte. Hatte sie also einen Fehler gemacht? Aber sie brauchte nur daran zu denken, wie sie im Augenblick in Moskau wohnte. Das schimmelige Zimmer in der Granowski-Straße war kein Ort für ein Kleinkind. Sie hätte in die keineswegs geräumige und gleichfalls abgeranzte Wohnung ihrer Eltern ziehen müssen, oder Arian ihnen gleich ganz anvertrauen. Oder mit dem irgendwann aus Afghanistan zurückgekehrten Raskolnikow reden, was aber gar nicht ihrem Plan entsprach, die Ehe mit ihm zu beenden. Dieses Ende hätte Arians Existenz nur kompliziert. Sie war glückserfüllt überzeugt, dass es das einzig Richtige war, Arian zur Welt zu bringen. Und doch flirrt alles um sie her nun im Chaos.

Larissa ringt mit sich, schafft es nicht, Tania geradewegs ins Gesicht zu sehen. Auch nicht, als diese aufsteht und hinüber zur Tür geht, weil eines der Kinder zu weinen beginnt. Ob es Arian ist, oder das Kind der Amme? Tania dreht sich um, wirft Larissa einen aufmunternden Blick zu, aber Larissa bleibt sitzen, blickt auf die Tischdecke, nimmt einen Schluck Tee, eisern entschlossen, allen Gefühlsregungen und der körperlich schmerzenden Sehnsucht danach, den Kleinen wiederzusehen und ihn zu berühren, zu widerstehen. Sie hält die Tasse mit dem nunmehr kalten Tee in der Hand. Keine Vision zeigt sich mehr darin.

Sie vernimmt die zärtlichen Laute und Worte der Tröstung, Tanias leise Stimme, weiß aber nicht, über welches der beiden Kinder sie sich gerade beugt, ob sie vielleicht gerade Arian auf den Arm nimmt, wiegt und besänftigt. Larissa bemerkt den süßlichen Duft nach Puder und Creme, der aus dem Kinderzimmer dringt, erinnert sich an die Tage nach der Geburt, an Arians Geruch, seine seidenweichen Engelslöckchen und seine winzigen Finger.

Und so, wie sie einst während des Bürgerkriegs der Gefahr, dem Verrat, der Gewalt und der Aussichtslosigkeit gegenüberstand, ohne einen Schritt zurückzuweichen, wird sie nun standhaft bleiben. Sie wird nicht lächelnd aufstehen und hinübergehen, wird ihren Sohn nicht auf den Arm nehmen, um staunend festzustellen, wie viel Gewicht er zugelegt hat und wie lang seine Haare gewachsen sind, wird nicht den kindlichen Atemzügen lauschen, in denen man sich verlieren kann wie im Wellenspiel am Meeresstrand ...

Nein, sie wird hier bleiben. Ihm zuliebe. Denn wer weiß, ob er sie je wiedersehen, ob sie in seinem Leben später auch nur irgendeine Rolle spielen wird. Ihr Schicksal als Revolutionärin ist mehr als ungewiss. Sie kann morgen auf der Straße verhaftet werden und wird womöglich niemals zu ihm zurückkehren. Und sie weiß ihn dort drinnen bestens versorgt und, wichtiger, von liebender Familie umhegt. Sie, Larissa, ist ja ganz allein auf sich gestellt. Tania ist noch im Zimmer bei den Kindern, als Larissa bemerkt, dass die Musik aufgehört hat. Die Etüden sind geschafft.

Larissas Tante Maria Valentinowna, die Hausherrin, hat ihre letzte Klavierstunde für heute beendet und bringt den seit bald zwei Jahren bei ihr lernenden Schüler an die Tür – nicht ohne ihm noch ein kleines, kostbares Zuckerstückchen zuzustecken, weil er seinen Czerny wirklich geübt hat. Sie fragt ihn, ob er wisse, wann die nächste Stunde sei, und er antwortet in breitestem Leipzigerisch: «Jawohl. Frau Professor, am nächsten Mittwoch um drei Uhr komm ich wieder. Bis dahin die Czerny-Etüden noch mal üben, aber mit mehr Geduld, und auf die linke Hand geb ich acht.»

Als Frau Professor Kaplan mit ihrer hochgesteckten Frisur

in einem schwarzen, etwas altmodischen Kleid mit streng geschlossenem Kragen müde nach diesem Acht-Schüler-Tag den kleinen Salon betritt, in der Erwartung auf Tee und mit der Hoffnung, auf eine positive Gefühls- und Verhandlungslage zwischen den Cousinen zu treffen, sieht sie gerade noch, wie Tania die Tür zum Kinderzimmer leise hinter sich schließt. Dann lächelt sie ihrer Mutter zu und nickt bestimmt. Larissa steht auf, küsst Maria Valentinowna zunächst die Hand, dann nehmen sie sich in den Arm, und Maria Kaplan hat das Bedürfnis, ihrer Lieblingsnichte über das kastanienfarben lodernde Haar zu streichen. Wie viel Talent in dem Kind steckt und welch immenser Ehrgeiz – beides gehört schon immer zu ihr, wie ihre Schönheit und ihre Intelligenz. Und die Ungeduld. Dass sie sich in letzter Zeit wohl ziemlich verausgabt hat, dunkle Schatten unter ihren Augen trägt, auch das sieht Maria Kaplan.

Sie setzen sich alle drei noch einmal an den Tisch, Tania schenkt ihrer Mutter ein und reicht ihr eine Scheibe Zitrone, bereitet dann auch Larissa noch eine weitere, etwas leichtere Tasse Assam zu. Maria Valentinowna presst die Zitronenscheibe über ihrer Teetasse aus, rührt einmal um und kommt dann, ohne im Geringsten unhöflich zu sein, recht schnell auf den ihr wichtigsten Punkt – jenseits der Formalien, die man gewissenhaft erledigen werde. Um Arian nicht zu schaden, das müsse gesagt sein, bestehe sie, Maria Valentinowna, darauf, dass ihre Cousine Ekaterina und ihr Mann Michail Reissner, Larissas Eltern in Moskau, über den gesamten Sachverhalt aufgeklärt werden. Selbstverständlich verbiete sich in diesen Zeiten ein Briefverkehr dazu egal welcher Art, nichts Schriftliches bitte – die Verständigung müsse gesprächsweise erfolgen. Larissa solle also versprechen, ihre Eltern in Kenntnis zu setzen. Sie müssten wissen, dass ihr Enkelsohn als

Arian Kaplan in Leipzig zur Welt kommen werde – zumindest in die Welt der Bürokratie und des Standesamtes. In der Familie allerdings wolle sie ausschließlich und unbedingt mit offenen Karten spielen.

Endlich nun muss Larissa, die für ihre Verhältnisse ungewohnt lang geschwiegen hat, sich mit ihren beiden so wichtigen Verbündeten aussprechen. Dabei geht es weniger um das Desaster der gescheiterten Revolution, die Machtübernahme durch die Reichswehr oder die eher eingetrübten politischen Aussichten in Moskau, dergleichen erwähnt sie gar nicht. Nein, sie muss einfach nur von sich selbst erzählen. Also spricht sie von der schwierigen Situation mit Raskolnikow und von der seltsamen Liebe zu Radek, der mit seiner kleinen Familie eine luxuriöse Dreizimmerwohnung in einem der Kavaliershäuser im Kreml bewohnt. Aber, beteuert Larissa, wenn sie auch weder diesen beiden Männern noch jemandem sonst von der Existenz Arians erzählen werde, so wolle sie doch, dem Wunsch ihrer liebsten Tante entsprechend, ihre Eltern so bald wie möglich einweihen. Dass Radek Bescheid weiß, verschweigt sie wohlweislich, um es nicht zu komplizieren. Dann fährt sie fort, sie habe allerdings Pläne für die kommende Zeit gemacht, die sie in den nächsten Wochen in Deutschland halten würden. Da ihre Tante nun freundlich nachfragt, versucht ihr Larissa zu skizzieren, was sie vorhat. Sie wird von Leipzig nach Berlin gehen, dort warte Radek in einer konspirativen Wohnung auf sie. Sie will von dort aber, was sie schon in Leipzig beschlossen hat, gleich weiter nach Hamburg, alleine und im Geheimen, um über die Hintergründe des gescheiterten Aufstandes zu recherchieren. Sie will eine Reportage darüber schreiben, vielleicht ein Buch. Jedenfalls brauche sie nach den Strapazen der letzten Monate Zeit für sich, in einer neuen Stadt. Sie müsse über einiges nachdenken. Im Moment aber könne sie sich nur bei Maria Valentinowna bedanken: zu wissen, dass Arian geborgen sei, bedeute ihr alles. Die Tante nimmt sie noch einmal in den Arm, streicht ihr über das Haar, sagt, dass auch Larissa bei ihnen hier in Leipzig immer ein Zuhause habe, und dann nehmen sie Abschied.

Im Regen eilen die Cousinen, Larissa mit ihrem Gepäck und Tania mit dem Geigenkasten, dann die paar Hundert Meter zum Künstlerhaus. In diesem Hort der Kreativen, wo stets ein großes Kommen und Gehen herrscht, wird Larissa nicht weiter auffallen. Ernst hat die Gestaltung einer Textilserie für eine Weberei übernommen und verbringt im Grunde Tag und Nacht in der Spinnerei, wo die Stoffe nun produziert werden. Sein Atelier ist frei.

Sie laufen unter einem großen Schirm, den Tania trägt, ein paar Hundert Meter über die Zentralstraße. An der Ecke Thomasstraße kommen sie an einem gleichfalls für Künstler reservierten Wohnhaus vorbei, dessen Fassade mit Darstellungen aus Märchen geschmückt ist. Gut gearbeitete plastische Köpfe schauen vom Giebel herab, und als die beiden jungen Frauen darunter vorbeigehen, läuft Larissa ein Schauder über den Rücken, weil die grimassierenden, grotesken Visagen fast hämisch vom Erker herabzulugen scheinen. Wer bist du? Die böse Prinzessin, die ihr Kind bei der Köhlerfamilie lässt? Warum? Aus Angst? Angst wovor? Oder bist du die feine Dame, die Herrin über das Spiel, die alles steuert und die Figuren setzt, wie es ihr beliebt?

Dann stehen sie vor dem Künstlerhaus am Nikischplatz. Der schmale Eingang täuscht über die Ausmaße des Gebäudes. Geht man durch den Hof, weitet sich der Bau und schwingt sich auf zu einer monumentalen Fassade aus Stein und Glas – nach Norden, versteht sich, so herrscht in den Ateliers das beste Licht zum Arbeiten.

Ganz oben im dritten Stock liegt das Atelier von Ernst, das sie über den Dienstboteneingang betreten, zu dem Larissa einen Schlüssel bekommt. Die Tür zum schmalen Dienstbotenflur, stellen sie fest, geht nur noch halb auf. Tania war selber schon längere Zeit nicht mehr hier und sieht nun, dass der Flur von ihrem zuweilen spontan agierenden Verlobten mit nicht unwesentlichen Teilen seiner Büchersammlung vollgeräumt worden ist. Improvisierte Regale aus schlichten Holzlatten, die Ernst offensichtlich selbst zurechtgesägt hat, sind so aufgestellt, dass die gewaltige Menge von Büchern, Broschüren und Zeitschriften wie eine Drucklawine aussieht, die sich in dem schmalen, lang gezogenen Flur verfangen hat wie Treibgut nach einem Hochwasser in einem Stauwehr der Pleiße.

Tania dreht sich zu ihrer Cousine um und blickt sie entschuldigend an, während Larissa sich an dem Büchertreibgut vorbeidrückt. Ernst sei eigen, nun ja, und die Bücher sein Ein und Alles. Nicht nur, dass er häufig als Gestalter und Illustrator für die großen Leipziger Druckereien und Verlage tätig sei, er lese auch leidenschaftlich. Für jedes Bild, das er male, jede Zeichnung, studiere er fünf Bücher aller Art. Er habe Angst vor dem weißen Blatt, der unberührten Leinwand, und brauche immer einen Anstoß von außen. Häufig lese er die Bücher aber nicht einfach, sondern filetiere sie geradezu, reiße Seiten heraus, zerschneide diese und setze die darauf gewonnenen grafischen Einzelstücke neu zusammen. Diese von ihm zusammengeklebten Bilder, sogenannte Collagen, benutze er dann wiederum als Vorlagen für seine Ölgemälde.

Dann schlüpfen die beiden äußerlich so ähnlichen Cousinen in das Gästezimmer, das, ganz im Gegensatz zu dem von Büchern überquellenden Flur, relativ leer ist. An der Wand ein

Feldbett aus dem Krieg, genauso eines wie jenes, auf dem der an der Westfront schwer verwundete Ernst lange hatte liegen müssen, wie Tania Larissa erzählt. Wochen und Monate, letztlich die ganzen Jahre des Krieges waren ihm, seinem Leben geraubt und verfüttert worden. Von den rechtmäßigen und ehrenwerten Regierungen Europas.

Aber was sollte Ernst Maxeiner sich beschweren – nur wenig hatte er von sich persönlich hergeben müssen, im Vergleich zu denen, die draufgegangen waren, nur Lebenszeit und ein paar kleine, zwar nicht unwichtige Teile seines Körpers. Aber immerhin hatte er überlebt, war irgendwann auf den harten Stangen des Feldbettes erwacht und hatte dem wunderbarsten Mädchen in die Augen geblickt, das er jemals gesehen hatte. Das war die Hilfskrankenschwester Tania Kaplan gewesen, die eben ihren Vater verloren hatte, und sie und Ernst verliebten sich geradezu zwangsläufig ineinander, so fasziniert war der aus dem Felde zurückgekehrte Invalide von ihr, und so witzig fand die Geigerin den abgemagerten, aber doch gut aussehenden jungen Mann, der ihr – auf dem Feldbett sitzend – sofort schwor: Noch nie in seinem ganzen Leben habe er eine so schöne Frau gesehen, und er wolle sie unbedingt erringen, wodurch der Dreckskrieg, die Verletzungen und der unwiederbringliche Verlust gewisser Körperteile für ihn sogar nachträglich noch einen Sinn bekommen könnten.

Das Feldbett, auf dem Larissa Michailowna, die Kommissarin der Wolgaflotte, schlafen wird, ist also Gegenstand und Ort intimster privater Mythologie, ein wenig inszeniert, wie es im Haushalt eines Künstlers nicht überrascht, versponnen und seltsam, und doch voll der Zärtlichkeit und romantischen Erinnerung eines liebenden Paars, die Larissa nicht wenig berührt. Auch wenn das vielleicht nicht ihr Leben wäre, sie liebt es eine Spur glamouröser und abenteuerlicher, schön anzusehen und zu spüren war es doch. Ein Aufgehobensein, das sie nicht kennt – und auch nicht kennen darf, da es nicht ihre Aufgabe ist, sich selbst ein Zuhause zu schaffen, vielmehr sieht sie ihre Pflicht darin, die Welt selbst endlich zu einem Zuhause für die Menschheit zu machen, für alle Menschen, auch für die, mit denen sie eigentlich wenig gemein hat, die Armen und Ausgebeuteten, die nichts in ihrem Leben kennen als Hunger und Schmerz. Gerade für die kämpft sie doch.

Neben dem Bett steht ein schlichter Kleiderschrank, den Maxeiner selbst geschreinert hat, aus rohen Bodenbrettern, die bei der Renovierung des Ateliers angefallen waren. Aus dem gleichen Holz hatte er auch ein Nachtkästchen gebaut. Darauf liegt eines der heiligen Bücher des Surrealismus, in greller Gestaltung, «Through the Looking-Glass» von Lewis Carroll – ein Autor, von dem Larissa schon gehört, aber noch keine Zeile gelesen hat, denn Carrolls Bücher sind in Moskau nicht zu bekommen. Unter den jungen Künstlern Westeuropas sind seine Romane Kult, denn der exzentrische Mathematikprofessor aus Oxford scheint in seinen skurrilen Geschichten die Absurditäten des Krieges und der anschließenden Umwälzungen des zwanzigsten Jahrhunderts prophetisch vorausgeahnt zu haben. Auf dem Titel ist ein horizontfüllendes Schachbrett zu sehen, darauf wild miteinander streitende, karikaturhaft gezeichnete Figuren – Dame, König, Springer.

Oben in der Atelierwand lässt ein schmales, gekipptes Fenster Frischluft und die Geräusche des Regens herein. Larissa bekommt eine Waschschüssel, die sie neben dem Wasserhahn in der Atelierküche abstellt, neben der befindet sich auch die Toilette. Handtücher und Waschlappen hat Tania von zu Hause mitgebracht. Obenauf legt sie ein Stück guter Lavendelseife. Etwas zu trinken findet sich in der Küche, einen Topf mit Scheiterhaufen stellt Tania auf den Herd.

Wenn sie sich nicht am produktiven Chaos in Maxeiners eigentlichem Atelierraum störe, sagt Tania und zeigt Larissa die Lichtschalter, könne sie sich gerne an einem der Schreibtische niederlassen, um zu arbeiten. Nun aber muss Tania sich beeilen, sie hat heute Abend- und Nachtschicht im Orchester des Wintergarten-Kinos, zwar nicht gerade das Gewandhaus, aber besser als gar keine Stelle. Die gemeinsamen Mütter eines Sohnes geben sich dicke Abschiedsküsse.

Larissa ist allein.

Es dauert nicht lange, und sie steht an dem gigantischen Atelierfenster, von dem aus man einen Blick auf dieses Neubauviertel von Leipzig hat. Das Künstlerhaus auf seinem unregelmäßigen Grundstück blickt auf eher biedere Neubauten, dabei liegt alles inmitten einer einzigartigen Gegend, dem alten Judenviertel hinter Apels Garten. Dort, wo die Ez-Chaim-Synagoge steht und es so viele alteingesessene koschere Metzgereien gibt wie nirgendwo sonst in der Stadt.

Unten im Hof gleißen die Lichter der Kneipe auf dem Pflaster. Der Regen strömt zusammen, wo sich die Bäume des Biergartens schütteln. Doch im gläsernen Eck des Lokals sieht man in den Fenstern Reflexe, als würden die Besucher regelrecht auf den Tischen tanzen. Die Stimmung muss hervorragend sein. Krisenzeiten machen Künstlern bekanntlich nichts aus, selbst wenn das Bier Milliarden kostet.

In der Atelierküche – in der sichtbar seit Jahren hauptsächlich Pinsel gewaschen und Farben gerührt werden – findet Larissa eine Flasche Unstrut-Weißwein. Sie schenkt sich in einen dickglasigen Kelch ein, und dann setzt sie sich an einen der quadratischen Tische, die über das Atelier verteilt sind. Das Glas Wein, ihr Notizbuch und ihre Füllfeder vor sich. Ihr Blick geht durch den Raum. Überall stehen Leinwände, einige

Bilder darauf sind schon weit gediehen, andere gerade erst begonnen, nur mit dem feinen Linienwerk von Vorzeichnungen bedeckt, vergrößernde Übertragungen der Papiercollagen.

Vor jeder Leinwand liegt ein kleiner Berg aus Büchern, Papieren, Notizen und Skizzen. Die Arbeitsmethode Maxeiners, den Larissa noch nie persönlich kennengelernt hat, wirkt auf sie wie die emsige, scheinbar chaotische Tätigkeit eines kleinen Tiers, eines Eichhörnchens oder einer Maus, die beständig die unterschiedlichsten Materialien zusammenträgt, um sie übereinanderzulegen, zu verschmelzen und etwas Neues daraus zu schaffen. Auf den Leinwänden sieht sie Stadtlandschaften, überwuchert von Bäumen, die sich gebärden wie menschliche Wesen, dazwischen Figuren, Tierdarstellungen, komplizierte Mechanismen und Werkzeuge, die offensichtlich enzyklopädischen Stichen des neunzehnten Jahrhunderts entnommen sind. Durch die Zusammenstellung mit neuen Zeitungsfotos, Filmstills und wissenschaftlichen Grafiken wirkt alles befremdlich, voller Spannung, manchmal albern, meist aber ein wenig unheimlich und bedrohlich, undefiniert. Genau wie die Epoche, in der sie leben, aus der sie so dringend nach einem Ausweg suchen, um die Menschheit in eine friedliche Zukunft zu führen.

Maxeiners Collagen-Bilder, auch wenn die meisten von ihnen noch gar nicht fertig sind, tragen diesen Geist in sich, janusköpfig blicken sie in die Zukunft und die Vergangenheit, zeigen Landkarten des Auswegs, aber auch alte Irrwege und Fallstricke: Alles ist gleichermaßen erstarrt und in Bewegung.

Mit einem Mal empfindet Larissa ein heimeliges Behaustsein in diesen perfekten Bildern der Unfertigkeit, fühlt sich als Teil dieser nur skizzierten, dennoch existierenden Landschaften. Sie legt die Füllfeder hin, holt das silberne Etui hervor, das Radek ihr vor einer Weile geschenkt hat, und zündet sich eine

Zigarette an. Ihr ist, als ob sie in einem Zwischenreich angekommen wäre. In einem Teil der Welt, die sie so radikal verändern will, und doch noch nicht ganz. Auch sie selbst, das scheinen die Bilder ihr vorzuschlagen, wird sich verändern müssen. Sie hat das Gefühl, sich in diesen Bildwelten zurechtzufinden wie in seltsam gewählten Ausschnitten in einem Reiseführer durch die neuen Welten.

Eines der Bilder – eine große, zentral stehende Leinwand, ist allerdings umgedreht und zeigt dem Betrachter nur das Rahmenkreuz und die graue Leinwand der Rückseite. Nach einer Weile kann sie einfach nicht anders, steht auf und dreht das Gemälde um.

Es ist ein kleiner Schock, als sie das schon sehr weit gediehene Bild zum ersten Mal sieht – denn die zentrale weibliche Figur, eine griechische Statue, die hoch im Himmel über einer angedeuteten Landschaft fliegt, eine Art von Übermenschin mit Raketenkraft, trägt ihr Gesicht. Nein, nicht ihrs. Tania muss das Modell gewesen sein. Ihrer beider Gesicht. Trotzdem ist die Ähnlichkeit erstaunlich. Wenn Arian Tania anschaut, wird er auch immer mich sehen, selbst wenn er es nicht einmal weiß, denkt sie mit einem Mal friedvoll und erleichtert.

Die durch den Raum fliegende Statue beherrscht die Planeten. Zwischen Mars, Venus, Saturn und Jupiter liegt ein Koordinatensystem, das von Raketen in Form von Bleistiften gezogen wird. Im Hintergrund sieht man Formeln wie Ornamente, Sternbilder aus Gleichungen und Zahlen, es könnte auch eine Schiffskarte der Milchstraße sein. Über der diese merkwürdig agil wirkende Frauenfigur steht, wie die Galionsfigur eines noch unsichtbaren Schiffes von Raumfahrern.

Sie muss unwillkürlich an Gedichte von Majakowski denken, an Geschichten von Bryusov oder Chlebnikov. Und an wirkliche Vorstellungen von der zukünftigen Raumfahrt. Es gibt einen großen Physiker und Ideengeber, der immer wieder als Quelle für diesen Teil des russischen Futurismus genannt wird, nämlich der große Privatgelehrte Ziolkowski aus dem tiefsten Russland. Ziolkowski hat, und davon erzählt ein Gedicht des führenden Futuristen, in einem Zimmer seiner Wohnung einen Windkanal gebaut, um in der starken Luftströmung die ideale Form einer Rakete zu erforschen.

Aber wie kann man sich vorstellen, die Planeten zu bereisen und zu beherrschen, wenn es nicht einmal möglich ist, die Verbindung zwischen so etwas Naheliegendem wie den revolutionären Bewegungen von Deutschland und Russland herzustellen? Wenn die Massen – die ja doch da sind – einfach nicht so kritisch dicht zusammenkommen, dass der Funke überspringt? Wenn der revolutionäre Moment, aus welchen Gründen auch immer, verpasst wird? Wie kann man als kleine Mannschaft gegen den Weltimperialismus gewinnen, wenn man solche Chancen vergibt?

Zum ersten Mal seit Dresden und dem plüschigen Desaster im Europäischen Hof spürt Larissa die Kraft, ehrlich über alles nachzudenken. Was hat sie hinter sich gelassen, was hat sie geopfert? Wie sind die Aussichten? Was soll sie tun? Nur weil sie keine Antworten hat, heißt das nicht, dass die Fragen falsch wären. Wie also, so fragt sie sich, kam sie überhaupt hierher? Da waren der Kriegs- und Revolutionsplan, den sie in Kabul entdeckt hat, die Aufzeichnungen dieses Niedermayer, der irgendwann in der Zwischenzeit geadelt worden ist. Sein Plan, das Weltimperium der Angelsachsen am Hindukusch anzugreifen und in der Folge das Gebäude der Weltmacht zum Einsturz zu bringen. Dann kam Radek, zweifellos ein genialischer Revolutionär, aber seine Vorhaben stießen auf die

Fraktionen in Moskau, die Planungen der Komintern, die widerspenstige deutsche Partei – und zerschmetterten daran, alle seine Kenntnisse der internationalen Politik hatten nichts genutzt. Nun stehen sie nackt und ungeschützt da, und – was noch schwerer wiegt: ohne Plan.

Sie sitzt an ihrem Tisch und beginnt halb abwesend und mit durch das Atelier schweifenden Augen, an ihrem Füllfederhalter zu kauen, wie sie es schon als Gymnasiastin getan hat, wenn sie plötzlich das Gefühl überkam, etwas schreiben zu müssen. Und da beginnt sie tatsächlich zu arbeiten. Zu schreiben. Durchzustreichen. Neu zu schreiben. Sich von ihrer Bedrücktheit zu befreien, durch die Mühsal und Qual der Arbeit. Lange, bis in die frühen Morgenstunden braucht sie, bis ein erster Absatz da ist:

«Es gibt ein altes deutsches Märchen von einem tapferen Ritter, der sein ganzes Leben in einer verzauberten Höhle in der Erwartung zugebracht hat, dass der langsam anschwellende, am Tropfstein sich bildende Wassertropfen ihm endlich in den Mund fällt. Und immer hinderte ihn im letzten Augenblick irgendeine Bagatelle, irgendein dummer Zwischenfall daran, den so sehnsüchtig erwarteten Tropfen aufzufangen, der dann zwecklos in den Sand fiel. Das Furchtbarste ist natürlich nicht der Augenblick des Misserfolges selbst, sondern die tote, leere Pause der enttäuschten Erwartung zwischen der einen Flut und der nächsten.»

Stunden später liegt Larissa auf dem Feldbett aus einem deutschen Militärlazarett, mit den unvermeidlichen Blutspritzern des Großen Krieges darauf, schläft ein, aber ganz unruhig, immer wieder wacht sie auf. Zu ihren Gedanken und den Plänen gesellen sich die Collagen Ernst Maxeiners. Die haben ihr gefallen, aber da ist noch etwas anderes. Etwas, das sie nicht schlafen lässt. Sie geht die einzelnen Bilder im Atelier, die sie betrachtet hat, in Gedanken durch: *Das brennende Haus – Der geheimnisvolle Garten – Das Bild mit den Schwänen und der Mauer* – aber es ist das mit der planetarischen Übermenschin, an dem sie etwas stört und sie veranlasst, endlich aufzustehen und sich noch einmal die Leinwand anzusehen. Sie greift ihren Paschtunenschal und geht barfuß zurück ins Atelier. Macht das Licht an und tritt vor das Bild. Was genau irritiert sie hier so?

Die Bögen der Raumschiff-Bleistifte wirken so ... bestimmt. Und da schweben diese Formeln im Hintergrund, die auf den ersten Blick ornamental wirkten. Aber es sind eben doch präzise mathematisch-physikalische Terme, und sie erkennt auch Parabeln und andere Kurven in allen Farben des Regenbogens. Die hat sich Ernst Maxeiner mit Sicherheit nicht ausgedacht, sondern irgendwo abgekupfert. Aus einem Buch, woher sonst.

Vor der Leinwand liegt der typische Maxeiner-Haufen aus Büchern, Drucksachen und Blättern. Sie kniet sich hin, geht die Schriften durch, die meisten über astronomische Themen, findet viele Entwürfe und Studien, einen Band mit altmexikanischer Architektur und dann schließlich ein druckfrisches Werk aus einem renommierten Münchener Wissenschaftsverlag. Das muss es sein, davon hat Maxeiner sich inspirieren lassen. Vermutlich ist es gerade eben zur Messe der Leipziger Buchhändlerbörse erschienen:

Hermann Oberth
«Die Rakete zu den Planetenräumen»
Verlag R. Oldenbourg

Im Schutzumschlag steht, der Autor sei Österreicher. Das Buch wirkt zweifellos szientifisch, wohl auf solider Physik aufgebaut, strahlt aber auch etwas Populäres, Greifbares und Konkretes aus. Es ist kein Raumfahrerroman, von denen es im Gefolge von H. G. Wells ja viele gibt, auf Polnisch, Russisch, Deutsch, nein, es ist ein wirkliches Fachbuch. Es beschreibt, was es braucht, um genügend Schubkraft zu entwickeln, damit eine Rakete bis zum Mond oder auch weiter fliegen kann. Es ist vor allem, das erkennt Larissa schnell, eine Arbeit über Raketenantriebe, voller Formeln, die das Volumenverhalten von Stoffen bei ihrer Verbrennung beschreiben.

Der durch eine Infektionskrankheit seit seinem zehnten Lebensjahr beinahe stocktaube Konstantin Eduardowitsch Ziolkowski wiederum, das steht ihr jetzt klar vor Augen, denn darüber hat sich Majakowski begeistert, hat sich mit dem Verhalten einer Rakete in der Strömung beschäftigt. Er suchte nach der perfekten Form. Antrieb – Oberth – und Gestalt – Ziolkowski – der Rakete sind also da, man muss sie nur zusammenbringen, denkt sie: Dann hat man ein neues Transportmittel für eine ganz besondere Ladung. Und dieser Gedanke wird sie von nun an nicht mehr loslassen.

Sechzehn

IM TEUFELSSCHLOSS

Ein seltsames Kapitel aus dem Leben von Daniil Leonidowitsch Andrejew, erzählt von seiner Frau

Ein denkwürdiges, recht unheimliches Kapitel im Leben des Daniil Andrejew ereignete sich im Februar 1926 am Tag der Beerdigung von Larissa Reissner. Es hatte nicht zuletzt auch mit Daniils schwieriger Familiengeschichte zu tun. Kurz gesagt war es so, dass Daniils Vater, genau wie viele andere prominente Intellektuelle und Schriftsteller, Russland nach der Revolution von 1905 samt Familie verlassen musste. Die Andrejews zogen nach Berlin. Daniil kam dort zur Welt, im Grunewald, wo sein Vater eine Villa angemietet hatte. Daniils Mutter Alexandra, sechsundzwanzig Jahre alt und völlig gesund, von seinem Vater Leonid über die Maßen geliebt, erkrankte am Kindbettfieber und starb kurz nach Daniils Geburt.

Sein Vater verließ daraufhin Berlin und ging voller Schmerz und Verzweiflung nach Capri zu seinem Freund Maxim Gorki, der ihn die nächsten drei Monate beherbergte. Leonid weigerte sich von da an, Daniil, seinen Zweitgeborenen, zu sehen, weil er ihn unweigerlich an den Tod seiner geliebten Frau erinnerte. Ihm war, als sei der Knabe verflucht. Die Familie sah er zerstört. Daniil kam in das Moskauer Elternhaus seiner Mutter, wo ihn seine Großmutter und seine Tante liebevoll erzogen. Vor allem seine Oma Jefrosinja kümmerte sich mit unerschöpflicher Güte um ihn. Sein drei Jahre älterer Bruder Wadim hingegen lebte für einige Jahre in der dem Vater seit der Berliner Zeit eng befreundeten Familie von Professor Michail Reissner in Petersburg, wo er das Gymnasium von Karl Iwanowitsch May besuchte.

Die Andrejew-Brüder Wadim und Daniil hatten sich noch nie gesehen. Doch in einem Sommer wurde der Versuch unternommen, die Familie zusammenzuführen. Es begann mit einer Eisenbahnreise nach Petersburg. Den Weg von Moskau an die Ufer des Schwarzen Flusses am Finnischen Meerbusen fuhr der fünfjährige Daniil in Begleitung seines geliebten Hauslehrers. Sie trennten sich am Bahnhof. Daniil weinte, als er von einer Kutsche abgeholt wurde und seinen Hauslehrer verlassen musste. Die Weiterfahrt Richtung Finnland dauerte noch einen halben Tag, und er schlief bald ein. Nach der Ankunft in Vammelsu, wie der finnische Name lautete, trug man den schlummernden Knaben in sein Bett. Am nächsten Morgen erwachte er zum ersten Mal in seinem Leben im Haus seines Vaters. Es war noch ganz früh.

Er stand auf, ging barfuß die knarrende Treppe nach unten, und da die Haustür offen stand, trat er hinaus, wo der Schwarze Fluss breit der Ostsee zuströmte. Die Luft war salzig. Der Schwarze Fluss wirkte, als habe er alles um sich fortgerissen, so leer und öde war das Ufer. Hier stand nur das furchterregend hässliche Haus seines Vaters. Es war aus schwarzen Balken gezimmert und hatte einen eckigen, unförmigen Turm. Daniil kam es vor, als ob er dort in dem Turm das düstere Gesicht eines schlanken, traurig wie ein Dämon wirkenden Mannes gesehen habe, der sich sofort zurückzog, als habe er sich über Daniils Anblick erschreckt oder sei davon enttäuscht.

Es war das erste Mal, dass der Vater seinen Sohn sah, und Daniil spürte, auch wenn kein Wort gefallen war, dass sein Vater sich vor ihm fürchtete. Zweifellos eine seltsame Empfindung für ein Kind, das sich nicht erinnern konnte, jemals etwas Böses getan zu haben. Es fühlte sich traurig an. Daniil lief ins Haus zurück und versteckte sich unter der Bettdecke.

Dann kam die zweite Frau seines Vaters in sein Zimmer. Sie half ihm beim Anziehen und brachte ihn zum Frühstückstisch. Hier sah er zum ersten Mal Wadim, doch beide Brüder wagten kaum, einander anzublicken. Der Vater selbst war nicht da. Wadim starrte auf die Tischdecke, und auch wenn Leonids Frau alles versuchte, um eine freundlichere Atmosphäre entstehen zu lassen, hing der entsetzliche Vorwurf über dem Tisch, wie eine Anklage. Die Brüder sprachen drei Tage lang kein Wort miteinander. Doch dann kamen die zwei Kinder der Familie Reissner aus Petersburg dazu. Sie pflegten ihre Wochenenden und Ferien hier in dem Haus zu verbringen. Igor, der Goga genannt wurde, war ein Kerl mit gutmütigem, freundlichem Gesicht. Die ältere Larissa wirkte auf Daniil beinahe schon wie eine Erwachsene. Sie war eine strahlende, ungebändigte Erscheinung, wie Daniil, der in Moskau von seiner Großmutter behütet wurde, sie noch nie gesehen hatte. Ein wenig unheimlich war sie ihm auch.

Larissa besaß das Privileg, mit Leonid Andrejew in dessen Arbeitszimmer oben im Turm zusammensitzen zu dürfen, um über Literatur zu sprechen, denn auch Larissa schrieb, sie wollte Schriftstellerin werden. Daniil schämte sich und schwieg immer, auch weil er selbst seinen Vater gar nicht kannte, geschweige denn so wie sie.

Nach einem Frühstück aber ergriff Larissa, die wohl gesehen hat, wie verschüchtert der Kleine war, die Initiative und erklärte den Kindern, man solle nun Proviant einpacken, um an den Strand zu gehen. Sie nahm Daniil an die Hand, Goga und Wadim gingen hinterdrein, und so liefen sie am Ufer des Schwarzen Flusses in Richtung Meer. Von Anfang an ließ Larissa keinen Zweifel daran, dass sie nun eine Mannschaft waren – sie aber die Kapitänin. Der kleine Daniil fühlte sich furchtbar stolz, mit der Kapitänin gehen zu dürfen, und mit jedem Schritt, den sie sich von dem düsteren Haus seines Vaters entfernten, wurde es ihm leichter ums Herz. Später erfuhr er, dass bei Einheimischen, den Finnen in der Gegend, das Haus *Pirulinna* genannt wurde, das Teufelsschloss.

Die Kinder stromerten den ganzen Vormittag am Strand, sammelten Treibholz und bauten daraus ein Ruderboot, kein wirkliches, kein schwimmendes, aber eines, das ihrer Fantasie trefflich als ein Ruderboot diente. Larissa übernahm das Kommando, und die Jungs hatten sich auf die Ruderbänke zu verteilen und legten sich in die Riemen. Wadim und Daniil saßen nebeneinander, Igor als Bootsmann hinter ihnen, und die Kapitänin befeuerte ihre Waräger-Mannschaft, die freien Ruderer auf Erkundungsfahrt.

«Legt euch ins Zeug», rief die Kapitänin und schilderte ihnen in bunten Worten, an welche Gestade ihr Boot gerade fuhr und was hier zu entdecken war, besonders fremde Handelsstädte, die am Horizont auftauchten und von denen jede ihre eigenen Völker, Gebräuche und Gepflogenheiten hatte. Als die Sonne hoch im Zenit stand, landeten sie auf einer Insel an, deren Stadt aus diamantglänzenden Steinen errichtet war. Die Kapitänin Larissa I. beschrieb alles ganz genau, den weitläufigen Kai, den hohen Bogen des Stadttors und das geschäftige Treiben auf den Marktplätzen. Daniil, der noch nie am Meer gewesen war und nun wie im Taumel von der Weite des sommerlichen nordischen Himmels und dem unermüdlichen Spiel der Wogen, auch wenn es nur die zahmen Wellen der Ostsee waren, durchlebte mit Aufregung und größtem Ernst das Anlegen ihres Ruderbootes. Die Kapitänin befahl, ihren Proviant und die Ruder mit sich zu nehmen. Sie legten die Treibholzäste über ihre Schultern und marschierten im Gänsemarsch zu drei großen, rundgeschliffenen Felsen. Mit den Ruderästen bauten sie eine Barrikade zu Füßen der Felsen.

«In diesem Turm schlagen wir unser Hauptquartier auf, Matrosen», beschied Larissa, und damit verteilte sie den Proviant, gesalzene Butterbrote und frische Gurken. Dann sorgte sie dafür, dass sich Wadim und Daniil in den kühlen Schatten unter dem leicht feuchten Felsen legten, um ein wenig zu schlafen, während Goga sich die Hosen hochkrempelte und so weit ins Wasser lief, wie es ging. Die Sonne zeichnete eine unendliche Folge heranrollender glitzernder Flotten auf die Kämme der Wellen.

Nach der Rast wurden die Ruder zu Waräger-Äxten erklärt. Die Kapitänin befahl nun der Mannschaft, ihr weiter ins Unbekannte zu folgen, und so liefen sie den Strand entlang, Entdecker unter unendlichem Himmel.

Nach einer Weile kamen sie an eine kleine Bucht, die Daniil schon auf den ersten Blick ganz zauberhaft vorkam und geradezu ideal, um eine eigene Stadt zu gründen. Dann aber erblickten sie, unter den nah am Strand wachsenden Kiefern, eine einfache Hütte. Vor der saß ein braun gebrannter, ganz und gar faltiger Mann in oft geflickter Seemannskleidung und mit einer Mütze auf dem Kopf, die aussah, als habe er sie schon als Junge getragen, so zerknautscht war sie. Er kaute mit nicht mehr sehr zahnreichem Mund auf einer leise glimmenden Pfeife herum. Vor ihm, auf einem aus Treibholz zusammengezimmerten Tisch, stand ein Schachbrett mit selbst geschnitzten Figuren. Die Schwarzen waren mit dem unverkennbaren Violett der Roten Bete gefärbt. Seine bloßen Füße hatte er breit zwischen Sand und Dünengras ausgestreckt.

«Holla, Mädelchen», rief der Alte, sobald er sie sah, und recht in einem Ton, als ob er Larissa schon lange kennen würde, «was bringst du denn heute für eine Schwadron von Lütten an?» Ein heiseres Lachen entblößte seinen Mund, und Daniil bewunderte den alten Seebären für die Kunst, die Pfeife dabei weiterhin sicher zwischen seinen Lippen zu halten, und nahm sich vor, später auch so eine Pfeife rauchen zu wollen. Die Kinder standen nun um seinen Tisch und blickten auf die Stellung, die der Mann zu seinem Vergnügen aufgebaut hatte.

«Könnt ihr denn Schach spielen, ihr Fischlein?», fragte der und blinzelte Larissa zu. Goga bejahte, er spielte oft mit seiner Schwester, auch Wadim hatte da schon mitgespielt, nur Daniil wusste nicht, wie es ging, war aber umso beeindruckter, als Larissa sich auf den zweiten, aus Kiefernästen genagelten Hocker setzte und sich vom Seemann zeigen ließ, womit der sich gerade beschäftigt hatte. Zu seinem großen Glück durfte Daniil sogar auf Larissas Schoß sitzen, wodurch er das Geschehen auf dem Brett, das ihm wie ein geheimnisvolles Figurentheater vorkam, genau verfolgen konnte.

«Was machen Sie heute, Wladimir Jossepowitsch?», fragte Larissa vergnügt.

«Na komm, ich will's dir zeigen», sagte der Alte, «spiel mit mir, meine Liebe.»

Er hob bedächtig die Augenbrauen und zog ganz langsam und demonstrativ seinen Turm in die Reichweite eines gegnerischen Bauern.

«Zieh, meine Prinzessin.»

Larissa war zunächst verblüfft. Denn der Anblick einer so wertvollen Figur wie dem Turm in Schlagweite eines Bauern schien vollkommen ungewöhnlich. Dass der Bauer einen Tausch vollzog, dass er einkassierte, das passierte. Aber so etwas! Was für ein Fehler war dem alten Seebären da unterlaufen – also nahm sie, ohne zu zögern, den Turm und freute sich, so eine wertvolle Figur gleichsam geschenkt bekommen zu haben. Die Jungs um sie herum staunten, was Larissa da für einen tollen Zug gemacht hatte. Doch dann musste sie zusehen, wie der schwarze Läufer des lächelnden Wladimir Jossepowitsch nun freie Bahn bekommen hatte, Larissas Dame vor den König fesselte und im nächsten Zug würde schlagen können.

«Siehst du, mein Schatz, das nennt man Zhertwa. Opfer», erklärte nun der Alte, «man opfert einen Turm oder eine andere Figur, und dafür verbessert man die eigene Stellung und erzielt durch das Opfer sogar einen Materialvorteil.»

«Ich verstehe», sagte die verblüffte Larissa und ging in Gedanken den Ablauf noch einmal durch.

«Und jetzt passt auf, ihr alle, ich zeige euch ein weiteres Opfer. Das höchste und wirkungsvollste: das Damenopfer. Es hat eine besondere Geschichte.»

Und mit diesen Worten stellte der alte Matrose, der ein Veteran des Schlachtschiffes «POTEMKIN» war und sich mit seinen Kameraden an der Revolution von 1905 beteiligt hatte, die Figuren zu einer neuen Stellung auf. Währenddessen erzählte er ihnen vom bösen Zar Iwan.

«Iwan Grosny – der Schreckliche!», rief Goga stolz. Er war sehr gut in Geschichte.

«Richtig! Alle Zaren sind Scheusale, die nur an sich denken, das ist ja bekannt. Aber dieser erste Zar war ganz besonders gemein. Er wollte immer mehr und mehr besitzen, und niemand sollte seiner Macht im Wege stehen. Deswegen brachte er jeden um, der ihm gefährlich werden konnte. Sogar ...», der

Alte beugte sich nach vorn und sprach langsam und mit zitternder Stimme, «seinen eigenen Sohn hat er umgebracht.»

Den Kindern schauderte, und besonders Daniil, der seinen Vater nicht kannte, fürchtete sich. Ob Väter so etwas öfter taten?

«Iwan, das muss man ihm zumindest lassen, war ein Schachspieler. Aber sein schlechter Charakter zeigte sich auch hier. Niemand wollte mit ihm spielen, denn wenn er nicht gewann, wurde er furchtbar böse. Doch eines Tages kam der Sohn eines armen Bauern zu ihm, der sich geschworen hatte, den bösen Zaren zu besiegen.»

Der alte Bootsmann war ein vorzüglicher Darsteller.

«Jawoll», rief Goga, «nieder mit dem Zaren!»

«Der tapfere Bauerssohn wusste, dass der Zar gierig war und nie genug bekommen konnte. Und so gelang es ihm, diese Stellung auf dem Schachbrett zu erreichen, die ich euch jetzt zeige.»

Der Matrose erklärte den Kindern die Stellung und fragte dann: «Seht ihr, wie der Bauerssohn vorgegangen war? Genau in diesem Moment der Stellung hat er die Dame hierhergezogen, seine wertvollste Figur.»

«Und der böse Zar?»

«Er freute sich so sehr, dass er dem Jungen die Dame nehmen konnte, er schlug sie, seht ihr, und lachte schallend. Hahaha!

Doch dann blieb dem Zaren das Lachen im Halse stecken. Denn er begriff, wie der Bauerssohn ihn in eine Falle gelockt hatte, aus der es kein Entrinnen gab.»

Nun zog der Matrose und demonstrierte, wie der König des Zaren zwingend in die Ecke gedrängt wurde, worauf nach drei weiteren Zügen das Matt folgte.

«Als der Zar erkannte, dass seine eigene Gier ihn blind

gemacht und er gegen den Sohn eines Bauern verloren hatte, wurde er wütend, rasend, ja was sage ich, besinnungslos vor Zorn. Er schrie und tobte und zerriss sich das Hemd, und seine Wut wurde immer heftiger und heftiger … Bis ihn auf einmal der Schlag traf und er tot auf das Schachbrett niederstürzte. So hatte der kluge Bauerssohn ihn besiegt, und die Menschen in Russland konnten eine Weile in Frieden leben.»

«Und dann?»

«Dann kam wieder ein Zar oder eine Zarin, was weiß ich – und die Gewalt und die Not gingen von vorne los. Aber seit Iwan dem Schrecklichen wissen wir, wie man den Zaren vernichten kann. Er ist wie ein Drache, der immer fressen muss. Deshalb merkt euch: Bietet ihm ein Opfer, nährt seine Gier, bis er sich überfrisst, und er wird sich selbst besiegen.»

Bestens gelaunt, als ob sie selbst gerade einen Drachen erschlagen hätten, marschierten Larissa und die Jungen mit ihren Waräger-Äxten auf den Schultern zurück. Auf dem Weg kam der Moment, an dem Wadim seinem kleinen Bruder den Arm um die Schulter legte, während alle vier im Chor ein Matrosenlied der Baltischen Flotte intonierten. Das Wasser der Ostsee nahm im strahlenden Nachmittagslicht eine geheimnisvolle grün-gelbe Farbe an, deren Anblick in Daniil ein pochendes, fast beklemmendes Glücksgefühl auslöste. Im Arm seines Bruders und angeführt von der feenhaften Kapitänin war es ihm, als wandelten sie über einen anderen Planeten, bedeckt von einem bernsteinfarbenen Ozean, in dem überwältigende Lebendigkeit pochte.

Doch das Glück der zum ersten Mal in ihrem Leben vereinigten Gebrüder Andrejew währte nicht lange. Ihr Vater Leonid erlitt kurze Zeit später einen seiner depressiven Schübe und befand, dass Daniil nicht länger bleiben könne. Seine Anwesenheit im Haus am Schwarzen Fluss, so glaubte er, habe den dunklen Schatten des Kummers über seine geliebte Alexandra hervorgelockt. Die Brüder waren sehr traurig über die Entscheidung des Vaters, aber es half nichts. Am nächsten Morgen musste Daniil zurück nach Moskau. Sein Bruder, Larissa und Goga begleiteten ihn zum Bahnhof, Leonids zweite Frau setzte sich mit ihm in den Zug und tröstete den kleinen Jungen während der Fahrt, so gut es ging.

Er hat seinen Vater niemals persönlich kennengelernt, doch immerhin lebte auch Wadim nach Ausbruch des Krieges ein paar Jahre in Moskau, sodass sie sich oft sahen. In der Zeit standen die beiden sich sehr nahe. Doch mit den Ereignissen des Jahres 1917 holte der Vater Wadim zurück nach Vammelsu. Als das Gebiet nach der Machtübernahme der Bolschewiki finnisch geworden war, wurde Leonid immer melancholischer, immer depressiver. 1919 starb er im Teufelsschloss. Wadim gelangte über Konstantinopel, Sofia und Berlin schließlich nach Paris, wo er ein amerikanisches Stipendium erhielt. Später lebte er denn auch in Amerika. Die Brüder haben sich niemals wiedergesehen. Auch Larissa, der Daniil einen der glücklichsten Tage seines Lebens verdankte, hat er nicht wiedergesehen; das heißt, so ganz stimmt das eben nicht.

Seine Jünglingszeit fiel zusammen mit Revolution und Zerrüttung. Da er kein Arbeitersohn war, durfte er nicht studieren. Er wollte schreiben, auch wenn er wusste, dass er niemals würde publizieren können. So erlernte er den Beruf des Schriftsetzers. Mit dem Schreiben aber begann Daniil und hörte niemals auf. Sein ungewöhnlicher Charakter zeigte sich bald. So etwa, als er im Alter von fünfzehn Jahren, das war 1922, die Erscheinung des himmlischen Kreml über dem irdischen Kreml schaute. Oder die Vorahnung jener bestialischen Gestalt, welche mit dem Wesen des Staates zusammenhängt. Das Erspüren der weiblichen Dämonen, die über die großen Städte herrschen. Für ihn war alles um ihn herum belebt: die Erde und der Himmel, der Wind und der Schnee, die Flüsse und die Blumen. Er lief immer barfuß, wenn es nur irgendwie ging, da er an verschiedenen Orten auch die Erde ganz unterschiedlich spüre. Auf die empörte Frage, was man denn auf dreckigen Straßen und dem Asphalt fühlen könne, antwortete er: «Eine unpersönliche Ausstrahlung der Menschenmassen, eine sehr starke.»

Mir erzählte er, dass er eines Nachts von Larissa geträumt habe. Er hatte sie ja nie wieder gesehen, freilich aber hatte er mitbekommen, dass sie eine Bolschewikin und sogar Kommissarin, eine erfolgreiche Reporterin und sowjetische Autorin geworden war. Aber er mochte sich nicht lossagen von dem glücklichen gemeinsamen Tag am Teufelsschloss, wo sie ihn an die Hand genommen hatte. Eines Nachts also träumte er, dass sie in einer Notlage war, und er wollte ihr helfen, die Hand nach ihr ausstrecken, konnte sie ihr aber, wie von einer negativen Energie, einem üblen Magnetismus gebannt, einfach nicht reichen. Er sah, wie sie zu ihm sprach, aber kein Laut drang aus ihrem Mund an sein Ohr.

Zwei Tage später dann las er in der Zeitung, dass sie gestorben war. Am Tag ihrer Beerdigung schaffte er es nicht rechtzeitig zum Haus der Presse, von wo der Leichenzug gestartet war. Es war Anfang Februar, die Moskwa war seit Wochen beinhart zugefroren, aber trotz der klirrenden Kälte lief Daniil barfuß den Nikitski-Boulevard hoch, mit Mütze und Pfeife, auf die er nie verzichten wollte. Bald schon sah er die letzten im Zug der Trauernden, an dessen Spitze weit vorn Larissas Leichnam getragen wurde. Doch mit einem Mal, während sich die Menge langsam, doch stetig dem offenen Grab näherte, lief es Daniil kalt über den Rücken – denn aus dem Zug löste sich eine weibliche Gestalt in dunkler Kleidung. Sie blieb kurz stehen, blickte noch einmal zurück, löste ihr dunkles, tief ins Gesicht geschlagenes Kopftuch und starrte voller Angst, ja Abscheu, als habe sie etwas Grauenerregendes gesehen. Diese Frau war keine andere als Larissa, da war sich Daniil vollkommen sicher. Während ihr Körper zu Grabe getragen wurde, entfloh sie selbst, ihre Seele, ihr wahres Ich. Er betrachtete sie mit der ihm eigenen Furchtlosigkeit solchen Phänomenen gegenüber. Der entsetzte Ausdruck auf dem Gesicht der Larissa-Erscheinung beunruhigte aber sogar ihn. Es war der Vorschein jener kraftlos machenden, lähmenden, grauenvollen Atmosphäre der Angst, in der wir und das ganze irdische Russland bald schon leben würden.

Alla Alexandrowna Andrejewa

Siebzehn

DAS DAMENOPFER

> «Er fühlte sich an der Spitze einer Bewegung, die ins Rollen gekommen und nicht mehr aufzuhalten war. Er war wie ein vorgespanntes Pferd, das einen steilen Berg hinabläuft. Er wusste nicht, ob er lenkte oder getrieben wurde, doch er jagte mit höchster Geschwindigkeit dahin und hatte keine Zeit, darüber nachzudenken, wohin diese Bewegung führen würde.»
>
> *Leo Tolstoi, «Krieg und Frieden»*

Der Sonderzug stand abfahrbereit auf einem speziellen Gleis des Oktober-Bahnhofs und wurde von Soldaten bewacht. Den ganzen Tag über waren ausgewählte Besucher erschienen, um den General Michail Nikolajewitsch Tuchatschewski zu treffen, den Chef des Generalstabs der Roten Armee, der sich auf Inspektionsreise befand, zwischen dem Ural und der Ukraine, dem Baltikum, der Wolga und dem Kaspischen Meer, und der nun Moskau besucht hatte, um in wenigen Stunden weiter nach Leningrad zu fahren. Die Besucher, die den General in seinem luxuriösen blaugrauen Salonwagen aufsuchten, belieferten ihn mit Akten und Berichten, die Ausrüstung und Stärke der Roten Armee betreffend. Der glänzende Feldherr Tuchatschewski tat sich auch mit den Zahlenkolonnen leicht, konnte die Diagramme und Kurven lesen wie andere Leute die Zeitung. In seinem Geist verwandelten sie sich augenblicklich in Geschütze und ihre Reichweiten, in Haubitzen, deren Munition und Lastwagen, auf denen man das alles transportieren konnte. Und natürlich sah er hinter den Zahlen auch die

Soldaten, die man für den ganzen Betrieb brauchte. Daraus wurde das, was man eine Armee nannte, ein Instrument oder fast mehr noch ein lebendiger Organismus, dabei steuerbar in den Planungen der Generäle.

Nachts aber, wenn Unrast und Schlaflosigkeit General Tuchatschewski besonders quälten und da auch keine Frau war, mit der er sich ins Vergessen und zur Ruhe hätte erschöpfen können, manches Mal also, wenn er mit sich alleine dalag, überlegte er, wie viele Menschen unter seinem Kommando schon auf die andere Seite hinübergewandert waren. Seine Opfergaben an Perun, den Kriegsgott der alten Slawen, gingen in die Zigtausende. Er stellte sich all die Toten vor, sauber in Reih und Glied, erlöst aus dem Dreck und den Verstümmelungen und dem Entsetzen des Krieges. Eine riesige Schattenarmee, die unter seinem Befehl das Zeitliche gesegnet hatte.

Vielleicht achtzigtausend, alles in allem? Aber du hast Tambow vergessen, 1921, die Bauern, die du mit Giftgas und Panzern niedergemacht hast, Jüngelchen, ach richtig, noch mal acht drauf. Und zuvor die aufständischen Matrosen von Kronstadt im März. Noch mal sechs, oder waren es sieben?

Dafür, dass seine Berufung unmittelbar mit dem Tod zu tun hatte, seiner Abwehr wie zugleich seiner Herbeiführung, war der General ungewöhnlich feinfühlig, wenn es um das individuelle Sterben ging.

Am meisten hatte ihn zuletzt der Tod seines besten Freundes, des Marschalls Frunse, geschmerzt, der sich im Bürgerkrieg als überragender Feldherr und Organisator erwiesen hatte. Als Trotzki 1925 das Amt als Volkskommissar für Kriegswesen abgeben musste, war Frunse sein natürlicher Nachfolger. Tuchatschewski, dem er einige Male in schwierigen Situationen des Bürgerkrieges geholfen hatte, wusste, was für ein militärisches Genie der Mann aus Bessarabien gewesen war. Ein rumänischer Bauerssohn, der sich ganz früh den Bolschewiki angeschlossen und seine ersten Sterne in Weißrussland verdient hatte, als der militärische Anführer der Minsker Revolution.

Von Anfang an schon hatte Frunse den anderen Roten Generälen bei ihren Zusammenkünften von Carl von Clausewitz' Schrift «Vom Kriege» berichtet. Dass es solch ein ausführliches Werk über die Organisation einer Armee und die Strategien der Kriegsführung gäbe, dass dieses Lehrbuch von den Herrschenden nicht verboten worden war, sei eigentlich unglaublich, denn dieser anti-napoleonische und damit letztlich anti-imperiale Text sei die perfekte wissenschaftliche Vorlage für sie, die barfüßigen Generäle der ersten Arbeiter-und-Bauern-Armee.

Beweglichkeit und Offensive, Initiativgeist und die von überzeugter Geisteshaltung genährte Kampfkraft gut ausgebildeter Soldaten. Das waren die Prinzipien, die die Gründergeneräle der Roten Armee sich von den Deutschen abschauen sollten. So stellte Frunse bald fest, dass Hans von Seeckts elitäre Reichswehr und die Rote Armee in dieser Hinsicht verblüffend verwandt waren, fast wie Zwillinge. Und niemand, das war Frunses ehrliche Meinung, die er beim Wodka mitzuteilen pflegte, verkörpere dieses Amalgam besser als sein jüngerer Freund Tuchatschewski, der feingliedrige Athlet mit seiner fast römisch zu nennenden Schönheit und seinem unendlichen Ehrgeiz, Feldherrnruhm zu sammeln. Dass Frunse ihn also folglich erst zu seinem Stellvertreter und dann, nach seinem Aufstieg zum Kriegskommissar zu seinem Nachfolger als Chef des Generalstabes gemacht hatte, war niemandem merkwürdig erschienen. So waren alle glücklich, und so hätte man weiter zusammen daran arbeiten können, die Rote

Armee zur besten Armee der Geschichte zu machen, um eines nicht allzu fernen Tages am Atlantischen Ozean zu stehen und Austern zu schlürfen.

Vor einer kurzen Weile aber, Ende 1925, war der gepriesene Anführer Frunse bei einer Routineoperation im Krankenhaus des Kreml ums Leben gekommen. Magengeschwüre sollten operiert werden. Magengeschwüre, die es gar nicht gab. Aber der Chef des Triumvirats, Stalin, der größte Pfuscher des Bürgerkrieges, Tuchatschewskis Nemesis seit Zaryzin, Stalin, dessen verfehlter Ehrgeiz ihn 1920 im Polnisch-Sowjetischen Krieg dazu getrieben hatte, gegen den ausdrücklichen Befehl Lenins Lemberg zu erobern zu versuchen (erfolglos), weshalb Tuchatschewskis Armee, ungedeckt, vor Warschau verlor, was das sogenannte «Wunder von der Weichsel» zur Folge hatte, dieser Dschugaschwili also, den seine speichelleckenden Freunde mit dem hinterwäldlerischen Gebirglerspitznamen Koba riefen und ohne dessen verblendeten Ehrgeiz man damals womöglich Polen erobert und sowjetisiert und damit die nötige kritische Masse zusammengebracht hätte, um ganz Europa im Revolutionskrieg zu einen – also dieser unsägliche strategische Versager Stalin hatte Marschall Frunse mit freundlichsten Worten klargemacht, dass die Partei den großen Führer der Roten Armee dringend benötige und er sich zur Sicherheit unbedingt der Operation unterziehen müsse. Seine Magenbeschwerden hatten sich herumgesprochen. Sicher sei sicher. Aber leider war die Operation nicht gut verlaufen, gar nicht gut. Stalins Liebling Woroschilow, der andere Versager (Trotzki nannte ihn einen Analphabeten, und Tuchatschewski erzählte das gerne unter seinen Kameraden), war der neue Volkskommissar geworden. Was für ein Desaster.

Marschall Frunse hatte ein Ehrengrab auf dem Wagankowoer Friedhof von Moskau bekommen, Stalin persönlich hatte sich mit dem Bildhauer besprochen. Und wie oft hatte Tuchatschewski seitdem nicht an diesen Ort gedacht, das Gräberfeld, gestiftet von Katharina der Großen, der Deutschen auf dem Zarenthron, hatte sich das geschmacklose Grabmal seines Freundes vorgestellt und wie sein Körper von den Würmern zerfressen und verdaut wurde.

Aber genau wie die Wagankowoer Würmer an den sterblichen Überresten des Marschalls nagte an Tuchatschewski die Wut auf die Auftraggeber der Chirurgen, denn es war klar, dass die Ärzte sich hier zu politischen Mördern hatten machen lassen. Mit dieser Auffassung stand er nicht allein, aber angesichts der unheimlich gewordenen Zeiten hielt man sich im Kameradenkreis bedeckt. Doch da der General noch lieber als mit anderen Generälen mit Künstlern zusammen war, mit Musikern und vor allem Literaten – denn in den Werken der Kunst vermochte er zuweilen Befreiung zu verspüren, Mitgefühl und Einfühlungsvermögen –, fand die Geschichte von den Hintergründen der Operation am gesunden Körper des Marschalls ihren Weg in die Arbeit des Schriftstellers Boris Pilnjak, den sein Freund Boris Pasternak Tuchatschewski vor einer Weile vorgestellt hatte.

Und genau dieser Pilnjak, einer der erfolgreichsten Literaten, die die Wirklichkeit in der jungen Sowjetunion ungeschönt zu schildern versuchten, war es, der jetzt den für den Sonderzug des Generals reservierten Bahnsteig entlangeilte. In einem langen schwarzen Mantel, mit steifem Kragen und Melone und einer runden Brille auf der Nase wirkte der Autor wie ein melancholischer Buchhalter aus einer vergangenen Epoche.

«Was wollen Sie, Bürger?», fragte ihn mit steinerner Miene einer der Soldaten, die vor dem Salonwagen Tuchatschewskis Wache hielten.

«Zu Michail Nikolajewitsch, bitte», sagte der Dichter mit leiser Stimme.

«Der General empfängt heute keine Besucher mehr, wir werden bald abfahren.»

«Sie werden sehen, er empfängt mich. Sagen Sie ihm bitte, Pilnjak sei da», beharrte dieser und war sich dessen anscheinend so sicher, dass er nach dem Soldaten gleich aufs Trittbrett des Waggons trat und dem General, der korrekt in Uniformjacke und mit weißen Manschetten über Schreibarbeiten saß, von der Tür aus zuwinkte.

«Da sieh an. Kommen Sie, Boris Andrejewitsch, ich freue mich. Möchten Sie etwas trinken? Habe Likör und Wein vorrätig. Ein Gläschen?»

«Nein, danke sehr. Mir ist nicht danach.»

«Was bringen Sie mir?»

«Meine Geschichte über ...» Er drehte sich um, um zu sehen, ob der Soldat noch im Wagen stand, aber der war schon wieder draußen.

«Sie wissen schon. Ich habe sie vor ein paar Tagen fertig geschrieben und schon in Druck gegeben. Hier, meine Frau hat eine Abschrift für Sie erstellt.»

«Sehr gut, mein Lieber.»

«Die Geschichte vom nichtausgelöschten Mond» – las Tuchatschewski laut, und für einen Moment war es ihm, als würde er durch den Text in einen spiegelnden Mond sehen und sich selbst und seine eigene Situation erkennen. Der General war berührt. Strich über die blassen Buchstaben des Maschinendurchschlags.

«Ich darf dieses Manuskript mitnehmen? Wir werden bald abfahren, Boris Andrejewitsch. Inspektionsreise nach Leningrad. Aber was denn? Was haben Sie?»

«Sie fahren ab? Haben Sie nicht gehört, dass morgen früh die Beisetzung von Larissa Michailowna stattfindet? Ich war sicher, Sie würden kommen.»

«Larissa Michailowna. Reissner? Das habe ich nicht gewusst, nicht einmal, dass ihr etwas fehlte.» Tuchatschewski sah ihn bestürzt an. Das Blut wich aus seinen Wangen.

«Ich gehöre dem Trauerkomitee an und werde, so ist es der Wunsch ihrer Familie, auch einer von denen sein, die ihren Sarg tragen. Es ist ...», Pilnjak blickte düster zu Boden, «es ist wirklich so traurig, für uns alle.»

«Woran ist sie ...?»

«Typhus. Sie lag im Krankenhaus des Kreml, mehr als zwei Wochen, aber die Ärzte konnten nichts mehr für sie tun. Sie wurde schwächer und schwächer ...»

«Wo wird sie bestattet?»

«Am Wagankowoer», sagte Pilnjak traurig, aber ohne jeden zynischen Unterton, und erhob sich dann. «Bitte entschuldigen Sie mich. Es ist noch eine Menge vorzubereiten. Wir treffen uns alle morgen am Haus der Presse. Elf Uhr.»

Als Pilnjak den Waggon verlassen hatte, trat der Soldat herein.

«Geruhen der Genosse General den Befehl zur Abfahrt zu geben?»

Zunächst kam keine Antwort. Die sonst so wachen Augen Tuchatschewskis starrten in einen Abgrund. Ein paar Wörter kreisten in seinem Schädel, Larissa, keine Nachricht, Typhus, Krankenhaus, Kreml, Wagankowoer Friedhof. Schon wieder dieser beschissene Acker. Schon wieder eine wertvolle Verbündete, eine Freundin, eine mächtige und kluge Unterstützerin ausgerechnet dort begraben. Was für ein Verlust.

«Nein», sagte der General, «wir fahren noch nicht. Wichtige Geschäfte halten mich auf. Bestellen Sie meinen Wagen zum Bahnhofsvorplatz. Sofort.»

Er legte sich die Pistolentasche um, in der seine geladene Parabellum steckte, zog Mantel und Handschuhe an und setzte die Mütze auf. Wenig später nahm er auf der Rückbank seines Rolls-Royce Platz.

«Wohin geruhen der Genosse Generalstabschef zu wollen?», fragte der Chauffeur mit dünner Stimme.

«Hotel Loskutnaja.»

«Bei der Manege das?»

Und da der General seine Zustimmung signalisierte, setzte sich der schwere Wagen langsam in Bewegung, um sich über die von dreckigem Schnee bedeckten Boulevards, auf denen etliche Autos dahinfuhren, in Richtung der Twerskaja-Straße zu begeben. Lautlos glitt die eisige, monumentale Stadt vor den Augen des Generals vorbei.

Der Anfang seiner durchaus komplizierten Beziehung zur Komintern-Agentin Larissa Reissner, die gewissermaßen eine eigene Partie im großen Spiel begonnen hatte, lag gut zwei Jahre zurück. Es war im Dezember 1923, in Berlin. Er logierte damals in einem der großzügigen Apartments der sowjetischen Botschaft, Unter den Linden 7, so nah am Brandenburger Tor, dass man in den frühen Morgenstunden die Paraden von Kutschpferden hören konnte, von denen es in Berlin noch erstaunlich viele gab. Michail pflegte damals, seit er unter diplomatischer Tarnung firmierte, jeden Morgen im Tiergarten auszureiten. Man hatte ihn zusammen mit vier anderen Offizieren im Herbst 1923 nach Deutschland abkommandiert, offiziell als stellvertretenden Botschaftssekretär für Sportangelegenheiten. Aber sein wahrer Auftrag bestand darin, das militärische Oberkommando der sich bildenden Roten Garden zu übernehmen. Erst würden die deutschen Betriebs-Sowjets den Generalstreik ausrufen, dann würden sich die revolutionären Obleute zu erkennen geben und Betriebskampfgruppen auf die Beine stellen; die kommunistischen Hundertschaften schließlich würden bewaffnet werden und auf die Straßen gehen und den harten, bereits militärisch geschulten Kern jener dann überall in den Städten entstehenden Roten Armee von Deutschland bilden. Deren operative Führung hätte er, General Michail Tuchatschewski, auf ausdrücklichen Wunsch des damaligen Volkskommissars für das Kriegswesen übernehmen sollen. Die Revolution in Deutschland war ein Projekt der Trotzki-Fraktion, und Tuchatschewski, zu dieser Zeit der Direktor der Kriegsakademie, war gewillt, seinen ganzen Enthusiasmus dareinzulegen.

Dann aber verpuffte die revolutionäre Situation. Oder was immer es auch gewesen sein mochte, vielleicht ja nur ein Radek'sches Hirngespinst, eine Komintern-Fata-Morgana. Tuchatschewski aber blieb in Berlin. Der Botschafter Krestinski, der sich mit Glatze und Spitzbart bemühte, Lenin möglichst ähnlich zu sehen, teilte ihm mit, dass man überlege, nach dem Scheitern der Revolution die Beziehungen zur deutschen Politik und zur Regierung schnellstens wieder zu normalisieren. Bis zum Eintreffen von neuen Weisungen solle der General also noch in Berlin verbleiben.

Da diese nicht so schnell eintrafen, wie es für einen ehrgeizigen und gewissenhaften jungen Spitzenmilitär wie ihn wünschenswert gewesen wäre, ritt er jeden Morgen im Tiergarten aus, machte Gymnastik und Liegestütze und las jede Menge militärtheoretische Bücher und Aufsätze. Neben Clausewitz, den er auf Rat Marschall Frunses sowieso studierte, beschäftigte er sich vor allem mit neuesten Schriften über den Panzer, die große Entdeckung des Weltkrieges. Anders als die meisten hielt er den Panzer nicht für defensiv, sondern für eine Offensivwaffe. Er machte Notizen zu eigenen militärwissenschaftlichen Arbeiten, schrieb Briefe und übte auf der Geige. Sein Spiel war gut, und im Grunde hatte er nur deshalb nicht Violine studiert, weil seine Familie trotz ihres Adels ziemlich mittellos gewesen war.

Ihr Großvater hatte in späteren Jahren eine so extravagante wie abgebrannte französische Gräfin zur Geliebten, die alles dafür tat, dass sich die Pariser Kurtisanen, Zimmermädchen und Etagenkellner noch heute an die Freudenfeste und vor allem die Trinkgelder erinnerten, die dem für Ausschweifung und das Glücksspiel lebenden Edelmann alter russischer Schule so viel Spaß machten. Trotz oder vielleicht auch gerade wegen der vielen Smolensker Goldrubel, die der verfeinerten und versauten französischen Lebensart an der Seine geopfert worden waren, wurden die sämtlichen neun Enkel – Michail hatte noch drei Brüder und fünf Schwestern – mit den letzten Rubeln perfekt zweisprachig, russisch-französisch, erzogen. Mit Französisch allerdings kam er im Berlin dieser Tage nicht wirklich gut durch, nicht gerade der populärste Jargon sozusagen, weshalb er sich bemühte, sein zwar entschlossenes, aber dennoch eckiges Deutsch zu verbessern. Öfters traf er sich mit einer Fremdsprachensekretärin der Botschaft, mit der sich nebenbei auch vortrefflich das Tier mit den zwei Rücken spielen ließ.

Tuchatschewski begann seinen Tag in seinem luxuriösen Apartment, das noch die Innenarchitekten des Zaren eingerichtet hatten, stets in der marmornen Badewanne voll eiskalten Wassers, in der er so lange blieb, bis seine Zehen taub zu werden begannen. Nach dem kalten Wasser kam der Ausritt. Natürlich setzte Botschafter Krestinski in Berlin – der Posten, auf den sie den alten Trotzkisten nach seinem Rauswurf aus dem ZK abgeschoben hatten – längst auf Automobile und hatte die Pferdeställe auf dem Gelände der Botschaft durch Garagen ersetzen lassen. Aber Tuchatschewski hatte es in einem vertraulichen Gespräch verstanden, erst dem Chef des Fuhrparks und dann dem Botschafter selbst die Notwendigkeit der Anschaffung von ein paar Pferden plausibel zu machen: Aus aufstandstaktischer, revolutionspraktischer Sicht könne es durchaus sein, dass man Pferde benötigen werde, um die Truppen zu führen. Das sage er, General Tuchatschewski, der bekanntlich überhaupt als Erster Automobile im großen Stile während eines Gefechtes eingesetzt habe. Aber er wisse, wenn es zu Straßenkämpfen komme, sei ein General zu Pferde jeder anderen Führung überlegen. Zwar ereigneten sich niemals solche revolutionären Zuspitzungen, ganz im Gegenteil. Am zuvor in den Geheimbefehlen genannten Stichtag für den Aufstand konnte er von seinem Zimmer aus Reichswehr am Brandenburger Tor vorüberziehen hören – aber immerhin, die Pferde waren da.

An jenem trüben Dezembermorgen trabte er, natürlich in Zivil, mit dem guten, manchmal eigenwilligen schwarzen Wallach durch die labyrinthischen Nebelbänke des Tiergartens und kam gerade auf die Skulpturengruppe steinerner Löwen zu, als sich ihm eine hochgewachsene Frau mit auffallend schönem, kastanienfarbenem Haar in einem Ledermantel in den Weg stellte. Recht eigentlich stellte sie sich nicht in den Weg, sondern lehnte an der Löwengruppe, rauchte eine Zigarette mit ihrer behandschuhten linken Hand und hielt ein Buch in der behandschuhten rechten, intensiv lesend, als ob es genau das wäre, warum man frühmorgens in den nebligen Berliner Tiergarten kam.

Da sie nicht nur äußerst reizvoll aussah, sondern im richtigen Augenblick auch ihren wohlgeformten Kopf hob, ihm entgegenblickte und lachend auf Russisch «Vorsicht, reiten Sie mich nicht nieder, Genosse General …» entgegenrief, so als wären sie beide gerade in der Puschkin'schen Fassung des alten Märchens vom Mädchen mit den zwei Wölfen, da konnte er gar nicht anders, als den Wallach kurzerhand anzuhalten. Der reagierte nervös, aber da die Frau im Ledermantel ihm gleich ans Halfter fasste, ihm die Nüstern tätschelte und ihren Kopf gegen seine Stirn legte, beruhigte sich das Pferd.

Tuchatschewski konnte tun, was ihm beim ersten Anblick dieser Frau sofort in den Sinn gekommen war – nämlich absitzen, um sie kennenzulernen.

«Guten Morgen. Was lesen Sie denn da, Genossin? Darf ich sehen?», fragte er mit einer lustigen Miene. Für eine Sekunde dachte er daran, dass immer wieder Attentate auf Repräsentanten des Sowjetstaates verübt wurden, Berlin wimmelte von russischen Exilanten, Weißen, Grünen, Sozialrevolutionären, Anarchisten, rechtsradikalen Nationalisten oder Spiritualisten; und sie alle wussten, wie man mit einer Pistole umging. Aber da die schöne Frau im Ledermantel ihn mit jenem leicht spöttischen Ausdruck anlächelte, den er von jeher schon reizvoll gefunden hatte, war die Vorsicht sofort überwunden.

Sie aber drehte sich von ihm weg, sodass er den Umschlag des Bändchens nicht erkennen konnte, und begann, mit geübter Stimme in die neblige Morgenluft zu deklamieren:

«Mein Bahnhof – ein Safe, schwer entflammbar,
Der Trennung, Begegnung beschert;
Gebieter und Freund, ich bin dankbar
Für deinen unschätzbaren Wert.

Ein Schal wärmte manchmal mein Leben,
Zur Abfahrt bereit stand der Zug.
Sein Harpy–»

«Sein Harpyien-Maul schnaufte bebend ...», setzte nun der General ein, der das Gedicht seines Freundes Pasternak gleich erkannt hatte, und deklamierte weiter:

«Die Sicht nahm uns dampfende Glut,
Noch saßen zusammen wir beide;»

Und nun, wie einstudiert, sprachen sie beide und blickten einander in die Augen:

«Wir fanden uns, lösten uns – aus.
Leb wohl, es ist Zeit, meine Freude!
Herr Schaffner, ich spring schon hinaus.»

Die Frau im Ledermantel hatte also nicht die Absicht gehabt, ihn zu erschießen, war aber trotzdem gekommen, um ihn ins Herz zu treffen. Sie habe die Nacht über kaum geschlafen, sagte sie, um so früh wie möglich im Tiergarten zu sein und ihn abzupassen. Sie müsse sich mit ihm treffen, nachdem sie ja in früheren Zeiten schon öfter nur ein paar Dutzend Kilometer Luftlinie voneinander entfernt gewesen seien.

Wann das war, fragte der General schluckend, weil ihm die Kehle trocken wurde, während er den unzufrieden schnaubenden Wallach eng am Halfter hielt. Die Frau strahlte bei allem, was sie sagte, eine beinahe unheimliche Gewissheit aus. Langsam bekam er das Gefühl, als müsse er sie kennen.

«Wir waren glücklich, als uns im September 1918, nach Kasan, als wir mit der 5. Armee darauf warteten, mit unserer

Flottille einzugreifen, das Radio mitteilte, die 1. Rote Armee sei zur Offensive gegen Simbirsk übergegangen. Noch nie, hieß es, habe man in der bitteren Geschichte unseres Kampfes solch eine gut durchgeführte Operation gesehen. Oberst Kappel, dieser Faschist, wurde geschlagen. Aber das wissen Sie ja, denn Sie waren der General der 1. Armee und ich ...»

«Sie sind die Reissner, die Frau von Admiral Raskolnikow, die erste Kommissarin der Wolgaflottille. Larissa Michailowna – wieso haben Sie sich nicht einfach an die Botschaft gewandt, Exzellenz?»

«Ich bin überzeugt, dass der Komintern-Resident, wie heißt er noch, Abram-Mirov, meinen Besuch mit Interesse protokollieren und nach Moskau funken würde. Aber mir ist nicht daran gelegen. Ich möchte zunächst mit Ihnen alleine sprechen. Sagen wir heute, um zwei Uhr?»

Sie nannte ihm die Adresse eines Hotels in Schöneberg, wo zwei wie sie nicht weiter auffallen würden, und dann trennten sie sich.

Zurück in der Botschaft erledigte der General fünf Minuten lang seine selbst gestellten Fleißaufgaben. Er begann, seiner Ehefrau einen leidenschaftlichen Brief zu schreiben, aber dann kam ihm der Gedanke, in der Bibliothek nach alten Ausgaben der «Iswestija und der «Prawda» sowie in literarischen Zeitschriften nach Texten von Larissa Reissner zu suchen. Er verschlang eine «Iswestija»-Reportage von ihr, in der sie ein Fest afghanischer Krieger beschrieb, und er musste sich dabei die ganze Zeit vorstellen, wie Larissa in ein orientalisches Fantasiekostüm gekleidet in diesem Schöneberger Hotel auf ihn wartete. Das erregte ihn derart, dass er nach dem zweiten Eisbad an diesem Tag die Botschaft etwa eine Stunde früher verließ, als es nötig gewesen wäre.

Die Fahrbereitschaft der Botschaft schlug er aus. Bis zum Potsdamer Platz lief er, freute sich an dem dortigen Verkehrschaos, dann nahm er eine Mietdroschke nach Schöneberg. Der Tag war kalt und so trüb, dass er glatt für Moskauer Wetter hätte durchgehen können. Auf der Potsdamer Straße betrachtete er die Weihnachtsdekoration in den Auslagen der Geschäfte. Es sah danach aus, als würden die Maßnahmen der Regierung zur Stabilisierung des Geldes, die sogenannte Rentenmark, erkennbare Früchte tragen. Zwar kostete der Dollar mittlerweile viereinhalb Milliarden Mark, aber wer schon davon gehört hatte, konnte schlau in die Rentenmark wechseln. Alles rannte in die Läden, in dicke Mäntel gehüllt. Bewacht von der Reichswehr, die das politische Leben in Deutschland auf Befehl des sozialdemokratischen Reichspräsidenten Ebert unter Kontrolle hielt, schleppte man Pakete. Aßen an Wurstständen. Verkauften ihre Wertsachen in selbst gebauten Bauchläden. Tranken Bier. Fuhren Auto. Er wartete ungeduldig an einer Ecke gegenüber dem Hotel.

Larissa Michailowna erschien kurz vor der Zeit, im Ledermantel, mit einer auffälligen, aus unterschiedlichen Lederstücken genähten Umhängetasche. Sie verschwand im Eingang des Hotels, das in einem gewöhnlichen Wohnhaus untergebracht war, ein sogenanntes Etagenhotel, und ihm war klar: Er hatte dort drin eine Verabredung mit Kommissarin Reissner, der inkorporierten sexuellen Fantasie der Roten Armee.

Er betrat das Hotel. Da war eine schmale Portiersloge, gerade ohne Portier. Er ging die Treppe hoch, auf der ein roter Gründerzeitläufer auf bessere Zeiten wartete, und zögerte, als er vor dem Zimmer stand, weil er die letzten Augenblicke auskosten wollte. Aber er hatte sich verrechnet, weil Larissa ihn längst bemerkt hatte und die Tür öffnete.

«Guten Tag. Kommen Sie herein.»

Drinnen war nichts orientalisch oder irgendwie sonst romantisch. Auf dem kleinen Tisch neben dem Bett lag ein handelsüblicher, aufgeschlagener Stadtplan von Hamburg, wie er aus dem Augenwinkel erkennen konnte, und daneben eine vermutlich handgezeichnete Karte.

«Danke, dass Sie gekommen sind. Möchten Sie Tee? Ich kann welchen holen.»

«Nein, sehr liebenswürdig. Vielleicht später. Darf ich mich setzen?»

«Aber doch nicht aufs Bett, kommen Sie hier an den Tisch.»

«Was wollen Sie mir denn zeigen?»

Larissa begann zu sprechen. Und sie kannte nur ein Thema – wie es mit der Revolution weitergehen würde, denn es musste weitergehen, in Permanenz. Gegen das Weltimperium. Und wie sich dieser Kampf dann konkret besichtigen lasse – wie zum Beispiel jetzt, gerade erst in Hamburg. Man habe ja die unterschiedlichsten Darstellungen gehört, aber Larissa sei auf eigene Faust «an die Wasserkante» gefahren, wie sie mehrfach betonte, und hatte sich den Verlauf des gescheiterten Aufstands von Augenzeugen und Beteiligten schildern lassen.

«Sie sind der Direktor der Moskauer Kriegsakademie. Wenn es jemanden gibt, der versteht, was hier falsch gelaufen ist, dann Sie. Helfen Sie mir, das alles zu begreifen.» Sie nahm sich mit angestrengter, sorgenfaltiger Stirn eine Zigarette und bot ihm auch eine an, er gab Feuer.

«Dann beginnen Sie bitte. Das Kartenmaterial haben wir ja schon da.»

«Die Hamburger Arbeiter leben weitab von ihren Fabriken und Werften, unter anderem in einem Stadtteil genannt Barmbek, hier oben. Es ist eine ungeheure Kaserne, die Häuser gleichen sich, und diese Mietskasernen verbinden die unsauberen, nackten Korridore der Straßen. Durch diese reichlich schmutzige, unwirtliche Vorstadt zieht die riesenhafte Raupe einer Eisenbahnbrücke einen stählernen Halbkreis. Direkt dem Bahnhof gegenüber liegt ein Polizeirevier, ein Gebäude mit trüben, an die dunklen Brillengläser eines Spitzels erinnernden Fenstern, umgeben von Stacheldraht, an dem Fetzen alter Aufrufe wehen. In Barmbek begannen die Unruhen, eine Woche vor dem Aufstand.» Sie nahm ihr Notizbuch und las vor.

«Dienstag, den 16. Oktober nehmen Arbeiterinnen und Frauen der kleinen Angestellten die Märkte in Besitz und zwingen die sabotierenden Händler, ihre Waren zu verkaufen. Donnerstag und Freitag bilden sie eine Kette vor den Werften und veranlassen so die beschämten Männer, nach Hause zurückzukehren. Am selben Tag demonstrieren fünfzehntausend Arbeitslose und Frauen auf dem Heiligengeistfeld. Sonnabend findet im Gewerkschaftshaus eine ungeheure Versammlung statt, von wo die tausendköpfige Menge zum Rathaus zieht und die bewachte Bannmeile durchbricht. Des Abends schreiten Zehntausende von Arbeitern unablässig, hartnäckig über die Fußstege, die Polizei verhaftet über hundert Menschen, aber die Leute sind nicht zu vertreiben. Nachrichten verbreiten sich: Die Reichswehr greift die Arbeiter in Sachsen an. Die Massen geraten in furchtbare Spannung. Es ist der Vortag der Revolution.»

Sie gingen den weiteren Verlauf durch, Larissa hatte sich sogar die Zahl der Waffen notiert. Die Barmbeker verfügten zusammen mit den Aufständischen von Uhlenhorst und Winterhude über neunzehn Gewehre und siebenundzwanzig Pistolen, während der Gegner in diesen Stadtteilen zwanzig Polizeistationen, acht mit verstärkter Belegschaft, aufweisen konnte, in Wandsbek überdies sechshundert Mann Schutzpolizei und sechs mit je zwei schweren Maschinengewehren bestückte Panzerautos. Trotzdem gelang es den Stoßtrupplern, so schwach bewaffnet sie auch waren, aufgrund ihres entschlossenen Vorgehens siebzehn Polizeiwachen zu besetzen, am frühen Morgen des 23. Oktobers. Gegen sieben Uhr erteilt die Leitung von Barmbek den Befehl zum Bau von Barrikaden. Viele Arbeiterinnen und Arbeiter helfen den Aufständischen. Bis fünf Uhr nachmittags kämpften sie schwer mit der Polizei, die heftige Verluste erlitt. Die Barmbeker wussten nicht, dass schon zwei Tage vorher der Gesamtplan zum deutschen Aufstand in Chemnitz abgesagt worden war, sie ahnten noch nicht einmal, dass sich weder in Hamburg noch in Altona ihre Genossen erhoben hatten, sondern zu Hause geblieben waren.

«Die Barmbeker – mit nur einem einzigen Offizier! – kämpften, hielten die Stellung, hatten die Barrikaden klug angelegt – aber sie waren ohne jede Verbindung und Unterstützung. Sie wähnten sich inmitten der allgemeinen Revolution, waren aber völlig alleine, hatten kaum Waffen, keine Führung von der Parteispitze. Und diese Führung gab es nicht, weil die Anhänger Brandlers, die Rechten, und die um Thälmann, die Linken, entzweit waren. Die Kommunistische Partei selbst hat den Aufstand ruiniert.»

«Das haben Sie sehr gut auf den Punkt gebracht, Larissa Michailowna, ich bin sicher, Sie werden eine aufwühlende Reportage darüber schreiben. Aber für diese desaströse Einsicht muss man nicht Direktor der Kriegsakademie sein. Die entscheidende Frage ist doch: Wie konnte es passieren, dass die Hamburger Partei nichts davon erfahren hat, dass Chemnitz am 21. Oktober den Aufstand abgesagt hat, und am 23. losschlug? Und dann auch konsequent nur in einem Viertel.»

«Die Antwort könnte fürchterlich sein.»

«Denken Sie wie ich? Verrat? Haben Sie sich umgehört?»

«Ich kann mit niemandem darüber sprechen. Aber ich will, dass wenigstens Sie mich verstehen.»

«Worin verstehen?»

«Dass ich nicht mehr an die Politik glaube. Sehen Sie, als wir vor sechs Jahren begonnen haben, hätte ich, ohne darüber nachzudenken, mein Leben für die Revolution und die Partei geopfert. Das war der Kampf – der Kampf hat uns befreit. Aber jetzt verheddern wir uns in Flügelkämpfen, die uns gegenseitig lähmen. Und das beginnt erst, glaube ich.»

«Opfern könnten Sie sich aber durchaus noch. Ich hätte da eine Idee, womit Sie anfangen könnten. Ziehen Sie sich zunächst aus, ganz nackt, wie es für ein altrussisches Opfer üblich war, und dann trage ich Sie auf den Opferaltar: unsere Liebesstatt, dieses Bett. Wir opfern Sie der Gattin von Perun – wie hieß sie noch, Makosh, der Beschützerin der Mütter und unverheirateten Mädchen. Obwohl, das sind Sie ja beides nicht, oder?»

Larissa warf ihm einen zornigen Blick zu.

«Sie sind kindischer, als ich es Ihnen zugetraut hätte.»

«Ich wollte Sie nicht kränken, sondern aufheitern», er griff nach ihrer Hand – «stoßen Sie mich doch nicht weg.»

«Doch, genau das tue ich jetzt. Dafür ist keine Zeit. Vielleicht später, wenn wir weitergekommen sind.»

«Dann sagen Sie mir, was ich tun muss, um Ihnen zu gefallen. Mein Leben hier in Berlin ist eine Farce. Sie sind mein erster Lichtblick, Larissa Michailowna.»

«Dann hören Sie bitte erst mal auf, mich so anzusehen.»

«Dafür kann ich nichts. Es sind einfach Ihre Schönheit und Ihr Geist. Alles habe ich unter Kontrolle, und allem kann ich widerstehen, aber jemandem wie Ihnen – bin ich einfach hilflos ausgeliefert. Befehlen Sie mir doch, was immer Sie mögen.»

Larissa musste nun einfach lachen. Dieser Kerl war unmöglich. Dreister, als sie gedacht hatte. Aber er war auch charmant. Und sein Profil war zugegebenermaßen sehr schön anzusehen. Wie eine lebendig gewordene antike Statue.

«Zunächst werden Sie mir helfen. Dann bekommen Sie vielleicht Ihre Belohnung.»

«Ich höre untertänigst.»

«Ich bin vor Jahren auf die Spur eines deutschen Offiziers gestoßen, von dem ich glaube, dass er mich verstehen wird. Dass er die großen Pläne weiterschreiben kann.»

«Auf die Spur. Was heißt das denn?»

«Es war in Kabul. Die Deutschen hatten versucht, den damaligen Emir zum Eintritt in den Weltkrieg zu bewegen. Vergeblich. Der Mann, den ich meine, hat ein Buch darüber geschrieben. Sein Name ist Oskar Ritter von Niedermayer.» Sie reichte ihm eine Postkarte, auf der sie alles notiert hatte. Tuchatschewski las den Namen argwöhnisch.

«Ritter?»

«Kein Erbadel. Nur er persönlich wurde irgendwann geadelt. Ist wohl so etwas wie die höchste militärische Auszeichnung, die das Königreich Bayern zu vergeben hatte. Der Titel ist natürlich lächerlich, ich weiß, aber das sollte uns nicht weiter stören. Sie müssen herausfinden, wo wir den Ritter von Niedermayer treffen können. Sie haben doch Verbindungen zur deutschen Reichswehr. Hat man mir gesagt.»

«Wer sagt denn so was?»

«Ein guter Freund.»

«Von Ihnen oder von mir?»

«Finden Sie für mich heraus, wo wir Niedermayer treffen können. Ich bin sicher, dass er in Berlin ist.»

«Wir?»

«Ich betrachte uns beide als Verbündete. Oder etwa nicht? Enttäuschen Sie mich nicht, Michail Nikolajewitsch.»

«Ich würde wirklich viel, beinahe alles dafür tun, Ihnen dienen zu dürfen, Genossin Raskolnikowa, aber womit begründen Sie diese Einschätzung? Das ist ein großes Wort. Genossen sind wir, das ja. Aber Verbündete?»

«Zufällig weiß ich, dass morgen oder übermorgen eine Weisung aus Moskau an der Botschaft eintreffen wird, die Sie und Ihre Kameraden betrifft. Der Volkskommissar wird anordnen, dass Sie als Vertreter der Roten Armee Kontakt mit Vertretern der Reichswehrführung aufnehmen sollen. Die gute Zusammenarbeit von früher soll fortgesetzt werden.»

Es war ein Moment wie am Morgen im Tiergarten, in dem Tuchatschewski so etwas wie einen inspirierenden kleinen Schock erlitt. Er staunte, was ihm da zuteilwurde, war aber auch enerviert, dass er nicht verstand, was hier eigentlich gespielt wurde. Wenn Larissa so eine Außenseiterin war, wie sie betonte, woher bezog sie ihre Informationen?

«Gut», sagte er unsicher, sodass ihm nur noch die wenig geistreiche Bemerkung «Wir werden sehen» einfiel. Er ärgerte sich.

Larissa stand auf. Dann ging sie zum Bett, zog die Schuhe aus, legte sich hin, schlug die Beine übereinander und schenkte ihm einen langen Blick aus ihren grünen Augen. Es war ihm, als ob die Ewigkeit ein Foto von ihm machen würde.

Nun erklärte sie ihm freundlich, dass sie sich wieder melden würde. Sie hoffe nur, dass er schnell etwas herausfinden werde. Er höre von ihr. Aber jetzt erlaube sie sich eine kleine Ohnmacht.

«Wie bitte?»

«Muss mich kurz ablegen», sagte sie und bettete, mit plötzlich müdem Gesicht und Fältchen um die Augen ihren Kopf auf das pludrige Kissen, schloss die Augen und schlief mehr oder weniger binnen Momenten vor ihm ein. Er war verblüfft – hatte sie tatsächlich solches Vertrauen in seine Anständigkeit? Was war das für eine Frau? Was war mit ihr los?

Er blieb noch ein wenig im Zimmer, hinter dessen auf einen nebeltropfenden Hinterhof gehenden Fenstern sich längst die Berliner Dezembernacht gesenkt hatte. Der Raum lag im Zwielicht, nur die wacklige Schreibtischlampe brannte. Da war ihr Ledermantel, diese spezielle Umhängetasche, ihr Notizbuch und der Stift, und daneben ihr Etui mit Zigaretten und der Gedichtband von Pasternak. Das also war die Ausrüstung einer Internationalistin. Ihre Bewaffnung.

Er küsste sie vorsichtig auf die Stirn, senkte seine Lippen ganz sanft auf ihre Schläfe, verharrte einen Moment und schnupperte noch einmal. Ein ferner, exquisiter Rosenduft.

Er glaubte fest daran, sie bald wiederzusehen. Vielleicht sah er sie aber auch niemals mehr, wer konnte das schon sagen. Aber da er sie diesen erstaunlichen Tag hindurch begehrt und auch geliebt hatte, wollte er so viel von ihrer Schönheit mit sich nehmen wie möglich. Vorsichtig strich er ihr das Haar aus der Stirn und erlaubte seinem Zeigefinger einen kleinen Aufenthalt an ihrem Ohr. Ihn überkam der Gedanke, ihren schuhlosen, von einem Seidenstrumpf bedeckten Fuß zu küssen. Aber nein, er deckte sie stattdessen geschwisterlich mit ihrem Mantel zu. Auf Zehenspitzen schlich er sich aus dem Zimmer. Er nickte der Etagendame zu, die gerade einen mit fragwürdigem Putzwasser gefüllten Eimer aus einem Zimmer in ein anderes trug und ihn mit Interesse, aber durchaus freundlich musterte.

«Schönen Tag noch, gnädige Frau», rief er ihr auf Russisch zu, ging das enge Treppenhaus hinunter, nahm nur aus dem Augenwinkel die Loge im Erdgeschoss wahr, wo jetzt vor der Sammlung von Schlüsseln auch ein Portier stand. Dann trat er auf die Straße im Bayerischen Viertel in Schöneberg, in dem junge Russen nichts Besonderes waren.

Während der Fahrt zurück in die Botschaft schmiedete er schon den Plan, wie er vorgehen würde. Natürlich hatte er alte Verbindungen zur Reichswehr. Er telefonierte ein bisschen, sprach mit ein paar Bekannten, und zwei Tage später wusste er, dass sich dieser von der Kommissarin Reissner gesuchte Ritter von Niedermayer hinter dem ominösen Neumann verbarg, der, welche Ironie, schon vor einer Weile in Moskau herumgegeistert war. Er hatte von diesem Mann gehört. Bei einem Treffen mit dem Volkskommissar des Äußeren hatte Neumann so vollmundig, als spräche er für die deutsche Regierung, von umfangreichen Kohlelieferungen des Deutschen Reichs an Russland geschwärmt, die irgendein Bündnis untermauern sollten. Da aber niemand in Berlin davon wusste und kein einziges Stückchen Ruhrkohle jemals in die unter Brennstoffmangel leidende Föderative Sozialistische Russische Sowjetrepublik transportiert worden war, wurde er in Moskau zur Unperson. Die «Neumann'schen Kohlen» waren daraufhin in gewissen Kreisen sprichwörtlich für die Verheißungen der Deutschen gegenüber der ums Überleben kämpfenden Sowjetunion geworden, die niemals eintrafen.

Ein paar Tage später wurden die unter diplomatischen Identitäten residierenden Roten Offiziere zum Botschafter bestellt, der ihnen erklärte, dass aus Moskau neue Direktiven eingetroffen seien. Ganz genauso, wie Larissa es ihm vorhergesagt hatte: Nach den Turbulenzen des gescheiterten Oktobers sei es nun im Interesse der Sowjetunion, auf allen Ebenen den Kontakt und die Zusammenarbeit mit den Deutschen zu vertiefen, im Geiste des Vertrages von Rapallo. Wirtschaftlich, aber auch ganz besonders militärisch. Das internationale Kapital warte ja nur darauf, erst Deutschland zu einer Kolonie zu machen und danach Russland zu unterwerfen.

«Jeder von Ihnen, Genossen, möge ein Botschafter, ein Kundschafter, ein Freundschafts- und Friedensbringer sein. Unsere beiden Länder, von den Westmächten zu den Ausgestoßenen und Verfemten der internationalen Politik gemacht, bedürfen der vertrauensvollen Zusammenarbeit zum beiderseitigen Nutzen. Erwarte demnächst Statusberichte über Ihre Fortschritte. Kontaktaufnahme. Reichswehr. Verstanden? Danke.»

Michail Nikolajewitsch waren seine Erfolge bereits früher oft zugeflogen. Nun war er dank der ehemaligen Kommissarin fast schon dabei, den Auftrag zu erfüllen, bevor er überhaupt richtig befohlen worden war.

Als Larissa ihm eine Woche später ein Billett zukommen ließ, damit sie sich in einem Caféhaus nach Wiener Art am Potsdamer Platz träfen, hatte der General ausgesprochen gute Laune. Das Café war beliebt und verdoppelte seine Sacher- und Linzer Torte verspeisenden Besucher durch deckenhohe Spiegel, die die Wände im ganzen runden Raum bedeckten. Auf einer kleinen Empore saß ein blinder Zitherspieler mit schwarzer Brille, der wie in Trance Wiener Lieder zum Besten gab.

«Wirklich sehr schön hier. Aber wieso treffen wir uns nicht gleich in unserem Hotelzimmer?»

«Von *unserem* Hotelzimmer kann keine Rede sein. Im Übrigen sollten Sie doch wissen, dass ich illegal in Deutschland bin und es vermeide, dieselben Orte zweimal aufzusuchen.

Haben Sie etwas herausgefunden? Spätestens Ende des Monats muss ich zurück nach Moskau. Ich bin schon zu lange in Deutschland. Also?»

«Pflegen Sie Ihre Versprechen zu halten?»

«Ich schon.»

«Dann werden wir um ein Hotelzimmer nicht herumkommen, denn ich kann Ihnen Ritter Niedermayer vollständig liefern – in glänzender Rüstung. Wie einen gebügelten Anzug auf der Stange. Wir können sofort hineinschlüpfen. Wollen Sie einen Weinbrand zu Ihrem Kaffee, Larissa Michailowna? Nein? Ich nehme jedenfalls einen.»

Er winkte dem Kellner und bestellte in seinem von der Clausewitz-Lektüre der letzten Wochen inspirierten Deutsch, das klang, als stamme es aus einem höfischen Theaterstück.

Larissa wunderte sich ein wenig über seine blumige Sprache, die offensichtlich seiner guten Laune geschuldet war. Sie hörte ihm dennoch gebannt zu, denn Tuchatschewski hatte ganze Arbeit geleistet. Langsam wurde das Phantombild, das sie von Niedermayer hatte, klarer und konturierter. Der bayerische Ritter nahm endlich Gestalt an.

Von seiner Zeit in Afghanistan und der Rückreise durch den Iran wusste sie, das hatte sie Niedermayers Erfolgsbuch entnommen. Neu erfuhr sie nun, dass der damalige Oberleutnant sofort danach wieder im Einsatz war.

«Sagt Ihnen das Sykes-Picot-Abkommen von 1916 etwas?»

«Nein, aber es hört sich nach einer der typischen Fallen, der arglistigen Hinterhalte an, als die sich die Verträge der Imperialisten grundsätzlich erweisen. Habe ich recht?»

«Eine Vereinbarung zwischen England und Frankreich über die Aufteilung des Nahen Ostens nach dem Ende des Osmanischen Reichs. Die Palästinafront war von größter strategischer

Bedeutung. Da gab es diesen britischen Hauptmann Lawrence, der eine arabische Guerilla-Armee anführte. Die Briten hatten den Arabern einen eigenen, souveränen Staat versprochen. Und sie dann später selbstredend reingelegt, aber das ist eine andere Geschichte.»

Er machte eine Pause, trank seinen schwarzen Kaffee aus und nippte dann sorgsam am Cognac. Der blinde Zitherspieler, dessen Mund leicht offen stand, spielte «An der schönen blauen Donau». Tuchatschewski tat, als höre er gedankenselig zu, in Wahrheit aber genoss er es, Larissa, die ihm gespannt in seine tiefblickenden Augen sah, ein wenig hinzuhalten.

«Niedermayer war jedenfalls der Einzige, der diesen Lawrence mit seinen Kameltruppen und Bombenlegern an den Rand einer Niederlage gebracht hat. Nach dem, was ich gehört habe, konnte er sich dabei auch auf die exzellenten Luftbilder stützen, die die Bayerische Luftwaffe gemacht hatte, die in Palästina stationiert war.»

«Die Bayern hatten ihre eigene Luftwaffe?»

«Ja, und damals angeblich die beste und modernste überhaupt. Flugzeuge mit vorzüglichen, in bayerischen Werken gebauten Motoren. Wenig später, es war Weihnachten 1917 in Jerusalem, geschah dann etwas für uns Entscheidendes: Niedermayer lernte den Chef des osmanischen Generalstabs kennen, einen Deutschen. Die beiden haben sich, so zumindest wurde mir das geschildert, bestens verstanden. Ich glaube, den Namen haben Sie schon einmal gehört: Hans von Seeckt.»

«Der Chef der Reichswehr. Der die Arbeiter zusammenschießen ließ, in Sachsen und Hamburg. Der Militärdiktator.»

«In der deutschen Terminologie heißt er offiziell Chef des Truppenamtes – denn der Große Generalstab, eine preußische Errungenschaft, die man nicht genug bewundern kann, wurde von den Alliierten verboten. Und ja, wenn man so will, ist Seeckt der große Profiteur der ganzen Aufstände oder besser gesagt Aufstandsversuche. Er hat eine gestaltende Position. Es heißt, er hege eine leidenschaftliche Bewunderung für Alexander den Großen. Einen schlechten Geschmack hat er jedenfalls nicht.»

«Ich bin erschüttert.»

«Schlucken Sie diese Kröte und denken Sie strategisch! Seeckt und Niedermayer scheinen ein ausgesprochenes Vertrauensverhältnis zu haben. Im Februar 1921 hat Niedermayer wohl einen Vortrag im Reichswehrministerium gehalten, vor der militärischen Führungsspitze: *Zur Beurteilung der militärgeografischen Verhältnisse eines Angriffs auf Indien*, womit wir bei Ihnen wären, Larissa Michailowna, und bei uns. Denn tatsächlich war Niedermayer schon früher im Auftrage Seeckts in Moskau, um unsere militärische Zusammenarbeit anzubahnen. Er hat sich in Moskau allerdings etwas unbeliebt gemacht.»

«Bei wem?»

«Beim Außenkommissariat. Ich glaube, er ist ziemlich impulsiv. Das muss uns aber nicht stören.»

«Uns?»

«Allerdings. Sein Status als Vertrauter von Seeckts macht Ihren Ritter auch für mich zu einer hochinteressanten Figur. Wissen Sie was? Wenn ich meine Belohnung von Ihnen bekommen habe, dann bekommen Sie von mir auch eine.»

«Daraus wird nichts, solange wir ihn nicht gefunden haben. Wenn wir ihn haben, dann sehen wir weiter, Genosse General. Und jetzt adieu.»

«Sie wollen schon gehen?»

«Ich habe noch einen längeren Nachhauseweg.»

«Wo wohnen Sie eigentlich?»

«In der Wohnung ... polnischer Genossen der ersten Stunde. Sehr präzise arbeitende Leute. Aber streng.»

«Soll ich Sie begleiten?»

«Ich bin kein Fräulein, und das hier ist nicht die Tanzstunde. Also, nein danke.»

«Und dort in dieser Wohnung schlafen Sie ... alleine?»

«Was denken Sie?» Sie lächelte ihn versöhnlich an und schenkte seinem leicht gekränkten römischen Profil einen freundlichen Blick.

«Übernehmen Sie die Rechnung?»

«Selbstverständlich. Aber Larissa Michailowna – wann sehen wir uns wieder?»

«Das wissen Sie doch schon: Sobald wir den bayerischen Ritter treffen können. Ich danke Ihnen, Herr stellvertretender Botschaftssekretär.»

Zwei Tage vor Heiligabend war es so weit. Allerdings nicht der General, sondern Larissa hatte erfahren, dass es draußen in einer Villa am Wannsee eine Zusammenkunft geben würde, Deutsche, Russen, Exilanten, Militärs, Schriftsteller und Intellektuelle, die zu einer literarischen deutsch-russischen Weihnachtsfeier im Haus eines geheimnisvollen Gastgebers zusammenkommen würden.

In einem Wagen der sowjetischen Botschaft, den Tuchatschewski selbst steuerte, holte er Larissa am Bahnhof Zoologischer Garten ab. Sie trug einen hellbraunen Hosenanzug mit weißem Hemd und dunkler Krawatte und sah darin äußerst unternehmungslustig aus.

«Sie wissen den Weg? Meine Ortskenntnisse hier sind bescheiden. Ich komme nicht viel aus der Botschaft hinaus.»

«Sie Armer! Also, zunächst fahren wir nach Westen, Halensee, dann nach Süden. Ich kenne den Weg. Wir haben damals in Zehlendorf gewohnt.»

«Das wusste ich gar nicht. Für mich waren Sie immer der Inbegriff eines Gewächses von Piter.»

«Zehlendorf ist gutbürgerlich, aber es gibt eine Arbeitersiedlung bei den Fabriken am Teltowkanal. Mein Bruder und ich waren dort auf der öffentlichen Grundschule. Wir hatten überhaupt kein Geld, manchmal konnte unsere Therese uns kaum ein Pausenbrot mitgeben, dann teilten unsere Freunde mit uns.»

«Therese?»

«Unsere Hausangestellte.»

«Ihre Angestellte?»

«Natürlich. Meine Eltern hatten immer ein Hausmädchen.»

«Kein Geld für Pausenbrot, aber eine Angestellte. Das nenne ich wahrhaft vornehm.»

«An Thereses Geschichten aus der alten Zeit und von den Anfängen der Partei kann ich mich heute noch erinnern. Sie hatte eine Stimme wie ein Reibeisen, und dazu ihr derber Berliner Dialekt. Aber lachen konnte sie wie keine Zweite. Von ihr habe ich das meiste Deutsch gelernt. Und natürlich von unseren Freunden in der Schule.»

«Dann sind Sie ja eine halbe Berlinerin.»

Mitten durch den abendlichen, einstmals sumpfigen Grunewald fuhren sie nun, an hell erleuchteten Villen berühmter und reicher Zeitgenossen vorbei, errichtet in der Zeit kurz vor dem Krieg. Jede davon ein Beleg für die vor Kraft strotzende deutsche Elite mit ihren Industriekapitänen und Bankiers, von denen es offenbar so viele gab, dass sie einen ganzen riesigen Sumpfwald für sich alleine besiedeln konnten. Mehr als eine halbe Stunde fuhren Tuchatschewski und Larissa Richtung Süden auf der Koenigsallee, um dann schließlich jenes noch exklusivere, abgelegene Wohngebiet zu erreichen, das sich als schmale Halbinsel weit in den Wannsee erstreckte und zu Beginn des Jahrhunderts von den reichen Kolonisten Schwanenwerder getauft wurde, vielleicht, um der südwestlich und im königlichen bzw. kaiserlichen Besitz liegenden Pfaueninsel ein auch namentlich passendes Gegenstück zu bescheren. An der einzigen, einmal im Rund um die Halbinsel herumführenden Straße lagen säuberlich aneinandergereiht die Grundstücke, die noch einmal größer waren, allesamt eine Uferseite hatten und mit noch prächtigeren Häusern bebaut waren als die, an denen sie im Grunewald vorbeigefahren waren.

Die Villa Waltrud, die sie suchten, stand auf dem Grundstück Nummer sechzehn wie ein Schloss. Sie hatte eine gigantische vorgelagerte Terrasse, auf der Feuerkörbe brannten, Lichterketten gespannt und geschmückte Tannenbäume von solcher Zahl aufgestellt waren, dass es aussah, als habe sich ein exzentrischer Gärtnerfürst einen geschmückten russischen Winterwald um seinen Palast gepflanzt.

Tuchatschewski hielt den Wagen auf der Straße an. Vor ihnen auf dem Grund standen drei große Ulmen, die sich im Wind wiegten.

Autos fuhren die Einfahrt hoch, festlich gekleidete Besucher stiegen aus Taxen, in denen ob der langen Fahrt zufriedene Fahrer saßen, aber es kamen auch Menschen zu Fuß vom nahe gelegenen Bahnhof Nikolassee und stiegen die Treppen nach oben.

«Wer wohnt hier?», fragte der General verblüfft.

«Alexander Helphand», sagte Larissa mit einem gewissen Zögern, «auch genannt Parvus.»

«Russe?»

«Aus Odessa. Mittlerweile lebt er schon lange in Deutschland. Haben Sie nie von ihm gehört? Er ist ein alter, nun ja ... ein alter Revolutionär. Heute aber ein deutscher Sozialdemokrat; angeblich berät er den Reichspräsidenten Ebert.»

«Nein, bedauere, mir unbekannt. Auch wenn dieses Anwesen hier staunenswert ist. Die Revolution scheint ja zumindest ihm recht zuträglich gewesen zu sein. Dann wollen wir mal. Jede Menge Leute hier.»

«Haben Sie etwas zu lesen dabei?»

«Wieso fragen Sie das?»

«Sie sollten besser im Wagen bleiben.»

«Sie wollen mich hier sitzen lassen wie Ihren Chauffeur?»

«Denken Sie daran, wie viele Generäle der Weißen ihren Lebensunterhalt in Paris oder hier in Berlin tatsächlich damit verdienen müssen, Taxi zu fahren. Für diesen einen Abend wird es Sie nicht umbringen. Da drin aber kann es gefährlich für Sie sein. Vielleicht nicht unmittelbar, aber in der Folge.»

«Es befleckt meine Ehre, so von Ihnen behandelt zu werden.»

«Intelligentes Verhalten kann niemals ehrenrührig sein. Wir wissen nicht, auf wen wir dort drinnen stoßen werden. Vielleicht ist da jemand, der Sie kennt. Jemand, den Sie womöglich besiegt haben. Ich kann mich als Deutsche ausgeben, aber Sie sprechen die Sprache nicht gut genug. Wir müssten einen Franzosen aus Ihnen machen.»

«Warum nicht? Ich habe Freunde bei der französischen Armee, ich kenne die Einheiten, Dienstgrade, Standorte und Kasernen, die Namen von Kommandeuren ... »

«Ich bin nicht sicher. Haben Sie überhaupt schon einmal auf diese Weise verdeckt gearbeitet?»

«Sie möchten wohl alleine mit Niedermayer sein. Wollen Sie mich loswerden?»

Sie blickte ihn an, seine Enttäuschung und seine Empörung

waren keineswegs gespielt. Er wollte mit ihr gehen, nicht nur wegen Niedermayer, sondern auch wegen ihr. Um an ihrer Seite zu sein. Sie hätte sich niemals gedacht, dass sie seine Affektion derart rühren könnte. Gegen ihren Willen wurde sie weich. Natürlich war es unvernünftig, dass er mitkam, und jedem anderen hätte sie es untersagt, um die Operation nicht zu gefährden. Aber wie sollte sie General Tuchatschewski, dessen interessante Augen sie jetzt sehnsüchtig ansahen, als würden sie ihm vor Begehren und Rührung herausfallen wollen, Befehle erteilen?

«Eh bien, Monsieur. Dann sind Sie also ein französischer Offizier, der einen Berlinbesuch macht und kein Wort Russisch spricht. Mal sehen, wie gut Ihre Schauspielkünste sind. Besonders gespannt bin ich, falls Sie da auf echte Franzosen treffen.»

Sie schritten durch den Garten und sahen, dass oben am Portal der Villa zwei breitschultrige Männer standen, die jeden der Besucher examinierten und sogar in mitgeführte Handtaschen blickten.

«Die suchen Waffen», sagte der General, «der Gastgeber möchte scheinbar nicht, dass sich seine Gäste gegenseitig niederschießen.»

«Was für extravagante Ansprüche in diesen Tagen.»

Sie zog vorsichtig die kleinkalibrige Pistole hervor, die sie in ihrem Sakko mit sich trug, und versteckte sie unter einem großen Buchsbaum.

«Oder denken Sie, wir sollten die Waffe lieber in den Wagen bringen?»

«Eine Waffe in der Nähe zu haben, ist nie schlecht. Nur vergessen sollten wir sie nicht. Ich gehe zuerst hinein, Larissa. Bis später.»

Larissa wartete, bis Tuchatschewski im Inneren verschwunden war, steckte sich noch eine Zigarette an und folgte ihm dann nach. Sie knöpfte ihr Sakko auf, damit der Wächter sie untersuchen konnte. Amüsiert sah sie zu, wie seine schwieligen Finger routiniert das Futter abtasteten, ob dort vielleicht ein Messer eingenäht war.

«Schon wat jefunden, heut Abend?», fragte sie.

«Nee», erwiderte er, «sin alle janz brav. Jetzt können Se rinn, gnä' Frau.»

Die derart auf Handwaffen untersuchte Gesellschaft verteilte sich nach und nach über drei durch Flügeltüren miteinander verbundene Salons, deren mittlerer, der auch der größte war, vor der Terrasse lag, auf der das Feuer in den Nachthimmel loderte.

Drinnen waren auf einer Bankettbank mit weißen Tischtüchern drei beeindruckende altertümliche Tula-Samoware angeheizt, zwischen denen Konfitüren, Weihnachtsplätzchen, Küchlein und Torten standen, aber auch Piroggen und Blini. Eine junge Frau füllte nelkenduftenden Glühwein mit langstieligem Schöpflöffel in silberumrandete Tassen. Daneben standen bereits geöffnete Flaschen mit wohltemperiertem Bordeaux; Rheinwein und echter französischer Champagner lagen in eisgefüllten silbernen Schalen, zu dem man sich fein geschnittene Sandwiches schmecken lassen konnte. Manche der Anwesenden bauten sich förmlich kleine Türme daraus auf ihren Tellern. Larissa, in ihrem Anzug mit der dunklen Krawatte eine auffällige Erscheinung, hielt sich am Rande, nahm nichts vom Büfett, sondern ging still lächelnd durch die Räume und sondierte die Menge. Die Villa war prächtig, aber die Gäste selbst wirkten weniger vornehm als die Kellner, die mit weißen Handschuhen und spitzen Krägen umherliefen, abräumten, die Gläser nachschenkten und untereinander

Französisch sprachen. Die von ihnen Bedienten machten auf Larissa, die sich zuletzt in den Hamburger Arbeiterkneipen und auf Berlins belebten Plätzen am wohlsten gefühlt hatte, zwar durchaus einen bourgeoisen Eindruck, unverkennbar aber gab es hier neben einigen tadellosen Erscheinungen auch die leicht Ausgefransten, mit fleckigen Manschetten und im womöglich schon mehr als einmal zu viel getragenen Abendkleid. Offensichtlich auch die nicht geringe Anwesenheit russischer Emigranten, unter denen, ganz wie sie es gegenüber Tuchatschewski vermutet hatte, der eine oder andere ehemalige Würdenträger war, von der Revolution vertrieben und heimatlos gemacht; im Geiste wandelten sie wohl noch durch Paläste, in der Realität lebten sie in schäbigen Pensionszimmern. Man konnte ahnen, wer wohl in einer Weißen Division gekämpft hatte, damals auf der Krim vielleicht, unter Wrangel, beim letzten Gefecht gegen die Roten, bevor es auf die Schiffe ging.

Wirklich, dachte sie bei sich, wie gut, dass ich die Waffe im Gebüsch versteckt habe. Wenn so mancher von denen hier, die ihr höflich und interessiert zunickten, wüsste, wer sie war und was sie im Bürgerkrieg getan, organisiert, sogar befehligt hatte ...

Ein gutes Drittel der anwesenden russischen Männer mochte bei den Weißen gewesen sein. Ein weißer General war auf jeden Fall da, den hatte sie erkannt, der Name fiel ihr nicht mehr ein. Da hieß es behutsam kommunizieren.

Man nickte ihr zu. Der erste freundliche Herr hatte sich ihr vorgestellt. Sprach hundertprozentiges, nuschelndes Petersburgisch. Sie nickte ihm zu, zögerte einen letzten Augenblick und sagte höflich auf Deutsch, sie spreche leider kein Russisch, und entschuldigte sich.

Jetzt hielt sie tatsächlich nach Tuchatschewski Ausschau und war heilfroh, als sie sich sahen – Augenkontakt. Sie nickte ihm mit dem charmantesten Lächeln zu, das zu haben war, und spitzte die Lippen zu einem flüchtigen Grußkuss.

Larissa signalisierte ihm mit einer schwungvollen Bewegung ihres Kopfes, dass sie sich ein wenig im Haus umschauen wolle. Tuchatschewski stand bequem am Rande des Saales und schätzte seinerseits das Publikum ein.

Auch er war erleichtert, als er Larissa erblickte. Er sah ihr an, wie aufgeregt sie war. Grundsätzlich vertraute er ihr, immerhin war sie Kommissarin der glorreichen Wolgaflottille gewesen, aber natürlich war sein ungenehmigter Ausflug mit einer irgendwie halb auf eigene Rechnung arbeitenden Komintern-Agentin für einen Botschaftsangehörigen kein Kavaliersdelikt. Er hoffte, dass sie wirklich wusste, was sie tat. Die Leute auf diesem Weihnachtsfest waren gewiss alle zivilisiert, aber in seiner Position wusste er Bescheid. Er erkannte ehemalige Stabsoffiziere, die jetzt für dubiose Untergrundorganisationen arbeiteten, die es irgendwie schaffen wollten, die Kommunisten zu stürzen und durch eine andere Regierung zu ersetzen. Für Michail Nikolajewitsch wäre das ein schwerer strategischer Fehler. Er war der Überzeugung, dass die aus dem Bürgerkrieg geborene Diktatur der Kommunisten der beste Weg war, um jene hervorragende Armee aufzubauen, die es brauchte, um Europa zu einen, und dies auch gerne im Zusammenspiel mit anderen sehr guten Armeen.

Der französischen zum Beispiel. Weshalb die dezente Rolle eines in Zivil reisenden französischen Offiziers überhaupt keine große Schauspielerei von ihm erforderte, ganz im Gegenteil. Denn während der vielen Monate seiner Kriegsgefangenschaft im bayerischen Ingolstadt hatte er, der ja perfekt Französisch sprach, mit einigen von ihnen beste Freundschaft geschlossen. Es war ein regelrechter Klub draus geworden, und man hielt Kontakt, bis zum heutigen Tag.

Er blickte Larissa nach. Alles würde gut gehen, sein Gefühl sagte ihm das, und da war auch in weiter Ferne die Aussicht auf ein wenig mehr Nähe zwischen ihnen, die sie bei der Autofahrt kurz nach dem Zoo noch einmal durch eine kokette Andeutung genährt hatte. Er nahm ein Glas Champagner, schlürfte und ließ ihn im Mund zergehen. Dann mischte er sich unter die Gäste.

Zwei etwa fünfzigjährige Männer, die abgesehen von ihren renovierungsbedürftigen Schuhen relativ gediegen aussahen, hatten sich gerade die Hand geschüttelt.

«Waren Sie nicht auch bei dem Vortrag von Milyukov in der Philharmonie im Frühjahr, wo es zu dem schrecklichen Blutbad kam?»

«Nein, da war ich nicht. Aber dass Vladimir Dmitriewitsch Nabokov dort erschossen wurde, geht mir immer noch nach.»

«Aber sicher, Sie waren doch dort, vermeine, Sie gesehen zu haben.»

«Da täuschen Sie sich.»

«Haben Sie schon gehört, dass es wohl Rechtsradikale aus Bayern waren?»

«Diese ultrarechten Russen, meinen Sie?»

«Ja, die Organisation von Oberst Winberg aus München. Aber man kann ihm nichts beweisen. Der Prozess gegen die Attentäter hat eben begonnen.»

«Ach schrecklich. Ein Bekannter von mir macht bei denen mit. Früher war er mal ein orthodoxer Priester. Ein Hundeleben, glauben Sie mir. Diese radikalen Monarchisten sind wirklich das Letzte.»

Larissa war unterdessen durch das Erdgeschoss gestreift. Sie hatte das großzügige Badezimmer aufgesucht, dessen Fenster sie einen Spalt öffnete, um hinauszusehen. Von hier hatte sie den Eingangsweg im Auge, wo der Buchsbaum stand, unter dem ihre Pistole versteckt war. Immer noch kamen verspätete Besucher den Weg hoch. Sie legte noch einmal eine Spur Rose France auf und zog ihre Lippen mit einem starken Rot nach.

Am Fuß der großzügigen Treppe stand ein älterer, livrierter Diener, die Hände hinter dem Rücken verschränkt, der geistesabwesend lächelte und sie keines Blickes würdigte, als sie in den ersten Stock hinaufging, um sich auch dort umzusehen. Das ganze Haus mit seinen mehr als dreißig Zimmern, so schien es, stand den Besuchern offen, die Türen jedenfalls waren es. Sie passierte einen großen Salon mit einem französischen Billard, Kartentischen und anderen Spielen, in dem sich aber niemand aufhielt. Die Kugeln auf dem Billardtisch, zwei weiße und eine rote, lagen so, dass man gleich verführt sein konnte, einen der quer über der grünen Spielfläche liegenden Queues zur Hand zu nehmen und eine Karambolage herbeizuführen. In einem anderen Raum, eingerichtet in abgeschmacktem Kolonialstil, standen neben ausgestopften Springböcken tiefe, lederbezogene Möbel, zwei Sessel und eine Couch. Dort lag, unter einer Decke aus zusammengenähten Fellstücken, eine blonde junge Frau und schlief. Ihr schmaler Kopf ruhte auf ihrem Arm, die kräftig schwarze Schminke um ihre Augen war leicht verschmiert. Sie schlief so tief und unerschütterlich, dass sie wie das Überbleibsel eines anderen Festes wirkte, das vielleicht gerade eben erst zu Ende gegangen und nun von der fröhlichen russisch-deutschen Invasion abgelöst worden war.

Deren Stimmendurcheinander, von den Begrüßungen wie «Sdrawstwuj, moja dorogaja ...» und hohen Ausrufen des Erstaunens, «Was, Sie hier ... haben uns Ewigkeiten nicht ...», bis hin zu dem fröhlich bellenden, berlinerischen Gelächter, war von unten zu vernehmen.

Schließlich kam Larissa am Ende des Flurs, an dem eine weitere Treppe nach oben führte, zu einem großen hell erleuchteten Raum, dessen Tür offen stand. Seine Wände waren komplett mit vollen Buchregalen bedeckt. In der Mitte, auf einer von zwei großen Lampenschirmen eingerahmten Couch, saß, wenn man das noch Sitzen nennen konnte, ein riesiger Mensch mit fein gestutztem Bart, ein Fleischberg in einem Smoking, der im Schein der Lampen in der Londoner «Times» las. Vor ihm auf einem Couchtisch standen ein großer, von innen beleuchteter Globus, daneben aber, wie als Kontrastbild neben der Perfektion der leuchtenden Weltkugel, standen halb leere Teller und Platten, die auf ein herzhaftes Abendessen aus Braten mit viel Soße und den verschiedensten Beilagen, Piroggen und fleischigen Salaten hindeuteten. Es wäre in seiner Vielfalt einem Petuch, dem legendären Esser aus Gogols «Tote Seelen», würdig gewesen. Eine Kristallkaraffe war mit rubinrot leuchtendem Portwein gefüllt, daneben stand ein Kelch. Das ganze Gedeck, ja sogar die eigentlich großformatige Zeitung wirkte ein wenig wie Spielzeug in den Händen eines menschlichen Ungetüms. Der Mann schien auf den ersten Blick fast starr, wie gefroren, doch sah Larissa, wie seine das imperiale Druckwerk haltenden Fingerkuppen einen heiteren Takt auf dem Zeitungspapier schlugen, so als amüsiere den körpergewaltigen Leser das, was ihm da von der Themse her über die Weltlage mitgeteilt wurde.

Larissa Michailowna – hinter dem Türrahmen verborgen – war sich sicher, dass der lesende Mann niemand anderes als der Hausherr war, Dr. Alexander Helphand, dessen literarisches Pseudonym «Parvus», «der Kleine», vor Jahrzehnten am Morgenhimmel der internationalen revolutionären Presse aufgetaucht war, wortgewaltig, klug, radikal. Manche, und das waren gar nicht wenige, sagten, der später in Istanbul mit dubiosen Waffengeschäften reich gewordene Helphand habe für die Deutschen die Rückkehr Lenins im April 1917 nach St. Petersburg und noch einiges mehr arrangiert. Geld transferiert, Kontakte geknüpft, und zuvor noch den im Revolutionsgeschäft weitaus erfolgreicheren Trotzki dazu gebracht, den sturköpfigen Anführer der Bolschewiken zu unterstützen, der seine kleine Partei nicht für die parlamentarische Repräsentation, sondern für die Ergreifung der Macht selbst auserkoren hatte. Parvus, der Lenin seit gemeinsamen Exil-Tagen in München-Schwabing bestens kannte, war nun aber schon lange verfemt. Er schien mehr ein verbotener, acherontischer Urmythos der Revolution als ein wirklicher Mensch zu sein. Dennoch aber saß er hier, und sie war zu Gast in seinem Palast, den die fröhlichen Rufe einer großen Gästeschar erfüllten. Larissa war so elektrisiert, wie sie es bei der heimlichen Beobachtung eines seltenen oder vielleicht schon ausgestorbenen Wildtieres gewesen wäre.

Dann aber knickte Parvus Elefantenmann mit einem Mal die Zeitung um, und seine Augen blitzten sie über Börsenkursen und gelisteten Raten für Terminkontrakte scharf an. Er mochte ein unbeweglicher Gargantua sein – sein Mienenspiel deutete auf einen hellwachen, auch im Sehen und Denken Genuss findenden Verstand hin. Er sprach sie auf Deutsch an.

«Was immer mir das Glück verschafft, Sie in meinem Haus als Gast begrüßen zu dürfen – diesen Umständen danke ich. Würden Sie mir die Freude machen und sich ein wenig zu mir setzen? Entschuldigen Sie bitte, wenn ich sitzen bleibe – bin zuletzt etwas ... Uff», gab er von sich und stützte sich unbeholfen auf die Lehne des Sofas. Da er dazu artig seinen bis auf einen letzten Haarkranz kahlen Kopf neigte, hatte diese Geste doch Charme. Larissa setzte sich ihm gegenüber auf einen Sessel.

«Wenn man einer Frau von einer solchen – Schönheit gegenübersitzt, muss man immer das Gefühl haben, sie schon lange zu kennen. So geht es mir jedenfalls. Sehr, sehr erfreut – Helphand.»

Er lächelte sie an, seine Lippen schmeckten dem Gesagten nach. Er musste seine Freude über ihre Begegnung nicht spielen.

«Es tut mir leid, Sie bei Ihrer Zeitungslektüre gestört zu haben», sagte Larissa.

«Sie haben mich erwischt. Zeitungen sind meine Schwäche», sagte Helphand, «diese Ausgabe kam gerade mit einem Kurier, per Luftpost. Ich leiste mir diesen Luxus, da ich selbst in den letzten Jahren, nun ja, viel von meiner Mobilität eingebüßt habe und das Haus kaum mehr verlassen mag. Früher war der morgendliche Besuch am Kiosk meine größte Freude – heute, nun ja, da warte ich auf den Boten.»

«Und was schreibt die ‹London Times›? Laufen die Geschäfte?»

«Ach, ich verfolge in den letzten Jahren wirklich mit Interesse, das beinahe an Freude reicht, welche Politik die britische Notenbank betreibt. Monetar-planetarische Politik sozusagen. Ganz hohe Schule. Möchten Sie ein Glas Portwein? Oder etwas anderes?»

«Gerne. Aber nur, wenn Sie mich in diese hohe Schule einweihen, von der Sie da reden.»

«Das ist schnell erklärt. Prosit, Frau …?»

«Kaplan. Tania Kaplan aus Leipzig.»

«Sehr angenehm, Madame Kaplan …»

Hinter dem Portweinglas, noch an seinen Lippen, lächelte er sie freundlich und wissend zugleich an.

«Währung – das haben wir in Deutschland gerade bitter lernen müssen – ist etwas politisch ganz Entscheidendes. Im Falle des Vereinigten Königreichs war das Pfund über zweihundert Jahre eine Säule des Imperiums, von ebenso großer Bedeutung wie die Royal Navy, vielleicht von noch größerer. Auf der Alleinstellung der Londoner City als dem Finanzzentrum der ganzen Welt ruhte die britische Macht. Seine Kreditwürdigkeit ließ England noch in jedem der großen Kriege über seine Gegner triumphieren. Vielleicht haben Sie schon einmal davon gehört, dass es Isaac Newton war, der als Master of the Mint den Preis der Feinunze Gold auf drei Pfund, siebzehn Shilling und zehneinhalb Pence festgesetzt hatte. Bis zuletzt, genauer bis zum Weltkrieg, ist diese Goldparität des Pfund stets gleich geblieben.»

«Dass Newton neben der naturgesetzlichen Betrachtung fallender Äpfel auch etwas von Finanzen verstand, wusste ich nicht. Aber natürlich weiß ich, was der Goldstandard ist. Ein englisches Pfund ist so gut wie Gold, und das Gold der ganzen Welt liegt in Londons Notenbank.»

«Lag, Madame Kaplan, lag. Im Zuge der vierjährigen Feindseligkeiten hat das meiste davon ein neues Zuhause gefunden.»

«Amerika.»

«Natürlich. Aufgrund der Lieferungen an die Entente haben sich die Goldreserven der USA jetzt mehr als verdoppelt, und sie könnten noch viel höher sein, wenn die Amerikaner nicht auch freundlicherweise Schuldscheine akzeptiert hätten. Trotzdem hat der Krieg die Gewichte verschoben. Die neue Leitwährung der Welt ist der Dollar.»

«Das ist mir bekannt», Larissa nippte am Portwein.

«Dass eine frühere Kolonie sie überflügelte und die Wall Street der City von London den Rang ablief, gefiel den englischen Herren der Welt nicht, zumal sie doch grade wieder einmal einen Krieg, was sage ich, den Großen Krieg gewonnen und keineswegs verloren hatten. Also haben sie, bald nach Versailles und angesichts des gigantischen Nachkriegsbooms in den USA, wo hohe Zinsen das Kapital der Welt aufsogen wie ein trockener Schwamm, beschlossen, zum Gegenangriff überzugehen. Also zum Goldstandard des Pfund zurückzukehren und die alte monetäre Weltordnung wiederherzustellen. Wie aber die Goldreserven wieder auffüllen? Kleinere Mengen kamen aus Südafrika und angeblich, aber so genau weiß man das nicht, kam ein großer Teil aus Russland.»

«Tatsächlich?»

«Der weiße General Koltschak führte den Staatsschatz der Zaren mit sich. Nachdem er verloren hatte und exekutiert worden war, kam dieses Gold auf verschlungenen Wegen nach London. Was haben Sie denn?»

«Nichts. Ich habe von diesem General Koltschak schon einmal gehört», sagte Larissa mit unschuldigem Tonfall und verdrängte die sofort hochschießenden Bilder von der Wolga.

«Ja, Koltschak, eine tragische Figur. Ich glaube, es war die Rote Armee unter diesem berühmten General Tuchatschewski, die ihn besiegt hat.»

Der verfemte Urrevolutionär führte den wie aus einer Puppenküche wirkenden Kelch an seine Lippen und nahm einen genüsslichen Schluck.

Warten Sie, dachte Larissa, ich hole General Tuchatschewski schnell, er ist unten und tut so, als wäre er Franzose. Freilich lächelte sie weiterhin stoisch und aufmerksam und sagte kein Wort.

«Na ja. Das mit dem Zarengold mag auch eine Räuberpistole sein. Sicher – und auch viel wirkungsvoller – als eine einmalige Goldgabe aus dem Hause Romanow war auf jeden Fall der große Plan, den sich die Engländer überlegt hatten. Er war nicht leicht zu durchschauen, und ich möchte Sie nicht mit Details von Leitzinsen, Wechselkursen, Währungsspekulation, Kapitalflucht und Handelsdefiziten langweilen. Am Anfang dieses Plans stand eine meisterliche, komplizierte Operation, beinahe wie ein Währungs-Welt-Schach.»

Helphand verlagerte sein Gewicht, stellte den Kelch ab, beugte sich leicht nach vorne, betrachtete fasziniert den leuchtenden Globus und setzte ihn vor Larissas Augen in Drehung.

«Wissen Sie, ich habe früher, wenn ich die Welt verstehen wollte, die Geografie der Welt, meine ich, auf normales Kartenwerk zurückgegriffen, Atlanten. Karten von Europa, Asien, Amerika. Aber nicht nur, dass die Größenverhältnisse der Kontinente bei Mercator-Darstellungen falsch, verzerrt erscheinen. Nein, man sieht darauf die Welt nicht, wie sie ist, sondern man meint auch noch, Grenzen zu erkennen, wo keine sind. In Wirklichkeit besteht die Welt aus unzähligen Übergängen, Brücken und Zusammenhängen.»

«Ich finde diesen Gedanken sehr faszinierend, Dr. Helphand, aber ...»

«Aber Sie wollen wissen, wie man planetares Schach spielt. Natürlich. Entschuldigen Sie, es ist so ein Vergnügen mit Ihnen, dass ich alter Mann abschweife, nur um unsere Plauderei zu verlängern. Sehen Sie her.»

Mit geschickten Fingern drehte er nun den leuchtenden Globus und schilderte ihr, wie die Bank of England gewisse Eigentümlichkeiten des indischen Wirtschaftslebens ausgenutzt habe. Nämlich den großen Bedarf an Edelmetallen, mit denen die Inder untereinander ihre Geschäfte abwickelten. Dazu habe London zunächst eigenmächtig den Silbergehalt ihrer Sterling-Silbermünze einfach halbiert, die alten, feinen Münzen eingezogen und das gewonnene Silber auf den Markt geworfen. Danach aber sei der Preis von Silber massiv gesunken, keine Überraschung. Gleichzeitig habe man ebenso willkürlich die Rupie gegenüber dem Gold verteuert und sie auf zwei Shilling festgesetzt. Die Rupie war von London massiv aufgewertet worden. Eine Katastrophe für die Inder.»

«Was genau ist geschehen?»

«Nun ja, die Inder mit ihrer unnatürlich starken Währung konnten auf einmal weltweit günstig einkaufen, was sie auch kräftig taten. Alles wurde für sie erschwinglich. Die Großhändler von Bombay und Kalkutta wähnten sich im Paradies.»

«Aber im Gegenzug verteuerten sich die in Indien hergestellten Produkte, hab ich recht?»

«Korrekt. Vor allem die indischen Bauern, die seit Jahren schon für den Export angebaut hatten, waren plötzlich nicht mehr konkurrenzfähig. Umgekehrt wurde Englands Außenhandelsdefizit binnen kürzester Zeit bereinigt, und da London auch noch dafür gesorgt hatte, dass die indische Zentralbank die Kredite stark verknappte, wurde die riesige – wenn man so will – in der ganzen Bevölkerung aufgeteilte Goldreserve, die die Inder seit Jahrhunderten besaßen, vor allem der kleine Mittelstand, nun Unze für Unze eingetauscht. Die Menschen mussten sie veräußern, um die durch die überbewertete Rupie verursachten Verluste auszugleichen.»

«Und das Gold des indischen Volkes ...»

«Ging direkt in die Keller der Old Lady of Threadneedle Street, wie es so schön heißt. Die Inder waren in dieser Situation wie die Tauben im Käfig. Wir internationale Spekulanten, die wir über ein Spielkapital in Dollar oder Schweizer Franken verfügten, konnten diese Entwicklung, die über Indien hereinbrach, in aller Ruhe abweiden. Die Märkte brauchten Wochen, bis sie verstanden, was los war. Der indische Goldstrom nach London war eine Riesengeschichte genialer Ausbeutung, und viele, viele wurden davon arm. Manche freilich wurden entsprechend reich dabei. Das passiert, wenn ein Land, England, die Finanzpolitik seines wichtigsten Handelspartners, Indien, kontrolliert und bereit ist, diese Kontrolle zum eigenen Vorteil auszunutzen.»

«Sagen Sie bitte, wann genau waren die Auswirkungen der britischen Politik in Indien zu spüren?»

«Ende 1921 und dann eben letztes Jahr.»

«Genau in dieser Zeit verstärkten die Briten ihre Truppen in den Stammesgebieten an der Grenze, weil sie Unruhen fürchteten.»

«An welcher Grenze?»

«Hier», sagte Larissa und tippte mit ihrem Fingernagel auf den Hindukusch und das angrenzende paschtunische Grenzland zum rosa gefärbten Britisch-Indien, jenen hintersten Punkt an der schwachen Stelle des Empires.

«Afghanistan? Sie waren in Afghanistan?»

«Eine Cousine von mir. Sie hat mir alles genau berichtet.»

«Da haben Sie eine wagemutige Verwandtschaft. Nicht gerade eine Gegend für die Sommerfrische, meine ich.»

«Sie ist Journalistin.»

«Verstehe», sagte Parvus lächelnd, schenkte sich Portwein nach und lehnte sich in das Polster.

Larissa betrachtete weiter den leuchtenden Globus und drehte den Planeten. Ihr Blick wanderte entlang der Routen, die sie gereist war, vom Subkontinent nach Zentralasien, nach Moskau, um dann schließlich in die immer kleinteiliger werdende Halbinsel Europa, jenen Wurmfortsatz Asiens zu kommen, wo sie sich gerade befanden. Dann betrachtete sie den Weg über den Atlantik in die neue Hauptstadt des Geldes – New York.

Wie unendlich schwer es doch war, mit der weltumspannenden Macht des Kapitals gleichzuziehen, dachte sie, der Hunger der indischen Bauern und das Elend der deutschen Arbeiter, es war von derselben Qualität. Aber wie konnte die weltweite Not der Armen gegen die von ehrenwerten Lords durch Telegrammkabel einmal um den Globus geschickten Änderung von Zinssätzen und Wechselkursen ankommen, die ihre Wirkungen binnen weniger Wochen entfalteten? Eine Revolution, die die ganze Welt erfassen würde, wie lange würde es bis dahin noch brauchen? Wie lange, bis die Partei ihre inneren Gräben überwunden hätte, um so stark zu werden, dass sie es mit der auf infernalische Weise außer Kontrolle geratenen herrschenden Klasse aufnehmen konnte? Wie lange? Bis der Kapitalismus den Planeten in Flammen gesetzt haben würde? Wie anders wäre es hingegen, wenn man eine Waffe hätte – das beste Argument des Revolutionärs –, die man dem Kapital an die Schläfe setzen könnte! Von Europa aus hob ihr Zeigefinger ab, überflog den Nordatlantik, passierte Island, Grönland, erreichte seinen Scheitelpunkt und senkte sich langsam, aber unaufhaltsam, auf die Stadt an der Mündung des Hudson-Rivers, die der Weltkrieg endgültig zur Hauptstadt des Kapitals gemacht hatte.

Während Larissa in der Bibliothek des Hausherrn so etwas wie eine planetarische Erleuchtung erfuhr, streifte Tuchatschewski durch das Erdgeschoss, trank Champagner und spielte einen Franzosen, der weder Deutsch verstand noch Russisch sprach. Er versuchte, harmlos auszusehen, was angesichts seines guten Profils und seiner eleganten Erscheinung leicht und schwer zugleich schien. Das Wichtigste war, bloß keine Regung zu zeigen, während er weiter die Leute belauschte.

Wenig überraschend sprachen die russischen Exilanten meistens von ihren über Istanbul, Sofia, Prag, Berlin und Paris zerstreuten Familien und Freunden, die Deutschen hauptsächlich von der nun hoffentlich endgültig überwundenen Inflation. Man diskutierte, ob der neue linksliberale Reichsbankpräsident Schacht womöglich ein Agent der Bank of England sei.

Aber da waren auch etliche, die schon durch Erscheinung und Auftreten signalisierten, solch kleinbürgerlich engen, um das eigene Wohlergehen kreisenden Themen nichts abgewinnen zu können. Abgerissen, kunstvoll verlottert und allesamt merklich angetrunken, gab es da einen ganzen Kreis von jüngeren Frauen und Männern, die sich nicht begnügten, Weingläser vom Büfett zu holen, sondern die gleich die Rotweinflaschen kreisen ließen, sich gegenseitig nachschenkten und mit wilden Blicken zuprosteten. In ihrer Mitte, wenn auch ohne Flasche, nur mit Glas, stand ein etwas älterer Mann mit strengem Scheitel und Schnäuzer, korrekt im Anzug, der seinen Arm um eine wesentlich jüngere nordische Schönheit mit blondem Kurzhaarschnitt und dunkel geschminkten Augen gelegt hatte, die Zigarette mit Spitze rauchte. Schwer zu sagen, wer sich da an wen anlehnte.

Tuchatschewski gefiel sie auf den ersten Blick.

«Das muss diese berühmte von Bodisco sein», hörte er eine Dame sagen, «die bekannte Skandalautorin. Runtergekommener baltischer Adel, du weißt schon.»

Aber Tuchatschewski hatte keine Zeit, sich weiter mit der schönen baltischen Gräfin oder was sie war zu befassen, denn nun begann das Programm des Abends. Das Publikum strömte in den hinteren Saal, der zu einer Veranstaltungsbühne umgebaut worden war. Man setzte sich zügig. Auf dem Podium erschien recht bald ein auffallend groß gewachsener, magerer Mann mit Vollglatze, der einen etwas zu kleinen Nadelstreifenanzug trug. Er war bleich wie ein Gespenst aus einem Gruselfilm von Murnau.

Mit einer dicken Zigarre in der Hand, welche er danach immer wieder als eine Art Zeigestab benutzen sollte, begrüßte der Conférencier das Publikum. Er dankte für das große Interesse, das zweifellos der Hauptperson des Abends gelte, und das mit allem Recht. Er selbst bewundere den Denker und Schriftsteller schon lange Zeit, vor allem als Herausgeber der letztes Jahr abgeschlossenen ersten deutschen Dostojewski-Gesamtausgabe im Münchener Piper-Verlag, er habe für ein regelrechtes Dostojewski-Fieber in Deutschland gesorgt.

«Aber dann kam der Krieg, der falsche, irrtümliche, verdammenswerte Krieg mit Russland, weil seinerzeit irgendwelche Tölpel Bismarcks Draht zerschnitten ...», fuhr der bleiche Ansager fort, «und nun stehen wir in dieser sogenannten Republik vor Trümmern, sehen die Bande zerschnitten und Deutschland in einer beispiellosen moralischen und geistigen Krise. Doch wie eben Bismarck zu sagen pflegte: ‹Kann ich die Götter nicht beeindrucken, werde ich die Unterwelt in Aufruhr versetzen!›»

Eine Pause – die er sich erlauben konnte, denn die Leute folgten ihm gebannt. Die Spannung war im ganzen Saal zu spüren.

So sei es umso wichtiger, dass nun ein wegweisendes Werk aus der Feder des Denkers erschienen sei, ein mutiger Entwurf, eine Denkschrift mit Angriffslust: «Das Dritte Reich».

Als Tuchatschewski sah, wie bei der Nennung dieses Titels spontaner Applaus aufkam, der von der strategisch über das Publikum verteilten speziellen Gruppe von eben ausging, da wusste er schon, wer gleich die Bühne betreten würde. Es musste der Kerl mit dem Schnäuzer sein, der diese baltische Schönheit im Arm hatte halten dürfen. Und so war es auch.

«Bitte, meine Damen und Herren, begrüßen Sie mit mir und im Namen des Ring-Verlages Herrn Doktor Moeller van den Bruck ...», sagte der Glatzköpfige, und sogleich betrat der Gerufene mit ein paar Büchern in der Hand die Bühne und stellte sich ans Podium. Tuchatschewski – seit seiner Jugend ein Gesundheitsfanatiker und medizinisch höchst interessiert – meinte zu erkennen, dass der Doktor, obwohl im Gesicht eigentlich frisch wirkend, von irgendeiner Schwäche gezeichnet wurde, womöglich das Herz. Vielleicht war er aber auch einfach nur aufgeregt und zitterte deswegen.

Es begann, wie es in solchen Kreisen beginnen musste: Zunächst huldigte der Autor dem Genie Dostojewskis, ohne dessen Einfluss und tiefe Prägung sein eigenes Denken hätte unvollständig bleiben müssen. Er hielt einen roten Leinenband in die Höhe.

Natürlich, so dachte Tuchatschewski gelangweilt, natürlich musste es erst mal «Schuld und Sühne» sein, die Bibel der Kulturverächter, Reaktionäre und derjenigen, die sich zum mystisch-orthodoxen Tiefsinn saufen wollten. Und natürlich las er die Stelle, wo Raskolnikow träumt, dass die ganze Welt von einer schrecklichen, unerhörten und nie da gewesenen Pestilenz, die aus den Tiefen Asiens über Europa kommt, getroffen wird. Eine Pandemie.

Den Leuten im Publikum, die vielleicht noch an die entsetzliche Grippe denken mochten, liefen bei diesen Worten Schauer über den Rücken. Manche Exilanten, besonders solche, die der Kirche nahestanden und mit ihren ungepflegten langen Bärten und ihren durchgedrehten Wolfsblicken angaben, liebten alles, was ihre verlorene Heimat mit kontinentaler Größe in Verbindung brachte, gegen Asien und seine Horden. Sie verehrten Flächenbrände und Massaker. Alles an brennender, sengender, ausmerzender Purifikation, was zu haben war. Für die war das reine Musik.

«Es waren seltsame Trichinen aufgetaucht, mikroskopische Lebewesen, die sich in den Menschenleibern einnisteten ...», deklamierte dieser Moeller-Sowieso weiter und gab zum Besten, wie die Menschen, die diese Trichinen in sich aufgenommen hätten, sich wie Besessene und Wahnsinnige benähmen.

«Aber noch nie, noch nie, hatten Menschen sich für so klug gehalten und für so unerschütterlich in der Wahrheit, wie es diese Angesteckten taten. Nie hatten sie ihre Urteile, ihre wissenschaftlichen Ergebnisse, ihre sittlichen Überzeugungen und Glaubenssätze für unumstößlicher gehalten. Ganze Ortschaften, ganze Städte und Völker wurden angesteckt und gebärdeten sich wie Wahnsinnige. Alle waren in Aufregung und verstanden einander nicht, ein jeder meinte, nur er allein sei im Besitz der Wahrheit. Hier und da liefen Menschen zu Haufen zusammen, einigten sich über etwas, schworen, einander nicht zu verlassen – aber gleich danach begannen sie etwas ganz anderes zu tun, als was sie soeben beschlossen hatten, begannen sie einander zu beschuldigen, wurden handgemein, fochten und schlugen sich gegenseitig tot ... Hungersnot trat ein. Alle und alles ging zugrunde. Die Pest schwoll an und verbreitete sich weiter und weiter. Retten konnten sich in der ganzen Welt nur einige Menschen, das waren die Reinen und Auserwählten, denen bestimmt war, ein neues Menschengeschlecht und ein neues Leben zu begründen, die Erde zu erneuern und zu säubern.»

Das Publikum gab sich dem hin. Spürte, wie der Dostojewski-Putzlappen ihre eigenen unsauberen, müffelnden Hirnwindungen auswischte, und inhalierte den reinigenden asiatischen Schrecken des Rezitators wie Züge aus der Opiumpfeife, stöhnte entsetzt und wohlig gleichermaßen – und applaudierte, beinahe über sich selbst erstaunt, wie empfindsam und tiefsinnig man doch war. Sodann war der Boden bereitet für des Meisters eigene Heils-Botschaft: «Das Dritte Reich.»

Tuchatschewski, der am Rande der Zuhörer an der Wand stand und die Menge mit Blicken absuchte, ob er jemanden ausmachte, der Niedermayer sein könnte, hörte nur halb zu, wie der Prophet des «Dritten Reiches» einen seltsam gedrechselten Weg zwischen Marx und Spengler suchte. Er forderte eben einen «dritten Weg» zum nationalen Sozialismus, durch den die schlimmen gesellschaftlichen Gegensätze der Weimarer Republik mittels Integration der verarmten Massen in den «Körper der Nation» aufgelöst werden sollten. Vor allem die unsäglichen Parteien und ihr Gezänk müssten zugunsten der Volksgemeinschaft abgeschafft werden.

Es war wieder dieser physisch-aborthafte Mystizismus Dostojewskis, der sich am liebsten aus Trichinen und Parasiten erheben wollte. Gegen den Kapitalismus, aber für den pappigen Nationalismus. Moeller war ein linker Rechter, der eine «Revolution von oben» forderte, eine neue «Reichselite», die das, ganz wie die Bolschewiken in Russland, aus einer Minderheit heraus versuchen sollte. Dann sollte sich ebendieses ominöse «Dritte Reich» der nationalen Versöhnung gründen. Tuchatschewski war keineswegs sicher, ob er alles richtig verstand, aber offensichtlich war, dass diese Vision bei den Zuhörern außerordentlich gut ankam.

Kaum hatte Moeller geendet, tobten die jungen Leute, und die Bohemiens unter den Zuhörern riefen Bravo. Die Bürger applaudierten. Die Kleinbürger applaudierten lauter. Man hatte sich gegruselt, man hatte sich empört und fühlte sich danach moralisch erhoben. Man sah einen Weg. Am Podium standen sie nun schon an, um sich einzelne Exemplare signieren zu lassen, Junge und Alte, Damen und Herren. Der Meister, dessen Aussehen irgendwie an Nietzsche erinnerte, erfüllte alle Widmungswünsche. Vorne betrieb der Ring-Verlag einen Büchertisch, und der glatzköpfige, bleiche Leptosome hatte seine Zigarre mittlerweile zum Stumpen heruntergepafft und verkaufte mit distinguierter Miene ein Exemplar des Werks nach dem anderen. Wechselgeld gab er in neuer Rentenmark und -pfennig. Der General ging los, um die Kommissarin zu kontaktieren.

In den Sälen und auf dem Flur strömten die Besucher auf und ab und durcheinander, diskutierten lebhaft die ihnen auf der Bühne vorgestellten Visionen, und manche wirkten so beeindruckt, beinahe traumwandelnd, als hätte der prophetische Meister sie schon in jenes versprochene letzte Reich hineingeführt.

Plötzlich hörte Tuchatschewski Larissa hinter ihm flüstern, als würde sie jemand ganz anderen adressieren. Beide drehten sich nicht um.

«Selten wäre eine kleine Bombe so gut gelegt wie hier, wo man kaum einen Falschen träfe. Was für eine Gesellschaft! Hätte gut Lust, meine Waffe zu holen.»

«Wenn wir ein Maschinengewehr hätten, Kommissarin, dann würde ich das Risiko eingehen. Aber so lohnt sich das gar nicht, glauben Sie mir. Und obendrein hat dieser Moeller doch sogar die Bolschewiki gelobt und als vorbildlich bezeichnet! Das Fleisch mag verrottet sein, aber der Kern ... Und jetzt klären Sie mich bitte auf, Teuerste: Wo waren Sie denn so lange?»

«Hab mich umgesehen. Ich glaube, unser Mann befindet

sich oben, erster Stock, erste Tür auf der linken Seite. Ein Salon, ein Spielzimmer. Dort trifft man sich scheinbar, wenn das normale Publikum draußen ist. Er trägt einen eleganten grauen Anzug mit Weste.»

«Sind Sie sicher?»

«Auf den Fotos, die ihn in Persien zeigen, hat er einen Bart. Aber ich habe Erfahrung mit Männern, die man plötzlich rasiert sieht.»

«Und die wäre?»

«Man muss auf die Augen achten. Gehen Sie vor, sehen Sie sich um. Unser Mann stand bei einer Gruppe anderer Männer. Stellen Sie sich in die Nähe, hören Sie zu. Ich bin mir ziemlich sicher: der im grauen Anzug.»

Sie blickte auf ihre Uhr.

Tuchatschewski tat dasselbe.

«Oben links ist ein Balkon, dort treffen wir uns in einer Viertelstunde.»

«Einverstanden.»

«Dann bis gleich», hauchte sie im Abgehen in sein Ohr, wobei er ihr fabelhaftes Parfüm riechen durfte, das ihn verwirrte, und verschwand. Der General setzte sich, ohne ihr nachzublicken, in Bewegung, als ob das seine eigene Idee wäre, und trat entschlossen und federnd über den weichen roten Teppich in den ersten Stock hinauf, um nach dem Spielzimmer zu suchen.

«Natürlich ist es eine bittere Erfahrung, die Deutschland macht. Aber bei jeder Krise gibt es auch Gewinner. Ich würde das ein kapitalistisches Naturgesetz nennen.»

«Keine Schändlichkeit auf der Welt, an der nicht irgendjemand das täte, worum es immer geht: Geld machen. Geld, Geld, Geld ...»

«Na ja, das willst du doch auch.»

«Ich will Erfolg haben, das ja. Das Geld ist da nur das Mittel. Zigarren und guten Sprit – mehr braucht der Ernst nicht.»

«Mittel und Zweck sind manchmal schwer zu trennen. Nimm unseren neuen Nachbarn, du weißt, wir wohnen am Ku'damm, vom Schwiegervater geerbt. In der oberen Etage ist jetzt ein junger Mann eingezogen, nicht unintelligent, aber auch kein Überflieger, den kenne ich noch aus seiner Zeit als Laufbursche bei einer Handelsvertretung. Aber dort hatte er einen Vorteil – Zugang zu einem Telefon und das Wissen, wie man es nutzt. Ich weiß nicht wie, aber irgendwie ist es ihm gelungen, auf Pump ein ganzes Firmenreich zusammenzukaufen, für Millionen Reichsmark – Summen, die er kürzlich zurückzuzahlen hatte, also heute, wo jedes Schulkind von seiner Mama eine Billion fürs Pausenbrot mitbekommt ...»

«Nicht jedes Schulkind, ganz und gar nicht», sagte der kleine, energische Mann mit Hornbrille und Zigarre mit einem wissenden, bitteren Grinsen.

«Die Massen sind verarmt. Bestreite ich nicht. Ich will ja nur sagen: Jede Krise bietet auch Chancen. Nicht allen, das ist klar. Aber manchen. Die Welt ordnet sich gerade neu. Das ist schon *very interesting*. Amerika ist im Kommen, das sage ich dir, Ernst ... Wirtschaftlich sowieso, aber auch kulturell. Ich war letzte Woche mal mit den Kindern im Weinhaus Rheingold – kennst du? Viertausend Plätze. Schnellgastronomie. Amerikanischer geht's nicht. Und das ist erst der Anfang.»

«Ja, aber die Russen kommen genauso, auch das Sowjetische. Hab mich ja beölt vorhin bei der Lesung, wie der Moeller da über seinen Dostojewski gesalbt hat – was meinst du, wie sich der verkauft hat in all den Jahren? Moeller ist ein wohlhabender Mann. Und sein Verleger lacht sich eins, den kenne ich. Ernst Piper. Dem geht es glänzend, da unten in München.»

«Ach, jetzt verstehe ich. Du bist hier, weil du Moeller zu dir in den Verlag locken willst! Du arbeitest wohl immer.»

«Locken will ich niemanden. Hab ich nicht nötig. Aber einladen. Habe das klare Gefühl, dass das Russische ein Schlager auf dem Buchmarkt der nächsten Jahre werden wird. ‹Genie und Wahnsinn in Moskau› von Leo Matthias ist einer unserer Bestseller. Wirklich. Matthias ist gerade wieder in Moskau und schreibt am nächsten. Und Moeller versteht sich perfekt auf alles Russische. Tolstois Werke – als schicke Taschenausgabe, wie wir es gerade mit Balzac gemacht haben – da wär Musik drin. Aber gibt ja noch mehr interessante Leute hier.»

Der Verleger hielt inne und blickte sich im Raum um.

«Da vorne zum Beispiel, dieser zarte junge Kerl mit dem auffälligen Romanow-Schnurrbart. Graf Trubezkoi oder Fürst, so genau weiß man das nicht bei den Exil-Russen, da ist ja jeder irgendwas Adeliges. Sein Vater war Direktor der Moskauer Universität. Der intellektuelle Führer der Eurasischen Bewegung, Linguist, wohnt in Prag ... »

«Eurasische Bewegung, was es nicht alles gibt, heutzutage. Also, dann, Ernst, Petri Heil beim Fischen ... für die neuen Buchprojekte!»

«Umsehen wird man sich dürfen!» Die beiden stießen lachend an. Der Verleger nahm einen Schluck und blickte sich weiter mit Schlangenaugen in dem großen Salon um. Nun wurde es lebhaft.

«Da vorne sehe ich eben schon den guten Moeller reinkommen, Geliebte im Schlepptau, die Blonde, Theophile von Bodisco. Schreibt baltische Erinnerungsmachwerke, die blendend gehen – frag mich bloß nicht wieso, ich weiß es nicht. Da muss ich jetzt mal hineilen, entschuldige bitte», sagte Rowohlt zu seinem Bekannten, einem Patentanwalt und Kulturenthusiasten, und schlängelte sich, ein wenig Zigarrenasche auf dem Teppich verteilend, zügig zum Star des Abends, der sich, von seinen Bewunderern umringt, ein erstes Glas nach dem Auftritt genehmigte.

Der Salon hatte längst den Charakter eines Casinos angenommen, mochte es auch eines für Verleger, Schriftstellerinnen, Politiker, Militärs oder Visionäre aller Art sein. Es waren so viele unterschiedliche Menschen da, dass man nie wissen konnte, wer auf wen treffen und welche unvorhersehbaren Kettenreaktionen das womöglich auslösen würde.

Tuchatschewski hatte sich weiter auf seine bewährte Art, staunende Harmlosigkeit vortäuschend, umgesehen und umgehört und Niedermayer schließlich entdeckt. In einem eleganten grauen Zivilanzug mit Weste stand der Hauptmann mit der Figur eines Sportlers im Kreise einiger Zuhörer und erzählte mit lebhafter Geste von seinen orientalischen Abenteuern. Und wieder ging es prompt ums Gelddrucken.

«Wir brachten in Persien Tausende deutsche Geldnoten in Umlauf, die zusätzlich einen persischen Aufdruck hatten. Auf dem Zwanzig-Mark-Schein zum Beispiel stand auch noch: *Fünf Toman*. Ob Sie es mir glauben oder nicht, ich habe dort häufig damit bezahlt. Der Glaube an den deutschen Sieg war in Persien weitverbreitet, vielleicht war es auch einfach die Hoffnung, die viele hatten. Genützt hat es leider nichts. Der Aufstand, den wir gegen die Russen in Persien lostreten wollten, kam nicht zustande. Aber die Geldscheine gibt es noch. Vor einer Weile habe ich eine im Katalog eines Numismatikers gesehen. Und wissen Sie, wie man sie dort genannt hat? *Niedermayer-Banknote*, ganz ehrlich.»

«Wenn Ludendorff das hört, wird er kochen vor Wut. Zwar war er der Herrscher von Ober Ost, aber dass eigenes Geld nach ihm benannt wurde, habe ich noch nicht gehört.»

«Ach, Ludendorff», meinte Niedermayer abfällig, «technisch-organisatorisch brillant, aber menschlich ... ohne jedes Gespür. Das sieht man schon daran, mit was für Leuten der sich einlässt.»

«Wen meinen Sie? Den Österreicher?»

«Diesen Hitler, genau. Der sitzt jetzt in der Festung Landsberg und schreibt ein Buch. Wie auch nicht. Jeder schreibt heutzutage ein Buch, ob er was zu sagen hat oder nicht.»

«Mein Bruder war bis zum Verbot auch in der NSDAP, eigentlich eine gute, radikale Partei. Aber Ludendorff lässt nichts unversucht, um Hitler mit seinen Freunden aus der Industrie bekannt und salonfähig zu machen. Enteignen sollte man die Ausbeuter, nicht hofieren. Thyssen und Krupp und wie sie alle heißen. Die sind unser Untergang. Die Bolschewiken haben das völlig richtig gemacht, die ganzen Volksausbeuter rauszuwerfen.»

«Na ja, Strasser, machen Sie sich mal nicht zu viele Sorgen. Die Industrie bekommen wir schon in den Griff. Und brauchen tun wir sie, das steht fest, sonst werden wir Versailles nicht revidieren können.» Niedermayer machte eine Geste, als wische er ein paar Figuren vom Spielbrett.

«Solange Deutschland derart gefesselt ist, werden wir gar nichts tun und schon gar nichts revidieren können. Sehen Sie sich die Weltlage doch an – unser Volk liegt in den Handschellen, die der Westen ihm angelegt hat.»

«Haben Sie recht, Niekisch», stimmte Niedermayer zu, «aber schauen Sie doch in die Türkei, was dort vor einem halben Jahr passiert ist! Was für uns Versailles, war für die Türken Sèvres. Und die haben es geschafft, haben die Alliierten rausgeworfen, die Griechen besiegt und das Ganze mit dem Vertrag von Lausanne besiegelt ...»

«Ja, die Türken. Die haben ja auch einen Mustafa Kemal

Pascha. Genialer Mann, die nennen ihn schon Atatürk, Türkenvater, hört man. Haben wir so einen auch, Hauptmann Niedermayer? Ist von Seeckt unser deutscher Vater?»

«Er steht jedenfalls so kompromisslos hinter unserer Republik wie Kemal Pascha hinter der türkischen. Aber noch ist die Zeit nicht gekommen, den Westmächten entgegenzutreten. Dazu brauchen wir vor allem eines – im Osten den Rücken frei.»

«Und zuallererst gehört Polen von der Weltkarte getilgt, da bin ich ganz Ihrer Meinung», rief begeistert Otto Strasser, «mit den Russen kommen wir dann schon klar.»

«Aber nicht mit dieser Politik in unserem Land. Die Parteien, die in den Parlamenten sitzen, lassen alles geschehen, die haben Gefallen an unserer Ohnmacht. Ist ja auch um so vieles bequemer, als sich endlich dem Kampf gegen den Westen zu stellen. Das sind die Verräter.»

«Ist das der Grund, warum Sie Ihr Mandat im Bayerischen Landtag niedergelegt haben und nach Berlin gekommen sind, Niekisch?», fragte Strasser, der als Hilfsreferent im Reichsernährungsministerium arbeitete.

«Ach, bevor die Fraktion mich rauswirft, was früher oder später sowieso passiert wäre, habe ich mich lieber selbst davongemacht. Mag solche verlogenen Situationen nicht. Auf meine Bezüge kann ich gerne verzichten.»

«Aber Sie waren doch sogar, wenn ich mich nicht irre, stellvertretender Fraktionsvorsitzender?»

«Einer von mehreren. Ich hatte den Posten nur als Zugeständnis an den linken Flügel. Aber durchsetzen konnte ich wenig. Ich weiß nicht, wie lange ich noch Mitglied der SPD bleibe. Hier in Berlin habe ich eine sehr gute Stelle beim Textilarbeiterverband bekommen. Will hier den Neuanfang versuchen.»

«Sehen Sie, genau das möchte ich auch», warf nun ein schmächtiger, provinziell gekleideter Herr mit ovaler Nickelbrille ein, der das Gespräch aufmerksam verfolgt hatte, ohne selbst etwas beizusteuern. «Gestatten, Schmitt», sagte er, «München kenne ich gut, habe dort studiert, Schwabing ist mir sehr vertraut, war 1919 auch bei der Militärregierung tätig, nur im Zivil allerdings, bin leider untauglich. Zurzeit lehre ich in Bonn.»

Mit höflicher, an einen Kommissionär gemahnender Geschäftigkeit verteilte er seine Visitenkarten an die Umstehenden.

«Sehr erfreut, Herr Professor Schmitt. Welcher Fakultät gehören Sie an?»

«Staatsrechtler, woll.»

«Wie bitte?»

«Jura.»

«Ah ja, und Sie haben also einen Ruf nach Berlin?»

«Das wär Humbug, wenn ich das sagen würde. Aber ich suche nach einem Ruf ...»

Der mit Sauerländer Akzent sprechende Jurist aus der preußischen Rheinprovinz konnte seinen Satz nicht beenden, denn der zurückgetretene bayerische Sozialdemokrat sah, dass Moeller gerade ein Gespräch beendete.

«Entschuldigt bitte», unterbrach Niekisch, «ich geh grad hinüber zu Moeller, bevor der sich verabschiedet. Er ist mein alter Lehrer, ich bewundere ihn sehr.»

«Servus, Niekisch», verabschiedete ihn Niedermayer und fügte für die Zurückgebliebenen hinzu: «Seltsam ist diese Zeit schon. 1919, da war Niekisch Vorsitzender des Münchener Arbeiter-und-Soldaten-Rates, und ich habe diese Räterepublik mit Waffengewalt bekämpft, ganz entschlossen. Heute unterhalten wir uns, als wären wir alte Freunde.»

«Freund und Feind unterscheiden und benennen zu können», sagte der Jura-Professor nun, «damit beginnt alle Politik. Und es ist keineswegs so einfach, wie es klingt. Was meinen Sie, versuchen wir es mit einer Partie Karambolage?»

«Vielleicht später», gab Niedermayer zurück, «zunächst muss ich mich da drüben mit einigen exilrussischen Herren besprechen, die man sonst selten zusammen in die Hände bekommt.»

Auf dem Balkon, von dem aus man einen Blick über den in stiller Dunkelheit daliegenden Wannsee und die Havel hatte, selten unterbrochen von einem Licht am gegenüberliegenden Ufer, wartete Larissa, in eine Decke gehüllt, die sie auf einem der Liegestühle gefunden hatte.

«Ich kann Ihnen wirklich nicht genau sagen, was das alles für Leute sind, mit denen unser Mann hier ist», fing Tuchatschewski leise an, «ich habe eine Weile zugehört und verstanden, dass sie sich wohl aus München kennen. Da sind dann auch noch einige Russen da, ganz sonderbare Figuren.»

«Weiße? Monarchisten? Faschisten?»

«Ja und nein. Ich sage ja, seltsam. Wenn ich es richtig verstanden habe, dann nennen sie sich Eurasier.»

«Was soll das sein?»

«Das kann ich Ihnen beim besten Willen nicht erklären, Verehrteste. Als ich den Salon verlassen habe, haben sie jedenfalls gerade begonnen, sich zu besprechen. Es sind auch viele gegangen, langsam endet diese Gesellschaft. Wenn wir mit Niedermayer reden wollen, wird es Zeit. Es geht schon gegen elf Uhr.»

«Gut. Ich hole ihn da raus. Kommen Sie nach mir in den Salon, und wenn Sie sehen, dass wir ihn verlassen, gehen Sie zum Auto und warten auf uns.» Larissa sprach bestimmt.

«Wie wollen Sie das denn anstellen?»
«Ich habe nicht die geringste Ahnung.»

Als Larissa zwei Minuten später den Salon betrat, saß Niedermayer tatsächlich mit einer offensichtlich russischen Gruppe zusammen um einen großzügigen Tisch, auf dem ein Schachbrett stand, und unterhielt sich lebhaft. Am Billard versuchte sich eine junge Frau in Kostüm, und ein Mann in aufgekrempelten Hemdsärmeln zeigte ihr, sich an sie schmiegend, wie man den Queue richtig zu führen hatte.

Eine kleine Menschentraube stand auch um die aufgebaute Bar herum, die Leute rauchten und unterhielten sich lautstark. Niemand wusste, wie lange die außerordentliche Gastfreundschaft des Hauses Waltrud noch aufrechterhalten werden würde, wie man ja auch sonst im Leben nicht wusste, wie lange irgendetwas dauerte oder wann es endete. Jedes Glas konnte das letzte sein, also gab man sich Mühe, vor diesem letzten noch eines zu bekommen.

Während sie unentschlossen im Raum stand, wurde Larissa angesprochen.

«Sie sind mir vorhin schon aufgefallen, Madame, so ein Glück, dass Sie noch nicht gegangen sind. Gestatten – Schmitt, Professor Schmitt, Bonn» – mit provinzieller Attitüde reichte er ihr seine Karte, die Larissa überrumpelt entgegennahm. Der Mann betrachtete sie glutvoll durch seine ovalen Brillengläser und gestand ihr sogleich, dass er sie schon unten im Erdgeschoss bewundert habe. Was könne er wohl tun, um sie näher kennenlernen zu dürfen? Er könne einer dunkelhaarigen Frau, zumal slawischer Abstammung, nicht widerstehen. Eine Schwäche, gewiss, aber so habe der liebe Gott ihn nun einmal geschaffen.

«Wieso denken Sie das?»

«Was bitte?»

«Ich sei Slawin. Ich komme aus Leipzig.»

«Haben Sie vorhin unten nicht Russisch gesprochen, mit Ihrem Begleiter?»

«Mein Fahrer. Früher Offizier. Das Exil, Sie verstehen. Sie scheinen ja besonders aufmerksam zu sein ...»

«Bin ganz ungebunden. Da entgeht einem nichts. Möchten Sie etwas trinken?»

Larissa dachte einen Moment nach und blickte sich noch einmal um. Natürlich war der klein gewachsene Jurist keineswegs als Einziger auf sie aufmerksam geworden. Die Blicke der Männer folgten ihr, und nicht nur die. Auch Theophile von Bodisco, die sich, ihre Zigarettenspitze in der Hand, mit gelangweiltem Blick mit der Ehefrau ihres Liebhabers unterhielt, warf ihr einen scharfen Blick zu, der Ablehnung verriet, aber auch Verwunderung und Interesse. Solche Solitäre wie Larissa waren selbst am Nachthimmel Groß-Berlins selten wie schweiftragende Kometen. Da sie sich aber nicht in Unterhaltungen verstricken, sondern endlich an Niedermayer herankommen wollte, befand sie es mit einem Mal als Vorteil, den spitzmausartig agilen Provinzprofessor an ihrer Seite zu haben.

«Wie nett von Ihnen, Herr ...»

«Schmitt.»

«Lassen Sie uns etwas trinken.»

Sie gingen an die Bar, Larissa nahm ein Glas Champagner, stieß mit dem von seiner erstaunlich leichten Eroberung beinahe selbst verblüfften Bonner an und ließ ihn ein wenig reden. Als er gerade dabei war, sich in Andeutungen über seine Vorstellungsgespräche bei verschiedenen Berliner Institutionen auszulassen – allesamt nicht ganz einfach, überhaupt, in dieser schwierigen Zeit Termine zu bekommen, zum Glück habe man Bekannte –, fragte sie ihn auf den Kopf zu, ob er wohl den Herrn im grauen Anzug kenne, den da vorne inmitten dieser größeren Gruppe.

«Das ist, äh, Hauptmann Niedermayer, ein Bayer, ein unmittelbarer Vertrauter Hans von Seeckts. Wir haben vorhin darüber gesprochen, warum sein Chef nach dem Putschversuch in München – und nach den vergeblichen Attacken der Kommunisten» – bei diesen Worten verzog er seine fröhliche Gymnasiastenmiene in ehrlichem Widerwillen – «nicht endlich die Diktatur erklärt hat, die wir alle, die wir uns um das Wohlergehen des Staates und unserer Kultur sorgen, dringend wünschen würden.»

«Und was war seine Antwort?»

«Nun ja, dass sein Chef und die Reichswehr fest hinter der sogenannten Republik stehen und nur auf Anweisung des Reichspräsidenten handeln würden. Etwas enttäuschend, nicht wahr?»

«Sie lehnen die Republik so rundheraus ab?»

«Ach wissen Sie. Zunächst, um den Spanier Donoso Cortés zu paraphrasieren, haben die Deutschen die Republik bejubelt und angebetet wie eine Göttin der Freiheit, und bald schon werden sie sie verkommen lassen wie eine Prostituierte in einer Schenke, *como una prostituta en una taberna*. Verzeihen Sie, ein wörtliches Zitat», sagte der nach anständiger Diktatur verlangende Staatsrechtsgelehrte und nahm einen Schluck Champagner, der ihm angesichts seiner schönen Gesprächspartnerin und seines gewagten, leicht frivolen Tons besonders schmeckte.

Eine klassisch kleinbürgerliche Reaktion, dachte Larissa: Erschreckt vom drohenden Aufstand der Arbeiter, der proletarischen Revolution – sie lächelte ihn schweigend an – ist der Bürger verzweifelt, sieht nicht nur das Ende seiner Herrschaftsansprüche, sondern gleich das Ende der ganzen sogenannten Kultur. Und dann wünscht er sich sofort den starken Mann an die Spitze des Staates.

«Kommen Sie», sagte sie nun und stellte ihr Glas, an dem sie nur genippt hatte, zurück. «Stellen Sie mich dem Herrn Hauptmann vor.»

«Aber, aber ... ich weiß doch gar nicht, wer Sie sind. Noch nicht mal Ihren Namen haben Sie mir verraten.»

«Sagen Sie ihm, eine Freundin aus Kabul sei da. Und hier, geben Sie ihm das.»

Sie zog einen kleinen Zettel heraus und notierte Niedermayers magische Formel:

Wenn Kontinente erwachen,
werden Inselweltreiche zerstört

Den reichte sie Schmitt. Der Gelehrte sah sie an, hatte jedes Wort verstanden, aber natürlich wurde es ihm unheimlich zumute. Er spürte, dass er in der spiegelverkehrten Welt eines Spiels gelandet war, dessen Regeln er nicht kannte. Diese Dame schien etwas zu wollen, das er nicht ahnte. Er fragte eingeschüchtert nach, ob sie wörtlich Kabul gesagt habe, Larissa nickte lächelnd. Dann gingen sie hinüber zu der Runde.

Der Professor beugte sich mit Verschwörermiene zu Niedermayer hinab, sprach mit ihm und reichte ihm den Zettel. Larissa stand dahinter, betrachtete die Leute und lauschte, worüber sie redeten. Wenn sie Niedermayer hier herausholen wollte, so müsste sie den Kreis sprengen. Sie müsste für einen Eklat sorgen. Am einfachsten wäre es wohl, dachte sie, wenn ich mich mit dem wildmähnigen Geniedarsteller anlege, der inmitten seiner Freunde und Gesinnungsgenossen thront, ein Glas tiefdunklen Rotwein in der Hand, aus dem er theatralisch schlürft und das große Wort führt. Gerade war er dabei, dem jüngeren Prinzen Trubezkoi, den er altmodisch «Knisjok», nannte, Fürstlein, darzulegen, warum dieser und alle anderen, die heute Abend zu diesem Thema das Wort erhoben hatten, mit ihrer Bewertung der Bolschewiki falschlagen.

«Euer Unsinn da», rief der Wildbärtige, «die Bolschewiken sind Latrinenreiniger, Scheißhausauskratzer, sie waten in Strömen von Eiter, Blut und Typhus und erledigen damit ganz einfach die Arbeit, die getan gehört, um unser heiliges Russland aus den Machinationen des Westens zu befreien – es ist ein Reinigungsprozess. Dostojewski hat von Trichinen geschrieben. Ich meine, es gibt Krankheit, keine Frage. Aber die größte Krankheit ist der westliche Liberalismus, und die Bolschewiken werden unser Russland endgültig von dieser Pest befreien. Wenn wir sie dann besiegt haben werden, und das wird vielleicht noch ein, zwei Jahre dauern, kommt ein neues Russland – und das wird sich seiner selbst bewusst sein. Vor Kraft strotzend und von Grund auf erneuert. Wir lachen über die ängstlichen Blicke der Europäer, bevor wir die Urkräfte Asiens entfesseln ...», er nahm einen tiefen Schluck von Dr. Helphands Bordeaux und begann, lustvoll dem eigenen Bariton lauschend, ein Gedicht von Alexander Blok zu rezitieren:

Ihr seid Millionen. Wir – Legion, Legion, Legion!
Versucht nur, euch mit uns zu schlagen!
Ja, unsre schrägen Augen, gierig schon,
Verkünden: Wir sind Skythen, Asiaten!

Für euch – Jahrhunderte, für uns – eine einzige Stunde.
Wir hielten wie gehorsame Leibeigene
einen Schild zwischen den beiden feindlichen Rassen der
Mongolen und Europa!

Europa, anmutsvolle Dame, wir
Werden durch Steppen und durch wüste Wälder
Dir eine Bresche schlagen: Mädchen, hier,
Sieh unsere Asiatenfratzen selber!

Bei dem letzten Vers blickte er mit frechem Gesicht zu Larissa hin und grinste schamlos, als seine Gesinnungsgenossen applaudierten.

Im selben Moment stand nun Niedermayer auf, von Professor Schmitts Botschaft kaum weniger verwirrt als der Überbringer selbst, trat Larissa entgegen und wurde ob ihrer Erscheinung ein wenig bleich. Er gab ihr die Hand und war noch nicht einmal dazu gekommen, auch nur ein Wort an sie zu richten, als der Wildbärtige so laut, dass es jeder hörte, der Russisch verstand, rief:

«Schau mal an, was für ein deutsches Püppchen sich an unseren Tisch gesellt. Die bräuchte mal einen richtigen russischen Ritt.»

Mistkerl, dachte Larissa, verzog keine Miene und setzte sich auf Niedermayers höfliche Bitte hin in seinen Sessel, dem Lästerer gegenüber.

«Ich hoffe», sagte sie auf Russisch, «ich habe Ihren eindrucksvollen Vortrag nicht gestört, Väterchen», und blitzte den Wildbärtigen an. «Das Versmaß müssen Sie noch üben. Ich empfehle Ihnen, Schauspielunterricht zu nehmen, dann können Sie es noch zu etwas bringen.»

Hinter der Gruppe an der Wand sah sie nun Tuchatschewski, der sie irritiert anstarrte und unmerklich den Kopf schüttelte.

«Aber bedenken Sie, dass Alexander Blok diese Verse 1918 geschrieben hat. Es ist ein Revolutionsgedicht, es ist komplex und hat viel mehr mit Musik und Gefühl zu tun als mit banalen Slogans, zu denen Sie es für Ihre reaktionären Zwecke herunterbrechen.»

«Wenn ich auch nicht weiß, wer Sie sind, meine Schöne», knurrte der verblüffte Deklamator, «vielleicht sind Sie ja sogar eine anständige Russin und keine heimliche Bolschewiken-Freundin. Hören Sie mir zu, ich will Ihnen etwas erklären, das mit der Wirklichkeit auf dieser Welt zu tun hat. Mit ihrer geografischen Wirklichkeit und der daraus notwendig folgenden politischen und kulturellen Wirklichkeit.»

Und er begann mit wild aufgerissenen Augen und rudernden Armen, ein wenig Bordeaux verschüttend, von der historischen Mission Russlands zu erzählen, von der Auserwähltheit des russischen Volkskörpers und seinem erhabenen Schicksal. Er schwadronierte von den Völkern Asiens, von Skythen, Hunnen, Türken, Khitai, Tanguten, Mongolen und natürlich Tataren. Vom einsamen, gewaltigen Weg Russlands, seinem spirituellen Selbst, weder Europa noch Asien zu sein, sondern etwas Drittes und Eigenes, Eurasien, ein gewaltiger, noch zu gebärender und zu stählender Koloss, dem es bestimmt sei, die Menschheit zu retten und zu beherrschen. Nicht die Massen Asiens und nicht die Maschinen Europas seien es – etwas anderes sei der Eurasisch-Russische Weg, etwas, das er *Passionarnost* nennen wolle, die Heiligkeit der russischen Seele, Leidenschaftlichkeit wie die Fähigkeit, das Leiden zu ertragen, so wie Russland jetzt die reinigenden und sengenden Teufel der Bolschewiki ertrage, um eines Tages aufzuerstehen, Europa und Asien zu einigen – und Eurasien zu schaffen.

«Lesen Sie ein Gedicht des Gumiljow, wenn Ihr Russisch dafür gut genug ist, und dann werden Sie verstehen, was ich meine, meine Schöne.»

«Was soll ich lesen?»

«Gumiljow. Es wundert mich, dass Sie seinen Namen nicht

kennen. Gumiljow war ein Offizier unserer wahren, zarischen Armee und unser größter Dichter. Die Bolschewiken haben ihn exekutiert. Aber so ist das eben. Bildung, die man in seiner Jugend nicht bekommt, wird man später nicht mehr kriegen ... »

Larissa hätte schallend lachen können angesichts der Farce, dass dieser Afterprophet der eurasisch-russischen Mission ausgerechnet mit jenem Mann und dem süßen Gift seiner Dichtung ankam, der ihr vor beinahe einer Dekade als ein skrupelloser, aber eben auch schöner Don Juan das Herz gebrochen hatte.

Der selbstgewisse eurasische Seher begann neuerlich zu deklamieren und kratzte sich dazu vor Erregung den Bauch unter dem etwas fleckigen Hemd.

«Manchmal im Himmel undeutlich und sternenlos
Der Nebel wächst ... aber ich lache und warte.»

Ja, allerdings, das waren Gumiljows Verse, die sie einstmals als Gymnasiastin auswendig konnte. Vor so langer Zeit – vor nicht einmal zehn Jahren.

«Und ich glaube wie immer an meinen Stern,
Ich bin ein Konquistador in einer eisernen Hülle.»

Der Eurasier endete sichtlich zufrieden.

«Ich verstehe. Ich kenne diesen Herrn Gumiljow nicht, und bin deshalb ungebildet? Und warum ist dieser Gumiljow so wichtig? Weil er so ein treuer Monarchist war?»

«Er hat der Welt etwas Unsterbliches geschenkt.»

«Ich wusste nicht, dass wir hier auf einer Wallfahrt sind. Wie heißt das Kloster, in das wir gleich einkehren?»

«Wir sprechen hier über Russlands Größe. Das, was die russische Welt der Menschheit zu geben hat.»

«Die russische Welt? Was soll das sein? Was hat Russland denn Großes erfunden, das es weitergeben könnte? Außer den Erfahrungen des Roten Oktobers natürlich. Sagen Sie, da bin ich jetzt gespannt.»

«Was? Sehr viel.» Er war für einen Moment schockiert, scheinbar doch einer Kommunistin gegenüberzusitzen ...

Gleich sagt er «Borschtsch», obwohl das ukrainisch ist, dachte Larissa, die von der tumben, gleichwohl energetischen Persönlichkeit des eurasischen Propheten beinahe fasziniert war, wie von einem wilden Tier, das es irgendwie geschafft hat, zu sprechen und den aufrechten Gang zu imitieren. Auch wenn sie keine Miene verzog, machte es ihr insgeheim Spaß, mit diesem zwischen Faschismus, Mystizismus und Obskurantismus changierenden Mannsbild zu streiten.

«Zum Beispiel Schach, das Spiel der Spiele.»

Er wies auf das geschnitzte Schachspiel vor ihnen.

«Nicht zufällig steht das hier. Es wurde gewiss von meisterlichen Handwerkern gefertigt, vielleicht in Ufa, vielleicht in Jaroslawl, Ural jedenfalls. Mit solchen Spielen kam das Schach aus Russland nach Europa.»

«Die Russen hätten also das Schach – erfunden?»

«Nach Europa gebracht, auf jeden Fall.»

«Wer genau hat es gebracht?»

«Nun: Iwan der Schreckliche.»

«Das ist ja lächerlich», höhnte Larissa und betrachtete, wie sich ihr Gesprächspartner in echten Qualen wand, da solche Schmähungen für ihn wie aus einem anderen Universum herüberhallen mussten, als sie fortfuhr: «Schach, ein Spiel für kleine Jungs, ein Kinderspiel – das soll ein Zar erfunden haben? Das glauben Sie ja selber nicht. Iwan wer?»

«Iwan wer? Jungs? Das erhabene Spiel der Zaren? Was reden Sie?»

Wenn es auch gemäß seinem Selbstverständnis eigentlich gar nicht möglich war, mit einer Frau zu streiten, denn Frauen hatten nicht die intellektuellen Kapazitäten für echte Kontroversen, so brachte ihn diese hier allerdings tatsächlich zur Weißglut. Ihre blendende Schönheit machte es nicht besser. Sie war unfasslich frech. Diese Kommunistin bat förmlich darum, bestraft zu werden.

«Schach hab ich mit meinem kleinen Bruder gespielt», redete sie nun weiter. «Hab ihn immer gewinnen lassen.»

«Ach wirklich? Ich habe zwar noch nie gehört, dass eine Frau Schach spielen kann, aber in Ihrem Fall fände ich es reizvoll, Ihr Können auf dem erhabenen Brett dieses urrussischen Spiels zu ... ertasten.»

Bei dem Wort «ertasten», einer Unschicklichkeit, die der bärtige Eurasier aussprach, als wolle er eine neue Schönheit für seinen Harem einkaufen, berührte Larissa das Brett und stellte die Figuren zurecht. Damit galt es.

Niedermayer senkte den Kopf. Er flüsterte ihr ins Ohr, wie peinlich ihm die Situation sei und ob es etwas gebe, das er für sie tun könne.

«Seien Sie mein Ritter und bringen Sie mir ein Glas Champagner, während ich mein Glück versuche», sagte sie dankbar und drückte Niedermayers Hand, eine raue, warme Männerhand, die ihr gefiel. Eine Bergsteigerhand. Die jetzt den Kellner gab.

Das Spiel begann. Der Eurasier bestand darauf, dass gelost wurde, nahm die beiden Königinnen, die schwarze und die weiße, tauschte sie unter dem Tisch zwischen seinen Händen hin und her. Tuchatschewski, der günstig stand, zwinkerte ihr mit dem linken Auge zu.

Larissa wählte die linke Hand und damit Weiß. Sie eröffnete die Partie, zog den Königsbauern und bemühte sich dann, eine gewisse Unbeholfenheit vorzutäuschen. Jeder neuerliche Zug des Eurasiers machte sie scheinbar immer unsicherer, das Glas Champagner in der Hand, das Niedermayer ihr gebracht hatte. Zuweilen nippte sie daran wie in Aufregung und musste als immer bedrängtere und in Not und Zugzwang befindliche Spielerin erscheinen.

Die Runde aus einem guten Dutzend Zuschauer stand gebannt, war dieses provozierte Duell doch ganz und gar unerwartet gekommen. Die geheimnisvolle schöne Frau und der mit Sorgfalt verlotterte, wie ein akademischer Clochard wirkende eurasische Geistesbarbar. Der saß zurückgelehnt lächelnd und setzte seine Figuren mit übertriebener Raffinesse.

Schließlich schlug sich Larissa mit der Faust leicht an die Stirn, tat dabei für einen kurzen Moment genialisch, aber bei ihren nächsten, unglücklichen Zügen wurde doch allen Zuschauern klar, dass die schöne Unbekannte zwar großartig anzusehen war, aber durch ihre Erscheinung allein noch keine Schachpartie gewinnen konnte.

«Sehen Sie, meine Herren, jetzt ist es schon so weit», sagte der Eurasier, der nicht fassen konnte, was für ein herrlicher Triumph ihm bevorstand, und der gleichzeitig das tiefe Befriedigungsvorgefühl spürte, das einen solchen Raub- und Eroberungszug zwangsläufig begleitete, da er nun einfach Larissas Dame schlagen konnte, die wertvollste Figur.

«Bislang hat sie ja brav mitgespielt. Unsere Schöne hat sich gewehrt, so gut es ging, aber nun ist der Moment gekommen, meine Herren, in dem wir ihr Leiden beenden sollten. Sie pflegten mit Ihrem Brüderchen zu spielen, Madame, und haben ihn gewinnen lassen? Sie erwarten das bitte nicht von mir.»

Und dann nahm er endlich Larissas Dame. Genussvoll schlug er sie mit seinem Bauern, pflückte sie beinahe, als wolle er sie sich wie eine köstliche Frucht in den Mund schieben. Der Bauer jedoch, der die Dame geschlagen hatte, hatte mit seinem Seitwärtszug eine nicht wieder zu schließende Lücke in der schwarzen Stellung geöffnet, denn diese Linie beherrschte jetzt einer ihrer Türme. Ein Läuferzug von ihr, der zugleich Abzugsschach bot, trieb den König unausweichlich auf den Damenflügel, wo schon der andere Turm und ein Springer warteten, um dem mitten im vermeintlichen Siegen angegriffenen schwarzen König keine Ausweichmöglichkeit mehr zu lassen. Schachmatt.

«Es war ein Damenopfer ...», murmelte es unter den weniger imposanten eurasischen Herren, «sie hat ihn mit einem Trick hereingelegt. Einem Damenopfer. Hast du so etwas schon gesehen?»

Der Besiegte selbst war fahl geworden, als sei ihm die vernaschte Dame die Kehle hinuntergerutscht und dort stecken geblieben. Er starrte wütend und ungläubig auf das Brett und sagte kein Wort mehr. Auch seine Entourage war sprachlos.

Larissa hingegen bedankte sich freundlich für die Partie, stand auf, blickte Niedermayer an, der die ganze Zeit sekundierend und zugleich ratlos hinter ihr gestanden hatte, und sagte: Sie müsse nun eine Zigarette an der frischen Luft rauchen gehen, ob er sie wohl freundlicherweise begleiten wolle. Der Hauptmann wollte. Professor Schmitt hätte auch gerne gewollt, wurde aber nicht gefragt.

So standen sie auf dem Balkon. Larissa nahm eine Zigarette aus ihrem Etui, bot Niedermayer an, er gab Feuer. Sie rauchten, aber der Mann vergaß nach dem ersten Zug zu inhalieren. Was mochte diese erstaunliche Dame von ihm wollen? Woher kannte sie seine Schriften? Er war aufgeregt wie ein Kind vor Weihnachten, und wenig später staunte der beschlagene Geograf und Abenteurer nicht schlecht.

Denn Larissa, auf den nächtlichen Wannsee blickend, der wie ein schwarzer Abgrund vor ihnen lag, nahm Niedermayer mit auf die Reise zurück nach Afghanistan. Sie erzählte von ihrer Zeit dort, beschwor zwei Jahre des Leidens an diesem manchmal mittelalterlich wirkenden Land, aber auch des Staunens über denselben zuweilen wie ein Wunderreich erscheinenden Ort, der wie aus einer Dichtung war, mit seinen Märkten, Früchten und Gewürzen, der steinernen Härte des Winters und dem unfasslich beglückenden, blühenden Frühling der Bauern und Gärtner. Seinen Menschen und ihren Herden in einer Symbiose, die sie an die urkommunistischen Stammesanfänge der Menschheit hatte denken lassen. Und sie sprach von ihrer Verzweiflung über die verfahrene, beinahe aussichtslose Situation der revolutionären Botschaft. Dazu die permanente Überlegenheit der Engländer, die gnadenlose Professionalität ihrer imperialen Strukturen, denen sie einfach nichts entgegenzusetzen gehabt hatten – denn sie waren anfangs, vor der Gründung der Union, ja nur die Vertreter der Russischen Sozialistischen Räterepublik gewesen.

Dort draußen in Afghanistan hätten sie sich oft gefühlt wie eine Schiffsbesatzung mit einem stillliegenden, festgefahrenen Boot, irgendwo abseits der Verkehrslinien. Aber dann, so Larissa, wurde sie auf die Spuren der Deutschen aufmerksam, jene Weltaufstandsrelikte, auf denen sie mit einem Mal hatte aufbauen können.

«Ich habe mit Leuten aus der großen Maschinenfabrik gesprochen. Die Almani waren vielen der Arbeiter äußerst präsent – durch ihre Ingenieursleistungen, Strategieschulungen. Es schien mir, als seien die Deutschen während des Weltkriegs in Afghanistan recht innovativ und strategisch klug vorgegangen. Und, würde ich sagen, militärisch vorbildlich. Und dann erzählte mir einer der Arbeiter, dass er wisse, wo die Almani vor ihrem Abzug aus Kabul Unterlagen versteckt hatten.»

«Das war wohl der Sohn des Hausmeisters, habe ich recht? Wie hieß er noch?»

«Hassan Ali, ganz genau. Sein rechtes Augenlid hängt etwas. Leicht pockennarbig, ein blitzgescheiter junger Mann. Als ich ihn kennenlernte, war er ein Vorarbeiter im *Haus der Maschinen*. Er hat mich in das Gartenhaus unterhalb des Staats-Gästehauses geführt.»

«Dort hatte ich das Bündel in einer Wandnische eingemauert.»

Es war nicht das Einzige, was er dort zurückgelassen hatte, dachte er bei sich. Da waren auch Gräber.

«Ach, Herr von Niedermayer, ich möchte Sie so viele Dinge gleichzeitig fragen – aber sagen Sie: Ihre Papiere, die bestehen ja aus sehr unterschiedlichem Material. Es gab ein normales Logbuch. Statistiken, Korrespondenz. Dann den Kriegsplan. Aber da war auch ein Konvolut von Koordinaten, Nummernkombinationen, gepaart mit chiffrierten Abkürzungen. Was war das?»

«Das waren Spielzüge. Von einem Spiel, mit dem man Krieg simulieren kann. Haben die Preußen erfunden, als sie beschlossen, als ressourcenärmste und schwächste der fünf europäischen Großmächte, dennoch die beste Armee aufzubauen. Genauer ja, wegen der knappen Ressourcen.»

«Ich sage Ihnen, ich habe viele Nächte damit zugebracht, darüber zu brüten, was es bedeuten könnte.»

«Da ich gesehen habe, wie raffiniert Sie Schach spielen, glaube ich, dass Sie einiges damit anfangen könnten. Es ist ein unwahrscheinliches Instrument.»

«Haben Sie es noch?»

«Nein.» Niedermayer stützte sich auf das Geländer des Balkons, beugte sich nach vorne und schnippte seine Zigarettenkippe in hohem Bogen in die Nacht hinaus, wo sie verglomm.

«Soll ich Ihnen ein Geheimnis verraten?»

«Sind wir nicht deshalb hier herausgetreten – um über Geheimnisse zu plaudern?»

Und Niedermayer erzählte ihr, dass sie damals tatsächlich, genau der erfolgreichen spielerischen Darstellung eines möglichen Feldzuges gemäß dem Strategiespiel folgend, einen Putschversuch gegen Emir Habibullah geplant und begonnen hatten. Ziel war, seinen Sohn Amanullah an die Macht zu bringen.

«Der Funkoffizier der Expedition, der mich seit Istanbul begleitet hatte, Kaiserliche Marine, ein bayerischer Landsmann auch noch, erklärte sich bereit. Er war auch derjenige, der dieses Simulationsspiel vom Schiff mitgebracht hatte.»

«Ein Seemann also. Das kann ich glauben – Seeleute spielen alle gerne. Ich weiß, wovon ich rede. Aber wozu genau hat er sich bereit erklärt?»

«Den Emir zu töten. Es war alles arrangiert. Der Emir sollte in Nuristan einen tödlichen Jagdunfall erleiden. Das war der Plan.»

«Tja, ich kenne das, mit den Plänen.»

«Habibullah hat das Attentat überlebt, und unser Mann kam nicht zurück. Ich habe mir oft vorgestellt, geträumt, was aus der Welt geworden wäre, wenn er damals Erfolg gehabt, die Lunte gelegt und unser Plan funktioniert hätte. Der weltweite islamische Dschihad im Bündnis mit den Mittelmächten!»

«Ein weltweiter Aufstand im Namen des Islam? Unglaublich.»

«Wissen Sie was? Es gibt einen Hadith, eine Prophezeiung des Propheten Mohammed, der voraussagte, dass einst Pfeile aus Khorasan aufsteigen würden, um die Länder der Feinde des Islam zu treffen, und seien sie auch noch so weit entfernt.»

«Khorasan?»

«Im Koran der Name für Afghanistan. Wir nahmen diesen Hadith als schicksalhaftes Zeichen, dass unser Aufstand gegen das Weltimperium in Afghanistan seinen Anfang nehmen müsste.»

«Glauben Sie wirklich an diese Prophezeiung?»

«Der Islam kennt viele Wahrheiten. Abgesehen davon war uns alles recht, was uns unserem Traum einer anderen Welt näher bringen würde.»

«Wie sollte diese Welt aussehen?»

«Ein Planet, der die freie Entfaltung aller seiner Völker erlaubt. Davon träume ich heute noch genauso.»

«Dann träumen wir denselben Traum, Herr von ...»

«Oskar, bitte. Unter Afghanistan-Veteranen.»

Er blickte sie erwartungsvoll an.

Sollte sie weiterhin Tania Kaplan spielen? Oder war der Moment gekommen, wo sie Niedermayer alles anvertrauen konnte? Sie war mit einem Male unsicher, wo sie beide gerade standen. Bislang war es immer noch etwas wie ein Spiel gewesen, das sie auf der Stelle hätten beenden können. Mit der Kontaktaufnahme, jetzt hier auf diesem Balkon, eröffnete sie ein neues Kapitel, ohne jedes Wissen des Residenten der Komintern, ohne Auftrag Moskaus, auf eigene Faust. Aber dann wurde ihr bewusst, dass sie die Linie schon längst überschritten hatte. Wenn Niedermayer es darauf anlegte, würde er ganz leicht herausfinden, wer das erste sowjetische Botschafterpaar in Kabul gewesen war.

«Larissa», sagte sie, legte ihm ihre Hand auf den Arm,

beugte sich vor und gab ihm zwei sehr zarte Wangenküsse. «Aber meine Familie nennt mich Lyalya – und so mögen Sie mich nennen, Oskar.»

«Sehr charmant, Lyalya.»

«Eine Ehre ist es für mich. Wissen Sie, Sie waren für mich beinahe eine literarische Figur, wie aus einem Roman. Und nun gibt es Sie wirklich, und wir stehen hier zusammen.»

«Sie tun mir zu viel der Ehre an, Lyalya. Ich bin nur ein Soldat, der für die Freiheit kämpft.»

«Und dabei auch vor seltsamen Verbündeten nicht zurückschreckt, wie mir scheint.»

«Sie meinen die da drin? Prinz Trubezkoi und seine wilden Eurasier?»

«Wen sonst. Für mich sind das üble Reaktionäre, genau die Leute, die wir besiegen, gegen die die Revolution bestehen musste.»

«Reaktionäre. Vermutlich haben Sie damit recht. Aber wir sind auf der Suche und im Gespräch mit allem, was uns unserem Ziel näher bringt. Im kommenden Konflikt müssen wir unter allen Umständen sicherstellen, dass wir gegen die Front nach Westen den Rücken im Osten frei haben werden. Für mich sind diese Leute wie Vertreter einer eigenständigen kleinen Glaubensrichtung. Der grausame, von Lenin befohlene Exodus letztes Jahr hat ihre Reihen verstärkt. Die sogenannte Eurasische Bewegung expandiert. Auch wegen der knallharten sowjetischen Kulturpolitik. Es wäre fahrlässig, wenn wir nicht auch zu diesen Kreisen Kontakte pflegen würden.»

«Das kann ich nachvollziehen. Nur dass diese Eurasier um Prinz Trubezkoi und seinen etwas zu groß geratenen Golem, dem ich eine kleine Schachlektion erteilen durfte, ein neues eurasisches Reich errichten wollen, das dem Zarenreich zum Verwechseln gleicht. Wir aber wollen die Befreiung aller Menschen, nicht nur der Christen oder der weißen Rasse. Wir wollen die Weltrevolution. Auch dazu ist das russisch-deutsche Zusammengehen die Voraussetzung. Internationalismus!»

«Auch der Islam hat diesen weltweiten Anspruch. Ich verstehe schon, was Sie meinen. So wollen wir also dasselbe.»

«Sehen Sie, das denke ich auch. Aber solange diese Verbindung nicht offiziell geknüpft werden kann, wäre es doch dumm von uns, wenn wir nicht, sagen wir, selbstständig ein wenig an den Möglichkeiten arbeiten. Dinge andenken.»

«Sie meinen, wir sollen eine Kontaktgruppe bilden?»

«Hören Sie zu, Oskar, ich weiß, was Sie bislang in Moskau getan haben, ich habe auch von den Neumann'schen Kohlen gehört.» Sie lachte mit einem Mal laut auf, stützte sich auf Niedermayers Arm und drückte ihn voller Sympathie. Niedermayer musste jetzt auch lachen. Ja, das war eine der für ihn typischen, aus Fantasie und Enthusiasmus zusammengebastelten Episoden. Einen ganzen Güterzug Kohlen aus dem Ruhrgebiet pro Woche hatte er versprochen.

«Ja, da habe ich tatsächlich den Mund zu voll genommen. Und seitdem, stellen Sie sich vor, habe ich so was wie Einreiseverbot. Dabei würde ich nichts lieber, als sofort nach Moskau zu fahren. Würde viel dafür geben. In Russland ist etwas auszurichten für die Zukunft Deutschlands. Und der Welt. Für eine freie Welt.»

«Sie wollen endlich wieder russischen Boden unter Ihren Füßen haben, verstehe ich Sie richtig?»

«Ja, wenn Sie so wollen. Das wäre wunderbar.»

Larissa blickte Niedermayer an, als würde sie ihm jeden Augenblick ein ungeheuerliches Geheimnis verraten wollen. Sie trat einen Schritt näher, legte ihm besonnen, aber doch ganz zärtlich einen Arm um die Schulter und flüsterte ihm ins Ohr.

Der Hauptmann erschauerte.

«Meinen Sie das ernst?»

«Glauben Sie mir, Oskar, das Scherzen habe ich mir bei diesen Dingen schon lange abgewöhnt.»

«Aber wie wollen wir das anstellen? Haben Sie einen fliegenden Teppich aus Kabul geschmuggelt? Zutrauen würde ich es Ihnen.»

«Würden Sie den denn mit mir besteigen?»

«Auf der Stelle.» Niedermayer lachte, bereit, den Scherz – denn um einen solchen musste es sich ja doch handeln – als solchen zu nehmen. Tief in ihm pochte aber doch auch die echte Hoffnung, das Unmögliche möge wahr werden. Denn noch unmöglicher als die Reise nach Russland war zweifellos die Vorstellung, diese umwerfende und beinahe unheimlich weltläufige Frau jetzt wieder verlassen zu müssen. Er wäre tatsächlich überall mit ihr hingegangen, und dieser Wille kam nicht nur vom Alkohol, dem er nur selten und in Maßen zusprach und der ihn heute zusätzlich verwirrte.

«Dann folgen Sie mir.»

Als sie vom Balkon an der Tür zum Salon vorbeikamen, wo schon wieder, als ob nichts geschehen wäre, fröhlicher Lärm herrschte, da bat Niedermayer sie kurz um Geduld, er müsse noch etwas holen. Er kam schnell zurück und zeigte ihr grinsend die weiße Dame aus dem Uraler Schachspiel.

«Mein Souvenir!»

Kaum wahrgenommen von der im Spielsalon verbliebenen Gesellschaft gingen sie die Treppe hinab, verließen die Villa Waltrud (nicht ohne dass Larissa ihre Waffe aus dem Gebüsch zog und einsteckte, was Niedermayer kurz in respektvolles Staunen versetzte), und dann entdeckte Larissa den abseits geparkten Wagen mit dem wartenden Tuchatschewski am Steuer. Sie nahm Niedermayer bei der Hand, einfach und vertraut, als wären sie schon oft des Nachts so spazieren gegangen. Tuchatschewski drehte das Fenster herunter, sie flüsterten auf Russisch. Tuchatschewski, für Niedermayer ja nur der Chauffeur, schien sich erst zu sträuben, aber dann willigte er ein. Wie immer, wenn Larissa etwas von ihm wollte, waren seine Widerstandskräfte gering.

«Steigen Sie ein, Herr Hauptmann, vorne bitte.»

«Wohin fahren wir?»

«Dorthin, wo wir gemeinsam die Nacht auf russischer Erde verbringen können. Wie ich es versprochen habe.»

Wie sie es versprochen hatte. Genauso war es gekommen, dass sie also nach dem Abend bei Parvus den letzten Ritter des Königreichs Bayerns in ihren Wagen eingeladen und mit ihm kurz nach Mitternacht den Grunewald durchquert hatten. Larissa hatte vor Aufregung und Stolz über ihre erfolgreiche Operation förmlich gesprüht. Es war ihr tatsächlich gelungen, die Zielperson, den bislang nur schemenhaften Ritter von Niedermayer zu kontaktieren. Zu charmieren und für sich einzunehmen. Und nun fuhren sie zusammen durch die Nacht, um vielleicht etwas vollkommen Verrücktes zu tun. Gemeinsam, zu dritt, die Nacht auf russischem Boden zu verbringen, gemäß ihrem Versprechen. Als ihm klar wurde, was Larissa im Sinn hatte, erklärte er sie kurz für verrückt, aber wie hätte er ihr etwas abschlagen können? Und so wurden sie beide, Niedermayer und Tuchatschewski, zu ihren Gefolgsleuten, Verbündeten, zu ihrer Mannschaft. Weil sie ihre Versprechen hielt.

Zwei Jahre nach der aufregenden Nacht zu dritt auf den paar Hundert Quadratmetern, die Alexander I. in der Mitte der preußischen Hauptstadt hatte aufschütten lassen, aber war die unglaubliche Larissa Michailowna tot.

Es war ein eiskalter Februartag in Moskau, und nun erreichten der von Trauer angefasste General und sein Fahrer das alte Viertel westlich des säulenumstandenen, wie ein griechischer Siegestempel aussehenden Gebäudes, das man Manege nannte, weil es einmal eine Reithalle gewesen war. Jetzt wurde es als Garage des Kreml genutzt. Dahinter die Gassen der Altstadt, an deren Rändern man Mitte des neunzehnten Jahrhunderts Hotels wie Leuchttürme der Moderne errichtet hatte. Das Loskutnaja war lange Zeit das modernste Gästehaus Moskaus gewesen. 1918 war es von der Marine beschlagnahmt worden und erhielt den Namen «Krassny Flot», Rote Flotte. Jetzt war es offiziell nur noch das «Fünfte Haus der Sowjets», aber es waren ihre Verbindungen zur Marine, die es Larissa ermöglicht hatten, hier im Frühling 1924 ihr altes Zimmer wieder anzumieten, wenn auch unter Wahrung ihrer Anonymität. Dort hatten sie drei sich immer getroffen. Immer, wenn Larissa, zwischen Deutschland, Moskau und dem Ural pendelnd, gerade in der Stadt war, um genau zu sein. Es war ihr heimliches, konspiratives, zärtliches Nest gewesen.

«Warten Sie bitte vor dem Wagen und sehen Sie auf die Uhr. Wenn ich in einer halben Stunde nicht zurück bin, suchen Sie mich im dritten Stock, links», sagte der General zu seinem überraschten Chauffeur, «bewaffnet.»

Er selbst prüfte das Magazin seiner Parabellum und steckte die Pistole in die rechte Manteltasche.

«Holen Sie mir die Brechstange aus dem Kofferraum.»

«Gerne, Genosse General.»

Die Parabellum in der Tasche, das Brecheisen in den linken Ärmel geschoben, ging Tuchatschewski also wie schon oft ins ehemalige Loskutnaja. Diesmal aber nicht, um Freude und Inspiration zu erleben, sondern nur, um nachzusehen, ob irgendwelche Spuren ihrer gemeinsamen Treffen und Besprechungen in Larissas Zimmer übrig geblieben waren. Oder die eine oder andere Zeichnung.

Achtzehn

GRANDHOTEL ZUM STOFFFETZEN

Kein Ort Moskaus war so sehr mit dem Leben Larissa Michailowna Reissners verbunden wie das Hotel Loskutnaja in der Nähe der Manege. Zugleich gab es kaum einen Ort in Moskau, der so sehr zu einer doppelten Größe der auf Russisch geschriebenen Literatur geworden war wie dieser Prachtbau mit seinen Erkertürmchen aus den Sechzigerjahren des neunzehnten Jahrhunderts.

Das Russische Reich hatte gerade den Krimkrieg verloren, Marine und Armee in ihrem desaströsen Zustand hatten Sewastopol nicht verteidigen können, und der ganze Staat, die Ökonomie und das Rechtswesen waren hinter dem Rest Europas auf erschreckende Weise zurückgeblieben – dabei war man nach dem Sieg über Napoleon doch eigentlich die führende konservative Kontinentalmacht gewesen. Eisern schlug Russland etwa 1848 für Österreich die bürgerliche Revolution in Ungarn nieder und wurde überhaupt als gottgesandter Garant der Monarchien von allen Reaktionären Europas bewundert. Und dann musste es hilflos zusehen, wie das Schwarze Meer neutralisiert und die Häfen entmilitarisiert wurden.

Von diesem Debakel aufgerüttelt, setzte der junge Zar Alexander II. endlich Reformen in Gang, die er mit den Begriffen Glasnost und Perestroika, Offenheit und Umgestaltung, bezeichnete. Vor allem wünschte er die Bauern aus der Leibeigenschaft zu befreien. Da er es sich dabei aber nicht gänzlich mit dem Adel verderben wollte, dem die Bauern bisher als Besitz gehört hatten, blieben die Reformen halbherzig. Alexander II. ereilte der Fluch des Mittelwegs, nun hassten ihn alle, die Konservativen wie die Progressiven. Er schied durch ein Attentat bombenwerfender Terroristen aus dem Leben, dergestalt, dass von ihm kaum etwas übrig blieb, das man hätte beisetzen können. Immerhin zeugten manche Bauwerke von seinen Modernisierungsbestrebungen und der Aufbruchsstimmung seiner Ära. Eines davon war ebenjenes *Hotel zum Stofffetzen*. Ein seltsamer Name für das beste Haus der Stadt. Er hatte mit der Tradition des Standortes zu tun.

In der bedeutenden Handelsstadt Moskau hatte es über Jahrhunderte Handelshöfe gegeben, in denen Lumpen zusammengetragen und verkauft worden waren und die man nicht zu Unrecht immer wieder als Brutstätten unheilvoller Pestilenzen ansah. Es gab aber überdies auch einen Markt für Stoffreste und Flicken, für jenen Ausschuss und die Überbleibsel der Tuchproduktion wie des Schneiderwesens also, die nicht verschmutzt und verschlissen, sondern schlicht abgefallen waren, ohne Abfall zu sein. Wer immer Patchwork oder Flickenteppiche herstellen wollte, eine ursprünglich von den Tatarinnen geübte Kunst der armen Leute, der suchte den Loskutnyi Rynok auf, den Stofffetzenmarkt, wühlte sich durch die nach Qualitäten und Farben von den Händlern vorsortierten Stücke, und wenn ihm nach dem Geschäft noch Geld zur Verfügung stand, so konnte er sich ins «Loskutnaja» setzen, ins «Gasthaus zum Stofffetzen» vorne am Ende der Gasse der Flickenhändler.

Das alte Loskutnaja – es schloss niemals! – war in ganz Moskau für die herbe Geselligkeit seiner weitläufigen Gasträume bekannt, an deren unverputzten Ziegelwänden ein schöner dicker Flickenteppich neben dem anderen hing und an deren fein gesteppten Nähten wiederum schon viel vom Wodka mürbe gewordene Trinkerschädel gelehnt und ihren Rausch ausgeschlafen hatten, weshalb viele der horizontalen Patchwerke vom Haartalg der Jahre speckig-schwarz gerändert gewesen waren.

Als dann der moderne Abrissgeist der Alexander'schen Reformära durch das Gassenlabyrinth zog, ein Engel der Erneuerung, der Viertel um Viertel des alten Moskau dem Erdboden gleichmachte und die alten Gelasse und Höfe durch neue, höhere und natürlich viel prächtigere Gebäude ersetzte, errichtete das zu erheblichem Reichtum gekommene Brüderpaar Mamontovy an der Stelle des alten Gasthauses ein Hotel. Obwohl es das modernste und mit höchstem Komfort ausgestattete Gästehaus der Stadt sein wollte und neben zwei Restaurants im dritten Stock auch über einen Billardsalon verfügte, übernahm es doch den Namen des alten Wirtshauses, auf dessen Trümmern es errichtet war.

Vom Tag der Eröffnung an war es in aller Munde, und da «das Stofffetzen» auch später immer wieder mit als erstes Haus über Room Service, eigene Taxis, Telefon auf den Zimmern, Telegraf und einen Schreibmaschinendienst verfügte, reüssierte es bald zum Lieblingshotel der Schriftsteller und Journalisten. Nirgendwo sonst konnte man ausgelassen mit seinen Kollegen speisen und zechen, während der handschriftlich verfasste Text gerade abgetippt wurde, sodass man ihn nach Korrektur ins Telegrafenbüro geben konnte, wo ein Fräulein ihn an die Redaktion, den Verlag oder die Dramaturgie eines Theaters schickte. Es wäre einfacher, diejenigen unter den großen Autoren der Epoche zu nennen, die nicht im Loskutnaja abgestiegen waren, als die Legion derer, denen das *Grandhotel zum Stofffetzen* während ihrer Moskau-Aufenthalte zur zweiten Heimat geworden war. Wie Dostojewski, dem es bei seinem allerletzten Moskaubesuch dort so gut gefiel, dass er binnen weniger Tage das Jahresgehalt eines niederen Beamten verprasste.

Freilich stiegen nicht nur die Schriftsteller dort ab, sondern auch ihre Figuren. Kein Ort kommt in der russischsprachigen Literatur häufiger vor.

Der düstere Leonid Andrejew ließ 1916 eine Erzählung mit einem Logis dort beginnen; und vielleicht hatte Andrejew, als er das schrieb, in seinem Haus am Schwarzen Fluss schon gehört, dass seine frühere literarische Ziehtochter Larissa Reissner, einundzwanzig Jahre alt, gerade zum ersten Mal in ihrem Leben im Loskutnaja abgestiegen war.

Wo auch sonst? Ehrgeizige junge Dichterinnen, Schriftstellerinnen, Herausgeberinnen logierten dort, und dank der Zimmertelefone konnten sie für die Dauer des Aufenthaltes hier frei und professionell arbeiten, wie im eigenen Büro. Hinzu kam, dass man im Foyer, an der Bar oder in einem der Restaurants des Loskutnaja jederzeit auf Literaturgrößen und wichtige Kritiker stoßen konnte. Larissa war als Chefredakteurin von «Rudin» aus Petersburg nach Moskau gekommen, um die bislang von ihren Eltern finanzierte Publikation irgendwie zu retten, denn den Reissners war das Geld ausgegangen. Das war für die ehrgeizige Journalistin allerdings kein Grund, Alexej Maximowitsch Peschkow, besser bekannt unter seinem Pseudonym Maxim Gorki, der «Bittere», nicht auf der Stelle anzusprechen, als sie ihn gleich nach ihrer Ankunft im Foyer sitzen sah. Der politische Großdichter, selber Leiter mehrerer erfolgreicher, nach modernen Prinzipien arbeitender Verlage und Herausgeber einer Zeitschrift, hatte erst vor drei Jahren nach der Großamnestie zum Thronjubiläum der Romanows von Capri nach Russland zurückkehren dürfen. Seither bildete er das wandelnde Zentrum der progressiven, revolutionär gesinnten Literatur und Wissenschaft. Er verfügte über die seltene Gabe, mit anderen Schriftstellern vertrauensvoll zusammenzuarbeiten und sie unterstützen zu können. Darauf setzte Larissa, als sie nun, ihren Koffer einem Pagen übergebend, ihre Chance sah, Gorki als Autor zu gewinnen.

«Sie gestatten?», sie reichte dem ob ihrer blendenden Jugend erstaunten Gorki die Visitenkarte, die sie als Chefredakteurin einer Zeitschrift auswies, von der er allerdings noch nie gehört hatte. Ihr Name immerhin sagte ihm etwas.

«Aha», meinte Gorki, «Respekt. Kann es sein, dass Ihre Familie mit Leonid Andrejew befreundet ist?»

«Allerdings. Er war mein literarischer Lehrer.»

«Na, da wird er stolz sein. Hab länger nichts mehr von ihm gehört. Meinungsverschiedenheiten. Bitte nehmen Sie doch Platz, Larissa Michailowna. Was kann ich für Sie tun?»

«Unsere Zeitschrift kämpft gegen den Irrsinn dieses Krieges, sie prangert das Desaster bei den sozialistischen Parteien an. Fordert zum Widerstand gegen den Blutzoll unter Europas Arbeitern, denn die sind es ja, die sterben.»

«Ich unterstütze Ihre Position voll und ganz.»

«Wenn das so ist, dann helfen Sie uns!»

«Wie sollte oder könnte ich das tun?»

«Schreiben Sie mir einen Text. Eine Titelgeschichte!»

«Aber meine Verehrteste ...», sagte der überrumpelte, dabei von Larissa angetane Gorki. «Mir gefällt der Titel Ihrer Zeitschrift. Ich habe Turgenjews Rudin immer geliebt, eine faszinierende Figur, ein guter Patron für eine Publikation. Na, also gut. Wann bräuchten Sie meinen Text denn?»

«Nun ja, unsere nächste Ausgabe erscheint in drei Wochen – das heißt, sie erscheint, wenn alles gut geht.»

«Gibt es Probleme?»

«Wir haben einfach kein Geld mehr, keine Kopeke. Deshalb bin ich auch hierher nach Moskau gefahren. Ich will mit jemandem von der Vertriebsgesellschaft sprechen ...»

«Brauchen Sie einen Vorschuss?»

«Vorschuss, oder wie immer man das auch nennen will. Schließlich verkauft sich ‹Rudin› ja. Es ist kein Risiko dabei. Deshalb hoffe ich, dass man uns unterstützt. Wir haben einfach kein Geld, um die nächste Ausgabe zu finanzieren.»

«Darf ich fragen, bei welchem Vertriebshaus das ist?»

«Suworin.»

«Oha. Der alte Suworin ist nicht gerade als spendabel bekannt. Lassen Sie mich wissen, wenn es klappt. Sie bekommen dann auf jeden Fall einen Text von mir, Larissa Michailowna. Und wenn Sie ...», Gorki zückte seine Visitenkarte, «einmal Zeit haben sollten, etwas für meine kleine Zeitschrift zu liefern, es wäre mir eine Freude! Ich bewundere Ihre Wut auf den Krieg und die Energie, mit der Sie diese wichtige Arbeit tun!»

Endlich auf ihrem Zimmer, ihrem ersten eigenen, anständigen Hotelzimmer, denn zuvor hatte Gumiljow sie in so manche üble Absteige in Petersburg genötigt, telefonierte sie nach Petrograd, wo sie ihren Vater an der Universität erreichte, und erzählte stolz, dass sie Alexej Maximowitsch nun zu ihren Autoren zähle. Dann vereinbarte sie wiederum telefonisch einen Termin mit dem Inhaber des Zeitschriftenvertriebs, der Herr über das Sortiment Tausender Kioske im Russischen Reich war. Sie zog sich um, wählte ihr bestes Kleid, legte Rose France auf. Aber obwohl sie später, als sie ihm in seinem Büro gegenübersaß, ihren ganzen Charme, ihren Esprit und ihre Überzeugung einbrachte, ihm darzulegen, dass es wenigstens eine Stimme geben müsse, die sich gegen den Krieg aussprach, ließ sich der Mann nicht erweichen. Auch die Aussicht darauf, dass der große Maxim Gorki den Aufmacher der nächsten Ausgabe schreiben werde, helfe nichts. Er wisse die Bemühungen des Fräulein Reissner um den Frieden wirklich zu schätzen, sagte der vierschrötige Suworin mit der Miene eines Arztes, der gleich eine unangenehme Diagnose stellen muss. Doch auch wenn der Krieg die Auflagen der Zeitschriften aufgrund des Nachrichtenhungers erfreulicherweise sehr gesteigert hätte, das nur nebenbei, die Aufgabe eines Zeitschriftenvertriebes sei es, auszuliefern und abzurechnen. Eine Vorfinanzierung des Reissner'schen Blattes mit seiner bescheidenen Auflage komme nicht infrage. Käme die neue «Rudin»-Ausgabe, sie werde wie gewohnt zuverlässig verteilt – aber darüber hinaus könne er ihr nicht helfen. Und dabei blieb es.

So hatten die Eltern Reissner ihre durch die Verpfändung eines letzten silbernen Kuchenbestecks aus Ekaterinas Lubliner Mitgift erlösten Mittel in Larissas Reise und das fabelhafte Stoffflicken-Zimmer gesteckt. Und auch wenn außer der zufälligen Begegnung mit Maxim Gorki und seiner Einladung, für die Zeitschrift «Leropis», «Chronik», zu schreiben, in der sie später neben eigenen Gedichten auch Übersetzungen von Rilke veröffentlichen würde, nichts herausgekommen war, so hatte Larissa damit ihr Lieblingshotel in Moskau gefunden. Und überdies den Ort, an den sie zwei Jahre später zurückkehren würde, um fest dort zu wohnen. Und auf eine gewisse Weise verdankte sie diese Rückkehr erneut dem Krieg, den Deutschen und ihrem Militär – allen voran General Ludendorff.

Sosehr die Bolschewiken auch von der deutschen Hilfe zur Revolutionierung Russlands profitiert hatten – einer mit «Lenins Salonwagen» umschriebenen Aktion, die letztlich ein Projekt des deutschen Auswärtigen Amtes war, das auf die

Vermittlung des Berufsrevolutionärs und internationalen Finanziers Alexander Helphand zurückging –, so sahen sie sich Anfang 1918 nun einer deutschen Militärführung gegenüber, die zwischen Größenwahn und Gewaltbereitschaft oszillierte. Und die keinen Zweifel daran ließ, dass man bereit war, die neuen, durch den Oktoberputsch an die Macht gekommenen russischen Herren zu vertreiben und sich noch mehr aus dem Besitz des darniederliegenden Russischen Reichs herauszuschneiden.

«Vielleicht versetzen wir den Bolschewiki den Todesstoß und bessern damit unser Verhältnis zu den oberen Schichten Russlands» – so hatte Ludendorff das formuliert, der Herr über das gewaltige Herrschaftsgebiet Ober Ost, letztlich eine deutsche Militärkolonie, die von Kurland bis in die nördliche Ukraine reichte.

Das alles war zusammengefasst unter dem Stichwort Brest-Litowsk, dem Friedensvertrag, der von deutscher Seite her nichts anderes als eine schamlose Erpressung war. Auf der anderen Seite hatten sich die alliierten Großmächte Frankreich und England großzügig über ihre Anteile geeinigt. Das Baltikum und der Kaukasus, wo es die reichsten Ölquellen der Welt gab, würden an die Briten gehen, Frankreich bekäme die Krim und den Donbass mit seinen riesigen Kohle- und Eisenerzvorkommen.

Doch bevor der durch und durch kriegerisch denkende Trotzki sich dafür entschied, doch keinen revolutionären Krieg gegen die Deutschen zu beginnen, sondern sich auf die Seite des für den sofortigen Friedensschluss plädierenden Lenin schlug, beschlossen die Bolschewiki erst noch die Verlegung ihrer Hauptstadt. Nämlich von Petersburg, das auf der Vormarschlinie der Deutschen lag, wo ihnen nichts und niemand Widerstand hätte entgegensetzen können, nach Moskau, wo die Ministerien und Kommissariate, die Behörden, der Partei- und Verwaltungsapparat in Sicherheit waren.

Tausende Beamte und Funktionäre wurden in Züge verfrachtet und nach Moskau gebracht. Doch gab es dort ja keine Verwaltungsgebäude oder Ministerialbauten, denn all das war in Petersburg angesiedelt gewesen. Also gingen sie daran, geeignete Gebäude zu suchen. Die Tscheka bekam einen großen Bau am Lubjanka-Platz, der vorher ausgerechnet einer Lebensversicherung gedient hatte. Auch die großen Hotels der Stadt wurden beschlagnahmt, um dort Verwaltungen unterzubringen. Hotels verfügten über viele und zudem übersichtlich angeordnete Zimmer, die mit elektrischem Licht, fließend Wasser und oft auch Telefon ausgestattet waren.

Das Stofffetzen wurde zum Hauptquartier des Marine-Generalstabs umfunktioniert. Statt der bisherigen diskreten Portiers, unter denen etliche Franzosen und Schweizer waren, bezogen Matrosen der Ostseeflotte das Foyer, übernahmen bewaffnet den eleganten Eingang mit seinen drei Meter hohen Glastüren und dem intarsierten Marmorboden.

Der Politkommissar im Marine-Generalstab, ein bärengroßer Bolschewik der ersten Stunde, der sich einstmals nach einer Figur Dostojewskis den Untergrundnamen Raskolnikow gegeben hatte, bezog ein Zimmer im dritten Stock, zusammen mit seiner jungen Lebensgefährtin, die er ein Jahr zuvor, im Sommer 1917, bei revolutionären Unternehmungen in Kronstadt kennengelernt hatte, wo sie Schreibkurse für Dichtermatrosen gegeben hatte: Larissa Michailowna Reissner. Der Zufall hatte es gewollt, dass das junge Paar genau das Zimmer zugeteilt bekam, in welchem die damalige Chefredakteurin von «Rudin» zwei Jahre zuvor auch schon gewohnt hatte. Nun wurde es zu einem Taubenschlag für revolutionäre Genossen, alte und neue Freundinnen und Freunde, Journalisten und Dichterinnen, unter anderem, weil Larissa allen, die es brauchten, grundsätzlich ihr Telefon zur Verfügung stellte und es auch immer etwas zu trinken gab.

Die turbulenten ersten Monate in der neuen Hauptstadt gingen zu Ende, als im Sommer 1918 plötzlich das Monster des Bürgerkriegs sein Haupt erhob und Larissa Reissner und ihr Admiral auf den Schiffen der in der Moskwa ankernden Wolgaflottille nach Osten aufbrachen, um von Kasan bis zum Kaspischen Meer die Herrschaft der Bolschewiki zu verteidigen, gegen die halbe Welt.

Larissas dritter Einzug ins Loskutnaja schließlich fand im Januar 1924 statt und wurde nicht nur durch ihre alten Verbindungen zur Flotte, sondern vor allem auch durch ein geheimnisvolles Bündel Schweizer Franken ermöglicht, das sie seit einer in vielerlei Hinsicht bedeutsamen Nacht am Wannsee von einem revolutionären Verehrer zu ihrer freien Verfügung erhalten hatte. Die Schrecken des Bürgerkriegs, die Hilflosigkeit frühester sowjetischer Diplomatie, die Malaria, die ekelhafte Pein einer in kleinbürgerlicher Trostlosigkeit versinkenden Ehe, die schmerzhafte Trennung von ihrem neugeborenen Kind und das darauf folgende Scheitern einer angekündigten und schnell ruinierten Revolution lagen hinter ihr. Als sie diesmal ihr altes Zimmer im dritten Stock des Stofffetzen aufschloss und ohne großes Gepäck, aber voller kühner Pläne hineintrat, waren all die Misslichkeiten und Enttäuschungen vergessen. Sie lachte, als sie auf das Bett blickte, den Schreibtisch, an dem sie bereits vor sechs Jahren geschrieben hatte, und strahlte vor Glück, als sie den in all der Zeit offenbar nie gewaschenen Vorhang zur Seite zog und auf die in der eisigen Januardämmerung liegende, einem griechischen Tempel gleichende Manege blickte. Zwei Tage später starb Lenin.

Neunzehn

ZENTRALE MOSKAU

Moskau, *Februar 1926*

Halb sechs Uhr morgens. Der letzte Ritter des Königreichs Bayern saß in Pyjama, Morgenmantel und Filzpantoffeln an seinem von Lampenlicht erhellten Schreibtisch und arbeitete. Links vor ihm stand ein drehbarer Globus, den er zu seinem Einzug im Frühjahr 1924 von Larissa geschenkt bekommen hatte.

Offiziell war das hier eine Handelsgesellschaft für Import und Export, in Wahrheit aber handelte es sich um die zentrale Planungsstelle der deutschen Reichswehr in der Sowjetunion, neben und unabhängig von der Botschaft und dem Auswärtigen Amt, denen man eher ein Dorn im Auge war. Botschafter von Brockdorff-Rantzau, auf dessen befürwortende Denkschrift von 1917 hin Lenins Salonwagen losrollen durfte, war noch dazu ein erklärter «Anti-Niedermayer». Der holsteinische Uradelige konnte den weltumarmenden Bayern nicht ausstehen, aber Niedermayer nahm das gelassen. Er konnte Brockdorff-Rantzau genauso wenig leiden.

Auf dem drehbaren Globus hatte Larissa ihm die Lage der Stadt Moskau zusätzlich mit einem roten Lackstift und einem Pfeil markiert: «Damit Sie immer wissen, wo wir uns treffen können» hatte sie ihm auf einer ansonsten blanken Karte dazugeschrieben, und in seiner Verblüffung damals hatte Niedermayer für einen winzigen Augenblick überlegen müssen, was sie meinte – die Stadt oder den Planeten? Seitdem reflektierte er oft über dessen Modell, so wie jetzt, schweifte über der gläsernen Erdkugel wie einst Scipio Aemilianus in seinem berühmten kosmischen Traum, von dem Cicero berichtet hatte. Doch während damals im alten Rom die lichtesten Geister nur darüber spekuliert hatten, wie die Erde von oben wohl aussehen mochte, waren sie heute als erste Menschheitsgeneration in der einzigartigen Lage, den Planeten nicht nur in seiner wahren Gestalt zu kennen, sondern ihn tatsächlich im Ganzen als politisch-strategischen Raum zu begreifen und in diesem zu handeln – oder es zumindest zu versuchen.

Dafür war so ein Globus das Analyseinstrument der Wahl. Aber dennoch war Niedermayers Zimmer voll von großformatigen Atlanten, Generalstabs-Kartenwerk und Lexika zumeist englischer, aber auch deutscher Provenienz, in denen sich arabische, türkische, persische und hindustanische Wortschätze bewahrt fanden.

Heute Morgen saß er über der finalen Fassung eines zum baldigen Druck in einer akademischen Festschrift bestimmten Aufsatzes.

> Die geopolitischen Grundlagen des eurasiatisch-afrikanischen Übergangserdraums

war der Text überschrieben. Niedermayer versah nun die Druckfahnen seines Aufsatzes mit letzten Korrekturen.

«Durch die neuzeitliche Geschichte Asiens zieht sich wie ein roter Faden der Kampf zwischen England und Russland. Es ist ein hartes, zähes, ununterbrochenes Ringen ...» – las er sich selbst murmelnd den ersten Absatz vor und dachte dabei an die Zeit, als Larissa und er eben genau darüber gesprochen hatten, das große Spiel um die Vorherrschaft in Asien – «das zwar bis heute noch nicht in einem unmittelbaren kriegerischen Zusammenstoß zwischen den beiden Mächten sich auswirkte, da auch noch keine unmittelbare Grenzberührung stattfand, das aber doch eine Hauptursache für die Kriege in der Krim, dem Balkan, im fernen Osten, ja schließlich auch für den Weltkrieg bildete.»

Der letzte Ritter des bayerischen Königreichs strich jetzt einen überflüssigen Halbsatz, war dann aber mit dieser ersten Passage zufrieden. Wer über Geopolitik schrieb, ohne über den Weltkrieg zu sprechen, den das kleine, im Grunde zweitklassige Deutschland auf die beinahe schlechtestmögliche Weise verloren hatte, machte einen Fehler. Der Weltkrieg, so entsetzlich er auch gewesen war, würde nicht das letzte Kräftemessen bleiben. Und beim nächsten Mal würde Deutschland gewinnen, stellvertretend für alle, die unter der Macht der Imperien litten. Dies freilich war keine Botschaft, die in einem der akademischen Gemeinschaft zugedachten Text angebracht gewesen wäre. Er las weiter.

«Die Art dieses Kampfes um asiatischen Landbesitz erklärt sich aus der Verschiedenheit der beiden Gegner, der größten See- und Kolonial- und der größten Kontinentalmacht.»

Die Ungeheuerlichkeit dieser Größenverhältnisse war eine überwältigende Tatsache, die man dem deutschen Leser nicht eindringlich genug vor Augen führen konnte, den überfiel ja schließlich schon beim Wandern im Harz das Gefühl, durch menschenferne Wildnis zu streifen.

«Das beiderseitige Vorrücken von England und Russland war so lange naturnotwendig, bis man geografisch zusammengehörige Erdräume ausgefüllt hatte, bis man auf die durch hohe, schwer überschreitbare Randgebirge abgeschlossenen Wüsten- und Steppenhochländer Zentralasiens stieß, zu deren Eroberung und Beherrschung schon allein derartige technische und finanzielle Mittel erforderlich sind, wie sie bisher weder England noch Russland aufzubringen in der Lage waren.»

Dass er stets das kontinentale Kernland mitdachte, lag auch daran, dass der letzte Ritter als einer von wenigen Deutschen das geheimnisvolle Afghanistan selbst betreten und dort sogar in energischer Weise politisch-militärisch tätig geworden war. Er wusste, dass sich dort das Schicksal der Welt spiegelte – die wichtigsten Städte des Planeten hießen nicht London, New York, Moskau oder Berlin, sondern Herat und Kabul. Larissa hatte wie kaum jemand sonst, den Niedermayer kannte, diese Wahrheit verstanden. Umso mehr versuchten sie, eine neue, angemessene Antwort auf diese Tatsache der unendlichen Räume zu finden, eine Antwort, die die Geografie gewissermaßen überwand. Natürlich mithilfe der modernen Technik. Ihr Geheimprojekt, dem sie den Namen «Waserkante» gegeben hatten, weil Larissa so beeindruckt gewesen war von den Erfahrungen des Hamburger Aufstandes und den Menschen, die sie dort kennengelernt hatte. Er hatte nun schon einige Wochen nichts mehr von ihr gehört und wartete, ohne es sich so ganz einzugestehen, sehnlichst auf die zwischen ihnen übliche Botschaft, dass ein Treffen möglich war – einen Stofffetzen.

Niedermayers Aufsatz skizzierte nun leichterhand und von tiefster eigener Anschauung geprägt das Spielfeld zwischen den beiden traditionellen Großmächten, von welcher die eine trotz der bolschewistischen Revolution «mit Naturnotwendigkeit wieder zu den alten imperialistischen Methoden seiner Außenpolitik gedrängt wird». Dies begriff er als Reaktion auf die erwachenden Autarkie- und Autonomiebestrebungen der islamischen Länder, bei denen, wie sich erwiesen hatte, die bolschewistische Ideologie nur in geringem Maße fruchtete. Um seine islamischen Randgebiete wieder unter Kontrolle zu bringen, hatte das bolschewistische Moskau zwangsläufig in die imperiale Uniform des verhassten Vorgängers schlüpfen müssen. Ein bitteres Paradox, das sie auch mithilfe von «Wasserkante» zu umgehen hofften.

«Verlassen wir nun das Wolkenmeer der politischen Geschehnisse», er freute sich über diese Formulierung, «und sehen uns den Erdraum an, in dem die Ränder der beiden Hauptmächte Asiens sich entgegenwachsen.»

Sein geistiger Blick hob sich aus der Dachschräge des großen Erkerzimmers in der Zentrale Moskau und überflog mittels drehbarem Globus den asiatischen Erdraum, setzte das vom Monsun beherrschte riesige Gebiet gegen das von den Passatwinden durchbrauste. Sein Blick teilte die Länder des Mittleren und Nahen Ostens in diejenigen des Faltungsgebiets der iranischen und kleinasiatischen Gebirge und die des südlichen arabisch-syrischen Tafellands.

Vor allem, das war ja das Wesen der Geopolitik, beschrieb er nun die Fangarme und Saugnäpfe Englands, des Kraken – «in der Besetzung der Küsten und Meere, dem Abschneiden größerer Binnen- und Küstenstaaten vom unmittelbaren Welthandel, zeigt sich, wie unnatürlich die Entfaltung der englischen Macht in Asien ist, indem England die Atmungsorgane des Festlandes verstopft».

Der Ritter legte den Bleistift beiseite, zufrieden einerseits mit dem ihm – wie er fand – mit Schwung gelungenen Aufsatz, andererseits in leichter Sorge, sich nun um sein körperliches Wohl kümmern zu müssen. So stand er vom Schreibtisch auf, um nachzusehen, ob der Ofen im Badezimmer bereits eingeheizt war, stieg mit seinen Pantoffeln die enge, hölzerne Treppe des alten Moskowiter Hauses hinab, doch noch war es so früh, dass keiner der anderen Bewohner sich zeigte, und natürlich war der Ofen auch noch eiskalt. Er öffnete die Feuerklappe des weiß emaillierten Badeofens, legte zerknülltes Zeitungspapier, Späne und Holzscheite hinein, entzündete das Ganze mit einem Streichholz und entfachte es mit einigen tief aus dem Zwerchfell kommenden Atemzügen, so lange, bis er ein vertrauenswürdiges Knistern und Knacken hörte. Dann schloss er die Klappe. In einer guten halben Stunde wären Badezimmer und Wasser warm – und bis es so weit sein würde, ging er wieder in sein Zimmer und machte Liegestütze und andere belebende Gymnastik.

Die Zentrale Moskau, in den geheimen Unterlagen des Berliner Reichswehrministeriums als «Z. Mo.» firmierend, war in einer kleinen Villa im Arbat-Viertel untergebracht. Die Ironie des undurchschaubaren, halb offiziellen, halb verschlossenen Marktes für Moskauer Immobilien hatte dazu geführt, dass die getarnte Villa ausgerechnet neben der britischen Botschaft auf der einen und dem neogotischen Prachtbau des «Zentral-Klubs der Schriftsteller» auf der anderen Seite lag. Zwischen beiden nahm sich das Haus der Zentrale bescheiden aus.

Niedermayers Dachkammer war das lediglich zweitschönste der beiden Wohn- und Schlafzimmer, was daran lag, dass der letzte Ritter des vor acht Jahren untergegangenen süddeutschen Königreichs – dem es ein einziges Mal in seiner mehr als tausendjährigen Geschichte vergönnt gewesen war, den Kaiser des ebenfalls untergegangenen deutschen Kaiserreichs zu stellen, Ludwig den Bayern nämlich – nur der stellvertretende Leiter der Zentrale Moskau war. Selbstverständlich stand der großzügigere der beiden Wohnräume dem Leiter zur Verfügung, welcher sich aber oft gar nicht in Moskau aufhielt.

Dieser Vorgesetzte war Oberst Hermann von der Lieth-Thomsen, aus Dithmarscher Bauernfamilie, ein leutseliges Urgestein der deutschen Luftstreitkräfte. Unter dem Decknamen «Oberingenieur» verbrachte er die meiste Zeit auf den Rücksitzen von Limousinen und in den Sonderwagen, die vormals der *Compagnie Internationale des Wagons-Lits* gehört hatten und nun auf den Strecken der diversen sowjetischen Eisenbahngesellschaften verkehrten. Der Oberingenieur besuchte die geheimen Flugplätze und Testgelände, die Panzer- und die Giftgasfabrik, wo sie gemeinsam mit den Roten an den Waffen für den kommenden Krieg forschten. Und dann sorgte die Zentrale dafür, die Meldungen und Berichte auf verlässliche Weise nach Berlin zu bringen. Das alles war hochsensibles Material, nicht nur das Gas buchstäblich, sondern die ganzen Projekte – denn sie alle brachen die Verbote des Versailler Vertrages. Genau das war ja auch ihr Zweck. Deshalb hielten sie hier hochgeheim die Stellung. Die Zentrale Moskau war einer der Orte, von dem die immer größer werdenden Haarrisse ausgingen, die eines Tages das Eis des Schandvertrages zum Erstaunen der Welt sprengen würden.

Wofür der Oberingenieur und Neumann in der Sowjetunion und diverse andere deutsche Stabsoffiziere mit anderen Decknamen an anderen Orten arbeiteten, hatte seinen inneren Kern, sein Maß und seinen Auftrag in einer geheimen Denkschrift mit dem kryptischen Titel «Vorschlag zu Alexander 872 Ui pers.», die im Mai 1925 erschienen war und seitdem unter den hohen Offizieren des Truppenamtes kursierte. Der «Alexander-Plan» oder auch nur «A-Plan», wie er bald schon von den Eingeweihten genannt wurde, beschrieb den genauen Weg von der Reichswehr der Hunderttausend zu einer Armee von einhundertzwei Divisionen, zusammen etwa drei Millionen Mann, welche im Jahr 1935, also in zehn Jahren, einsatzbereit sein sollten. Das war die Aufgabenstellung, die Hans von Seeckt formuliert hatte. In den aus den Wirren des Jahres 1923 entspringenden Monaten seiner Diktatur hatte der Generalleutnant seine Machtfülle genutzt und – ohne das Parlament oder die Regierung zu involvieren – die Weichen dafür gestellt, die größte Streitmacht zu schaffen, die Deutschland je gehabt hatte. Das ganze Jahr 1924 hindurch hatten seine besten Leute, unter ihnen auch Niedermayer, der der «Sondergruppe R» angehörte (R für Russland), die Voraussetzungen und Optionen geprüft und ins Truppenamt gemeldet. Der Stratege dort hatte dann den Alexander-Plan entworfen, der demografische Prognosen für Frankreich und Deutschland ebenso berücksichtigte wie industrielle Entwicklungen und die Ressourcensituation des Reichs. Hochgeheim arbeitende Wehrwirtschaftsoffiziere, denen Schriftverkehr verboten war, analysierten dafür die Produktionsbedingungen, planten die Mangel- und Ersatzwirtschaft und das Rohstoffmanagement unter den Bedingungen des in zehn Jahren angesetzten Krieges, der ein alles fordernder, ein totaler Krieg sein würde. Nun arbeitete man also unermüdlich und im Verborgenen daran, den «A-Plan» Schritt für Schritt umzusetzen, wobei die Zentrale Moskau eine entscheidende Rolle spielte – denn in Kooperation mit den Sowjets wurden die modernen Waffensysteme entwickelt, die man natürlich auch brauchen würde.

Strategen wie Seeckt, der vormalige osmanische Generalstabschef, der aber auch ein ausgesprochener Kenner Chinas und Japans war, und sein Adlatus Niedermayer gingen jedoch gedanklich noch einen Schritt weiter. Insgeheim arbeitete man darauf hin, im Bündnis mit der Führung der Roten

Armee eine Streitmacht zu erschaffen, die Europa und Asien würde erobern und damit vereinigen können – die Armee eines neuen Alexander-Feldzuges. Das also war der große Plan, der «A-Plan».

Neben dem Oberingenieur und dem letzten Ritter lebte in der Zentrale Moskau ganz regulär nur noch das alte Hausmeister-Ehepaar, welches oft völlig unvorhersehbar zu jedweder Zeit an den verschiedensten Orten des Hauses auftauchte, um Öfen zu heizen, Fenster abzukitten oder Tee zu kochen.

Jetzt hörte Niedermayer – gerade bei seinem siebzigsten Liegestütz angelangt und ein wenig ins Schnaufen gekommen –, dass die Hausmeister unten im Hof waren. Er stand auf, trat an das schmale Fenster, während er sich bedächtig den Bauch massierte, und sah, wie sie gemeinsam mit einer schweren hölzernen Schaufel Schnee räumten. Sie waren Tataren, ein Pärchen so alt wie Steppengeister. Lebten auf dem Gelände in einer Gartenlaube, die direkt an den Grund der britischen Botschaft grenzte, und zwar, um genau zu sein, an deren Tennisplätze.

Im Sommer waren die Courts ein beliebter Treffpunkt für die müßigen Nachmittage des diplomatischen Moskau, an denen der Ritter unter seiner Legende als deutscher Marktkorrespondent Neumann gerne teilnahm. Manchmal schlug er dabei in seinem Ungestüm den Ball weit über die Zäune hinweg. Man erzählte sich bei den Briten mit einer gewissen Nonchalance über ihn, dass auch er in Indien gewesen und allgemein mit dem Orient und speziell Zentralasien vertraut sei. Dazu trug der vermeintliche Handelsvertreter selbst einiges bei, wenn er mit einem atemberaubenden süddeutschen Akzent ein Englisch radebrechte, das man so um die Courts der Botschaft Ihrer Majestät noch nie gehört hatte; denn auch dann mochte er nicht mit seinen Ansichten hinter dem Berg halten, dass die Angelsachsen der Krake seien, der die Welt umschlungen und in Unfreiheit hielt. Nun, im Februar, waren die heiteren Nachmittage dort Erinnerungen wie an Chimären der Wüste. Wie hieß es nicht in Puschkins *Prophet*:

Getrieben von des Geistes Gier,
darbt' ich in Wüsten, als sich zeigte,
ein sechsflügeliger Seraph mir,
wo sich der Weg zum Kreuz verzweigte.

Der Wüste verdankte Oskar Ritter von Niedermayer tatsächlich viel. Einsichten, Klarheiten, Furchtlosigkeiten. Die wochenlangen Aufenthalte in der Wüste hatten manche schon seit seiner Kindheit bestehende Gebresten nur verschlimmert, weshalb er sich nun auf die wohltuende Wirkung des mittlerweile angenehm beheizten Badezimmers freute.

Um acht Uhr dann begann eine der für die tägliche Arbeit der Zentrale typischen Besprechungen. Der Oberingenieur war da. Ein gerade ins Haus gekommener Rittmeister und der nun perfekt bekleidete Ritter saßen sich gegenüber. Der Rittmeister hieß Martin Fiebig und war gebürtiger Oberschlesier. Schon 1915, im zweiten Kriegsjahr, hatte er, ein junger Bataillons-Adjutant, als Staffelführer das Dritte Bombergeschwader der Obersten Heeresleitung übernommen. Hugh Trenchard, der führende britische Luftkriegstheoretiker, hatte vor allem unter dem Eindruck der für die Briten bitteren Erfolge ebendieser Einheit seine Theorie der «Luftherrschaft» entwickelt. Heute, neun Jahre später, war Fiebig ein gereifter Mann, Vertragsangestellter der Roten Armee (die ihn in Dollar bezahlte) und ein absoluter Spezialist. Allerdings teilte er Niedermayers weltumspannende Visionen keineswegs und hielt auch den Rittertitel des überdies promovierten Majors für eine Anmaßung. Das Adelsprädikat hatte Niedermayer ja nicht geerbt, sondern im Februar 1919 vom königlich bayerischen Militär-Max-Joseph-Orden verliehen bekommen. Dazu waren sieben Mitglieder dieses Ordens, gegründet 1806, als Bayern von Napoleons Gnaden zum Königreich aufgestiegen war, noch einmal zusammengekommen. Sie hatten Niedermayer zum letzten Ritter dieses bereits im Revolutionswirrwarr untergegangenen Königreichs gewählt. Persönlicher Adel. Nicht vererbbar. Aber trotzdem: Welche Ehre für den damals vierundzwanzigjährigen Oberleutnant, der in Freising zur Welt gekommen, in Regensburg aufgewachsen, in Erlangen zu akademischer Bildung und in Herat und Kabul zu beinahe so etwas wie Weltruhm gelangt war!

Am Kopfende des Tisches präsidierte der ältere Oberst Thomsen. Man würde von Fiebig einen ausgesprochen wichtigen Bericht hören: über das größte bisherige sowjetische Kriegsspiel, das gerade erst, im Januar 1926, stattgefunden hatte.

«Die politische Ausgangslage war realistisch», fing der Rittmeister an, «England stiftet Polen und Rumänien an, der Sowjetunion den Krieg zu erklären. Völlig korrekt haben die Planer des Kriegsspiels sich zuerst mit den zu erwartenden Reaktionen der Bevölkerung im ukrainischen Grenzterritorium beschäftigt.»

«Zivilbehördliche Planungen?»

«Ja, könnte man sagen. Es sind umfangreiche Evakuierungsmaßnahmen der Zivilbevölkerung im Kriegsgebiet vorgesehen.»

«Gut geplant?»

«Gut gemeint vielleicht, aber alles dauerte zu lang. Gerade

am Anfang verlief vieles viel zu schleppend. In den ersten Wochen werden nur Truppen zusammengezogen, abgeschirmt von zwei Deckungskorps, hundertfünfzig Kilometer hinter der Grenze. Keine Kampfhandlungen.»

«Aha, und wann beabsichtigen unsere russischen Freunde, diese aufzunehmen?»

«Vier Wochen nach Kriegserklärung! Man erwartet bis dahin Anfangserfolge der Polen, und dann, knapp einen Monat nach Beginn der Feindseligkeiten, kommt es zum Gegenschlag der Roten Armee. Ziel ist Zurückdrängung der polnischen Streitkräfte auf polnisches Gebiet, etwa hinter die Linie Rovno–Ternopol.»

«Das sind gute fünfzig Kilometer hinter der jetzigen Grenze, wenn ich mich nicht täusche. Mehr nicht?»

«Nein. Die teilweise Wiedergewinnung der Curzon-Linie von 1919 scheint das höchste der Gefühle zu sein.»

«Keine Einnahme Warschaus, keine Zerschlagung Polens und seiner Armee?»

«Davon habe ich jedenfalls nichts entdecken können. Kam mir selber gleich wie ein Trottel vor!»

Niedermayer entfuhr ein schmerzvolles Fauchen, als hätte er sich einen Schiefer eingezogen. Wenn es – neben der Abneigung gegen das angelsächsische Imperium – eine gemeinsame strategische Überzeugung im deutsch-russischen Offiziersverständnis gab, auf deren Fundament beinahe die gesamte Zusammenarbeit beider Armeen beruhte, dann, dass Polen, das Deutschland und der Sowjetunion gleichermaßen feindlich gesinnt war, von der Landkarte Europas zu tilgen und seine Eigenstaatlichkeit endlich ein für alle Mal zu beenden sei. Der Rittmeister gab aber dennoch zu bedenken:

«Was immer dahinterstecken mag, die Polen ungeschoren

lassen zu wollen, anders als 1920 – wir dürfen nicht vergessen, dass das jetzige Kriegsspiel ja vor allem der Luftwaffe galt.»

«Gut denn, so weit also die Parerga. Dann lassen Sie mal hören, Herr Rittmeister.»

Rittmeister Fiebig war Teil einer Gruppe von sieben Fliegerspezialisten der Reichswehr, die im Sommer des Jahres 1925 auf ausdrücklichen Wunsch des damals noch amtierenden, später von Frunse abgelösten Kriegskommissars Leo Trotzki nach Russland gekommen waren, um an den verschiedensten Stellen als Berater und Instrukteure der Roten Luftflotte tätig zu werden. Neben fundierter Theorie ging es darum, konkrete Erfahrungen der deutschen Luftstreitkräfte aus dem Großen Krieg zu vermitteln. Und es gab ganz praktische Seiten. Die Konstruktion, Fertigung, Entwicklung von Flugzeugmotoren wurden von Technikern unterstützt. Auf dem Moskauer Wodynka-Flugfeld war etwa ein technischer Prüfstand eingerichtet, den ein deutscher Werkmeister führte. Ein gewisser Leutnant Hasenohr war der Spezialschule für Bordwaffen und Bombenflugwesen in Serpuchow zugeteilt. Rittmeister Fiebig hingegen war der Mann für die Strategien des Luftkriegs.

Fiebig war, wie beinahe alle deutschen Luftstrategie-Experten, ein Anhänger des Römers Giulio Douhet und dessen Prämisse, dass die Luftwaffe das Gesicht des Krieges unumstößlich verändern würde. «Lufthoheit» war der zentrale Begriff für Douhet, von der Überzeugung getragen, dass die Luftwaffe die bestimmende Waffengattung des kommenden Krieges sein würde. Die Waffe der Zukunft.

Niedermayer dachte hier insgeheim stets an «Wasserkante», das Projekt, das womöglich eines baldigen Tages auch das Flugzeug alt aussehen lassen würde.

Fiebig lamentierte weiter. Wie es schien, war es ihm in seiner Lehrtätigkeit an der Moskauer Zukowski-Akademie, der Ausbildungsstätte der höheren Ingenieur- und Kommandokader der sowjetischen Luftstreitkräfte, nicht gelungen, mit seinen modernen Ansätzen durchzudringen. Man hatte ihm keine eigene Hörergruppe zugestanden, er hatte keine Übungsaufgaben entwerfen und nur sporadisch im Unterricht das Wort ergreifen dürfen. Diesen gestalteten zudem keineswegs erfahrene russische Luftwaffenoffiziere, von denen es auch gar nicht genug gab, sondern bemerkenswert viele Heeresleute. Darunter echte Koryphäen, wie etwa der Orientalist und Geograf Snessarew, der sich seinen Ruhm schon in der Armee des Zaren verdient hatte. Aber der hatte halt noch nie im Inneren eines Flugzeugs gesessen, geschweige denn eines geflogen. Dieser berühmte Professor Snessarew, dem es gelungen war, sich selbst mehr als ein Dutzend Sprachen beizubringen, war allerdings durchaus offen für neue Positionen. Bei den anderen Dozenten wie der Leitung der Akademie war Fiebig hingegen auf ein erstaunliches Beharrungsvermögen, gepaart mit einer gewissen Überheblichkeit gestoßen. Er zog deshalb eine durchwegs negative Bilanz seiner dortigen Lehrtätigkeit.

Unabhängig von seiner eigenen Unzufriedenheit aber würde er dem Truppenamt in Berlin mittels des gewaltigen Materials, das er laufend lieferte und nun mit dem Großen Kriegsspiel der Zukowski-Akademie hatten krönen können, tiefe Einblicke in das aktuelle strategische und lufttaktische Denken der Roten Armee vermitteln können. Wie weit die Sowjet-Luftleute mit ihren Ansichten dem Stand der militärischen Wissenschaft auch hinterherhinken mochten.

«Eine Verteidigung im modernen Luftkrieg wird es nicht geben», führte der Rittmeister aus, «die einzige Abwehr wird darin bestehen, die Luftflotte als Erster in der Luft zu haben und dem Gegner einen möglichst gewaltigen Erstschlag zu versetzen.»

«Ist das schon unsere offizielle Doktrin?», fragte Niedermayer.

«Berlin arbeitet gerade an Richtlinien für den Luftkrieg, die im Mai erlassen werden. Da wird das drinstehen. Weil es eine Sache der Logik ist.»

«Ihrem Tonfall entnehme ich, dass unsere hiesigen Partner unseren Vorstellungen noch nicht entsprechen?»

«Soll das ein Witz sein? Nicht mal annähernd.»

Oberst Thomsen runzelte die Stirn. Der Rittmeister räusperte sich, murmelte eine Entschuldigung für seinen unangemessenen Ausbruch und fuhr, wieder sachlicher, fort.

«Stationiert sind die Luftstreitkräfte weit im Hinterland. Sechs Stunden nach Kriegserklärung wachen die erst auf, anschließend sollen sie an Frontflugplätze im Aufmarschgebiet der Bodentruppen verlegt werden. Erst am dritten Tag beginnen die mit Feindtätigkeit, aber zunächst nur Aufklärung und Sicherung, die ganzen vier Wochen der Mobilisierungsphase hindurch! Es gibt auch erst zwei Wochen nach Kriegsbeginn einen eigenen Kommandeur – vorher unterstehen die den Deckungskorps. Das geht so natürlich nicht. Eine unmögliche Art der Mobilmachung. Beweglichkeit, Schnelligkeit, Überraschung, das bräuchte es. Genau das, was die Polen und Rumänen versuchen werden, die arbeiten schließlich nach der französischen Luftkriegsschule. Das würde hier ein Debakel geben.»

«Sie haben das gegenüber unseren sowjetischen Freunden zum Ausdruck gebracht, nehme ich an?»

«Selbstverständlich. Vor allem habe ich darauf hingewiesen, dass die Friedensflughäfen viel näher an die Grenze verlegt werden müssen, um gleich zu Beginn strategische Schläge im Hinterland des Feindes auszuführen. Mangels Fernbomberverbänden, mit denen die UdSSR die Industriezentren von Warschau und Lodsch angreifen könnte, sollten sie sich mit ihren leichten Bombern auf die Feldflugplätze der polnischen Luftwaffe konzentrieren. Mehr haben sie ja noch nicht.»

«Aber vielleicht bald! Ich habe mir gerade den Prototyp des ersten mittelschweren Bombers angesehen, im Aero-Hydrodynamischen Institut, draußen auf dem Chodynkafeld», rief Oberst Thomsen und zog aufmunternd die Augenbrauen hoch, um zu sagen: Das war doch eine wirklich gute Nachricht! Da der Rittmeister nichts erwiderte, fügte er hinzu, mit der Stimme eines gütigen Onkels, der noch eine Überraschung für den Enttäuschten hat: «Zweimotorig. Entwickelt von diesem jungen Ingenieur. Andrej Tupolev. Scheint ein guter Mann zu sein.»

«Findige Köpfe haben sie ja», meinte Niedermayer.

«Durchaus», erwiderte Fiebig trocken. «Aber sie haben auch – entschuldigen Sie – richtige Holzköppe. Was habe ich mir den Mund fusselig geredet, denen zu erklären, dass man mehr braucht außer den paar 10-Watt-Kowalenkow-Telefoniesendern. Ich habe mehrfach Memoranden geschrieben, man solle unbedingt 70-Watt-Bordsender von Telefunken anschaffen, weil ohne Funk eine mit den Landstreitkräften verbundene Luftflottenarbeit überhaupt nicht denkbar ist. Wissen Sie, was mir einer aus der Leitung mal geantwortet hat: ‹Welcher großartige Reiter hatte jemals ein Funkgerät? Und doch hat unsere Kavallerie den Sieg über Napoleon möglich gemacht.› Die Leute, die hier das Sagen haben, die haben noch das Erscheinen von *Krieg und Frieden* erlebt.»

Die beiden Repräsentanten der Zentrale Moskau blickten sich angesichts der erneuten Heftigkeit von Fiebigs Ausbruch etwas betreten an.

«Ich habe generell den Eindruck, dass hier viel zu viel nebenher und zwischendrin gearbeitet wird. Die rote Luftflotte und speziell ihr Ausbildungssektor, die Stäbe, alles geht hier kreuz und quer. Ein Fitulitenladen! Beim Stab, beim Komitee, bei der Akademie und all den anderen Lehranstalten nimmt man überall für sich in Anspruch, dass man selber der Allerberufenste sei. Alle improvisieren und denken sich was aus – anstatt systematisch vorzugehen und wirkliche Kompetenzen zu entwickeln.»

«Stimmt schon, Herr Rittmeister, kann ich bestätigen», stellte nun Niedermayer fest, «aber das ist im Russland dieser Tage normal. Genie und Wahnsinn liegen hier eng beieinander. Es gibt fragwürdige Gestalten, aber doch auch absolut überragende Leute wie unseren General Tuchatschewski.»

«Das stimmt», nickte Oberst Thomsen, «die von Tuchatschewski letztes Jahr herausgegebene Felddienstordnung ist vorzüglich.»

«Wenn sich dran gehalten wird», murrte Fiebig, «aber da bin ich nicht so überzeugt.»

«Wir wissen doch alle, was in der Sowjetunion geleistet werden muss. Geht damit los, binnen kürzester Zeit aus jungen Leuten meist bäuerlicher Herkunft ein dem neuen Staatswesen loyales Offizierskorps zu schaffen ...»

Der letzte Ritter sprach mit der Autorität eines Mannes, der Illoyalität, Verrat und Hinterlist ganzer Landschaften kennengelernt, selbst erfahren und vielleicht sogar geschürt hatte.

«Aber es geht ja auch um Allgemeinbildung, an der es größtenteils massiv hapert. Viele der zukünftigen Offiziere haben nicht mal einen auch nur der deutschen Grundschule vergleichbaren Schulabschluss. Die kommen an die Offiziersakademien und können keine Fremdsprache, und kaum Deutsch. Dabei sollen die Akademien einen viel höheren Ausstoß an Offizieren hinkriegen. Das Ganze steht aber eben oft unter der Oberleitung alter zarischer Offiziere. Richtige Schlachtrosse, die beinahe noch den Krimkrieg mitgemacht haben. Ist doch normal, dass es da an allen Ecken und Enden knirscht. Aber was für ein Potenzial ...»

«Lieber Hauptmann Niedermayer, Ihre Liebe zu den Bolschewiken ist ja schon beinahe sprichwörtlich, wenn Sie mir den Ausdruck gestatten. Will das auch gar nicht kritisieren, liegt ja auf Linie der Führung. Aber ich hab meine Sache erledigt. Ich erstelle jetzt noch den Bericht über das Kriegsspiel für Berlin, dann hole ich mir an der Zahlstelle meinen letzten Dollar vom Volkskommissariat. Und danach sag ich Danke scheen und zieh die Uniform der Roten Armee aus.»

Ein Moment der Stille stand zwischen dem Offizierstrio, angefüllt von den unterschiedlichsten Empfindungen und Gedanken. Niedermayer sah einen exzellenten Spezialisten verschwinden. Es war nicht der erste, und er würde nicht der letzte sein, der so ging. Das Leben in der Sowjetunion lebte sich nicht einfach. Am wenigsten jetzt im Februar, generell der härteste Wintermonat in Moskau – aber von der Kälte abgesehen: Dies war wirklich eine komplizierte und anstrengende Stadt. Aber auch wenn ihn jeder Rückschlag wie dieser reute, der letzte Ritter würde nicht weichen.

Es war der Rittmeister, der soeben mit seinem breiten schlesischen Singsang eine wirkliche Ungeheuerlichkeit ausgesprochen hatte – nämlich dass er, der seine fabelhafte Ausbildung in Praxis und Theorie den Kaiserlichen Luftstreitkräften verdankte und der danach als einer der auserwählten jungen Offiziere in die neu gebildete Reichswehr übernommen worden war, dieser Kaderarmee einfach so den Rücken kehren wollte.

«Was haben Sie denn nach Ihrem Abschied vor, Herr Rittmeister, wenn man das wissen darf?», fragte Thomsen etwas pikiert.

«In Berlin gründet sich eine neue Fluggesellschaft. Aero-Lloyd und Junkers schließen sich zusammen und suchen händeringend Leute. Ein früherer Kamerad hat mich gefragt.»

«Diese neue Luft-Hanse?»

Fiebig nickte.

«Die vor uns liegenden Aufgaben sind eigentlich zu groß, als dass wir einen wie Sie ans Zivil verlieren könnten! Aber natürlich, daran will ich wohl glauben, wird auch die deutsche Verkehrsluftfahrt unserem Land strategische Dienste leisten können. Immerhin bleiben Sie dem aktiven Flugwesen erhalten.»

«Genau, Herr Oberst», stimmte Fiebig zu, «aber ich brauche jetzt mal ein paar Jahre ödes Angestelltendasein ... »

«Wenn der Generalstab ernsthaft ruft», nickte ihm Niedermayer zu, «dann sehen wir uns doch bestimmt wieder, oder, Fiebig?»

«Wenn es so weit sein wird ... freilich. Solange mich der Ruf nicht gerade nach Moskau bestellt. Noch einen russischen Winter muss ich wirklich nicht haben.»

«Russische Winter. Iranische Sommer. Starrer Frost und tiefste Sonnenglut. Das ist Eurasien. Darin sich zu behaupten, darum geht es, das ist das Maß unserer Bewährung!»

Also sprach Niedermayer mit vollstem Ernst und zeigte ein beinahe schon diabolisches Lächeln.

«Auf zweitausend Meter Flughöhe ist mir das alles recht. Aber nu gut ... », nuschelte Fiebig, wie nur Schlesier nuschelten, «dann werd ich mich mal daranmachen, alles schön für Berlin zusammenzuschreiben. Mit Ihrer Erlaubnis, Herr Oberst, empfehle mich.»

Die beiden Leiter der Zentrale Moskau blieben zurück. Die Aufgaben der nächsten zwei Wochen wurden besprochen. Niedermayer würde alleine zu schalten und zu walten haben, denn Oberst Thomsen stand im Begriff, einmal mehr auf Inspektionsreise zu gehen, und zwar nach Kasan an der Wolga, wo sich, neben Luftwaffe und Giftgas, für dessen Produktion man eine Fabrik in Ivascenkowo betrieb, ein dritter wichtiger Zweig der deutsch-sowjetischen Zusammenarbeit befand: eine gigantische Produktionsstätte für die neue Panzerwaffe samt einem Trainings- und Testgelände.

In dieser Partnerschaft ruhte das gemeinsame Interesse einer der führenden Industriemächte, die nach dem Willen ihrer alten und auch zukünftigen Feinde auf zivile Produktion beschränkt bleiben sollte, und des revolutionären Staats der Sowjets, der sich großer Teile des alten russischen Imperiums bemächtigt hatte, eines Agrarlandes, dessen industrielle Entwicklung von dieser Partnerschaft nur profitieren konnte, war doch der Krieg noch immer der Vater aller (modernen) Dinge.

Aber abgesehen davon gab es noch eine andere Vision, deren Ausmaße vielleicht nicht einmal all jene erfassten, die in ihrem Vorschein tätig waren. Oskar Ritter von Niedermayer gehörte zu den wenigen, die das gewaltige Projekt nicht nur überblickten, sondern von innen heraus verstanden, da er die neue Welt, die sich da auftat, vielleicht als Erster mit eigenen visionären Augen gesehen hatte: Niedermayers Auftraggeber kamen aus der Zukunft: Es waren die Bewohner der Welt von morgen, die ihm über Räume und Zeiten zuriefen, was getan werden müsse, um das Joch abzuwerfen und den Planeten zu befreien. Um zu dieser Vision zu kommen, hatte er einen weiten Weg zurückgelegt. In der Sprache der diskreten Religionsgemeinschaft der Bahai, die ihren Ursprung in Persien hatte und deren Anhänger er bei seiner ersten Orientreise vor dem Weltkrieg geworden war, hatte er einige tiefe Täler zu durchqueren gehabt. Doch dann hatte er den strahlenden Stern Larissa Reissners erblickt und dazu den genialen Tuchatschewski als den Dritten im Bunde. Und nun war er der Ritter eines anderen Ordens, der mit der Disziplin einer Schiffsbesatzung auf hoher See durch den Raum steuerte, um eine gänzlich neue Waffe zu schmieden, die der Welt den Sieg über die Angelsachsen, Frieden und Freiheit bringen sollte.

Als die Morgenbesprechung vorbei war, begaben sich die beiden Residenten zum Gabelfrühstück in den Salon nebenan. Die Tatarin hatte ihnen ein Körbchen Eier gekocht, dazu Steaks, scharf angebraten, in der Pfanne auf den Tisch gestellt, es gab Tee aus dem Samowar mit Sahne und einen großen Steinguttopf mit goldfließendem Honig, aus dem sie sich mit einem Holzlöffel nehmen konnten. Der Honig stammte aus eigener Imkerei, da die Tataren hinter ihrem Häuschen auf dem Gelände der Zentrale ein knappes Dutzend Bienenvölker hielten. Der Tatar, nur mit einer Pfeife bewehrt, schaufelte im Sommer seelenruhig ganze Massen von Bienen mit bloßen Händen um und pflegte häufig unmittelbar in der Nachbarschaft der aus Latten gezimmerten Stöcke sein Nachmittagsschläfchen zu halten.

«Bienen mir dann alles erzählen ...», hatte er auf Nachfrage einmal lachend zu Niedermayer in seinem leicht gebrochenen Russisch gesagt. Auch nach zwei Jahren war Niedermayer das steinalte Paar rätselhaft geblieben. Sie sprachen einen krimtatarischen Dialekt, den der Deutsche nicht im Geringsten verstand, obwohl er selbst recht passabel Türkisch sprach. Die beiden waren stets überall und nirgends, dienten als zuverlässige Hauswartsleute, aber sie suchten keinerlei näheren Kontakt zu ihren Hausherren, interessierten sich nicht im Geringsten dafür, was die Deutschen für Leute waren und was sie in Moskau taten. Und sie verstanden kein Wort Deutsch, weder gesprochen noch geschrieben – was angesichts des sensiblen Stoffes der Handelsgeschäfte in der Villa auch besser war, dachte Niedermayer.

Er aß ein Ei, das ihm heute vorzüglich schmeckte, trank eine Tasse Tee, in den er goldfließenden Moskauer Stadthonig gegeben hatte, schlürfte das herrliche bittersüße Getränk und überflog die «Prawda», die gerade mit der «Iswestija» und weiteren Blättern wie der in Moskau erscheinenden und mit gotischen Lettern gesetzten «Deutschen Zentral-Zeitung», einem Organ der Komintern, vom Hausmeister am nächsten Kiosk gekauft und hergebracht worden war. Thomsen las die «Iswestija» lieber, also begnügte sich Niedermayer mit der «Prawda»– für sowjetische Zeitungen, so der Oberst oft scherzhaft, gelte das Gesetz, dass eine Nachricht nur als wahr anzusehen sei, wenn der Kreml sie offiziell als falsch bezeichnet habe, die Dementis seien also immer die interessantesten Meldungen.

Mit einem Appetit, der dem seiner Dithmarscher Großbauernvorfahren in nichts nachstand, verzehrte der Luftwaffenpionier, ganz mit sich im Reinen, sein Gabelfrühstück, vor allem den herzhaften Steaks sprach er zu. Sein Stellvertreter, von anderem Charakter, impulsiv und voller Ideen, dem alles zu langsam ging und der dennoch in Bögen vieler Jahre dachte, hatte seinen Hunger schon gestillt, denn er aß aus Rücksicht auf seine Verfassung generell nur sehr mäßig. Nun durchforstete er ungeduldig die Zeitung mit ihren Meldungen über eine belanglose Rede des omnipräsent gewordenen Stalin, eine österreichische Arbeiterdelegation auf Freundschaftsbesuch, estnische Terroristen und deren Morde an zwei sowjetischen Diplomaten im Schlafwagen nach Riga, angetrieben von einem geistigen Hunger, etwas zu erfahren, das ihn bewegen würde. Es mochte ihm später – als er noch mehr zu einer etwas fatalistisch-mystischen Sicht auf die Dinge neigte – so scheinen, als habe er schon geahnt, was er schließlich auf einer der hinteren Seiten der «Prawda» entdecken musste.

Erst sah er nur Larissas Foto und freute sich für einen winzigen Augenblick, da er dachte, es handele sich um eine neue Reportage von ihr oder die Ankündigung eines Buches, schließlich schrieb sie ja unentwegt, und er war glücklich, das Gesicht des Menschen zu sehen, der ihm Moskaus Tiefen erschlossen, ihm in dieser übergroßen Stadt mit einem Mal einen Fluchtpunkt gesetzt hatte. Was also stand an? Er begann interessiert zu lesen, dann begriff er schlagartig: Sie war tot, und in zwei Tagen fand ihre Beerdigung statt. Er würde nie wieder einen Stofffetzen von ihr bekommen.

Er überflog den Artikel, doch die kyrillischen Buchstaben verschwammen ihm vor den Augen. Er verbarg sich hinter der Zeitung und rang um Fassung. Der Text war so klar, wie er nur sein konnte, aber er las jeden Satz dreimal, als ob er keinem Wort traute. Sie hatte also im Krankenhaus des Kreml gelegen, weshalb wurde nicht erwähnt, und war dort verstorben. Während er auf eine Nachricht von ihr gewartet hatte, war sie dahingesiecht. Aber obwohl es so eindeutig war, verstand er die Geschichte nicht. Alles wirbelte in seinem Kopf durcheinander. Das Gefühl eines schrecklichen Verlustes, so unermesslich groß, dass sein Ausmaß noch nicht zu erkennen war, erfasste ihn. Dazu stach ihn eine quälende Unsicherheit, wie er sie manches Mal auf seinen Expeditionen erlebt hatte, wenn ihm klar geworden war, dass ein einziger Fehltritt, eine Unachtsamkeit zwischen ihm und dem Tod stehen konnte.

Er schloss die Augen, atmete mehrmals tief durch. Fasste sich. Dann schnitt er beiläufig mit dem Frühstücksmesser die Seite mit dem Artikel aus der Zeitung heraus, legte den Rest ordentlich zusammen, trank den letzten Schluck Tee aus seiner Tasse und verabschiedete sich von seinem Vorgesetzten. Er habe Erledigungen in der Stadt.

«Recht so, Herr Major. Sie halten mir hier schön die Stellung», gab Thomsen zwischen zwei Bissen zurück und schenkte sich, nach norddeutscher Herrenart, ein Glas Portwein ein. «Denken Sie daran, Fiebigs Report, wenn er denn mal fertig ist, zügig mit Diplomatenpost nach Berlin zu befördern. Am besten nehmen wir da DERULUFT-Post nach Königsberg und von da dann in den D-2, was meinen Sie? War doch zuletzt sehr zuverlässig.»

«Kümmere mich drum. Gute Reise an die Wolga, Herr Oberst.»

Der Tatar, der wie eingeschlafen auf einem Stuhl in der Nähe der Tür saß, öffnete eines seiner Lider einen winzigen Spalt, als Niedermayer über die schmale Treppe nach oben stieg, und er verfolgte auch genau, wie der Bayer wenig später die Zentrale Moskau verließ, in Mantel und Hut und mit einer Umhängetasche, in der sich die Ausrüstung eines Einbrechers befand: mehrere Nachschlüssel nach Patent des Berliner Schlossermeisters Dietrich sowie kleineres Schließwerkzeug, mit dem er schon in Istanbul und Teheran die eine oder andere Tür geöffnet hatte. Stemmeisen. Eine Daimon-Taschenlampe mit frischen Batterien, wie man sie beim deutschen Heer während des Großen Krieges millionenfach benutzt hatte. Seine Pistole trug er allerdings in einer Tasche am Körper.

Er nahm ein Taxi, dessen Fahrer ihm absurderweise von der ersten Minute an von hübschen Mädchen erzählte, die sich freuen würden, einen westlichen Ausländer wie ihn kennenzulernen. Das hatte Niedermayer durchaus schon mitbekommen. Die Ministerien und Ämter der Bolschewiken, die angetreten waren, das unübersichtliche Erbe der zarischen Bürokratie in die neue Zeit hinüberzuretten, wimmelten von aufgeschlossenen, neugierigen, vielleicht abenteuerhungrigen Sekretärinnen, Übersetzerinnen und Assistentinnen, die Kaufhäuser, die die Neue Ökonomische Politik der letzten Jahre mit einem gewissen Warenangebot versorgt hatte, beschäftigten Verkäuferinnen und Modistinnen, und es gab natürlich Fabrikarbeiterinnen. Die meisten dieser Frauen lebten in winzigen Zimmern, die sie sich mit anderen zu teilen hatten, ernährten sich bescheiden und eintönig und stellten sich vor, dass sie sich mit den Sprachen, die sie gelernt, oder den Kenntnissen, die sie sich verschafft hatten, in Europa gut vorankommen würden. Viele dieser von ihren Träumen vom Westen erfüllten jungen Frauen waren alleinstehend. Manche auch verheiratet, aber die Ehe war im Moskau des Jahres 1926 ebenso wenig ein Hinderungsgrund für eine Affäre wie in Berlin. Man traf die jungen Frauen vor den Schaufenstern der Twerskaja, der Gorki oder in den Cafés am Theaterplatz, wo sie sich an einem Gläschen festhielten. Manche standen auch einfach nur so da, verweilten in den Gassen, auffälligerweise mit nichts anderem beschäftigt, als dazustehen, ohne den Eindruck zu erwecken, man sei eine Prostituierte. Für einen Mann aus dem Westen war es einfach, hier eine Frau kennenzulernen.

Da Niedermayer schwieg, überbot sich der Fahrer an immer detailgenaueren Schilderungen der Liebeskünste der, das wurde nun recht deutlich, von ihm feilgebotenen Damen. Alles sei möglich, schon gegen eine kleine Aufmerksamkeit, ein paar Geschenke aus dem Westen und natürlich eine unbedeutende Vermittlungsgebühr. Man könne auch mehrere Frauen gleichzeitig sehen, wenn man wolle, das sei nur eine Frage des Preises … Schließlich platzte dem letzten Ritter des verschwundenen Königreichs der Kragen, und er fuhr den Mann an, endlich sein verkommenes Zuhältermundwerk zu halten. Er ließ ihn stoppen, bezahlte hastig und ging fluchend und gleichzeitig zutiefst deprimiert die letzten paar Hundert Meter zum Loskutnaja. Zugleich war er voller Wut, die sich, je näher er dem Bau mit seiner prächtigen Fassade einer vergangenen Epoche kam, zunehmend zu Verzweiflungsfäden versponn.

Wie viele Stofffetzen hatte er in der ganzen Zeit erhalten? Achtzehn. Sie lagen gesammelt im Fach seines Nachtkästchens in der Zentrale. Achtzehn Mal hatte er die beeindruckende Lobby betreten, auf deren Marmorboden man immer noch die Kratzspuren des schweren Schiffsmaschinengewehrs sehen konnte. Das hatten die Matrosen, die im März 1918 die Portiers und Grooms ablösten, in den Eingangsbereich verfrachtet, um Angreifern jeden Zutritt zu ihrem neuen Hauptquartier so richtig ungemütlich zu machen. Achtzehn Mal war er die Treppe in den dritten Stock gegangen, vorbei an den Restaurants und den umfunktionierten Sälen, um dann oben den Korridor nach links zu nehmen. Achtzehn Mal hatte er an die Tür geklopft, hinter der Larissa schon gewartet hatte. Achtzehn Mal hatte sie ihm mit ihren leuchtend grünen Augen entgegengeblickt und ihn begrüßt, indem sie ihm ihren leichten Arm um die Schulter gelegt und ihm ihre nach Rose France duftende zarte Wange entgegengestreckt hatte. Und wenn gelegentlich Tuchatschewski noch dazugekommen war, einen neu erschienenen Gedichtband und eine gekühlte Magnumflasche Champagner unter dem Arm, war es ein besonderes Fest geworden. Sie besprachen die neuesten Entwicklungen, nachdem Larissa von einer Reportagereise aus Deutschland zurückgekommen war, sie diskutierten über Politik, Personalien, Offiziere und Agenten, die sie später in ihre Pläne einbinden könnten. Tuchatschewski hielt Niedermayer über Entwicklungen in der Roten Armee auf dem Laufenden, und Niedermayer informierte den General über die Fortschritte des deutschen A-Plans. Es war ein visionärer Freundschaftsbund, uneigennützig, der Sache verpflichtet. Wenn der Brite Halford Mackinder vom «geografischen Drehpunkt der Geschichte» gesprochen und damit jenes zentralasiatische Herzland Afghanistan gemeint hatte, so planten sie einen ganz neuen Hebel. Einen, der Himmelsrichtungen, Mächte und Zentren der alten Welt umpolen und die Herrschaft der Seemächte beenden würde. Asien – der Kontinent der Unterdrückten von den Stränden des Indopazifiks und der chinesischen See bis an den Persischen Golf und zu den Ländern des Islam – würde sich erheben, angeführt vom deutsch-russischen Bündnis, das dem weltweiten Freiheitskampf eine gänzlich neue, alles verändernde Waffe zur Verfügung stellen würde. Doch alles Große musste gedacht und formuliert werden, bevor es geschehen konnte, und so verbrachten sie die Nachmittage und die Nächte miteinander in ihrer Weltzelle im «Stofffetzen», spannen ihre Träume, verfolgten ihren Plan und schenkten einander etwas, das Niedermayer als eine noch nie zuvor erfahrene Geborgenheit erlebte.

Nun stand er also zum neunzehnten Mal vor diesem Zimmer, blickte den holzgetäfelten Flur mit seinem einstmals edlen, nun abgewetzten grünen Läufer entlang, in dem niemand zu sehen war, und dann ging er entschlossen daran, die Tür aufzuknacken, was viel schneller gelang, als er befürchtet hatte – denn sie war nicht abgesperrt, sondern nur ins Schloss gefallen. Er trat ein, schloss die Tür hinter sich leise und knipste die Taschenlampe an, ließ ihren Schein über die Umrisse der Möbel fahren, auf denen das bläulich-gelbe Licht der Straßenlaternen ruhte und alles wie eine gespenstische Schneelandschaft aussehen ließ. Das Bett war gemacht. Auf dem Regal hatte Larissa ein paar Bücher aufbewahrt, sie standen noch da, schienen aber anders angeordnet, was vielleicht täuschen mochte. In den Schreibtischschubladen fand er Papier, Schreibutensilien, aber nichts zu «Wasserkante». Vermutlich war alles im Safe. Er kannte die Kombination.

Einmal nämlich war der von einer Dienstreise völlig ausgelaugte Tuchatschewski, nachdem sie wild gewesen waren, neben ihm eingeschlafen und hatte ihm dabei seinen nackten Arm über die Brust gelegt. Niedermayer wollte den intimen Freund und Liebhaber nicht wecken und blieb in seiner etwas unbequemen Position liegen und nickte gleichfalls erschöpft und glücklich selber noch einmal ein. Als er wenig später die Augen aufschlug, sah er Larissa, die gerade aus dem Bad gekommen war und nur ein Handtuch um die Hüften geschlungen hatte, wie sie das Zahlenschloss bediente, um wichtige Unterlagen zu ihrem Projekt zu verstauen, über die sie zuvor gesprochen hatten. Natürlich hatte er sich, ohne Arglist gegenüber Larissa, die fünfstellige Zahlenkombination gemerkt. Doch zu seiner Enttäuschung und auch zu seiner nun wachsenden Sorge bedeutete dies keinen Vorteil, denn er fand den Safe offen – und leer.

Ohne Hoffnung, doch noch etwas zu finden, durchsuchte er die Sitzgarnitur, drehte die Sessel um, klopfte den Kleiderschrank ab und gab sich alle Mühe, das Zimmer so gründlich zu inspizieren wie nur möglich. Aber der offene Safe verriet ihm, dass jemand anderes vor ihm da gewesen war und dass diese Person offensichtlich genau gewusst hatte, wonach sie suchte.

Irgendwann gab er auf. Schlich sich auf den Flur und ließ die Tür angelehnt. Mit einem schmerzvoll-bedauernden, bitteren Gefühl verließ er zum neunzehnten und vermutlich letzten Mal das Loskutnaja. Gleichzeitig musste ihn sorgen, dass er nicht wusste, wo die Unterlagen geblieben waren. Zwar hatte sie nur technische Daten und Konstruktionszeichnungen aufbewahrt, es gab keine Namen, nicht einmal Decknamen, keine Adressen, es würde also kaum möglich sein, ihm nachzuweisen, dass er Gelder des A-Plans anders dirigiert, böse gesagt, veruntreut hatte. Und zwar in ein Projekt mit einer Komintern-Agentin und einem Sowjetgeneral, die beide ebenfalls ohne Deckung oder Auftrag arbeiteten.

Danach stromerte er durch die Stadt, suchte Larissas Wohnung auf, ein Großbürgerhaus aus der Zarenzeit mit ehemals luxuriösen, nun sozialisierten und aufgeteilten Wohnungen, die alle ziemlich heruntergekommen waren. Gegen fünf Dollar verriet ihm der Portier, dass Larissa Michailownas Familie ihr Appartement gestern vollständig geräumt habe – hier war also gar nichts auszurichten. Er lief weiter und betrat das Gebäude der neuen Sun-Yat-sen-Universität für die chinesischen Studenten in der Kropotkin-Gasse, wo Larissa seit deren Gründung im Oktober 1925 einen Lehrauftrag für russische Literatur innegehabt hatte. Ohne eigenes Büro allerdings, anders als Karl Radek, der auch an dieser Kader-Universität der Direktor war. Der hätte ihm vielleicht weiterhelfen können, aber Niedermayer scheute Radek wie der Teufel das Weihwasser. Er wusste zwar, dass sein Chef General von Seeckt und Radek seit dessen Zeit im Gefängnis von Moabit über den Abgrund ihrer politischen Überzeugungen hinweg eine unerklärliche enge Beziehung pflegten. Dennoch oder gerade deshalb war ihm der Stratege und Chefzyniker der Komintern unheimlich, und auch wenn Larissa bis zuletzt wohl in einer Art offizieller, anerkannter Liaison mit Radek verbunden gewesen war, so hatte sie versichert, ihm kein Wort von ihrem Projekt verraten zu haben.

Als Niedermayer keine Orte ihres Daseins mehr einfielen, an die er hätte pilgern können, war es spät in der Nacht. Er fuhr in die Zentrale Moskau zurück, verräumte sein Einbrecherwerkzeug, wusch sich, zog sich frische Kleider an. Er griff nach dem herausgeschnittenen «Prawda»-Artikel, las ihn mit noch größerer Verzweiflung als am Vormittag und holte schließlich die Damefigur von seinem Nachttisch, die Larissa damals vor zwei Jahren am Wannsee in Berlin geopfert hatte, wenn man das so sagen konnte, damit sie sich hatten kennenlernen können. Mein Gott, dachte er, was immer das auch war – welcher Quell visionärer Freude, der Inspiration und des Glücks war aus diesem Opfer entsprungen. Er steckte die Dame in eine Manteltasche und machte sich auf den Weg zum Haus der Presse am Nikitski-Boulevard, um Larissa, diesem großartigsten Menschen, den er je zwischen Kabul und Casablanca kennengelernt hatte, ein letztes Mal in ihr wunderbares Gesicht zu blicken.

Zwanzig

KATHARINAS GROSSER FRIEDHOF

Nach Motiven von Khrapowitski

Um selbst den Zarenthron besteigen zu können, gab die frühere Prinzessin von Anhalt-Zerbst, die eigentlich Sophia hieß, sich dann aber, um russischer zu klingen, in Katharina umbenannt hatte, Graf Alexej Orlow den Auftrag, ihren Ehemann, den rechtmäßigen Kaiser Peter III., umzubringen. Alexej und sein Bruder Gregori Orlow, der auch Katharinas Favorit war, machten unter der neuen Kaiserin glänzende Karrieren als Generäle. Da sie beinahe vom ersten Tag ihrer Herrschaft an darauf aus war, Krieg zu führen, um Russlands Territorium zu vergrößern, benötigte sie jede Menge davon. Im Jahre 1770, also acht Jahre nach dem Gattenmord, kehrte eine von einem der Orlow-Brüder geführte Armee aus dem Süden nach Moskau zurück. Der Krieg mit dem Osmanischen Reich drehte sich unter anderem um die Krim, die beinahe subtropische Halbinsel im Schwarzen Meer, die Katharina sich so gerne einverleibt hätte. Als Russlands neuen warmen Südpol, sozusagen. Doch noch war das nicht gelungen.

Es war ein kalter, gräulicher November, und die Raben schüttelten dicken Raureif von den Tannenzweigen, als die Süd-Armee sich in Moskau einfand, abgekämpft und malad von den aufreibenden Gefechten. Man schickte sie zum Auskurieren in ein Militärhospital vor der Stadt. Naturgemäß starben dort auch einige der Männer an den Folgen von Wunden und Kämpfen; aber während es auf Weihnachten ging, kam es mit einem Mal zu einer Häufung von Todesfällen wegen einer Krankheit, die die Ärzte für Flecktyphus hielten, den von Kleiderläusen übertragenen Begleiter aller Armeen.

Zwar gab es einige Mediziner, die vorsichtig zu meinen wagten, es handele sich womöglich um die Beulenpest, aber dann trat auf Drängen der Zarin der Senat in St. Petersburg zusammen und beschloss in einem Ukas, dass man der Krankheit auf keinen Fall den Namen «Chuma», also «Pest» geben dürfe. Katharina, die ja so gerne Krieg führte und wusste, dass man dazu Geld brauchte, das hauptsächlich der Handel einbrachte, welcher durch die Pest und die dann gebotene Abschottung zum Erliegen kommen würde, drohte folglich jedem, der das Wort «Chuma» in den Mund nahm, mit dem Tod.

Trotz dieser glaubhaften Drohung trugen die im Übermaß vorhandenen Flöhe der armen Soldaten den Erreger weiterhin in sich. Im März zeigten sich wieder Fälle, und diesmal willigte St. Petersburg ein, dass man die Pest in der größten Stadt des Reiches auch so nennen dürfe. Es war ein bürokratisches Eingeständnis, um gewisse gesetzliche Quarantänemaßnahmen durchführen zu können – auch mit dem Ergebnis, dass der Adel Moskau nach und nach verließ und sich auf seine Landgüter zurückzog. Als die Aristokraten in Sicherheit waren, schlug der Sinn der Kaiserin wild entschlossen ins Gegenteil ihrer vorherigen Haltung um. Nun wollte sie die Stadt vollkommen isolieren, aber Piotr Eropkin, der oberste Koordinator der Gesundheitspolitik, wehrte sich dagegen, weil er eine Hungerkatastrophe befürchtete. Er verwaltete und dirigierte unermüdlich, gurgelte mit warmem Wodka, ließ

Erkrankte nur nachts in die neu eröffneten Spitäler bringen, damit niemand die Transporte sehen und sich deshalb beunruhigen konnte. In den Spitälern arbeiteten häufig deutsche Ärzte, die den Patienten aufgrund ihres undurchschaubaren, eben deutschen Gebarens unheimlich waren, und nicht wenige dachten sowieso, dass diese Mediziner die eigentlichen Verursacher ihrer Leiden waren. Seinen wichtigsten Verbündeten allerdings fand Eropkin ausgerechnet im aufgeklärten und sehr gebildeten Erzbischof Amwrosij, der von Katharina II. eingesetzt und mit vielen Reformen und Aufräumarbeiten betraut worden war, nicht zuletzt der Aufgabe, die Zahl der Geistlichen, die dem Staat auf der Tasche lagen, deutlich zu verringern.

Beide hatten ein paar Jahre zuvor schon zusammengearbeitet, als es darum ging, als Priester unerwünschte Popensöhne für den Türkenfeldzug in Katharinas Armee zu ziehen, ebenjene Armee, die nach ihrer Rückkehr die Seuche mitbrachte. Weil es aber schon immer der Wunsch eines jeden Popensohnes wie auch eines jeden Popenvaters gewesen war, generationelle Kontinuität zu sichern, hatten die beiden sich dadurch in der Moskauer Priesterschaft äußerst unbeliebt gemacht. Wer weiß, wie viel Zeit diese arbeitsscheuen Erznichtsnutze haben, um über ihre Aversionen nachzugrübeln, der kann erahnen, was sich da in dem Riesenheer der prekären Popen zusammenbraute.

Zunächst war aber erst einmal die Pest im Vormarsch. Täglich starben mehr Menschen, bis es schließlich – der Sommer hatte seinen Höhepunkt erreicht und spannte ein tiefblaues Seidenband über den Moskauer Himmel – so weit war, dass es keinen einzigen Aristokraten mehr in der Stadt gab, aber dafür schon achthundert Tote am Tag.

Gemeinsam gaben sich der tüchtige Eropkin und Erzbischof Amwrosij also alle Mühe, der Bevölkerung Moskaus zu verdeutlichen, wie ernst die Lage war. Fabriken, Werkstätten, Märkte und überhaupt alle größeren Menschenansammlungen mussten gemieden werden, und vor allem der Handel mit den oftmals von Toten stammenden Lumpen musste enden. Von ihnen gehe die größte Gefahr aus. Man verbot die Leichenzüge, derer es viele gab und in denen die Toten offen herumgetragen, beweint und auch geküsst wurden. Man verbot Theatervorführungen und erließ ein Versammlungsverbot. Doch da die meisten noch übrig gebliebenen Moskauer bitterarm waren (selbst die kleinen Kaufleute und Handwerker verließen die Stadt mittlerweile) und Arme ja kaum etwas anderes haben, um ihr Leben erträglicher zu gestalten, als mit anderen Menschen zusammen zu sein, verhallten diese Warnungen und das Verbot beinahe ungehört. Bald gab es tausend Tote an einem Tag.

Aber dann geschah ein Wunder: Einem Arbeiter namens Timofei Mikhailowitsch Rutschky erschien die Muttergottes im Traum und verkündete, dass es eine in höchstem Maße gegen die Pest schützende Ikone gebe, die sich in der Nähe des Iljinski-Tores in der Kreml-Außenmauer befände und die aufgrund ihrer Wirkmacht die ganze Stadt von der Seuche retten könnte – wenn ihr nur endlich, so klagte sie, die nötige Verehrung zuteilwürde.

Der klein gewachsene Rutschky hatte noch nicht sein Tellerchen kalter Grütze vertilgt, als sich sein Traum bis ins letzte Detail, sogar bis zur Farbe des Gewandes der Gottesmutter, schon in weiten Teilen Moskaus herumgesprochen hatte. Bereits am Nachmittag strömten Menschenmassen zur wundertätigen Ikone, um sie zu verehren und ihr ein wenig Geld zu spenden. Wie es nicht anders sein konnte, fanden sich augenblicklich auch eine Menge Garköche, Gemüsehändler,

Lubok- und Bibelverkäufer, Haarschneider und Quacksalber ein, die sich freuten, dass endlich wieder etwas los war. Nicht zuletzt kamen auch zahlreiche inoffizielle Priester ohne Gemeinde und staatliche Anerkennung, kaum mehr als gebildete Landstreicher, die die Gelegenheit sahen, sich selber durch das Feiern besonders inbrünstiger Gottesdienste ein eigenes Gemeindevolk aufzubauen, von dem man auch Spenden erhalten konnte. Ein Gottesdienst löste den anderen ab. Es kamen immer mehr Gläubige, um der wundertätigen Ikone zu spenden und sich dadurch vor der Pest zu schützen.

In diesen Massengottesdiensten steckten die Menschen sich in einer Weise gegenseitig an, wie man es noch nicht erlebt hatte. Die Zahl der Pestfälle schoss in die Höhe. Leichname lagen auf den Straßen. Fünf Tage nach Rutschkys Traum schickte der tapfere Seuchenbekämpfer Eropkin in Absprache mit dem vernünftigen Erzbischof einen Trupp Soldaten und einen Schreiber dorthin, die einerseits die Ikone entfernen sollten, um sie in ein abgelegenes Kloster zu verbringen; andererseits sollte auch die Geldtruhe versiegelt und fortgetragen werden, in die die Ärmsten der Armen sekündlich das Kleingeld hatten fallen lassen, um vom bösen Schicksal bewahrt zu bleiben, ihre Notkopeken, vom Munde abgespart. Und nun kam die Obrigkeit und wollte alles fortnehmen, ja stehlen, und die beliebten, wenn auch ungewaschenen freiberuflichen Popen vertreiben, die sich so tüchtig um das ganze Pest-Heilungswunder gekümmert hatten? Mit Sicherheit hatten auch die deutschen Ärzte damit zu tun, die nur vorgaben, zu heilen, in Wahrheit aber die Krankheit über das Volk brachten, weil sie aus dieser ihren Profit zogen.

Die Empörung über den Raub an der Ikone erfasste viele, allen voran die leibeigenen Hausdiener, die von ihren aufs Land geflohenen Herrschaften in der seuchengeschüttelten

Stadt zurückgelassen worden waren. Zu ihnen gesellten sich einfache Arbeiter, Soldaten, Schreiber, Straßeneckenpopen und altgläubige Kaufleute. Eine entzündliche Mischung der Zornesarten.

Als die unbeholfene und schwach aufgestellte Obrigkeit auf den Gedanken kam, die Sturmglocken in der ganzen Stadt zu läuten, meinten viele, die von einem Feuer noch gar nichts sahen, die Türken würden angreifen. Manche, erzürnt über den Raub der Ikone, packten wutentbrannt die nächstbeste Waffe und zogen zum Roten Platz. Da sie den Erzbischof, der sie bitter enttäuscht hatte, als den eigentlichen Übeltäter ansahen, drangen sie in dessen Wohnsitz ein, das Chudow-Kloster. Weil sie ihn persönlich aber nicht antrafen, plünderten sie stattdessen seinen umfangreichen Weinkeller, zerbrachen Fässer und Flaschen und betranken sich auf abscheuliche, gleichwohl altgewohnte Weise bis zur Besinnungslosigkeit und machten aus der Plünderung am Ende eine Erneuerung des Abendmahls und seiner Gemeinschaft.

Ausländern oder solchen, die ihnen so vorkamen, unterstellte der Mob, giftmischende deutsche Ärzte zu sein, man verfolgte sie in den Straßen, bis es Nacht wurde und man erschöpft von den Gewalttaten einschlief. Am nächsten Tag aber zog frühmorgens ein neuerlicher Haufen zum Don-Kloster, denn sie hatten erfahren, dass der elendige Erzbischof sich dort versteckte. Ebenda fand gerade ein Gottesdienst statt, den sie abwarteten, um danach gleich nach dem verhassten Amwrosij zu suchen. Sie fanden ihn hinter dem Ikonostas an, der gigantischen Wand voller heiliger Bildnisse, wo er sich versteckt hatte, zerrten ihn hinaus und erschlugen ihn in fünf Minuten.

Von dieser Mordtat aufgestachelt, wollten sie zum Richtplatz des Kreml ziehen, wurden von den wenigen Soldaten zurückgedrängt, brüllten, man wolle auch Senator Eropkin ausgeliefert bekommen, um ihn dem Erzbischof gleich in die Hölle hinterherzuschicken. Denn er war schuld, wie die Leute schrien, dass die gute, alte Ordnung nicht mehr gelte, die Bäder geschlossen, die Gottesdienste und sogar Trauerfeierlichkeiten verboten seien, obwohl es doch gerade die Leichenzüge waren, die das Leben lebenswert machten. Sie riefen, dass alle Ärzte aus der Stadt vertrieben werden sollten, besonders die giftmischenden Deutschen, und zuletzt verlangten sie, dass die gute Zarin in St. Petersburg ihnen allen verzeihen müsse, denn sie hätten es nur gut gemeint, und mehr noch, sie seien eigentlich im Recht und hätten nur gesühnt, was die Obrigkeit versäumt habe. Weshalb sie ja auch die Hinrichtung Eropkins auf dem Lobnoje mesto, der Richtstätte des Roten Platzes forderten, wo die Zaren selbst das Hausrecht hatten.

Katharina schickte einen berittenen Kurier und ließ die Klöppel der Sturmglocken entfernen, die die Leute so aufgewühlt hatten, befahl, ein paar der Aufständischen hinzurichten und hundertfünfzig von ihnen öffentlich auszupeitschen.

Aber das spielte alles keine Rolle, denn es starben ja weiterhin und noch bis in den Winter hinein so viele an der Pest, dass am Ende die Hälfte der Einwohner Moskaus tot waren. Der Zarin blieb nichts anderes übrig, als Moskau einen neuen Friedhof zu schenken.

Interessanterweise hatte es einen Vorfahren der Familie Reissner gegeben, den deutschen Arzt Ludwig von Reussner, der unmittelbar nach der großen Pest seine Praxis in Moskau aufgab und ins Königreich Polen zog, weil es ihm vor den unbegrenzten Möglichkeiten und Abgründen dieser neuen europäischen Großmacht Russland graute. Man hatte ihm die Scheiben zerdeppert und die Tür halb eingetreten, und er war nur durch Glück davon verschont geblieben, von dem durch die Gassen Moskaus irrlichternden Mob erschlagen zu werden. Fünfzehn Jahre nach seiner Umsiedelung nach Warschau erlebte Doktor von Reussner die Zerzupfung Polens durch Preußen, Österreich und Russland, und wieder wurde er – alles andere als begeistert – Untertan der Zarin Katharina, die allerdings kurz darauf am Hirnschlag verstarb, daheim in ihrem smaragdgrünen Schloss an der Ostsee, dem Winterpalast von St. Petersburg.

Aber so wie es den Winterpalast noch gab, existierte auch der Friedhof noch, den sie damals bei dem weit vor den Mauern Moskaus liegenden Dörfchen Wagankowo anlegen ließ, um all den Pesttoten einen Ort zur Ruhe in der heiligen heimatlichen Erde zu ermöglichen. Später errichtete man noch eine Kirche, die man der Auferstehung weihte. Das blühende Leben in der großen Stadt Moskau und die Kämpfe und Turbulenzen, Aufstände und Epidemien, an denen es auch danach nie mangelte, nährten ihn trefflich, und so wuchs das Gräberfeld, Reihe um Reihe, immer weiter nach Südwesten, bis zu jener Stelle, an der die Totengräber um Arkadi Tandorinowitsch dabei waren, ein Grab für eine gerade einmal dreißigjährige Frau auszuheben: Larissa Michailowna Reissner. Mittlerweile war es geschafft. Der tief durchgefrorene Boden aufgehackt. Die Grube bereit. Die vier hatten es sich in der Nähe des Grabes zu einem sehr einfachen Schmaus und einer Zigarette bequem gemacht, bevor dann gleich in wenigen Stunden der Trauerzug mit dem von sieben Männern getragenen offenen Sarg der teuren Toten eintreffen würde.

Einundzwanzig

DIE DOPPELGÄNGERIN

Leipzig–Moskau, *Februar 1926*

Einst hatte sich die Stadt Leipzig hier mit Holz aller Art versorgt, zum Bauen und Brennen, zum Schnitzen und Rahmen, aber da man irgendwann die Eisenbahn hatte, verschwand das Flößergeschäft. Das sumpfige Gelände der alten Flussaue wurde trockengelegt, und die Stadtplanung schuf ein gehobenes Viertel in bester Lage, das ein paar Jahre vor dem Weltkrieg zu Ende gebaut worden war. Eine Schmuckstraße mit großem, fast parkartigem Grünstreifen in der Mitte, wo alle Vegetation auf dem verschütteten Verlauf des Kanals prächtig gedieh. Doch an Tagen wie diesem kam der sumpfige Charakter der Gegend gelegentlich wieder zum Vorschein. Alles versank in Nebel, so dick wie Milchschleier, derart undurchdringlich, dass die Fuhrleute ihre Pferde am Halfter führten und der Bote, der nach dem Haus am Floßplatz suchte, sich schwertat, die schmiedeeiserne Nummer sechsundzwanzig auszumachen, bei der er das Telegramm höchster Priorität abzugeben hatte.

«Wo ist denn hier bei Kaplan?», fragte er eine Dame, die gerade aus dem Haus trat.

«Wo das Geklimpere herkommt, erster Stock», gab diese unfreundlich zurück und verschwand im Nebel.

Immerhin wusste der Bote nun, wo er zu klingeln hatte.

Auf das Schrillen hin endete das Klavierspiel. Kurz danach kam Maria Valentinowna an die Tür, quittierte den Empfang, holte zehn Pfennige für den Überbringer aus ihrer Tasche, ging zurück in die Wohnung und studierte das mit heraldischem Adler und historischen Courier-Darstellungen geschmückte Schreiben des «Reichstelegraphen», auf dessen Front ein Beamter mit Schönschrift ihren Namen und ihre Adresse eingetragen und auch genau vermerkt hatte, dass das Telegramm am Dienstag, dem 2. Februar aus Moskau eingegangen sei. Es war öfter vorgekommen, dass Larissa sich aus Hamburg, Berlin und zuletzt auch Wiesbaden gemeldet hatte, um sich mit Tania zu verabreden. Aber niemals aus Moskau. Maria Valentinowna schwante nichts Gutes, und entgegen ihrer Gewohnheit öffnete sie das einmal gefaltete und dann zugeklebte Dokument noch im Flur und las, was ihre Cousine Ekaterina ihr mitzuteilen hatte: dass Larissa schwer an Typhus erkrankt sei und es kaum mehr Hoffnung auf Genesung gebe.

Maria Kaplan legte vor Schreck die Hand an den Mund, atmete tief durch, faltete das Telegramm, steckte es in die Tasche und ging zurück in das Klavierzimmer. Dort saß eine ihrer weniger begabten Schülerinnen, ein liebenswürdiges Mädchen von zwölf Jahren, das auf so offensichtlichem Kriegsfuß mit dem von ihren Eltern für sie ausgesuchten Instrument stand, dass zwischen Schülerin und Lehrerin Einvernehmen entstanden war, den Klavierunterricht vor allem als ein gemeinsames Unterfangen zur Befriedung der Bildungsfantasien ihrer Eltern zu begreifen. So war es auch kein Problem, als Maria ihrer Schülerin bedeutete, dass die Stunde zu Ende sei. Als sie gegangen war, begab sich Maria in die Küche, sprach etwas bleich, aber gänzlich beherrscht mit ihrem Hausmädchen über das Abendessen und wartete danach im Salon darauf, dass Tania mit Arian nach Hause kommen würde. Um sich zu beruhigen, setzte sie sich ans Klavier und spielte eines ihrer Lieblingsstücke. Skrjabin, die melancholisch verwehte, silberglänzende fünfte Etüde aus Opus 8. Musik ihrer Jugendzeit um das Jahr 1900. Als ihnen, den fortschrittlich und liberal denkenden jungen Leuten Russlands, die Zukunft so verheißungsvoll schien. Griechenland und Rom waren die Vorbilder, auch wenn Piters Winter härter und länger waren. Aber dafür hatten sie weiße Nächte an den Kanälen. Die Mittsommerhimmel voller Zeichen aus Wolken und Liebe. Das Theater und die Dichtung. Die Musik.

Jetzt vernahm sie die Tür, der Schlüssel wurde herumgedreht, und dann kamen Tania und Arian nach Hause. Arian hatte den Nachmittag im Atelier seines Vaters verbracht und dort, mit Unmengen an farbigem Papier, Zeitungen, frischen Druckbögen großformatiger Kunstbücher, russischen Luboks und Leim ausgestattet, wieder ein paar seiner Collagen hergestellt. Die kleine, an den Spitzen abgerundete Schere, die Arian zu Weihnachten bekommen hatte, war sein Lieblingswerkzeug, der er sogar einen eigenen Namen gegeben hatte, als wäre sie ein Haustier: Ostrechki nannte er das scharfe Dingelchen. Kaum hatte er die Stiefel ausgezogen und war in seine Filzpantoffeln geschlüpft, rief er auch schon – da offensichtlich gerade kein Klavierunterricht stattfand – lauthals nach Maria Valentinowna, die er «Tantchen» nannte, um ihr die auf starken Karton aufgeklebte Collage zu zeigen. Diesmal hatte er, recht geschickt für ein Kind von zweieinhalb Jahren, große Buchstaben ausgeschnitten und wie eine Klaviertastatur nebeneinandergeklebt.

«Papa hat gesagt, dass die Buchstaben Laute sind, hier, kuck», sagte er und zeigte auf ein großes A, das er irgendwo gefunden hatte. «Man kann also daraufdrücken, dann macht es A – wie eine Taste an deinem Klavier. Hier, Tantchen, das schenk ich dir.»

«Ich danke sehr, mein Herr», sagte Maria Valentinowna, nahm die Collage entgegen, rief bewundernd aus, wie schön sie sei, und stellte sie neben die anderen Arbeiten, die Arian ihr schon geschenkt hatte, auf eine Kommode, auf der auch ein Foto von Artjom Walterowitsch stand, das ihn mit erhobenen Händen im Kittel zeigte, den eine Schwester ihm gerade auf dem Rücken zuband, hoch konzentriert, den Blick gesenkt, introspektiv, kurz vor einer Operation.

Tania kam herein und entschuldigte Ernst, der keine Zeit habe, aus dem Atelier nach Hause zu kommen, und dem sie deshalb gleich etwas an den Nikischplatz bringen wolle. Ob sie, Maria Valentinowna, Arian dann ins Bett bringen könne, fragte Tania.

Ihre Mutter nickte, natürlich. Lächelnd wandte sie sich an Arian.

«Schatz, bitte lauf doch mal in die Küche und sieh nach, was Hanne für uns gekocht hat. Es riecht schon gut», sagte sie.

«Ja, Tantchen», sagte der Kleine und rannte durch die Flügeltür des Salons und weiter; dann hörte man ihn in der Küche vor Begeisterung jauchzen, weil es Kartoffelstampf mit Röstzwiebeln und brauner Soße gab, sein Lieblingsessen.

«Hier, schau dir das an, Taniuscha», sagte Maria und reichte ihrer Tochter das Telegramm. Tania las es einmal, zweimal. Sah ihre Mutter an.

«Was heißt das? Dass sie ... gerade stirbt?»

«Ich fürchte, genau das.»

Niedergeschlagen saßen Mutter und Tochter am Abendbrottisch, während Arian mit größtem Appetit eine doppelte Portion verschlang, wobei er heimlich mit Stampf, Zwiebeln und

Soße Gesichter auf seinem Teller schuf, denen er, während er sie verspeiste, über die Reise in seinen Bauch berichtete, die ihnen bevorstand. Neben Hanne, der Nachfolgerin der fabelhaften Amme, die schon bald nach der Stillzeit mit ihrer Tochter zurück in ihre Heimatstadt gezogen war und dort geheiratet hatte, saß noch ihr Zimmerherr Dr. Köstrupp mit am Tisch, ein höflicher Mann mit schwieriger Haut, der bei der Deutschen Bibliothek angestellt war. Die Kaplans waren froh, ihn zu haben, da er stets pünktlich seine Miete und das Kostgeld zahlte und sich ansonsten bemühte, nicht weiter aufzufallen.

Weder Maria noch Tania hatten Appetit, sie sprachen auch nicht, grübelten vielmehr, doch Maria Valentinowna sah ihrer Tochter genau an, was ihr durch den Kopf ging, und sie sah es mit Furcht: Tania dachte darüber nach, nach Moskau zu fahren.

Als sie später am Abend, der Kleine war im Bett und Tania wieder zurück, nachdem sie ihrem Mann sein Essen gebracht hatte, bei einer Tasse Schokolade im Salon zusammensaßen, hatte sich Tania schon alles zurechtgelegt. Sie würde noch in der Nacht packen und morgen mit dem ersten Zug nach Berlin aufbrechen.

«Taniuscha, ich bitte dich, fahr nicht. Dort in Moskau, die Bolschewiken – das sind Mörder. Der ganze Staat ist gefährlich. Du weißt, warum wir Russland verlassen mussten.»

«Larissa selbst ist eine Bolschewikin. Sie kennt Radek.»

«Dieser Radek ist ein Sophist, ein Zyniker. Ein Wüstling, der ein bisschen Einfluss hat und ansonsten die Zeitungen vollschreibt. Glaub mir, Taniuscha, Radek ist schneller weg, als du schauen kannst. Und Larissa ist einfach eine Dichterin, eine Journalistin und Idealistin – mein Gott, du weißt doch, wie sie ist. Sie hast bislang einfach nur Glück gehabt, dem Himmel sei Dank.»

«Sie liegt im Krankenhaus des Kreml. Lenin hat damals Onkel Michail beauftragt, die erste Verfassung zu schreiben. Igor arbeitet im Außenministerium. Die Reissners gehören immer noch irgendwie zur Führung.»

«Führung?»

Maria Valentinowna sah ihre Tochter an. Sie selbst war im Russischen Reich geboren und im Petersburg der Jahrhundertwende erwachsen geworden. Sie hatte mit ansehen müssen, wie ein überflüssiger Krieg, bei dem es um nichts als Prestige gegangen war, die Revolution ausgelöst hatte. Der Krieg gegen Japan, den man 1905 krachend verloren hatte, mit dem Seeopfer Tausender Matrosen und so vieler guter Schiffe. Ja, und dann sind die Leute auf die Straße, aber sie waren ja gar nicht alle gegen den Zaren gewesen. Sie hungerten einfach. Sie bettelten um Brot. Sie flehten zum Zaren, er möge ihnen zu Hilfe kommen, naiv, wie sie waren. Und der Zar – der ließ auf sie schießen. Aus diesem Grund kam die Revolution, wegen des Blutvergießens. Und das Blut haftete an der Revolution, sooft sie sich auch gereinigt haben mochte. Aber das wusste Tania nicht. Zum Glück nicht. Sie hatte keine Ahnung, wie Russland war.

«Tania, du kannst ja fahren. Aber wie willst du überhaupt so schnell an ein Visum kommen?»

«Ich brauche keines.»

«Was soll das bedeuten?»

«Wie ich es dir sage. Ich brauche kein Visum.»

«Du musst durch den polnischen Korridor. Und wie in aller Welt willst du denn in ihre sogenannte Sowjetunion einreisen, ohne Visum?»

«Hör zu, Mama. Aber bitte reg dich nicht auf. Larissa hat das alles vorbereitet. Als wir uns im Sommer in Wiesbaden getroffen haben, hat sie mir für den Notfall ...»

«Im Sommer schon?»

«Sie hat einige Dinge in Moskau, von denen sie will, dass Arian sie bekommt.»

«Aber das können doch Michail und Ekaterina schicken. Oder vielleicht kann Igor die Sachen sogar bringen. Wäre gut, wenn er mal da herauskommt.»

«Ich habe es Lyalya versprochen, versteh doch bitte. Mama. Ich muss das tun. Glaub mir. Es wird alles gut gehen.»

«Was ist mit deinem Vorspiel in München an der Staatsoper? Das ist doch nächste Woche. Willst du das absagen? All die Jahre, die du dafür gearbeitet hast. Kind!»

«Larissa liegt im Sterben. Sie ist mir immer wie eine Schwester gewesen. Das Vorspiel werde ich aus familiären Gründen absagen. Würde ich sowieso tun.»

«Du bist also fest entschlossen. Hast dir alles schon überlegt. Natürlich. In dieser Hinsicht unterscheidet ihr beide euch kein bisschen, du und Lyalya.»

«Mama, wir dürfen jetzt nicht an uns denken.»

«An uns nicht. Aber an Arian. Er braucht dich jetzt noch mehr. Wenn dir auf der Reise etwas geschieht? Wenn sie dich nicht mehr rauslassen?»

«Aber wieso sollten sie das?»

«Es ist Russland. Ein Land ohne Recht, was immer die Bolschewiken auch erzählen mögen. Hast du mit Ernst darüber gesprochen?»

Tania fasste die Hände ihrer Mutter und blickte ihr in die Augen.

«Hilfst du mir packen?»

Um vier Uhr morgens schlich sich Tania in Arians Zimmer, wo dieser unter einem von Ernst hergestellten Planeten-Mobile schlief, einem Zauberwerk aus fein bemalten Holzfiguren, die

die Erde, den Mond und die anderen Planeten des Sonnensystems zeigten. Als Tania sich zu dem schlafenden Knaben hinabbeugte, der die kastanienbraune Haarfarbe seiner Mutter geerbt hatte, stupste sie an Jupiter, der mit Saturn kollidierte, worauf Mars nach oben zog und sich das ganze Spiel nun leise klingend in Bewegung setzte. Sie gab Arian einen vorsichtigen Kuss, strich ihm über den Kopf. Begriff, wie sehr sie ihn liebte. Und dann, bevor sie sich auf die schwerste Reise ihres Lebens machte, holte sie schließlich seine Ostrechki hervor und schnitt eine kleine Strähne seines Haares ab, band einen Faden darum und verstaute sie in einem Umschlag, den sie sich in die Tasche ihres Reisekostüms steckte.

Am Vormittag war sie in Berlin und nahm sich ein einfaches Hotel am Schlesischen Bahnhof. Sie ließ den Koffer auf dem Zimmer und machte sich mit dem Reisepass und zweihundert Schweizer Franken – beides stammte von Larissa – sogleich zur Filiale der DERULUFT auf, die sich unweit des gigantischen Baus der sowjetischen Botschaft Unter den Linden befand.

DERULUFT stand für «Deutsch-Russische Luftfahrtgesellschaft». Der Deutsche Aero-Lloyd und die sowjetische Handelsniederlassung hatten sich zusammengetan, und was ihr Gemeinschaftsunternehmen als wichtigste Leistung anbot, war nichts anderes als eine tägliche Verbindung von London via Berlin nach Moskau und zurück. Sechssitzer-Aeroplane Fokker III mit Rolls-Royce-360-PS-Motoren über das Drehkreuz Königsberg. Dieses erreichte man leichterhand von Berlin, Schlesischer Bahnhof, in etwa elf Stunden. Was bedeutete, dass man also in etwa nur fünfzig Stunden von Berlin nach Moskau reisen konnte. Die mit Abstand schnellste Verbindung.

Es war nicht viel los in der Filiale. Zwei Schalter waren besetzt, an beiden saß jeweils ein Kunde und ließ sich beraten. Tania nahm in einem der eleganten Sessel Platz und blickte sich um. Der frisch renovierte Raum war modern eingerichtet, Möbel aus Stahl und Leder. Schwarz lackierte Tischchen. An der mindestens sechs Meter hohen Wand hinter dem Schalter hingen nagelneue sowjetische Werbeplakate von enormer Größe. Sie waren mehrfarbig, aber nicht bunt, formal-streng, kubistisch, irgendwie ganz aufreizend modern. Am ehesten, fand Tania, mit französischer Plakatsprache zu vergleichen. Sie bewarben die DERULUFT, die NORDBAHN mit dem Netz Moskau–Jaroslawl–Rybinsk–Iwanowo und immer weiter bis nach Archangelsk, die Stadt des Erzengels Michael am Weißen Meer. Und die Staatliche Wolga-Fluss-Dampfschifffahrtsgesellschaft: über zweihundert Dampfer!

«Gnädige Frau?», ein junger, überaus korrekt gekleideter Mann trat zu ihr und bat sie an den gerade frei gewordenen Schalter. Sein Deutsch war gut, aber Tania sprach sofort Russisch mit ihm. So gelassen wie möglich teilte sie ihm mit, dass sie einen Platz in der nächsten erreichbaren Maschine von Königsberg nach Moskau brauche.

Der junge Beamte nickte zuversichtlich, die Maschine am Freitag habe noch mehrere freie Plätze. Ob sie auch das Zugticket von Berlin nach Königsberg wünsche? Schlafwagen? Tania bejahte und legte ihm dann auf seine Bitte ihren Reisepass hin. Er schlug ihn auf, nickte wohlwollend, warf noch einmal einen routinierten Seitenblick auf Tania, übertrug die Daten aus dem Pass in die Reiseunterlagen und reichte ihn zurück.

«Sehr schön, Genossin Reissner. Der Flugschein kostet fünfzig Dollar, die Fahrkarte mit Schlafwagen zweiundzwanzig, zusammen also zweiundsiebzig Dollar.»

«Kann ich mit Schweizer Franken bezahlen?»

«Selbstverständlich. Ich frage nach, wie der aktuelle Kurs ist.»

«Können Sie mir auch Franken in Rubel tauschen?»

«Natürlich.»

«Dann geben Sie mir bitte für fünfzig Franken.»

«Sehr, sehr gerne.»

Beim Reisebüro lief es also perfekt, der DERULUFT-Beamte hatte nicht den geringsten Zweifel, dass es sich bei der Frau auf dem Passfoto um die Person handelte, auf die das Dokument ausgestellt war. Ganz einfach deshalb, weil das auch so war, weil Larissa mit einem neuen Foto Tanias für sich einen neuen sowjetischen Pass samt einem einjährig gültigen Visum für Deutschland hatte ausfertigen lassen. Zufrieden verließ sie das Reisebüro.

Doch so gut der Pass auch war, der DERULUFT-Mann war kein Zöllner. In Berlin durchzukommen und dann an der polnischen oder sowjetischen Grenze zu scheitern, wäre ärgerlich und auch traurig, weil sie Larissa dann vielleicht nicht mehr würde sehen können. Regelrecht gefährlich hingegen würde es danach werden, wenn man sie einreisen ließe. So wuchs bei Tania im Laufe des Tages doch die Unruhe über den weiteren Verlauf ihrer Reise. Sie wünschte, sie hätte ihre Geige zur Hand gehabt, um sich durch das Spiel ablenken zu können.

Sie hielt es nicht aus in ihrem Hotel und lief durch den trüben und kalten Berliner Februar. In verschiedenen Geschäften kaufte sie ein paar gute Seifen und einige Tafeln Schokolade für die Familie, auch wenn sie gar nicht wusste, ob solche Mitbringsel angesichts des traurigen Anlasses nicht vollkommen abwegig waren. Im Gewimmel der Friedrichstraße stand sie vor den Zeitungskiosken, sah den Menschenmassen zu, die die Stadtbahn hin und her schaufelte, aß ein Käsebrötchen und trank einen Tee, schlenderte weiter, bis sie, diesmal auf der anderen Seite der Straße, wieder in der Nähe der sowjetischen Botschaft stand, über der die helle Rote Fahne mit Hammer und Sichel wehte.

Unglaublich war gewesen, was Larissa ihr damals im Sommer in Wiesbaden alles erzählt hatte. Ihrer einzigen Freundin, wie sie zu sagen pflegte, der sie frei berichten könne, denn vieles sei selbst für alte Freunde in Moskau zu heikel. Wie sie nach der gescheiterten deutschen Revolution auf die Spur eines deutschen Offiziers gekommen sei und diesen, aus einer vollkommenen Verrücktheit heraus, mithilfe eines russischen Offiziers zu einer Nacht in die Botschaft geschmuggelt habe. Einer Nacht zu dritt auf russischem Boden in Berlin: was für ein frivoler Blödsinn. Aber diese Verrücktheit habe ein starkes Bündnis geschmiedet, das sich seitdem entwickelte. Auf Tanias Frage, wie genau man sich diese Entwicklung vorzustellen habe, hatte Lyalya einen Moment überlegt. Es ginge, sagte sie, nicht vornehmlich um das Persönliche, so gern sie die beiden Männer auch habe, sondern um die Umsetzung einer Idee, die sie, Larissa, seit der Nacht in Ernsts Leipziger Atelier verfolge. Ausgerechnet.

Und so erfuhr Tania, dass es ihr mithilfe ihrer Verbündeten und deren Beziehungen und Mitteln gelungen sei, den hochbegabten Schüler eines russischen Physikers an einem Institut der Berliner Technischen Hochschule unterzubringen, wo er wiederum einem rumäniendeutschen Physiker assistiere und auf diese Weise zwei wissenschaftliche Ansätze vereine. Diese Synthese brächte etwas gänzlich Neues hervor. Alle zwei, drei Monate, wenn Larissa in Deutschland gewesen sei, um wieder für eine ihrer bemerkenswerten Reportagen zu recherchieren, über «Krupp und Essen», «Junkers» oder «Ullstein», jene, wie sie es ausdrückte, «nationalen Heiligtümer Deutschlands», habe sie sich auch mit dem jungen Forscher getroffen, meistens in Berlin. Er habe ihr dabei die neuestens Experimentalergebnisse ausgehändigt, manchmal auch Formelgleichungen und Zeichnungen, und sei dafür von ihr bezahlt worden. Eigentlich ein schäbiger Egoist, aber ein brillanter Denker in seinem Fach. Diese Aufzeichnungen bildeten die Grundlage einer neuen Verteidigungsmethode, einer zukünftigen Waffe, die keinesfalls in falsche Hände fallen dürfe. Zusammen mit privaten Erinnerungsstücken, von denen sie wolle, dass Arian sie eines Tages bekäme, befände sich das ganze Material im Safe ihres angemieteten Zimmers im Loskutnaja-Hotel in Moskau, von dem sie einen Nachschlüssel angefertigt habe. Das Loskutnaja werde von der Roten Marine verwaltet und sei deshalb sehr vertrauenswürdig. Zusammen mit der Kombination für den Safe, dem gefälschten, zugleich echten Pass und zweitausend Schweizer Franken übergab sie Tania den Zimmerschlüssel.

Tania war zutiefst erschrocken von diesen finalen Regelungen. Es sei doch noch lange nicht so weit, ein Testament zu machen! Doch Larissa, heiter und trotz ihrer angeschlagenen Verfassung zuversichtlich, meinte nur, dass es sie beruhige zu wissen, dass Tania nun eingeweiht sei. Sie mache sich keine Sorgen, nicht im Geringsten. Die Wahrheit sei aber auch, dass jeder neuerliche Malariaschub schneller komme und etwas heftiger ausfalle als der vorherige, danach aber dauere es länger, bis sie wieder auf den Beinen sei. Hier in Wiesbaden auf dem Neroberg, wo sie sich erholen könne wie nirgends sonst und wo ihre gewöhnlich alles überdeckende Rastlosigkeit von ihr abfalle, spüre sie die tiefe Müdigkeit wie ein Gewand aus Schatten, das sich um sie lege. Sie habe eine Sehnsucht nach einem Schlaf, der tief und lang wie ein Jahrhundert sein solle.

In dem von der unentwegt fröhlichen Unterhaltung der Kanarienvögel erfüllten Palmengarten hatten sie sich das letzte Mal gesehen. Larissas damals gesprochene Worte bekamen für Tania während der kurzen Nacht in ihrem Hotel einen schrecklichen, beinahe manischen Klang, wie ein Zauberspruch, eine magische Formel, eine Melodie aus einer Symphonie, die sich immer und immer wiederholen musste. Es könnte sein, dachte sie dabei ununterbrochen, dass das tatsächlich die letzten Worte waren, die ich von ihr gehört habe. Hundert Jahre schlafen. Tania tat kein Auge zu.

Um fünf Uhr stand sie in ihrem besten Reisekostüm, übernächtigt, aber doch hellwach und entsetzlich nervös am Schlesischen Bahnhof. Der Expresszug nach Königsberg wurde um halb sechs Uhr bereitgestellt. Kurz vor sechs hatte sie ihr Schlafwagenabteil bezogen, das ihr der Schaffner zuvorkommend aufsperrte. Als der Zug pünktlich um Viertel nach sechs aus Berlin abfuhr, klopfte ihr Herz stark, und als sie die östlichsten Vorstädte hinter sich gelassen hatten und eine Weile durch die Brandenburger Wälder fuhren, dachte sie daran, dass sie nun bald nach Russland käme, das Land ihrer frühen Kindheit, an das sie sich eigentlich kaum erinnerte. Bis auf eines, das sich ihr eingebrannt hatte: der Mann mit den roten Haaren und seinen beiden Schlägern, der zu ihnen in die Wohnung gekommen war und der die chinesische Drachenvase auf den Boden hatte krachen lassen.

Ihre anfängliche Nervosität darüber, dass sie nun bald dort hingelangen würde, wo man ihrem lieben Papa angedroht hatte, ihm seine Hände zu brechen, seine lebensrettenden Virtuosenhände, wich einer plötzlich aufkommenden, immer größer werdenden Verzweiflung. Ihr war, als ob sie nun zum ersten Mal seit Jahren ihrer aller ganze Geschichte vor sich sähe, in einem perfekten, aber flüchtigen Bild, wie in Marmeladeschlieren auf dem Grund einer Tasse Tee. Immer noch angekleidet auf dem Bett ihres Schlafwagenabteils sitzend, fing sie an zu schluchzen, bald weinte sie bitterlich. Irgendwann zog sie die Schuhe aus, streift sich die Jacke ab, legte sich auf die Seite.

Als sie aufwachte, war es kurz vor Mittag. Unter dem weißlichen bedeckten Himmel glimmte Licht. Der Blick aus dem Fenster zeigte öde, menschenleere und irgendwie unschöne Gegenden, auf denen Schnee lag. Sie zog sich auch den Rock ihres Kostüms aus, schlüpfte unter die Decke und schlief wieder ein.

Dann erwachte sie, es war halb vier Uhr nachmittags, eine Art von weitem Abendlicht erhellte das Abteil. Draußen fuhren sie jetzt durch eine unendliche Abfolge von schütteren, lichten Birkenwäldern, formlosen Weiden unter grauem Dämmerhimmel, schneebedeckten Feldern. Es wurde Nacht. Die Zugfahrt würde noch acht Stunden dauern. Zum Glück gab es einen Speisewagen.

Lang scheinende Zeiträume teilen mit kurzen die plötzliche Zuspitzung auf die letzten, verbleibenden Sekunden, die wie Sandkörnchen aus dem Stundenglas rinnen. Kurz vor sechs Uhr morgens kamen sie in Königsberg an. Es war noch dunkel, als Tania den Zug verließ. Sie wurde von einem Mitarbeiter der DERULUFT erwartet, der sie zusammen mit vier anderen Mitreisenden zum sowjetischen Zoll brachte, der hier auf deutschem Territorium eine Vorabfertigung betreiben durfte. Rotarmisten in ihrem typischen staubbraunen, bis zum Boden reichenden Mänteln, aber ohne Waffen, standen Wache. Es war ein großer, hellbraun gestrichener Wartesaal, etwas zugig, aber von warmem elektrischen Licht erhellt.

Als Erster war ein ranghoher Funktionär der KPD dran, jedenfalls trug er einen Anstecker mit Hammer und Sichel, der von den sowjetischen Zöllnern gefilzt wurde und sogar sein Sakko ausziehen musste, während die drei Herren des Auswärtigen Amtes, Rapallo-Herrenreiter gewissermaßen, im ihnen eigenen Berliner Chic gekleidet, die Zollschranken schnell hinter sich lassen konnten, mit ausgesuchter Höflichkeit behandelt und nicht kontrolliert wurden. Auch bei Tania ging es ganz schnell. Der Offizier warf einen Blick auf ihren Pass, bat sie mit sanfter Stimme, ihren Koffer zu öffnen, warf einen kurzen Blick hinein, ließ sich ihr Flugticket zeigen, dann stempelte er den Pass ab und wünschte der Genossin Reissner einen guten Flug nach Moskau.

Der ging pünktlich um sieben Uhr dreißig los. Die Fokker, deren bärenstarker Rolls-Royce-Motor einen sagenhaften Klang hatte, den man stellenweise fast mit dem einer gigantischen Orgel hätte vergleichen können, begann sich über das grasige, von Schnee befreite Rollfeld zu bewegen. Plötzlich fing es irgendwie an zu rumpeln und zu beben, als ob die Maschine mit den Flügeln schlüge, es ging hin und her, Tania spürte um sie herum ein Reißen und Zerren, das es ihr himmelangst werden ließ. Die diplomatischen Herrenreiter vor ihr auf ihren Plätzen allerdings, die bestimmt schon öfter geflogen waren, unterhielten sich ganz normal weiter, als mache es ihnen nichts aus, gleich in Stücke zerrissen zu werden. Dann tat die Maschine plötzlich einen Satz und war in der Luft. Tania blickte hinaus, einerseits fasziniert, weil sie ja nun die Welt zum ersten Mal von oben sah, andererseits zu Tode geängstigt, weil es so weit hinabging. Der Flug dauerte noch einmal fast einen Tag, die Maschine musste zweimal landen und neu betankt werden, erst in Kowno, beinahe nur ein Dorf mit einem Flugfeld, und am Rande der Großstadt Smolensk. Als die Maschine von dort zum dritten Mal abhob, kam es Tania vor, als ob sie noch nie anders gereist wäre, und das Fliegen schien ihr sicherer, als irgendwo in der Hektik Berlins die Straße zu überqueren.

Am Samstag, den sechsten Februar, um kurz nach fünf Uhr morgens, kamen sie endlich an. Begeistert stiegen sie aus der Maschine und verabschiedeten sich schließlich aufs Freundlichste, der deutsche Kommunist und die Herrenreiter und Tania. Jetzt doch geprägt von der Nacht der letzten Etappe, als sie zwischen Smolensk und Moskau durch Gewitterturbulenzen gehörig durchgeschaukelt worden waren. Ein jeder der fünf hatte einmal mit dem Leben abgeschlossen, zumindest für kurze Zeit, und gedacht, jetzt wär's so weit.

Etwas ramponiert war Tania davon zweifellos, aber diese herausfordernde letzte Etappe mit DERULUFT hatte sie zugleich aufgeweckt. Es war alles gut gegangen. Nun war sie in Moskau.

Mit der Ausdauer einer Musikerin, die eine Partitur auswendig lernt, hatte sie auf der Reise – lange genug hatte sie schließlich gedauert – immer und immer wieder durchgespielt, wie sie vorgehen würde: aussteigen, sich zurechtfinden, ein Taxi nehmen, zum Hotel Savoy fahren und dort ein Zimmer für eine Woche mieten. Im Voraus bezahlen, damit sie jederzeit wegkonnte, dann mit einem anderen Taxi zum Stofffetzenhotel fahren. Dort so tun, als ob sie Larissa wäre, hoch in den dritten Stock, aufsperren, Code eingeben, Tresor öffnen, den gesamten Inhalt mitnehmen, zurück ins Savoy und dann sofort ins Krankenhaus des Kreml, um Larissa zu sagen, dass alles erledigt war. Ihr Arians Haarsträhne in die Hand zu drücken, in der Hoffnung, dass sie von alldem etwas mitbekäme.

So weit ihre Planungen. Was sie aber nicht hatte voraussehen können, war das Wetter. Denn hier in Moskau war es gute fünfzehn Grad kälter als in Leipzig oder Berlin. Die Kälte schockierte sie, aber da die Luft so trocken war, ganz anders als etwa in Leipzig, fühlte sie sich irgendwie leichter an. Berauschend beinahe. Verwirrend auch der Eindruck, den Moskaus Bevölkerung auf sie machte. Die Tatsache, dass alle Leute, beim schnell gefundenen Taxifahrer angefangen, Russisch sprachen. Sie kannte die Sprache in der gepflegten Privat- oder Familienversion der Kaplans oder von gelegentlichen, seit dem Weltkrieg sogar eher seltenen Zusammentreffen im größeren Exilantenkreis. Aber sie war ewig nicht in Russland gewesen. Das Stimmengewirr, die Tonfälle und die seltsame Lexik verwirrten sie vollkommen. Zwischendurch hatte sie das Gefühl, jedes Wort und gleichzeitig gar nichts zu verstehen. Aber wie sich zeigte, reichte es vollkommen, wenn die Leute sie verstanden, und das taten sie. Nicht einmal acht Stunden nach ihrer Ankunft befand sich der gesamte Inhalt des Tresors in ihrem Zimmer im Savoy. Neben einer dicken Mappe mit technischen Zeichnungen war da auch ein Bündel mit Briefen, die Larissa an Arian geschrieben hatte, in Momenten des Zweifels und der Sehnsucht. Interessanterweise fand sich aber auch ein Pass auf Tanias Namen, mit einem Foto von Larissa und einem gültigen Visum. Mit diesem Pass sollte sie problemlos ausreisen können.

Aus dem Telegrafenbüro des Savoy schickte sie ein Telegramm an ihre Mutter nach Leipzig, mit Grüßen an Arian und Ernst. Während sie die Worte diktierte, hatte sie das Gefühl, den ungeheuren Raum, den sie in den letzten Tagen durchquert hatte, aus jedem einzelnen Buchstaben unterschiedlich reflektiert zu hören, wie aus einer Höhle, in die man hineinrief – jeder Buchstabe machte ein anderes Echo.

Nachdem das erledigt war, fühlte sie sich für einen Moment vollkommen erschöpft. Sie setzte sich in die Lobby des Savoy; gewiss waren wohl nirgendwo sonst in Moskau mehr Ausländer an einem Ort versammelt. Dann trank sie einen Tee, fühlte, ob die Haarsträhne, die sie Arian abgeschnitten hatte, noch in ihrer Tasche war, und dann gab sie sich einen Ruck und ließ sich zum Krankenhaus des Kreml fahren, immerhin dem besten der Stadt.

Larissa war nur noch schwach bei Bewusstsein. Als Tania das im Halbdämmer liegende Zimmer betrat, in dem ihre Familie und einige Freunde verteilt um das Bett saßen und auf den Boden stierten, erschrak sie über den Ausdruck, den Larissa hatte. Bleich, zugleich fiebernd, Haut wie aus Papier, halb wach, halb aber schon abgedriftet, wie auf einer Eisscholle, die ein für alle Mal vom festen Land abgebrochen ist und langsam, aber unaufhaltsam fortzutreiben beginnt.

Tania wurde von allen umarmt. Aber Ekaterina, das spürte man, war eine gebrochene Frau. Onkel Michail schien etwas gefasster. Vorsichtig näherte sich Tania Lyalya. Flüsterte ihr zu.

«Es ist alles erledigt, Lyalya.»

«Taniuscha», sprach Larissa mit fast brechender Stimme. Ein wenig Modulation war noch darin. «Du bist auch da. Wie geht es ...»

«Gut, meine Liebste, es geht ihm sehr gut. Hier, Schatz, ich habe dir eine Strähne seines Haars gebracht.»

Sie drückte Larissa die zarte, mit Seidenband umwickelte Locke in die Hand und erschrak, wie heiß sie war. Larissa schien beinahe zu kochen. Sie schloss die Augen, aber Tania sah, wie sie die Strähne dunklen Engelshaars drückte und sich ein wenig zur Seite drehte. Sie war wieder weggetreten.

Dann blickte sich Tania im Krankenzimmer um, alle aber starrten sie mit Entsetzen an, als ob sie ein Gespenst sehen würden. Bald schon begriff Tania den Grund – sie erkannten Larissa in ihr. Zugleich schämten sich alle für diesen Reflex. Jemand bot ihr einen Stuhl an, sie setzte sich zwischen die Freunde und wartete mit ihnen zusammen. Jetzt erst sah Tania, dass Radek auch da war. Ein kleiner Mann mit fliehender Stirn und Glatze, in einer Art von Parteiuniform, der zutiefst traurig aussah.

Larissa erlangte nur noch einmal kurz das Bewusstsein. Den Stift, den sie bis dahin krampfhaft in Händen gehalten hatte, ließ sie fallen. Mit großen Augen blickte sie in den Raum.

Alle versammelten sich um ihr Bett.

«Jetzt verstehe ich erst, in welcher Gefahr ich bin.»

Das war Larissa Reissners letzter Satz. Sie starb am neunten Februar 1926 in den frühen Morgenstunden. Ihre Doppelgängerin zog sich in ihr Hotel zurück und wartete auf den Tag, an dem sie bestattet würde.

Zweiundzwanzig

PROZESSION

Moskau, *11. Februar 1926*

Schienen waren gesprengt, Glocken eingeschmolzen, Schiffe versenkt. Gewählte Regierungen waren gestürzt, Museen, Kirchen und Heiligengräber geschändet und Goldschätze geplündert worden. Auf den illegalen Märkten des Kriegskommunismus hatte man seinen privaten Hausrat verscherbelt, hatte Objekte ehemaligen Wohlstands, Familienreliquien und ehrfürchtig durch Generationen bewahrte Erbstücke gegen Lebensmittel eingetauscht, um den Hunger zu stillen. Professionelle Händler hatten ganze Landgüter und Herrenhäuser von der Dachschindel bis zur Bodendiele in ihre Einzelteile zerlegt und verkauft, aber auch funktionierende Maschinen auseinandergenommen, um ihre Schrauben, Schraubenmuttern und sonstige Metallstücke einzeln oder auch nach Gewicht feilzubieten, wodurch ganze Fabriken und sogar Industriezweige lahmgelegt worden waren. Eines aber hatte über diese Wirren und das Chaos der letzten acht Jahre hinweg unversehrt und ununterbrochen seinen Dienst getan und war dabei stets verlässlich gewesen – und das war die große Uhr über dem monumentalen Haupteingang der Lubjanka.

Schweizer Uhrmacher hatten sie einst im Auftrag der Ersten Allgemeinen Russischen Versicherungsgesellschaft gebaut und zum Laufen gebracht, ein auch symbolischer Auftrag, weil man sich von eidgenössischer Zuverlässigkeit in Gelddingen einiges hatte abschauen wollen. In diesen Versicherungspalast von marsianischen Dimensionen war 1920 Felix Dscherschinski mit seiner Tscheka eingezogen, dem Parteigeheimdienst der Bolschewiki, der die Revolution mit allen Mitteln zu beschützen hatte. Die Tscheka war 1921 von Lenin wieder aufgelöst worden und hieß seitdem GPU, was Allgemeine Polizeiverwaltung bedeutete – aber die große Uhr über ihrem Portal war von all diesen Wechseln, von der Versicherung des Lebens hin zu seiner Überwachung und Kontrolle unberührt geblieben und hatte einfach nur die Zeit angezeigt.

Als der gut aussehende Mann in seinem elegant geschnittenen Mantel, mit schwarzen Handschuhen und Hut aus der dunklen Limousine stieg und die marmornen Stufen des Gebäudes betrat, zeigte die Uhr zehn Minuten vor fünf. Der Lubjanka-Platz lag an diesem kalten Tag noch vollkommen ausgestorben da, weshalb man die energischen Schritte des Mannes gut verfolgen konnte, wie er da hochsprintete, sich an der Pforte auswies und ins Besucherprotokoll eintragen ließ und dabei so aussah wie ein Schauspieler, der gerade den Film-Set betritt. Eine sympathische Ausstrahlung hatte dieser Mann. Sein Name war Jakob Agranow. Auch zur Winterzeit hatte er stets einen gebräunten Teint und sah aus wie das blühende Leben. Für seine gerade mal dreiunddreißig Jahre hatte er schon eine erstaunliche Geheimdienstkarriere hinter sich. Er war ein Tschekist der ersten Stunde. Kronstädter Aufstand. Tambower Aufstand. Er hatte für Kapitän Lenin mit an der «Frachtliste» der Philosophenschiffe gearbeitet, mit denen 1922 unliebsame Geistesgrößen über das Schwarze Meer abgeschoben worden waren. Aber seine Meisterleistung war zweifellos die 1921 von ihm inszenierte «Taganzew-Verschwörung» gewesen, bei der Dutzende monarchistische

Intellektuelle auf einen Schlag ausgeschaltet wurden. Agranows Spezialität war die Rolle des «guten Freundes». Er war bei den Folterungen dabei gewesen und hatte den Opfern mit seiner melodiösen Stimme versichert, dass es ihn mindestens genauso schmerze, wenn nicht noch mehr, und dass er helfen wolle. Man solle einfach nur das Geständnis unterschreiben, er, Agranow, der gute Freund, werde dann für ein mildes Urteil sorgen. So produzierte er massenhaft sehr gelungene individuelle Geständnisse, die die Akten zierten und den Erschießungskommandos einiges zu tun gaben. Konsequent, wie er war, versuchte er auch bei den Hinrichtungen dabei zu sein. Gab da ja immer wieder Höhepunkte aus der aktuellen Geistes- oder Literaturgeschichte, wie den, den er im spätsommerlichen Morgengrauen von Petrograd miterleben durfte, als Nikolai Gumiljow erschossen wurde, dessen Verse er wirklich immer gerne gelesen hatte.

Seine Erfolge auf diesem Gebiet hatten dazu geführt, dass Agranow der hauptverantwortliche Geheimdienstoffizier für die Literaten und Dichterinnen geworden war und sich seitdem bescheiden «Freund und Beschützer der Schriftsteller» nannte. Er war tatsächlich mit vielen von ihnen eng befreundet, schlief mit ihren Ehefrauen und wurde immer wieder ins Vertrauen gezogen, wenn jemand politische Fragen hatte oder sich sonst irgendwie unsicher war. Agranow leistete wertvolle Arbeit.

Jetzt allerdings war er von seinem Vorgesetzten in die Lubjanka zitiert worden, was dem ganzen Vorgang nach – ein überraschender Telefonanruf um vier Uhr früh, ein bereits unten wartendes Auto mit Fahrer – auf Ärger hindeutete. Sein Chef, Oberst Orlow, war äußerlich so ziemlich Agranows Gegenteil, groß gewachsen, vernarbtes Gesicht, hager, bleicher Teint, dazu feuerrote Haare, die der Humorlosigkeit des

Obersts eine gefährliche Anmutung wie ein Brandzeichen gaben. Es gab Gerüchte über Orlow, er habe früher für die Ochrana, die Geheimpolizei der Zaren, gearbeitet, aber wenn dem so war, so hatte dieser Makel ihn eher noch gefährlicher gemacht. Geschadet hatte es ihm jedenfalls nicht. Orlow war definitiv auf dem Weg zum Generalsrang. Heute allerdings hatte er sich mit den Mühen der tagtäglichen Ebene herumzuschlagen.

«Haben Sie das schon gesehen?», blaffte er den braun gebrannten und perfekt frisierten Agranow an und knallte ihm die Druckfahnen einer Zeitschrift auf den Tisch.

«Haben Sie das gesehen? *Die Geschichte vom nichtausgelöschten Mond* – was denkt sich dieser Kerl?»

Agranow überflog den Text von Boris Pilnjak, der ein guter Freund von ihm war. Darin wurde beschrieben, wie ein berühmter Armeeführer, in dem man unschwer Marschall Frunse erkennen konnte, auf Befehl des Kreml operiert wurde, obwohl er gar keine Beschwerden hatte. Der Marschall starb. Ein geheimnisvoller Führer und Drahtzieher tauchte auch darin auf, als ein Mann, der gern telefonierte. Zweifellos Stalin.

«Ja, Genosse Oberst, ich habe von dieser Geschichte gehört und Boris Andrejewitsch mit deutlichen Worten von einer Veröffentlichung abgeraten. Ich bin überrascht, dass er sie nun doch in den Druck gegeben hat.»

«Das halbe literarische Moskau wusste davon, aber Sie sind überrascht.»

«Können wir den Druck noch stoppen?»

«Nein, die Zeitschriften werden morgen ausgeliefert. Dieser Kerl glaubt wohl, sich alles rausnehmen zu können. Schweinerei das.»

Agranow zuckte hilflos mit den Schultern. Pilnjaks «Das nackte Jahr» galt vielen als der härteste, wahrhaftigste, schonungsloseste Roman über die Revolution, den später von den Bolschewiken durchgezogenen Putsch und den Bürgerkrieg, der je veröffentlicht worden war, und seitdem war Boris Pilnjak berühmt und wurde auch im Ausland gelesen.

«Dieser dreckige Mitläufer ist mir schon lange ein Dorn im Auge. Wie kann man unsere hart arbeitende Führung nur so unfair angreifen? Den Kriegshelden von Ärzten ermorden lassen! Als ob so was im Land des Sozialismus geschehen könnte. Frechheit. Wir haben die besten Ärzte der Welt.»

«Da haben Sie recht, Genosse Oberst. Maxim Gorki steht allerdings hinter ihm.»

«Der ist auch so ein Fall. Verdammter Gotterbauer. Haben wir auch schon eine Akte über Pilnjak?»

«Ja, sicher.»

«Ich will wissen, mit wem er sich trifft und wer mit ihm befreundet ist. Diese ganze Blase. Würde ich mir gerne mal aus der Nähe anschauen, diese Verräter.»

«Dazu besteht heute Vormittag vielleicht eine gute Gelegenheit, Genosse Oberst.»

«Ach ja, wie das denn?»

«Heute um elf Uhr findet die Beerdigung von Larissa Michailowna statt, da werden sie alle sein.»

«Die Reissner etwa? Diese trotzkistische Hure?»

«Nach dem, was ich zuletzt gehört habe, wird Pilnjak einer der Sargträger sein. Ich gehe natürlich hin. Ich hole ein paar von den Schriftstellern ab, und dann geht es den Nikitski hoch zum Wagankowo-Friedhof.»

«Tatsächlich?», lächelte der Oberst und kratzte sich an der großen Warze auf seiner Nase.

Der General Professor oder auch Professor General Snessarew erwachte. Die Sirenen der Fabriken, die gerade losgegangen waren, hatten damit nicht viel zu tun. Snessarew erwachte einfach von selber, so wie immer, um sechs Uhr. Seine Frau war schon vor ihm aufgestanden, um den Samowar anzuheizen und Tee zu kochen, aber mit diesen beiden erfreulichen Tatsachen – der Verlässlichkeit seines Bewusstseins im Schlaf und seiner Ehefrau – war es dann auch schon vorbei. Er würde nachher auf eine Beerdigung gehen. Snessarew, in langen Unterhosen und Wollsocken, die er auch während des Schlafs trug, lauschte auf die Geräusche in der Wohnung, und während er die Bettdecke zurückschlug, sah er, wie die kleine Maus, die links vom Schlafzimmerschrank den Eingang zu ihrer im Mauerwerk verborgenen Behausung hatte, kurz einmal ihr Schnäuzchen sehen ließ.

Während der General eine Reihe Liegestütze machte, denen Klappmesser folgten, die schließlich von tiefen Kniebeugen abgelöst wurden, huschte die Maus mehrfach an ihm vorbei.

Nach der Gymnastik ging er in die Küche, die die Snessarews zu ihrem großen Glück mit niemandem zu teilen brauchten, und bekam von seiner Frau eine Schüssel mit heißem Wasser. Er rasierte sich sorgsam mit dem Messer die Wangen glatt und dann um den feinen, mittlerweile vollständig altmodischen Schnurrbart herum. Aus der vorderen Nachbarwohnung hörte man das Heulen eines der Kleinkinder, die dort großgezogen wurden.

Wieder im Schlafzimmer stieg er in die Uniform, die seiner mageren Gestalt zuletzt fast ein wenig weit geworden war. Er hielt Ausschau nach der Maus, aber sie zeigte sich zu seiner Enttäuschung nicht mehr. In der Tasche seiner Uniformhose fand er noch eine Brotkrume, die er, nachdem er bis auf die Stiefel vollständig angezogen war, vorsichtig vor das Mäuseloch in der Wand legte.

«Warum trägst du heute Morgen all deine Orden auf der

Brust, Andrej», fragte ihn seine Frau in der Küche, während sie ihm die erste Tasse Tee einschenkte und ihm eine gebutterte Scheibe Brot reichte, die sie auf der Herdplatte für ihn geröstet hatte.

«Ich muss auf eine Beerdigung, mein Leben», sagte der General traurig.

«Wer ist gestorben?»

«Die einzige Frau, von der ich noch etwas über Afghanistan lernen konnte», antwortete Snessarew, biss ein kleines Stück von seinem Röstbrot ab und dachte komischerweise an die Maus im Schlafzimmer. Irgendeine seltsame Idee von Glück und Geborgenheit verband sich mit dem kleinen Mäuselein, die der weltkundige Professor sich selbst nicht recht zu erklären vermochte.

Boris Pilnjak war Schriftsteller geworden, obwohl ihm das Schreiben schwerfiel. Eine tägliche Verrichtung, für die er eigentlich gar keine Geduld hatte. Früher als Kind hatte er immer sich selbst irgendwelche Geschichten erzählt, vor dem Spiegel, hatte sich dabei angesehen, ins Spiegelauge geblickt und dann begonnen wiederzugeben, was da eben seiner Fantasie entschlüpft war.

Bis zum heutigen Tag war er von der Idee des Spiegelbilds fasziniert. Sich selbst verstand er als Doppelgänger vieler anderer, wenn er die Klassiker der Weltliteratur las. Er sah sich als ein Erbe, als Sachwalter, nicht nur in geistiger Hinsicht, sondern ganz real. Weshalb es ihn in die Antiquitätengeschäfte trieb, von denen es in Moskau nicht wenige gab und in denen der ganze Plunder, die Kostbarkeiten von Jahrhunderten ruhten, zusammengetragen aus den Kleinstädten, Dörfern, den Gutshöfen und Schlössern der alten Welt, die ein für alle Mal untergegangen war.

Seine neueste Erwerbung war ein aus der Blütezeit der zarischen Verwaltung stammender Bleistiftspitzer mit Kurbel, dessen Kurbelwerk in irgendeiner ministerialen Hochburg der Stadt Jaroslawl vermutlich ganze Werstlängen an kaiserlichen Bleistiften in feinste breitfedrige Späne gehobelt hatte. Er selbst liebte es, seine Bleistifte, deren Qualität in sowjetischer Produktion in den letzten Jahren immer schlechter und schlechter geworden waren, zur absoluten Spitzenhaftigkeit zu spitzen, was mit dem zarischen Kurbelspitzer ausgezeichnet möglich war.

Mit dieser perfekten Spitze stocherte er gerne in seinen Zähnen, statt eines Zahnstochers. Heute Morgen allerdings ging er so ungestüm dabei vor, dass die Bleistiftspitze abbrach und sich ihm ins Zahnfleisch bohrte. Sein Zahnfleisch war ohnedies recht empfindlich, und die Bleistiftspitze schmerzte ihn. Aber sosehr er es auch versuchte – er konnte sie nicht herausbekommen. Vor dem Spiegel zog er die Lippen hoch wie ein flehmender Klepper und versuchte, den schmerzenden schwarzen Fremdkörper zu entfernen, aber seine kurz geschnittenen und gefeilten Fingernägel vermochten es nicht. Er versuchte es mit den Zinken einer Kuchengabel, drückte damit die Spitze aber nur noch tiefer in das Zahnfleisch. Ein anderes Instrument hatte er nicht zur Hand. Also ging er mit der schmerzenden Bleistiftmine aus dem Haus. Dabei musste er sich die ganze Zeit vorstellen, dass die abgebrochene Spitze nun durch Moskau transportiert wurde, als wäre sie ein Pfeil, der einem antiken Helden im Fleisch steckte.

Boris Leonidowitsch Pasternak wiederum hatte die ganze Nacht an einem Gedicht gearbeitet, das er, auf Bitten von Ekaterina und Michail Reissner, am Grab Larissas vortragen sollte. Einmal, so gegen halb drei Uhr, hatte er den Kopf auf seinen Arm gelegt, war eingeschlafen und hatte von seinem Vater geträumt, einem Künstler und Illustrator. 1910 war sein Vater mitten in der Nacht aufgebrochen, um den auf einer Bahnstation verstorbenen Grafen Tolstoi auf seinem Totenbett zu porträtieren. Boris, damals zwanzig Jahre alt, hatte ihn begleitet. Im Gegensatz aber zu einer Zeichnung bestand ein Gedicht aus einzelnen Teilen, Worten, die nicht miteinander verbunden waren, und glich darin dem Leben selbst. Es war aus Brüchen und Lücken aufgebaut. Die Natur aber hörte niemals auf, die Menschen selbst lebten eingebettet in der Geschichte, und obwohl ihr Leben aus lauter Fragmenten bestand, hielt es doch irgendwie zusammen. Das war, was er zu feiern wünschte: dass es die Einheit des Lebens nicht gab und es dennoch ein Ganzes war. Dieses Wunder zu preisen war die Aufgabe der Kunst, und das wollte er in seinem Gedicht «Zum Andenken an Larissa Reissner» zum Ausdruck bringen, tastete sich heran, Stunde um Stunde arbeitend und leidend.

Um sieben Uhr, leicht verkatert, faltete er die Seiten mit seinen Versen zusammen, spritzte sich Wasser ins Gesicht, sagte seiner Frau, die später nachkommen würde, Auf Wiedersehen und machte sich auf ins Domino.

Dort, wo sie so oft mit Larissa zusammengekommen waren und gefeiert hatten, saß schon, an einem runden Tisch in einer Ecke, sein Freund Isaak Babel, das dicke Gesicht zerknautscht wie ein alter Hut, auf den sich versehentlich jemand gesetzt hatte. Er stand auf, umarmte den bleichen, deutlich größeren Pasternak.

«Du siehst müde aus, Boris.»

«Ach, frag nicht. Weiß nicht, was schlimmer ist. Daran denken, dass Larissa nicht mehr lebt – oder daran scheitern, etwas für sie zu schreiben, das einen Wert besitzt.»

Er setzte sich neben Babel, legte seine hohe Stirn in Falten und sah zerknirscht drein. Der Kellner brachte ihm einen Kaffee, von dem er einen kleinen Schluck nahm, vorsichtig, um den unten schwebenden Kaffeesatz nicht zu schlucken. Babel schmeckte irgendeinen kleinen Durst auf seinen Lippen.

«Dort, sieh mal, da kommt Boris Andrejewitsch.»

Pilnjak, mit schmerzgezeichnetem Gesicht, trat aus der Kälte in das Lokal, und augenblicklich beschlugen seine ovalen Brillengläser. Mit den Fingern die Brille putzend, trat er an den Tisch der Freunde.

«Was hast du denn?», fragte Babel.

«Habe mir etwas ins Zahnfleisch gerammt, heut Morgen», nuschelte er unglücklich. «Ist angeschwollen.»

«Trink einen Wodka», riet Babel und wartete gar nicht erst auf die Antwort, sondern bestellte gleich eine ganze Runde. Sie stießen an.

«Darf ich euch das Gedicht vorlesen?», fragte Pasternak.

«Aber natürlich, mein Lieber, deshalb sind wir ja hier», nickte Babel und orderte, dezent und kollegial mit seiner rechten Hand winkend, noch einmal dasselbe.

«*Larissa Reissner zum Gedenken*», begann Pasternak also, und seine Freunde hörten ihm mit gesenkten Blicken zu. Der Dichter, zu dessen Lesungen die Leute zu Hunderten strömten, sprach inmitten des menschenleeren, nach kaltem Zigarettenrauch stinkenden Lokals mit leiser Stimme die Verse.

«Es ist schön», sagte Babel, nachdem Pasternak geendet hatte, «aber kann das sein, dass ich diesen Gedanken von dem Klebstoff, den es nicht gibt, und dass die Einzelteile des Lebens trotzdem zusammenhalten, schon mal von dir gehört habe?»

Pasternak blickte Babel ärgerlich an, aber Pilnjak beruhigte ihn und sagte, grimassierend, weil die Bleistiftspitze trotz Wodka schmerzte, dass es ein sehr schönes Gedicht sei.

Es mache allerdings die Erinnerung an Larissa umso trauriger. Es sei doch beinahe erschütternd, dass das Leben so fragil und flüchtig sei.

«Zuletzt habe ich sie bei der Premiere von *Panzerkreuzer Potemkin* im Bolschoi gesehen, sie war mit ihrer Familie da, alle danach ganz ausgelassen. Larissa hat mir nach der Premiere erzählt, dass sie oft in Deutschland sei und dass sie beabsichtige, bald einmal auch nach Paris zu fahren. Das war vor gut vier Wochen ...»

«Und jetzt ist alles anders. Die Reissners sind schwer getroffen. Vor allem Ekaterina ist nicht mehr dieselbe. Sie macht sich die größten Vorwürfe.»

«Wieso das?», fragte Pasternak, dem nur aufgefallen war, wie deprimiert Larissas Eltern waren. Aber wer wäre das nicht, angesichts des bevorstehenden Todes des eigenen Kindes?

«Ekaterina hatte, eine Woche nach Eisensteins Premiere, ihre Kinder zu Tee und selbst gebackenem Kuchen geladen und extra irgendwo auf einem Markt frischen Rahm gekauft, für die Schlagsahne.»

«Die Sahne war es also? Typhusverseucht?»

«Jeden der vier hat es erwischt, aber während Ekaterina, Michail und Igor sofort krank wurden und sich wieder erholten, dauerte es bei Larissa länger. Als der Typhus dann aber ausgebrochen war, ging es ihr von Tag zu Tag schlechter. Ekaterina macht sich die heftigsten Vorwürfe. Ich erkenne sie kaum mehr wieder.»

Die drei Schriftsteller blickten sich an. Wenn es jemals einen Menschen und ein Leben gegeben hatte, würdig, um in einem Roman verewigt zu werden, dann dasjenige, das gerade eben, vor zwei Tagen, mit einer Portion Schlagsahne zu Ende gegangen war.

«Das Leben unserer armen Larissa wäre ein fabelhafter Stoff. Reine Revolution!»

«Das stimmt, und jeder heutige russische Roman muss sich mit der Revolution beschäftigen. Darüber gibt es noch nicht wirklich den einen großen Roman. Ich denke, er wird wie ein Marktplatz sein.»

«Oder wie ein Karneval.»

«Ganz egal. Vielleicht auch ein Interkontinentalflug – jedenfalls wird er alles anders machen, das Unterste zuoberst kehren.»

«Ja, wie bei dem einen berühmten Lubok, kennt ihr das? *Die Mäuse beerdigen die Katze* – eine Karikatur der Beerdigung von Peter dem Großen, so um das Jahr 1780 herum.»

«Ja, kenne ich. Witzig», stimmte Babel zu. «Die Mäuse übernehmen das Geschehen. Werden das Subjekt. Sehr schöne Idee. Verkehrte Welt.» Er bestellte eine weitere Runde Wodka.

«Es ist das Schicksal des modernen russischen Romans, jedes russischen Romans, ein Einzelstück sein zu wollen, nein, sein zu müssen», sagte Pasternak nach einer Weile.

«Das scheint der Grund, warum es so wenige gelungene gibt», antwortete Babel traurig und legte seinem Freund Pilnjak den Arm um die Schultern.

«Du hast ja auch schon lange keinen mehr geschrieben, Boris Andrejewitsch.»

Pilnjak blickte zerknirscht drein, sagte nichts. Er dachte an seine lange Erzählung über den auf dem Operationstisch gebliebenen Marschall Frunse. In wenigen Tagen würde sie erscheinen. Wer wusste, welche Wirkung das haben würde. Die Bleistiftspitze im Zahnfleisch pochte.

«Woher willst du eigentlich wissen, wie ein guter Roman aussieht? Du hast noch nie einen geschrieben», stellte Babel gegenüber Pasternak fest.

«Das ist die beste Voraussetzung, um bei dem Thema mitreden zu können. Der moderne russische Roman nach der Revolution muss ohne Vorbild sein. Etwas Neues. So noch nie Geschriebenes. Etwas, auf das man sich nicht vorbereiten kann. Ein aus den unterschiedlichsten Bestandteilen zusammengesetztes Einzelstück, das jede Regel bricht, aber keine Regel begründet. Und ich werde es eines baldigen Tages versuchen.»

«Klingt gut. Vielleicht nur etwas größenwahnsinnig.»

«Wenn's weiter nichts ist. Larissa hätte das gefallen.»

«Also dann, Freunde. Unsere Zeit hier ist zu Ende. Es wird ernst. Brechen wir auf. Draußen steht Agranow mit einem Wagen, um uns abzuholen. Den Roman über Lara schreiben wir danach.»

Tania hatte in einem Kaufhaus ein großes schwarzes Tuch aus edler Kaukasuswolle gekauft, das sie sich breit um das Haupt und vor das Gesicht schlagen konnte, sodass niemand so leicht ihre Ähnlichkeit mit der Toten bemerken würde. Um sieben Uhr früh hatte sie sich aus dem Hotel zu ihrer Tante und ihrem Onkel begeben, dort mit den beiden und Igor ein karges Frühstück zu sich genommen, danach waren sie ins «Haus der Presse» aufgebrochen. Michail Reissner hatte bis zuletzt herumtelefoniert, nachgefragt und wieder verworfen, bis er die richtigen Sargträger hatte. Als gute Bolschewiken legten die Reissners natürlich Wert darauf, dass die Partei erkennbar war – zumindest der Flügel, dem Larissa sich zugehörig gefühlt hatte. Der Armee und Trotzki. Dem Internationalismus. Als sie also vor dem offenen Sarg eintrafen, der bis zu diesem Moment ohne Unterbrechung von Matrosen der KARL LIEBKNECHT bewacht worden war, hatte Michail eine Liste bei sich. Verwunderlich nicht, dass Radek der erste Sargträger war. Auch wenn Larissa endgültig mit ihm gebrochen hatte, so war Radek außerhalb der Familie der Mensch, der sie wohl am meisten geliebt und der selbst jedenfalls von ihrem Tod tief getroffen war. Dann waren da der Parteirebell Wsewolod Volin, der stellvertretende Kriegskommissar Michail Laschewitz, Abel Jenukidse aus dem Zentralkomitee, ferner Ivan Smirnov, der legendäre Kommandeur der 5. Armee, mit dem sie 1918 in Swijaschsk an der Wolga gekämpft hatte, und schließlich Boris Pilnjak, für den sie sich noch im Dezember in ihrer Verteidigungsschrift «Gegen literarisches Banditentum» starkgemacht hatte, wie für Irina Seifullina, Isaak Babel und etliche andere, deren Bücher, wie Larissa schrieb, «den höchsten Wert für die Zukunft haben. Geboren aus der Revolution sind sie doch unbestechliche Augenzeugenberichte ihrer Leiden, ihres Heldentums, ihres Schmutzes, ihres Elends und ihrer Grandiosität.»

Auf sämtlichen neun großen Bahnhöfen Moskaus trafen in diesen frühen Morgenstunden Menschen ein, die gekommen waren, um an Larissas Beerdigung teilzunehmen. Aus Minsk etwa war mit dem Nachtzug eine Gruppe junger Leute gekommen, Arbeiterdichterinnen und Journalisten, die Larissa in der weißrussischen Hauptstadt kennengelernt hatten. Sie hatte dort für die «Iswestija» einen Korruptionsskandal der örtlichen Parteiführung verfolgt, brennend scharfe Reportagen aus dem Gerichtssaal in die Welt gesandt und sich dazu mehrere Wochen in Minsk aufgehalten. Die jungen Schreibenden hatten nicht nur Larissas Angriff auf die Parasiten der örtlichen Miliz bewundert, die sich bereichert hatten, sondern ebenso jene auf die Idioten, die unglücklicherweise über Parteiausweise verfügten und deren, so Larissa, «bürokratische Arteriosklerose das Blut der Revolution in billige Schmiertinte verwandelt hatte». Die jüngeren Schüler und Schülerinnen liebten sie für ihre bis dahin einmalige Schilderung des wahren Minsker Lebens mit all seinen Schattierungen. Die ganze Zugfahrt hindurch hatten sie um ihr Vorbild geweint. Nun kamen sie, frierend und in ihren armseligen Kleidern und abgetragenen Schuhen den Nikitski-Boulevard hoch, die meisten von ihnen zum ersten Mal in Moskau, um sich von ihr zu verabschieden.

Obwohl sie sich ansonsten nicht im öffentlichen Leben Moskaus zeigten, erschien auch eine gewaltige Abordnung der chinesischen Studentinnen und Studenten der Sun-Yat-sen-Universität, denen sie Vorlesungen über russische Literatur gehalten hatte. Für viele dieser zukünftigen Führer der Kommunistischen Partei Chinas, denen sie nicht nur die bekannten Klassiker, sondern auch die neuen Werke Babels und anderer ans Herz legte, war Larissa zum Inbegriff der selbstständigen, emanzipierten Revolutionärin geworden. Sie hatten ihr weniges Geld zusammengelegt und einen Kranz für sie geflochten, mit Hammer und Sichel und ihrem Namen auf Russisch und Chinesisch, den derjenige ihrer Studenten trug, der sie am meisten geschätzt hatte und dessen Name Deng Xiaoping lautete.

Bis zur letzten Minute saß Lew Davidowitsch Bronstein, besser bekannt als Leo Trotzki, an seinem Schreibtisch im Kreml. Auch er war seit vier Uhr morgens wach. Seit Lenins Tod und seinem Fehlen auf der Beerdigung des Anführers, wo statt ihm dann Stalin eine zwar einfache, aber bewegende Grabrede gehalten hatte, war ihm, einst ein so brillanter Organisator, die Führung nicht nur der Roten Armee Stück für Stück entglitten. Vor einem Jahr war ihm von Stalins Troika auch das Volkskommissariat für Krieg abgenommen und stattdessen das untergeordnete Amt für die Verbesserung der Warenqualität zugeteilt worden, das er gleichwohl mit derselben Sorgfalt und Genauigkeit ausfüllte wie alle seine Aufgaben, auch wenn er es jetzt nicht mehr mit Soldaten und Generälen, sondern mit Ingenieuren und Fabrikdirektoren zu tun hatte. Er ahnte, dass er den Machtkampf vermutlich verloren hatte, dass es seine dem Schreibtisch zustrebende Schriftstellerseele war, die den Feldherrn und Strategen wie eine Rolle ausgefüllt hatte. Auf der Matrize des Krieges, den Schlachtfeldern, den Strategiebesprechungen, die sie in seinem Salonwagen im Eisenzug vornahmen, war er dann zur Höchstform aufgelaufen. Doch danach?

Er hatte das Interesse an der Macht verloren. Wollte lieber schreiben, durch seinen Stil im Recht sein als in der Parteiversammlung, lieber den strahlenden Aufmacher der «Prawda» verfassen, als das mühselige Referat vor den Genossen des Zentralkomitees zu halten.

Was hatte Lenin in seinem Testament über ihn geschrieben? Dass er zwar von allen möglichen Nachfolgern der schlussendlich Beste sei – dass er aber die negative Eigenschaft der Selbstgefälligkeit und des Hochmuts habe. «Noch vor den gezückten Läufen eines Erschießungskommandos», so hatte Lenin schon in der Zeit des Exils über Trotzki geäußert, «würde unser Schönling nach einem Kamm verlangen, um gut frisiert zu sterben.»

Die Formulierung im Testament war noch einmal schärfer. Aber immerhin, die führende Intelligenz zu sein, das hatte Lenin ihm bestätigt.

Als Lenin in seinem Letzten Willen dann auf Stalin zu sprechen kam, war ein Schreck durch diesen inneren Zirkel der Partei gegangen. Lenin hatte das niedergeschrieben und hinterlassen, was alle dachten. Er hatte Stalin als ungeeignet bezeichnet, als zu roh für höhere Posten, zu brutal, worauf Stalin seinen sofortigen Rückzug angeboten hatte.

Der perfekte Schachzug des Georgiers. Die Genossen erschraken erneut. Sicher, die wenigsten mochten ihn. Schon allein die Selbstherrlichkeit, wie er seine platten Lebensweisheiten verkündete und Russisch mit georgischem Akzent sprach. Er galt als schlicht, andererseits aber auch als recht zupackend. Und hatte er nicht diese schöne Rede an Lenins Grab gehalten? Stalin hatte gesprochen, weil Trotzki leider nicht auf der Beerdigung Lenins sein konnte. Weil Stalin ihn verladen und in den Kaukasus zur Erholung geschickt hatte, in ein sehr gutes Bergsanatorium, wo Trotzki die perfekten Bedingungen zum Schreiben gefunden hatte. Wäre er derselbe Mann wie während des Bürgerkriegs gewesen – er hätte den Panzerzug bestiegen und wäre nach Moskau gefahren, um seinen Anspruch unmittelbar geltend zu machen und am offenen Grab Lenins die entscheidende Rede zu halten.

Stattdessen war Trotzki an seinem Schreibtisch sitzen geblieben und hatte gearbeitet. Er war sich einfach sicher gewesen, dass niemand seine Position anfechten könnte, weil er so gut war. Er glaubte, schon gewonnen zu haben. Er war eben kein Machtmensch, sondern ein Schriftsteller. Weshalb er nun nicht als Generalissimus der Roten Armee und unumstrittener Nachfolger Lenins die Sitzungen des Politbüros leitete, sondern sich mit Problemen in der Eisengussproduktion herumschlug. So weit war es gekommen!

Aber natürlich – er war immer noch im Zentralkomitee. Und er hatte seine Anhänger. Da er ein weltweit erfolgreicher Publizist war, genoss er auch außerhalb der UdSSR den besten Ruf, vor allem bei den Intellektuellen und progressiven Arbeitern Frankreichs und Spaniens, aber auch in den USA, in New York und auch an der Westküste. Er publizierte gleichzeitig in drei, vier Sprachen. Von Mexiko bis Kanton. Ein Internationalist durch und durch.

Um neun Uhr brachte ihm Iwanowna Sedowa mit einem Klopfen seinen Kräutertee, den Trotzki dankbar entgegennahm. Die Barsoi-Hündin kam durch die offene Tür und setzte sich neben Lew Davidowitsch, als erwartete sie, dass er gleich mit ihr spazieren ginge.

Seine Frau ermahnte ihn, die Kontrollpläne, Statistiken und die ganzen Notizen an Schreibtisch C zu lassen und an Schreibtisch B zu wechseln.

«Kurze Rede, 5 Min., bei BEISETZUNG REISSNER.

11 Uhr.

Abfahrt (Fahrservice Kreml) – 10 Uhr 45.»

So lautete die Aufgabe, die dort lag. Das müsste er jetzt erledigen. Trotzki folgte und begann zu schreiben.

«Larissa Reissner, die Iwan Nikititsch *das Gewissen von Swjaschsk* nannte, nahm selbst einen bedeutenden Platz in der 5. Armee ein, wie in der Revolution überhaupt. Diese herrliche junge Frau, die so viele bezauberte, ist wie ein feuriger Meteor am Himmel der Revolution vorübergezogen. Mit dem Äußeren einer olympischen Göttin verband sie einen feinen ironischen Verstand und die Tapferkeit eines Kriegers. Nach der Einnahme Kasans durch die Weißen begab sie sich, wie eine Bäuerin gekleidet, in das feindliche Lager als Auskundschafterin. Aber ihr Äußeres war zu ungewöhnlich. Sie wurde verhaftet. Ein japanischer Kundschafteroffizier verhörte sie. Während einer Pause schlich sie sich aus der Tür, die schlecht bewacht war, und entkam.»

Trotzki setzte ab, biss einmal sacht in seinen Füllfederhalter. Wie war ihre Karriere danach noch mal verlaufen? Sie war als Ehefrau von Raskolnikow mit nach Afghanistan verbannt worden, ein nicht gerade beliebter Außenposten. Aber während der für ihren Mann das Ende der Laufbahn im höchsten Staatsdienst markierte, hatte sie danach durchaus an Bedeutung als Autorin gewonnen. Gleichzeitig wurde sie von der Komintern entdeckt. Er schrieb weiter.

«Sie hat dem Bürgerkrieg Erzählungen gewidmet, die in der Literatur weiterleben werden. Mit gleicher Anschaulichkeit schilderte sie Deutschland und den Aufstand der Ruhrarbeiter. Sie wollte alles wissen und kennenlernen, an allem teilnehmen. In wenigen Jahren wuchs sie zu einer erstklassigen Schriftstellerin empor. Unversehrt durch Feuer und Wasser hindurchgegangen, verbrannte diese Pallas der Revolution plötzlich an Typhus in der ruhigen Umgebung Moskaus, in ihrem dreißigsten Lebensjahr. Wir alle, die wir heute an ihrem Grab stehen, sind fassungslos ob dieses Verlustes für die internationale Arbeiterbewegung und die Weltrevolution.»

Es war zwanzig Minuten nach zehn, als Trotzki aufstand, die Rede in die Innentasche des Anzugs steckte und sich in den Wagen der Kreml-Fahrbereitschaft setzte. Als er saß, holte er seinen Kamm hervor und frisierte sich.

Im Inneren der «Iswestija» wurde es langsam richtig eng. Zwischendurch bekam Tania mit, das erzählte ihr Igor, dass mehr als dreißig Berichterstatter sowjetischer Medien samt Fotografen da seien, die alle versuchten, einen guten Platz zu ergattern, wenn der Sarg dann nach draußen getragen würde. Ob draußen auch so viel los sei, fragte Tania ihn. Ja, sagte Igor, da wären gerade vom Leningrader Bahnhof Matrosen angekommen, scheinbar eine ganze Schiffsbesatzung. Es seien auch hohe Offiziere da. Tuchatschewski mit seinem Stab. Und jede Menge Schauspieler und Dichterinnen. Studenten. Normale Bürger. Wenn er richtig gehört habe, sei Alexandra Kollontai auch gerade eingetroffen. Es war ja auch schon kurz vor elf Uhr. Es müsse doch gleich losgehen. Man warte nur noch auf Trotzki.

Um Viertel nach elf Uhr bestieg Larissas Freundin Vera Inber einen Stuhl und ergriff das Wort. Schlagartig verstummte das Foyer, und gut zweihundert eng zusammenstehende Menschen hörten ergriffen zu.

«Wir können uns unseren Tod nicht aussuchen. Nicht den Ort, an dem wir auf die Welt kommen und leben, und auch nicht, wen wir lieben. Weder eine Kugel an der Wolga noch ein flohverseuchter Mantel in Swijaschsk noch der aufdringliche Fähnrich Ivanow in Kasan konnten ihr etwas anhaben.»

Dezentes, trauriges Gelächter von einigen sehr engen Freunden.

«Stattdessen starb sie in einem Krankenhausbett an Typhus. So ist es gekommen, und so ist es zu Ende gegangen mit unserer Geliebten.»

Vera, grau im Gesicht, musste sich festhalten bei diesen Worten. Aber sie waren zu wahr.

«Und so werden wir sie nun begraben gehen, unsere Schönheit. Sargträger!»

In der langsam beginnenden Prozession wurde Tania zunächst unmittelbar hinter dem Sarg wie aus dem Gebäude gezogen. Sie sah die Menge auf dem Nikitski-Boulevard, die sich bei Erscheinen des Zuges auf beinahe magische Weise ordnete und teilte, um den Sarg durchzulassen. Rußschwaden von Wärmekörben voll brennender Kohlen hingen wie Trauerfahnen in der kalten Luft. Alle betrachteten ergriffen die ersten, noch leicht schwankenden Schritte der Sargträger, die die auch im Tode noch schöne Larissa mit ihrer weißen Haube nun auf ihren Schultern hatten. Bald kamen sie an einem traurig blickenden schlanken Mann vorbei, der zum ersten Mal auf einer russischen Beerdigung war und versuchte, einen letzten Blick auf Larissa zu erhaschen. Dann war der Sarg an dem Mann mit dem Decknamen «Neumann» vorbeigezogen, und er folgte zusammen mit so vielen anderen. Mit einigen Metern Abstand folgte ihm ein tatarisch aussehender junger Mann mit wachen Augen.

Tania bekam gar nicht mit, wie schnell sie durch das Herbeiströmen der Menschen auch die Nähe zum Sarg und zur Familie verlor. Plötzlich gingen Trotzki und Kollontai hinter dem Sarg. Dann war da ein hochdekorierter junger General. Da auch der hünenhafte Ex-Ehemann Raskolnikow, breit wie ein Schrank, bärtig und tieftraurig. Mit ihm ein gutes Dutzend Marineoffiziere. Vorne schleppten die Sargträger das rot lackierte Holz, Meter um Meter. Dahinter Kollegen und enge Freunde. Einer fiel ihr auf, und das war, was Tania nicht wissen konnte, der Geheimdienstoffizier Agranow. Sie bemerkte ihn nicht, weil er gut aussah, sondern weil er inmitten der vielen Kollegen und Freunde Larissas mitging. Mit einem Mal aber, als die Prozession schon eine gewisse Strecke vorangekommen war und sich nun schon fast einen halben Kilometer den Boulevard hinabzog, trat der Freund an den Rand, um jemanden zu begrüßen. Dort hatte ein schweres Auto gehalten. Zwei gut genährte Männer in Lederjacken stiegen aus, der eine öffnete die hintere Tür, und ein weiterer Mann entstieg der Limousine. Er war groß gewachsen, trug einen teuren Mantel und eine selbstgewisse Miene zur Schau.

Seine feuerrot leuchtenden Haare, seine hohe Stirn und seine eng beieinanderstehenden Augen lösten eine Erinnerung in Tania aus, die sie beinahe umwarf. Es war eindeutig der Mann, der damals vor zwanzig Jahren in ihre Wohnung gekommen war, um ihrem Vater klarzumachen, dass man ihm seine Hände brechen würde, wenn er nicht aufhörte, Feinde des Staates zu behandeln. Der Böse. Er war immer noch da. Und er schien noch mächtiger geworden zu sein.

Jetzt sah sie, wie der Böse sich in die Prozession einreihte, ein Stück an der Seite des Gutaussehenden marschierte, um sich dann von ihm zu verabschieden. Der andere gesellte sich wieder zu Larissas Literatenfreunden, der Rothaarige aber spazierte normal unter den anderen Trauernden und sah sich interessiert um. Auch seine beiden Lederjacken hatten sich unter die Menge gemischt, die nun langsam an die baumumstandenen Tore des Wagankowoer Friedhofes gelangte. Tania aber kehrte augenblicklich um, weil ihr graute. Sie ahnte, dass sie alle verloren waren, die da treu hinter Larissas von braven Männern getragenem Sarg herzogen. Sie drehte sich um, ging entschlossen gegen den steten Strom der Prozession an, bahnte sich den Weg an ihren Rand, riss sich, als sie draußen war, das Tuch vom Kopf und schüttelte ihr Haar, blickte sich noch einmal um und streifte dabei den Blick eines abseits folgenden jungen Mannes mit Seemannsmütze und Pfeife, der sie mit überraschten Augen ansah. Tania glaubte noch zu erkennen, dass er trotz der Kälte keine Schuhe trug. Weiter unten fand sie ein Taxi, ließ sich ins Hotel Savoy bringen und verschwand noch am selben Tag mit dem ersten möglichen Zug aus Moskau in Richtung Westen.

Die Prozession war am offenen Grab angekommen. Die Totengräber standen bereit. Mit geschickt geführten Hanf-Seilen ließen sie Larissas nun verschlossenen Sarg in die Grube hinab. Worte von Trotzki. Worte der Kollontai. Worte von Radek, der dabei von Babel gestützt werden musste.

Dann aber, nachdem ein Schweigen eingetreten war, stellte sich Boris Leonidowitsch Pasternak vor alle hin und rezitierte sein Gedicht, das lang und bewegt und intensiv war und schließlich so endete:

Für einen Augenblick lebendig brennend,
War deine Herrlichkeit im Sturmwind aufgeflackert
Zu deinen Füßen krümmten sich die Stümper,
Das Unvollkommne blitzte an dir ab.

Geh, Heldin, in die Weite der Erinnerung.
Nein, dieser Weg ermüdet deine Füße nicht.
Leg, über was ich denk, dich wie ein Himmel,
Und wenn du Schatten wirfst, will ich noch leben.

Dreiundzwanzig

POSTKARTE

Berlin, amerikanischer Sektor,
Juni 1948

US Army – Postal Service
Office of Military Government for Germany
Captain Arian E. Kaplan, CIC

To Mrs. Tania Kaplan
234 Division Pl, Brooklyn,
NY 11222, USA

Berlin, 2. Juni 1948

Liebste Mama –

gestern erstmals im sowjet. Sektor (in Zivil, keine Angst!). «Unter den Linden». Bäume stehen da aber keine mehr. Dafür haben sie eine Eisenbahn, um die Trümmer wegzuschaffen. War im Theater, Singakademie. Stell dir vor, es gab die dt. Erstaufführung von «Optimistische Tragödie»! Propaganda und großes Theater zugleich. Spielt auf einem Kriegsschiff. Jede Menge Matrosen und mittendrin – die heldenhafte Kommissarin! Trauriges Ende – aber danach sieben Vorhänge. Das Stück über Larissa – und ich im Publikum! Ist das nicht verrückt? Ansonsten wird's hier in Berlin langsam ungemütlich. Der Verbrecher Stalin zieht die Schraube an. Aber keine Sorge, wir halten tüchtig dagegen! Die Freiheit wird siegen!

Es grüßt dich, wie immer,
dein
Ari

DANK

Meine Reise durch das Leben und Sterben Larissa Reissners hätte ich niemals antreten, geschweige denn gut zu Ende bringen können ohne mannigfache Hilfe. Allen sei hiermit gedankt.

Im Besonderen Taisia Vichnevskaia für die grandiose Unterstützung bei der Recherche in russischsprachigen Quellen. Mitten über der gemeinsamen Arbeit begann der Invasionskrieg Russlands gegen ihre Heimat Ukraine. Dass ich trotz der Katastrophe weiterhin auf sie zählen konnte, hat mir größte Bewunderung eingeflößt. Des Weiteren Botschafter a. D. Dr. Hans-Ulrich Seidt, der die Geopolitik zwischen Berlin, Kabul und Moskau lange betrachtet hat. Er konnte mir zu Personen, Motiven und Zielen manchen Hinweis geben.

Die Zeugnisse von Larissa Reissners außergewöhnlichem Leben, ihre sprachmächtigen, von genauer Beobachtung gespeisten Reportagen aus dem russischen Bürgerkrieg, dem Hamburger Aufstand oder aus Afghanistan haben mich inspiriert. Vieles in diesem Roman ist so geschehen, die meisten der beschriebenen Personen hat es wirklich gegeben, dennoch: Dies ist ein Werk der Fiktion.

Weitere Titel

Atom

Damenopfer

Grand Tour oder die Nacht der Großen Complication

Monschau

Propaganda

Risiko